W0211546

Fille de la ville, **Marie Nicole Cappeau** *a choisi de devenir agricultrice. Son écriture sait donner au monde paysan une dimension humaine qui lui confère toute sa richesse. La Mule blanche, enfin disponible dans la collection Terre de poche, en apporte une nouvelle fois la preuve.*

La Mule blanche

Du même auteur

Un château de famille, éditions De Borée, 2009.
Les Chemins d'orgueil, éditions du Papillon, 2009.
Désacœur, éditions De Borée, 2008.
Le blé germe en hiver, collection Terre de poche, De Borée, 2007.
Chantemerle, éditions De Borée, 2006.
Marie Ollier, une femme de l'Ardèche, éditions de l'Écir, 2004.

En application de la loi du 11 mars 1957,
il est interdit de reproduire intégralement ou partiellement
le présent ouvrage sans autorisation de l'éditeur ou du Centre français
d'exploitation, du droit de copie, 20, rue des Grands-Augustins, 75006 Paris.

© Éditions De Borée, 2004, pour l'édition originale

© De Borée, 2010 pour la présente édition
Imprimé en UE en février 2010
Dépôt légal : mars 2010
ISBN : 978-2-8129-0028-0

MARIE NICOLE CAPPEAU

LA MULE BLANCHE

De Borée
Terre de poche

Pour Albert,

qui me fit aimer ces bêtes conçues pour servir l'homme. Mais elles ne sont soumises qu'à celui qui les caresse, rétives à celui qui les malmène, car elles ont l'intelligence du cœur et la mémoire rancunière. Dans leurs beaux yeux mélancoliques, j'ai vu les meilleurs des sentiments humains.
Je me souviens du jeune Cadet turbulent, jouant avec les chiens et les poules, partant au galop comme un cheval de course, chapardant les melons dont il était gourmand.
Je me souviens avec tant d'émotion de Mouret, ce brave vieux mulet, perclus de rhumatismes, mais tirant toujours la charrue avec courage. Puis, quand il fut au bout de ses forces, il baissa la tête, la posa sur mon épaule, et se résigna à subir la mort.
Soyez accueillis au paradis, bêtes de trait, bêtes de somme, loyaux compagnons de peine !

I

Ceux des Anglanières

SE COLLANT À LA CROISÉE, l'aube peint un carré de grisaille sur le mur de la chambre encore noire de nuit. Redressée sur ses oreillers, Rolande guette à travers les carreaux l'éclatement de la lumière. L'ombre s'esquive en s'effilochant, se retenant encore par lambeaux aux silhouettes des deux tilleuls devant la maison. Un seul instant, Rolande se détourne pour mieux entendre le souffle rauque de Théophile et le jour la surprend, lui révélant brusquement le visage douloureux de l'homme endormi. Le cœur serré de pitié, elle observe les joues creusées de longues rides, les paupières bleuies enfoncées dans les orbites, le grand nez pincé, la bouche entrouverte qui, à l'évidence, figurent déjà le masque de la mort. Elle aura beau le protéger de tout son amour, un jour, proche peut-être, il restera figé dans cette apparence et aucun doux baiser ne pourra rappeler son âme.

Un élancement la frappe au creux de l'estomac, lui faisant courber le dos. Elle se penche au-dessus de Théophile pour se rassurer à l'écoute de sa respiration. D'une main légère, elle écarte les mèches blanches de ses cheveux épars et pose doucement les lèvres sur son front.

Comment concevoir que la vie leur est comptée, que leur rôle n'est plus à jouer ?

Dans une convulsion de révolte, Rolande étreint fortement Théophile entre ses bras. Il ouvre les yeux, étonné, mais, la reconnaissant, aussitôt lui sourit.

« Ma mie, vous voilà réveillée bien bonne heure ! »

Et d'un coup c'est comme un grand soleil qui chasse du cœur de Rolande les angoisses morbides. Est-elle bête de s'inquiéter ainsi ! À tant craindre, elle risque de provoquer ! Non, elle veut le croire : de longs jours radieux leur sont encore donnés à partager dans la tendresse de l'amour.

« Il est temps que je me lève, le coq chante depuis un bon moment », prétend Rolande, se laissant glisser en bas du lit. La fraîcheur des tomettes lui fait recroqueviller les orteils, et elle sautille jusqu'à la table de toilette, versant l'eau du broc dans la cuvette. Théophile se tourne pour mieux la regarder et quand elle enlève sa chemise, il tend la main vers elle.

« Vous allez me mettre en retard », rouspète-t-elle, s'approchant néanmoins pour s'offrir à ses caresses. Théophile l'attrape par la taille et l'attire près de lui, enfouissant son visage entre les seins lourds et chauds. D'un baiser, doucement Rolande le repousse.

« Non, laissez-moi. Écoutez ! Ils sont réveillés, je dois y aller. »

Il la laisse partir. Tant pis, il ne lui racontera pas ce rêve étrange qui le trouble encore. Une mule toute blanche s'approchait doucement de lui jusqu'à le renifler, puis s'enfuyait en riant. Théophile chasse la vision de son esprit. Allons, c'est ridicule, cela ne veut rien dire !

Des écuries, situées derrière la demeure, monte le hennissement de Lisette, la mule. Jean remplit les râteliers d'une fourchée de luzerne sèche puis tapote la croupe de la bête qui frémit de contentement et trépigne devant la mangeoire. Dans le coin opposé, les vaches et les deux bœufs, pourtant si paisibles, s'impatientent et d'un mouvement de tête font cliqueter leur chaîne pour attirer l'attention. Les veaux en liberté se précipitent, pleins de curiosité. Séparés de l'étable par une barrière à claire-voie, les moutons et les chèvres se relèvent, mêlant leurs bêlements discordants.

Le grincement intermittent de la poulie indique que, déjà, Rose est au puits, hissant un premier seau d'eau fraîche pour les besoins de la maison.

« Tu ne pouvais pas attendre, j'allais le faire », crie Jean, avançant à grandes enjambées vers son épouse pour lui enlever le seau des mains. Mais la jeune femme, sans l'écouter, verse l'eau dans le *ferrat*[1] réservé à la cuisine, s'éclaboussant les pieds dans sa hâte. Elle éclate de rire et pousse Jean d'une bourrade.

« Allons, ne t'en fais pas, je suis forte ! »

Elle empoigne le récipient et franchit en courant la cour qui sépare les dépendances de la maison. Jean la suit des yeux, s'attardant sur ses hanches arrondies par l'enfant qu'elle porte. Bientôt il sera père à son tour, et il en ressent une certaine vanité comme si cela lui conférait enfin le statut d'adulte. Quand Rose sera relevée de ses couches, ils partiront d'ici où Jean ne se sent que trop le gendre, et ils s'installeront au Bosc, la ferme de Justin Meynard, son défunt père. Sa mère, Rolande, en était partie avec lui lorsqu'elle épousa en secondes noces Théophile Desroudhil, riche propriétaire du domaine des Anglanières sur la commune de Blaroux.

---

1. Ferrat : seau.

Théophile, dans la force de l'âge, offrait à la jeune veuve désemparée l'assurance de la sécurité matérielle pour elle et son fils Jean, encore tout petit. En échange, il attendait qu'elle soigne et élève la dernière de ses filles, Rose, trop tardivement conçue, qui avait provoqué par sa naissance la mort de sa mère. Ce mariage de raison, autant pour l'un que pour l'autre, avait tourné à la passion, et bientôt, mais il y a dix-sept ans déjà, naquirent les jumeaux, Louis et Léone. Leur rousseur surprenante faisait dire qu'ils étaient conçus d'un amour de feu. Fruits d'un bonheur jusque-là jamais éprouvé, autant pour le père vieillissant que pour la mère reconnaissante, ces enfants-là éclipsèrent dans le cœur de leurs parents ceux des mariages précédents.

D'aussi loin qu'il s'en souvienne, Jean, fils de Rolande, se consola en aimant Rose, fille de Théophile, sans jamais la considérer comme sa demi-sœur. On les surnomma « les inséparables » comme ces charmants oiseaux. Cet amour de jeunesse ne se démentit jamais. Ils se marièrent dès qu'ils le purent, ne pouvant concevoir de vivre l'un sans l'autre.

Du côté Desroudhil, bien avant la venue de la dernière-née, deux fils, André et Fernand, et une fille, Ursula, tous célibataires, avaient déjà quitté la maison pour vivre ensemble à Chambonas, sur la commune des Vans. Exploitant les oliveraies et le moulin à huile reçus de l'héritage de leur défunte mère, ils vivaient fort à l'aise. Cela ne les avait pas empêchés de manifester leur hostilité à Rolande, l'accusant de manigances perfides, redoutant surtout qu'elle ne les dépouille de la succession paternelle.

N'est restée que Mélanie, dite la folle. Cependant elle est loin de l'être mais son allure dégingandée, son regard perdu, la rendent différente, voire inquiétante pour ceux qui la croisent une première fois.

Maintenant, à trente ans, elle en paraît soixante, tout de noir vêtue, toujours à marmonner des phrases incompréhensibles. Mais, pas méchante pour un sou, elle est docile et dévouée à Rolande qui la traite gentiment, comme une enfant qu'elle est restée.

*
* *

Comme chaque matin, c'est Mélanie qui enlève les cendres froides du foyer, nettoyant ensuite méticuleusement autour de la cheminée avec son balai de bruyères. Rose, impatiente, la bouscule pour ranimer le feu en soufflant sur les quelques braises encore rougeoyantes qui embrasent les brindilles disposées en faisceau. Elle suspend la marmite au crochet de la crémaillère pour réchauffer la soupe au lard que chacun avalera avant d'aller au travail.

Marinette, la petite servante, revient de la basse-cour, ayant déjà nourri la volaille et préparé la pâtée pour les cochons.

Rolande est là aussi, femme épanouie dans la maturité de ses quarante ans. Elle est la maîtresse de cette demeure et nul n'oserait contester ses ordres. Par-dessus sa robe noire au corsage ajusté sur une guimpe blanche à petits plis, elle ceint le grand tablier de cotonnade claire finement rayé de bleu. Sur ses cheveux blonds, rassemblés en un lourd chignon, elle a posé une coiffe de batiste d'où s'échappent quelques friselis. Elle sort la tourte de la huche et, l'appuyant contre son ventre, y trace une croix de la pointe du couteau avant de la tailler en tranches régulières. Elle a relevé son tablier afin d'y récolter les miettes. Rien ne doit se perdre ! Elle les ramasse avec respect au creux de sa main et les verse dans un bol. Dame Desroudhil a le sens de l'économie. Son aisance actuelle ne l'a pas rendue orgueilleuse. Elle n'a pas oublié le temps où elle eut faim.

Personne n'oserait prendre place à table avant que le maître n'ait prononcé le bénédicité. Lorsqu'il entre, tous s'inclinent avec déférence. Grand de taille, sans corpulence, le front altier couronné de cheveux d'argent retombant sur ses épaules, l'air sévère, la voix forte, il impose le respect et souvent la crainte. Mais la douceur bleue de son regard trahit sa bienveillance, et ses lèvres charnues sont celles d'un homme généreux. Il salue chacun par son nom, puis, tendant les mains au-dessus du pain, inclinant la tête, il prononce la prière rituelle :

« Seigneur, bénissez ces nourritures, bénissez ceux qui vont les prendre, et réconfortez leur âme comme leur corps afin qu'ils vous rendent grâce pour votre immense bonté. »

Théophile s'assied à sa place réservée dans le fauteuil paillé au bout de la table et, de la poche de son gilet, sort le couteau qu'il déplie. Rolande s'empresse de lui servir la soupe épaisse et grasse dans laquelle il coupe son pain. Jean ainsi que Momo et le Gus, les deux valets, et Odilon, le berger, s'asseyent à leur tour, enjambant le banc lustré par le frottement des *brailles*[1]. Rassemblées au coin de la cheminée, les trois femmes se restaurent d'un bol de caillé frais.

« Et Louis ? », s'enquiert le maître laissant percer son agacement.

« J'arrive, je suis là, père », répond le jeune homme accourant à la hâte, pieds nus, la tignasse rousse en bataille, la chemise flottant encore hors

1. *Brailles : pantalon.*

du pantalon. Faisant mine de ne pas s'apercevoir du courroux paternel, Louis tend son assiette à sa mère, lui adressant un clin d'œil complice. Mais Rolande se garde de sourire, sachant combien Théophile, presque guindé dans sa tenue et son maintien, s'offusque du débraillé et de l'insouciance de son fils. Nul n'ignore que le garçon a un funeste penchant pour le jeu et les beuveries en mauvaise compagnie.

En revanche, quand Léone paraît, encore en robe de nuit toute chiffonnée, les yeux gonflés de sommeil, la chevelure défaite tombant en cascades de feu jusqu'au bas des reins, Théophile ne cache pas sa joie et lui tend les bras. Mutine, elle tire sur ses favoris bouffants, se frotte à sa joue, se plaignant qu'il pique, avant de s'échapper en riant pour se blottir au cantou de la cheminée.

« Il fait froid ! Je veux boire le lait de ma Biquette au coin du feu ! »

Rolande veut la réprimander mais avant qu'elle n'ait ouvert la bouche, Théophile intervient :

« Ne la grondez pas ma mie, ce n'est qu'un bébé. Mélanie, faites-lui chauffer son lait. »

La vieille fille en a l'habitude et elle se hâte de retirer du *potager*[1], le caquelon où elle garde au

1. *Potager : sorte de petit fourneau maçonné dans le prolongement de la cheminée, alimenté par des braises.*

chaud le lait de Biquette, la jolie chèvre blanche, offerte à la jeune fille comme animal de compagnie. Tandis que Léone boit à petites gorgées en soufflant dans son bol, elle entreprend de la coiffer, passant doucement le peigne dans les mèches emmêlées. Au moindre tiraillement, Léone crie comme une écorchée et Mélanie suspend aussitôt son geste, la mine effarée, avant de reprendre ensuite avec d'infinies précautions, toute en adoration pour l'enfant capricieuse.

Théophile claque son couteau et les hommes se relèvent instantanément pour reprendre leur travail. Louis voudrait s'échapper, lui aussi, mais son père le retient :

« Non, restez, mon fils. J'ai à vous parler. »

Louis se rencogne sur le banc. Il sait qu'il a droit à une semonce, et il y oppose déjà un mutisme boudeur. Théophile l'observe d'abord sans rien dire. Toutes ses tentatives pour encourager ce jeune homme à plus de rigueur ont échoué. Ces jumeaux, enfants chéris et gâtés parce que nés d'une épouse adorée, ont toujours été incontrôlables. Mais si la fantaisie de Léone lui paraît charmante, en revanche, l'indiscipline de son frère l'inquiète.

Lui, Théophile est né fils unique de fermiers enrichis après la Révolution par l'achat de biens nationaux. Il a quitté la ferme paternelle pour le logis des maîtres, cette grosse baraque à deux étages, séparée des communs par un mauvais mur, et que les villageois appellent le château depuis qu'un pigeonnier la flanque d'une tour. Mais il est resté paysan dans l'âme. Il sait que la terre ne se donne qu'à celui qui la travaille, et il n'a pas ménagé sa peine pour mériter sa prospérité actuelle. Cependant il est temps à son âge de régler sa succession pour que ce beau domaine ne soit pas dévasté par un partage entre des héritiers haineux. Depuis son remariage, il a rompu toute relation avec ses trois aînés mais il sait qu'ils reviendront au jour de sa mort, comme des charognards, pour exiger leur part au dépeçage. Il doit donc, de son vivant, protéger les droits de Rolande et avantager Louis. Vu son inconséquence, le jeune homme ne va-t-il pas dilapider sans scrupule cet héritage dont il ne mesure pas la valeur ?

Théophile soupire. À quoi bon une leçon de morale ? Ce ne serait qu'une de plus dont son fils n'a cure.

Alarmé par ce long silence, Louis se sent penaud. Timidement, il interroge :

« Vous vouliez me parler, père ? »

Théophile sursaute. Il hésite, cherchant des arguments pour convaincre, puis, découragé, d'un signe de la main, il le congédie :

« Non, ce n'est pas la peine, cela ne servirait à rien. Allez vous habiller et rejoignez Jean. Il faut rassembler le foin avant que ne surviennent les orages. »

Du fond de la salle, Rolande a suivi la scène sans intervenir. Elle connaît les préoccupations de son mari et ne s'autorise pas à s'en mêler. Ces jumeaux sont cause de souci. Quand vont-ils s'assagir ? De qui tiennent-ils ce tempérament turbulent et insoumis qui les pousse à contrarier leurs parents ? Tout en lui tendant son chapeau, elle baisse les yeux pour éviter toute discussion lorsque Théophile franchit la porte. Il s'arrête un instant, la regarde, hésite encore une fois à parler, puis continue son chemin, enfonçant son chapeau sur sa tête avec brusquerie. Briscard, le vieux chien presque aveugle, le suit comme d'habitude.

Devant la bâtisse ouverte au midi et adossée aux croupes des montagnes pelées de la Serre de Valgorge, les parcelles s'étagent en escaliers, soutenues par des *faysses*[1] jusqu'au lit de la rivière Baume. Délimités par des rangées de mûriers, les prés s'étendent à perte de vue en pentes douces ou abruptes quand on approche de la ravine. Au nord, de noirs sapins se dressent en avant-garde de la forêt. Passant sous l'arche d'un pont bossu,

1. Faysse : mur de pierres sèches.

l'eau d'un ruisselet parfois torrentueux, dérivée par des *béalières*[1], arrose les jardins de plantes potagères. Bien orienté au levant, un verger est planté de quelques rangées de pommiers aux troncs tortueux, de pruniers et de cerisiers. De l'orée de la chênaie, située juste au-dessus, Théophile peut observer presque l'ensemble de ses terres, depuis les vieux châtaigniers tout en bas près du village de Blaroux, jusqu'au bois de fayards tout là-haut. Le fond de la vallée reste étouffé sous le brouillard mais ici, à cette altitude, plus près du mont Tanargue, le soleil frappe de tout son éclat éblouissant.

Jean, Momo et le Gus, la grande toile du *bourras*[2] pliée sur le dos, la fourche sur l'épaule, s'éloignent à travers champs vers la grande combe où l'andain raye de rubans absinthe le vif du regain. Venus prêter main-forte, ceux de la Grange au Bois, le métayer Jules Arlabosc et ses trois fils, sont déjà là qui attendent, appuyés sur leur fourche façonnée d'une branche de micocoulier, cet arbre qui pousse en Provence. Loin derrière, Louis suit sans se presser. Odilon est déjà sur le haut pâturage avec les moutons.

---

1. *Béalières : petite rigole d'irrigation.*
2. *Bourras : grand carré de toile grossière.*

Les femmes ont dû terminer la traite car voilà Marinette la jeune servante, qui pousse les vaches vers les prés déjà fauchés. Comme toujours, les veaux indociles s'égaillent derrière les haies de noisetiers, mais Chenapan, le jeune chien bouvier, gardien du troupeau, les remet sans ménagement dans le droit chemin. Les poules suivent, grattant le sol avec frénésie sous la surveillance redoutable d'un coq belliqueux. La grosse truie aussi est de sortie, toute heureuse de fouiner l'herbe, le groin ouvert sur un sourire qui va d'une oreille à l'autre.

Léone arrive en courant avec sa Biquette toute blanche gambadant derrière elle. Les deux jeunes filles se concertent en riant. Sans prendre garde à la différence de leur condition, elles sont amies, confidentes et complices depuis l'enfance. Les voilà qui s'asseyent ensemble sur le dos de l'habillée de soie, prétendant la transformer en coursier, l'excitant à coups de badine. Malgré ses pattes courtes, l'animal alerte démarre en trombe, et les donzelles se retrouvent le cul par terre, hurlant de rire plus que de peur.

Théophile sourit, lissant sa moustache. Ah, jeunesse !

Il baisse encore davantage son feutre sur ses yeux pour les soustraire à la morsure de la lumière. Où est-il passé le temps de sa jeunesse arrogante, quand il affrontait la tête haute aussi bien les gens que les éléments ? Le voilà devenu presque vieillard, à la merci d'un caillou qui le ferait trébucher. Mais lui seul sait à quel point il est vulnérable. Aux autres, il en impose encore et il compte donner le change en se tenant à l'écart tout en surveillant attentivement. Il ne peut encore se permettre le repos. Il est trop tôt pour abandonner les rênes. L'attelage, sans conducteur chevronné, se fracasserait dans le ravin au premier tournant. Pourtant, qu'il lui serait doux de céder le commandement et de contempler, en paix, la bonne marche de ce domaine qu'il a ordonné, arpent après arpent, à force de travail, de ténacité et de clairvoyance.

Le premier, il osa introduire cette nouvelle race de vaches plus productives et renouveler tout son cheptel. Partisan du progrès, il suivit les recommandations d'ingénieurs agronomes et pratiqua les amendements des terres, la sélection des semences, la plantation de nouvelles espèces de résineux. Quand il entendit parler d'une charrue plus performante et d'une faucheuse, il n'eut de cesse de les faire venir de Saint-Étienne. Les résultats obtenus firent ravaler leurs sarcasmes à ses voisins mais, avant qu'ils n'aient compris, lui, Théophile Desroudhil avait acheté, sur la commune de Blaroux, les meilleures terres tant à seigle qu'à pâture. Cette prospérité lui valut beaucoup d'envieux, guère d'amis. Pour l'élevage des vers à soie, ce fut pareil : dès le début, il vit grand et aménagea des tables superposées dans la magnanerie pour augmenter le rendement. Embauchant toutes les femmes du village au moment le plus propice pour récolter les précieux cocons, il obtint une production qui lui permit d'en traiter la vente au meilleur prix, directement avec les patrons des moulinages.

Ledit château des Anglanières, bâti de grès, coiffé de ces lauzes chatoyantes taillées dans le schiste, si avenant avant la Révolution avec son perron et ses douze fenêtres, était sinistrement délabré à l'intérieur après le passage des républicains. Pourquoi s'en plaindre puisque cela permit au père Desroudhil d'acheter à bas prix ce bien d'émigré ? Avec les profits inespérés de la sériciculture, Théophile fit tout restaurer de la cave au grenier. Il embellit les chambres de meubles d'acajou, remplaçant les châlits et leurs paillasses garnies de feuilles de châtaignier par des matelas de laine sur des sommiers à ressorts. Pour sa belle Rolande, il fit même aménager un salon avec des tapisseries en papier, peintes d'oiseaux et de fleurs, des rideaux de soie bouton-d'or, un sofa et des sièges tendus de la même étoffe, un secrétaire marqueté de loupe d'orme comme il en avait vu dans les maisons bourgeoises.

Rolande, qui a des goûts simples, préfère se tenir dans la salle commune. Le beau salon reste fermé mais, de temps en temps, Théophile y va, ouvre les contrevents et le contemple, sans même s'asseoir dans cette bergère à oreilles dont il imagine le confort douillet. Cela suffit à son plaisir. Sa seule vanité est, dans son cabinet de travail, le rayonnage où il accumule tous les livres qu'il peut acquérir et qu'il consulte avec respect. Outre la sainte Bible, il possède *Le Traité de l'agriculture* de l'Ardéchois Olivier de Serre, et des ouvrages qui dissertent de la médecine, du droit, de la géographie et de l'histoire, ainsi que le catalogue des outils de la Manufacture de Saint-Étienne. Tous ces écrits sont en français car il ne connaît pas le latin. Il est convaincu que « la connaissance » rendra l'homme meilleur.

Il voudrait voir sa passion partagée par son fils, mais Louis, qui a été rétif pour apprendre les rudiments de la lecture, se moque de poursuivre son instruction. Léone se montre d'esprit plus curieux mais Théophile ne conçoit pas qu'une fille soit savante. Éduquée au couvent des Clarisses, aux Vans, elle y a appris la couture, la musique et les bonnes manières. C'est tout ce qu'il faut pour une jeune fille à marier ! Il n'a plus qu'à lui trouver un prétendant mais, jusqu'à présent, aucun ne lui agrée tant il est exigeant… ou plutôt jaloux !

Un vertige le fait vaciller. Pour rétablir son équilibre, il s'appuie de la main contre un frêle merisier tout blanc de fleurs suaves, poussé là au hasard d'un noyau semé par un merle. Son cœur tambourine entre ses côtes. Ses oreilles bourdonnent. Une suée inonde son visage. Avisant un vieux tronc déraciné, couché sur l'herbe, il se laisse choir dessus, ne pouvant maîtriser la faiblesse de ses jambes. Briscard, compagnon fidèle, flairant l'insolite, s'est approché le contemplant de ses yeux voilés de bleu. Théophile le flatte de la main pour le rassurer.

Reprenant lentement le rythme de son souffle, il tire son grand mouchoir à carreaux de sa poche et, repoussant son chapeau en arrière, essuie son front moite. N'est-ce pas un avertissement ? Il pourrait mourir tout soudainement. On ne s'inquiéterait pas de lui avant le soir et, la nuit tombant, on ne le découvrirait pas avant le lendemain, déjà raide et glacé, la figure peut-être mangée par quelque animal sauvage. Mon Dieu, nous sommes si peu de chose ! Un frisson lui parcourt l'échine, et il enfouit sa tête entre ses deux mains qui tiennent encore le mouchoir. Lui qui se prétend athée ne peut s'empêcher de prier :

« Mon Dieu, mon Dieu, laissez-moi encore un peu de temps ! Je n'ai pas peur de mourir, mais je n'ai pas fini d'accomplir ma tâche. »

De la vallée, le brouillard monte en s'éparpillant, jetant sur le soleil un voile d'organdi. Un vent plein de senteurs fraîches sème à la volée de fines gouttelettes de rosée. Théophile se redresse. Cela va mieux. Allons, est-il sot de se voir mort pour un simple étourdissement ! Tout près de lui résonnent les *cayrades*[1] des vaches. Et voilà qu'il entend la voix chantante de Léone qui l'appelle :

« Papa, papa ! »

Il se relève vivement, fourre son mouchoir dans sa poche, rajuste son chapeau, s'emplit les poumons d'une bonne goulée d'air, et répond, joyeux :

« Par ici ma chatounette, par ici, je suis là ! »

Qu'elle est belle et gracieuse, vêtue d'un tablier à fleurettes relevé sur un jupon de cotonnade un peu court qui dévoile ses chevilles. Par-dessus la chemise bouffante, un corselet, met en valeur sa gorge encore si menue. Son bonnet a déjà glissé, libérant ses cheveux flamboyants qui ondoient au gré de ses mouvements. Elle caracole vers lui, faisant claquer ses sabots vernis, et se jette contre sa poitrine, l'entourant de ses bras.

« Je vous cherchais, papa. »

Il lui relève le menton pour le plaisir de regarder ses grands yeux tantôt verts, tantôt bleus selon son humeur. Là ils sont l'innocence même, bleus, pailletés d'or, mais il sait que la colère ou le chagrin les assombrit comme l'eau du ruisseau sous l'orage.

---

1. Cayrade : cloche.

« Eh bien ! Vous m'avez trouvé, il me semble ? Est-ce simple affection ou avez-vous quelque requête à formuler ?

– Oh non ! Qu'allez-vous imaginer, papa ? Je désirais seulement me promener un peu avec vous. Nous pourrions aller jusqu'à la combe afin d'apporter à boire aux hommes et encourager mon frère à porter sa charge de foin dans le bourras. »

Ne lui a-t-il jamais rien refusé ? Elle le sait la futée qui s'accroche à son bras pour l'entraîner à sa suite. De bon cœur il obtempère et se laisse guider, trop heureux de l'avoir près de lui. En passant, elle remplit la calebasse à la source. Celle-ci, protégée par une voûte, s'écoule dans un vieux mûrier creusé en auge, avant de remplir, en contrebas, le bassin maçonné et ceinturé de pierres plates. C'est là où se fait la grande *bugade*[1] du linge de maison deux ou trois fois l'an. Dans ce pays d'en haut, l'hiver est rude, bien plus que dans la vallée, mais l'herbe est drue et l'eau ne manque jamais. Les bêtes ont leur content et sont les plus belles de la région. Aux foires de Loubaresse, elles font l'envie de tous les maquignons qui se battent pour les acheter au meilleur prix.

Ils ont beau marcher lentement, les voilà rendus auprès des faneurs qui rassemblent l'andain au

1. *Bugade : lessive.*

centre des rudes toiles des bourras étalés sur le pré. Les nouant par les quatre coins, ils en feront d'énormes ballots qu'ils hisseront sur leur dos. Ainsi chargés, tel un escargot de sa coquille, ils remonteront du même pas lent et glissant vers la ferme et ses greniers. Sur ce terrain pentu, il n'y a de passage pour nulle charrette tirée par les bœufs, et la récolte du fourrage dépend de la seule force de l'homme.

La présence de la jeune fille, aussi fraîche que son eau, fait oublier la peine du labeur sous la canicule du solstice d'été. Les hommes se redressent, détachant le foulard glissé dans l'échancrure de la chemise pour se protéger le cou des brindilles et des piqûres de mouches. Ils essuient la sueur de leur visage rougi par l'ardeur du soleil revenu. Bien qu'affichant une attitude respectueuse, Antoine, Nicolas et Victorin, les fils Arlabosc, lorgnent néanmoins Léone et profitent de la distraction du patriarche, discutant avec leur père, pour lui adresser des sourires enjôleurs. Espiègle, la jeune fille fait mine de ne pas s'en apercevoir et ne se préoccupe que de son frère. Mais, par des coups d'œil furtifs, un balancement des hanches, un mouvement de tête pour envoyer ses cheveux en arrière, elle attise leur intérêt. Cependant, ce n'est que lorsque Théophile la presse de porter la gourde à chacun pour boire à la gargoulette, qu'elle s'approche des trois jeunes gens, les fixant effrontément. Rouerie de fille qui sait aguicher avec un air d'innocence qui ne trompe que son vieux père.

Plus téméraire que ses frères, Nicolas ose l'aborder :

« Belle demoiselle, grand merci pour votre obligeance. »

Prenant soin de baisser la voix, il ajoute : « Mais aurai-je le bonheur de vous voir encore ? »

Léone rougit d'un coup, consciente de l'audace du jeune homme. Cependant, ce jeu provocant lui plaît et, à voix encore plus basse, elle minaude :

« Quand donc voudriez-vous me voir ?

– Ce soir, à la nuit tombée près de la croix de l'ermitage. »

Léone sursaute et recule vivement, comme piquée par une guêpe. La voilà plus rouge encore, et furieuse de l'être. Se détournant sans répondre, elle rejoint Louis. Mais il ne fait pas attention à sa sœur. Il rassemble son ballot en maugréant :

« Un travail de bête de somme ! Comme si c'était à moi de faire cela, moi le fils du maître ! Mon père me traite comme le dernier de ses valets sous prétexte de m'apprendre le métier. À quoi cela sert-il sinon à me dégoûter de la terre ? Un jour je partirai, je ne suis pas fait pour cette vie d'esclave. »

La colère décuplant ses forces, il hisse l'énorme charge sur son dos, la calant d'un mouvement de reins. Sans se préoccuper de ses compagnons qui s'aident mutuellement à charger leur bourras, Louis remonte le sentier à travers prés. Léone le suit, quelques pas après lui, perdue dans ses pensées, hésitant entre rire et indignation.

Ce Nicolas est assurément le plus séduisant des frères Arlabosc. Baraqué comme un lutteur de foire, mais des yeux de velours avec une flamme de joie, des lèvres gourmandes, la voix grave. Il y a longtemps qu'elle l'a remarqué en accompagnant son père lorsqu'il rend visite à son fermier, mais le jeune homme ne prêtait aucune attention à la petite fille timide qu'elle était. Aujourd'hui, pour la première fois, il la remarque et, aussitôt, se montre insolent. Elle le revoit avec ses cheveux noirs aux boucles défaites par la transpiration qui mouille son front, ses joues mal rasées, la toison qui couvre sa poitrine, et elle sent encore, à plein nez, son odeur poivrée d'homme de force. Léone frémit. Elle décide que cet individu est grossier, répugnant, qu'elle le déteste, ne lui adressera plus jamais la parole, évitera de croiser son chemin. Elle le chasse de son esprit. Voilà, c'est fait, elle l'a déjà complètement oublié !

Soulagée, légère, elle rit et sautille sur place. Une envie de chanter à tue-tête la prend mais, avant, elle se retourne pour s'assurer que les autres sont loin derrière. Son sang ne fait qu'un tour. Nicolas est là, à deux pas. Bien qu'il lui sourie, elle remarque la cruauté de son regard. Elle prend peur, pousse un cri et court pour rattraper son frère. Louis ne s'est aperçu de rien, toujours à bougonner contre cette charge qui l'humilie plus qu'elle ne lui pèse. Il ne supporte pas d'être rabaissé au même rang que les fils du métayer alors qu'il ne les dédaigne pas en tant que compagnons de plaisir quand, comme un seigneur, il leur paye à boire aux vogues et foires du canton.

Léone voudrait lui faire part de son anxiété, mais comment lui dire ce qu'elle pressent alors que sa stricte éducation lui interdit de le comprendre ? Son frère si cher, son complice de toutes leurs bêtises, ne peut-il la deviner à demi-mot ? Elle tente de l'alerter :

« Le Nicolas est derrière nous. »

Mais Louis se méprend et accélère le pas :

« Il ne me dépassera pas ! Il a beau être plus robuste, je suis le plus agile. »

Oubliant son humeur, gagné par l'esprit de compétition, il allonge le pas pour atteindre la grange le premier. Sur sa lancée, il escalade l'échelle qui conduit au fenil et, courbant l'échine, bascule le faix par-dessus sa tête. Triomphant, les poings sur les hanches, il se tourne vers Nicolas et l'apostrophe :

« Hé, compère ! Qu'en dis-tu ?

– J'en dis qu'à la course des ânes, vous serez le gagnant ! »

Vexé de la repartie, Louis a un grand rire forcé :

« Monte donc, si tu l'oses et tu vas voir ce que l'âne te réserve.

– Me voilà », crie Nicolas.

En passant près de Léone qui est restée là, il lui murmure, sans la regarder :

« À ce soir, je vous attendrai. » Puis il grimpe à l'échelle et se jette avec son ballot, la tête la première, sur Louis qui ne l'attendait pas si brutalement. Adeptes des jeux de lutte, les deux jeunes roulent au milieu du foin, bras et jambes emmêlés, poussant des « han ! » terribles à chaque effort pour tenter de terrasser l'autre. Effarée mais fascinée, Léone suit la joute des yeux, croisant les mains sur sa poitrine pour retenir les battements de son cœur.

Théophile qui survient les rappelle à l'ordre sans complaisance :

« Ho là, les drôles ! Allez-vous cesser vos manières de chiens. »

Se relevant, les jeunes gens s'ébrouent et se frappent à grands coups pour s'épousseter des brindilles d'herbe accrochées à leurs frusques. La toile de bourras sur l'épaule, ils se hâtent en descendant l'échelle au bas de laquelle maître Théophile les attend la canne levée, prêt à leur cingler les mollets.

« Je vous apprendrai, moi, à vous amuser quand il est juste temps de lever une autre *fânée*[1] avant midi. »

Serrant les dents à les faire grincer, Louis se dresse devant son père, le défiant, la bouche tordue. Mais Nicolas le pousse en avant, évitant l'altercation. Sur le sentier ils croisent le reste de l'équipe qui s'amène lentement. Libérant sa hargne, Louis les invective :

« Allez, bande de feignants, faudrait vous manier le cul ! »

Et il les bouscule méchamment au risque de les renverser. Faisant virevolter son bourras à bout de bras, il en frappe le talus, tout comme il heurte du bout du pied le moindre caillou, l'envoyant valdinguer au loin avec rage.

« Quelle mouche vous pique ? interroge Nicolas qui le suit de près.

– Je ne supporte pas de me laisser commander par ce vieux ! Il me houspille constamment tandis qu'il s'adresse à ses domestiques avec la plus grande courtoisie. Qu'il se méfie ! Un jour, je le laisserai en plan et il n'y en a plus pour longtemps. Si ce n'était par égard pour ma mère que je vénère, je déguerpirais dès à présent.

– Et pour aller où ?

---

1. Fânée : charge de foin.

– N'importe où ! Je n'ai pas peur de travailler, à condition que ce ne soit pas sous ses ordres.

– Vous avez beau être bien né, tant que vous n'aurez pas votre héritage, vous serez forcé d'obéir à un maître.

– Je serai mon propre maître ! D'une façon ou d'autre, j'y parviendrais !

– N'est-ce pas malheureux de regimber quand on a le cul dans l'beurre. Bien vrai, vous déparlez. Il vous manque d'avoir connu la misère et les coups comme moi. J'échangerais volontiers ma place contre la vôtre.

– Eh bien ! Prends-la si tu peux. Mais je t'avertis, même dorée, la cage est une cage, et on y est à l'étroit. Et puis, ne me parle plus, tu m'agaces, tu ne cherches qu'à te faire bien voir de mon père en abondant servilement dans son sens. »

Renfrogné dans son mutisme, Louis se démène, piquant le foin du bout de sa fourche pour le rassembler dans le bourras. Sa mauvaise humeur décuple ses forces et il devance de loin tous ses compagnons pour se débarrasser de son deuxième chargement dans le fenil. Il fonce jusqu'à la source, se trempant la tête dans l'auge pour calmer la brûlure de sa figure et son cou. Longuement il reste penché au-dessus de l'eau troublée, attendant que son image s'éclaircisse. Quand il se redresse et s'étire, repoussant ses cheveux en arrière à deux mains, il voit la petite servante qui l'observe. Confuse, Marinette lui tourne le dos et s'échappe vers la maison. En trois bonds, il la rattrape et la retient par le bras, bien qu'elle tente de se libérer.

« Que regardais-tu donc, petite effrontée ?

– Rien, monsieur Louis, rien je vous le jure !

– Menteuse, je dirai à ma mère que tu bayais aux corneilles au lieu d'être à l'ouvrage, et elle te châtiera.

– Oh non ! monsieur Louis, ne faites pas ça, je vous prie…

– Alors tu seras gentille avec moi et tu te laisseras embrasser ?

– Ce n'est pas bien, monsieur Louis. Le curé l'a défendu.

– Sornettes ! Ose prétendre que tu n'en as pas envie ! »

Écarlate de confusion, la servante s'arrache à son emprise et fuit, trébuchant à cause de ses sabots trop grands. Louis ne cherche pas à la rattraper, mais hausse son rire pour qu'elle l'entende comme une menace. Retrouvant sa morosité il se hâte jusqu'à la maison, surprenant sa mère encore seule dans la cuisine.

« Vite, mère, donnez-moi un peu de pain et du fromage.

– Attendez donc mon fils, qu'arrivent votre père et les autres.

– Non, je ne veux point partager le repas avec eux. Je me sens fatigué, et il me presse de me reposer. »

Rolande l'examine avec inquiétude, mais Louis se détourne, redoutant sa perspicacité. Il ne peut lui mentir et préfère éviter ses questions. Se servant lui-même d'un bout de pain et d'un morceau de tomme, il la quitte et part à grandes enjambées vers la chênaie. Là, il se couche à l'ombre des arbres, contemplant le ciel à travers la ramure. Les feuilles retournées par un vent léger lancent des éclats gris sur vert.

« Je partirai », répète Louis, suivant des yeux un nuage vagabond qui rompt l'uniformité de la voûte bleue. Où ira-t-il ? Il ne le sait encore mais, à la première occasion, il saisira sa chance, tentera l'aventure, d'où qu'elle se présente.

L'image de Marinette s'impose à son esprit. Ce serait dommage de partir avant de l'avoir caressée. Cette petite-là, il sent qu'elle ne lui résistera pas, qu'il pourra enfin assouvir ce désir douloureux qui le taraude depuis pas mal de temps, épancher cette sève trop vigoureuse qui enfièvre son corps de jeune mâle. Cette nuit ? Pourquoi pas ? Dans un geignement, il se retourne sur le sol, se pressant contre la terre, refermant la main sur son membre durci.

À la maison, le repas se déroule en silence, les faneurs étant assommés de fatigue. Tandis, qu'ensuite, tous se reposent, attendant que le gros de la chaleur soit passé, Théophile se retire dans son cabinet de travail et ouvre son livre de raison. Il y note d'une écriture appliquée la date du jour, 10 juillet 1841, et le nom de ceux qui sont venus aider à engranger le foin. Il souffle sur l'encre pour la sécher, se relit, et trempe à nouveau la plume dans l'encrier pour ajouter :

« Mon fils Louis me donne du tracas. »

Il n'écrira rien de plus. Il ferme le livre et, joignant les mains sur la couverture de cuir, il reste prostré, assommé de funestes pensées.

Rolande s'est introduite dans le bureau et s'approche derrière lui. Tendrement, elle l'enserre de ses deux bras, appuyant ses lèvres contre sa tempe. Unis par tant d'amour, ils n'ont pas besoin de mots pour se comprendre. Les chagrins, les soucis sont allégés simplement parce qu'ils sont partagés.

« Ma mie, soupire Théophile en relevant la main pour caresser la joue de sa femme. Que nous réserve l'avenir ?

– Pourquoi vous tracasser mon ami ? Ne sommes-nous pas entre les mains de Dieu ? »

Théophile secoue la tête, dubitatif. Il ne partage pas la foi aveugle de sa femme, et se révolte contre la volonté divine quand elle ne lui convient pas. Il croit que l'homme a son libre arbitre et n'a pas à se soumettre ou à se résigner dans l'adversité.

Mais il évite une discussion qui peinerait la pieuse Rolande sans la convaincre.

Jusqu'à la nuit tombée, les hommes rassemblent l'andain et le charrient à la grange. Louis en fait autant que les autres et ne paraît pas rechigner à la tâche. Maître Théophile ne s'y fie pas. Ce zèle inhabituel l'inquiète davantage que ses éclats de rébellion. Il surveille de loin, sans se montrer.

II

Jeunesse inconséquente

DANS LA MAISON SILENCIEUSE, Léone doit être la seule à ne pas dormir. Énervée, elle se tourne et se retourne sur son lit, rejetant les draps rêches qui lui donnent chaud. Même sa robe de nuit, pourtant de batiste légère, lui semble de trop et elle la soulève pour en éventer sa peau nue. Ce souffle d'air tiède, au lieu de l'apaiser, l'excite comme un frôlement, et elle gémit d'agacement, écartant ses cuisses, enroulant ses doigts dans les frisottis de sa toison. Un bruit presque imperceptible la met en alerte et elle rabat vivement sa robe sur ses jambes. Elle en est sûre, quelqu'un marche dans le couloir !

Se levant précautionneusement pour ne pas faire grincer le sommier, elle marche sur la pointe des pieds jusqu'au chambranle et lorgne à travers le trou de la serrure. À la lueur du quinquet qui éclaire son visage, elle reconnaît son frère, et elle ouvre la porte. Comme un malfaiteur, Louis cache d'instinct le lumignon au creux de sa main mais, revenu de sa surprise, il s'approche et chuchote :

« Retourne te coucher, sœurette, et oublie que tu m'as vu. Tu n'en parleras à personne, n'est-ce pas ? C'est un secret ! »

Léone voudrait demander des explications mais, posant un doigt sur ses lèvres pour la faire taire, il la repousse gentiment à l'intérieur de la chambre et referme la porte. Un long moment, Léone reste tendue, l'oreille aux aguets, et devine qu'il monte au grenier. Elle n'a pas de peine à imaginer ce qu'il va y faire, sachant que Marinette couche là-haut. Elle a beau avoir été élevée au couvent, elle n'est pas une sainte-nitouche. Avec ses amies pensionnaires, combien de fois n'ont-elles pas imaginé, en frissonnant de peur et de désir, ces mystérieuses caresses menacées de l'enfer par les bonnes sœurs.

Elle se penche à la fenêtre dont les volets n'ont pas été fermés pour laisser pénétrer la fraîcheur. La lune, dans sa plénitude, illumine loin devant la maison, les prés et les bois, donnant aux choses des ombres hallucinantes. Les rossignols s'interpellent d'arbre en arbre, s'égosillant en roulades mélodieuses. Une petite chouette élève sa plainte mélancolique. Gonflant leur gorge, les crapauds de la mare répondent avec gravité. Léone n'entend que son cœur en émoi.

Irritante, l'image de Nicolas surgit à nouveau à son esprit sans qu'elle tente de la repousser. C'est avec une certaine vanité qu'elle se figure le jeune homme à ses pieds, éperdu d'amour, la suppliant en vain de lui accorder un baiser. Ah ! Qu'il serait piquant de le taquiner jusqu'à le rendre fou ! Et puis s'en vanter auprès de Marinette et aussi de ses amies de pension, Adèle et Berthe. Mais qui sait s'il l'attend réellement à ce rendez-vous qu'il lui a fixé ? Oh ! Certainement que oui ! Ne serait-ce pas amusant de s'en assurer, mais sans se faire voir, et de rire de son attente vaine ? En passant par la chênaie, elle pourrait se cacher et apercevoir cependant la croix de l'ermitage.

Soudain, cela lui devient irrésistible. Il faut qu'elle y aille et, demain, elle se moquera de lui, sachant qu'elle l'aura berné. Passant à la hâte un jupon par-dessus sa chemise, elle enjambe la fenêtre et, suivant la corniche, gagne le mur en escalier qui sépare la demeure des dépendances. Agile, elle saute sur le perron. Un long moment, elle reste accroupie, aux aguets, mais le silence lui rend confiance et elle s'éloigne pieds nus, les sabots à la main, rasant la maison jusqu'à l'angle du nord où elle se jette dans l'ombre. Se chaussant, elle s'élance à travers bois, refusant d'écouter la peur qui lui conseille de revenir en arrière.

Au sortir de la chênaie, une simple croix de grès signale l'ancien ermitage aujourd'hui détruit. On dit que l'âme du dernier ermite, tragiquement assassiné pendant la Révolution, erre sur les lieux de son martyre. Rolande a recommandé à sa fille de dire une courte prière pour l'apaiser et attirer sa bénédiction. Prudente, Léone marmonne un rapide *Ave Maria*, ralentissant sa marche pour ne pas se montrer à découvert. Bientôt, elle distingue la croix, au travers de la futaie, et se colle contre le plus gros des troncs pour observer sans être remarquée. Elle a beau écarquiller les yeux, hormis la croix éclairée d'or sous la lune, elle ne voit personne. Pas âme qui vive, pas même celle de l'ermite !

Déçue, elle avance d'arbre en arbre, à pas de loup, prête à s'immobiliser au moindre indice de la présence de Nicolas. La voilà dans la clairière, déconfite et furieuse. Ah ! Le vaurien s'est joué d'elle ! Il doit dormir comme un sonneur, et elle est la dernière des nigaudes. La colère lui met les larmes aux cils. Elle tape du pied, écrasant un buisson d'airelles sauvages.

Soudain, derrière elle, la voix enjouée de Nicolas la cingle comme la lanière d'un fouet :

« Dieu ou diable me préserve ! Est-ce une *fade*[1] qui danse devant moi ? Si elle trépigne ainsi mon cœur, je suis un homme mort ! »

---

1. *Fade : fée.*

Se retournant d'un bond, Léone découvre enfin le jeune homme couché dans l'herbe tout près d'elle. La honte la pétrifie. Que va-t-il penser d'elle, comment reprendre l'avantage de la situation ? Elle maudit son inconséquence, et se prend à prier pour que ceci ne soit qu'un cauchemar dont elle se réveillera abritée sous les courtines de son lit.

Nicolas s'est redressé et il s'approche. Léone veut reculer mais se heurte du dos à la croix où elle reste immobilisée, incapable de s'échapper. Nicolas ne la touche pas mais il l'enferme entre ses bras, appuyant ses mains contre les montants de la croix. Léone se raidit, ferme les yeux. Elle sent sa chaleur, son odeur musquée, elle entend son souffle court qui répond aux battements désordonnés de son cœur. La terreur la submerge, elle étouffe et voudrait hurler.

Elle se jette en avant mais, à bout de forces, s'écroule sur Nicolas qui la retient contre lui. Comme elle défaille, il s'affole. Il la porte et l'allonge sur un berceau de mousse creusé entre les racines protubérantes des chênes. Il lui caresse les cheveux, lui tient la main, se défait de sa chemise pour l'en recouvrir. Quand elle revient à elle, il lui répète doucement : « N'ayez crainte, demoiselle. Je ne vous ferai aucun mal. » Léone ose le regarder dans les yeux. Il est penché au-dessus d'elle et lui sourit si tendrement que ses craintes lui paraissent stupides. Elle lui sourit en retour, rassurée, confiante, et essaye de se redresser.

« Attendez, ne faites pas trop vite, vous auriez un nouveau malaise. Laissez-moi vous aider, appuyez-vous contre mon bras. »

Agenouillé auprès d'elle, il la soutient, et la jeune fille s'alanguit, serrée contre son torse nu. Sans l'avoir cherché, Léone goûte de ses lèvres entrouvertes la peau chaude et salée de Nicolas. Il en faut si peu pour chavirer. Alanguie, elle tend les mains pour s'agripper à son cou et, relevant la tête, offre malgré elle sa bouche au baiser. À ce contact, foudroyée, elle s'embrase tout entière. Elle ne peut lutter contre cette envie folle de s'abandonner totalement aux caresses qui la font frémir. Adroitement, Nicolas écarte ses vêtements, dénude ses seins, pince délicatement le téton entre ses lèvres tandis que de ses doigts, très lentement, il effleure le ventre et glisse doucement jusqu'à son intimité soyeuse. Elle voudrait le retenir, l'empêcher mais, dans son trouble, elle ouvre les jambes, presse et guide la main qui la fouille, gémissant d'impatience. Elle dit non, mais se cambre pour mieux se laisser pénétrer, ressentant à peine une brève douleur, retenant en elle son amant, partageant sa jouissance. Quand, éperdu, il s'abat à ses côtés, elle le caresse à son tour, des mains et des lèvres, surprise de son pouvoir sur cet homme rude qui geint de plaisir.

« M’aimez-vous ? » questionne-t-elle, anxieuse. Sans répondre, il l’attire sur lui pour l’étreindre encore. L’aube, pâlissant le ciel, efface les étoiles. Du sol point la rosée glacée qui tempère enfin l’ardeur des jeunes gens enlacés. Ils se rhabillent à la hâte, soudain conscients de leur folie, redoutant les conséquences. Sans ménagement, le garçon repousse Léone qui voudrait l’embrasser :

« Rentre chez toi avant que ta mère s’aperçoive de ton absence. Surtout, ne parle de rien ! Il nous en cuirait à tous les deux. »

Lui tournant brusquement le dos, il s’éloigne à grandes enjambées sans prononcer ce mot d’amour que la jeune fille espère. Dolente, Léone se dirige vers le château à petits pas. Au sortir du bois, elle se dirige vers la source. Relevant son jupon, elle entre dans le bassin, plongeant ses jambes dans l’eau jusqu’à la taille. Sous la morsure du froid, d’abord elle se raidit mais, ensuite, elle ressent un grand bien-être. Elle se frotte les cuisses et le ventre pour calmer le feu de sa chair. Elle se baigne le visage, passant ses doigts sur ses lèvres irritées. Ne cherchant plus à préserver ses vêtements, elle s’immerge tout entière dans l’eau claire, apaisant l’émoi de son corps. Les premiers rayons du soleil strient la montagne de lames d’or. Sortant de l’onde, Léone écarte les bras pour les recevoir sur sa poitrine. Sa chemise et son jupon, collés à sa peau, dévoilent son apparence de jeune fille à peine formée. Elle tord la masse de sa chevelure pour l'essorer et se fige, la tête affaissée sur l'épaule, plongée dans de sombres réflexions. Que va-t-elle devenir ? Veut-elle oublier cette nuit et redevenir la petite fille qu'elle était hier ? Ou désire-t-elle vraiment engager sa vie aux côtés de cet homme qui l'a séduite si facilement ? Non, rien ne peut plus être comme avant mais elle se refuse à envisager l'avenir, regrettant amèrement son insouciance perdue.

« Eh bien ma fille ! Que faites-vous là ? »

Léone pousse un cri d'épouvante et se précipite hors du bassin, mais elle s'empêtre dans son jupon trempé et s'affale devant sa mère. Stupéfaite, Rolande se penche pour la relever :

« Qu'est-ce qui vous prend, mon enfant ? Depuis quand tremblez-vous en me voyant ? Est-il arrivé quelque chose de fâcheux qui vous porte à une telle émotion ? »

Se serrant contre sa mère, Léone éclate en sanglots. Sans faire cas des vêtements mouillés, Rolande berce sa fille entre ses bras, lui prodiguant des baisers, l'appelant de petits noms doux.

« Ma toute petite adorée, mon bébé chéri, confiez-moi vite ce gros chagrin. »

L'espace d'un instant, Léone est tentée de tout avouer, mais la tendresse même de sa mère l'en empêche. Comment celle-ci pourrait-elle comprendre que sa petite, son bébé, a donné sa virginité sans la moindre vergogne à un rustre ? Le pire des mensonges sera plus convaincant. Entre deux hoquets, Léone fabule :

« J'ai fait un cauchemar horrible. J'ai vu le papa tué par un ours ! »

Rolande frissonne et serre sa fille encore plus étroitement contre son sein.

« Ah ! Ma chérie ! Comme vous l'aimez, vous aussi ! Rassurez-vous, le papa va bien. Faut-il que vous soyez tourmentée pour vous jeter ainsi dans cette eau glacée ? Allons, venez ! Il faut rentrer et vous changer, sinon vous allez prendre mal. »

Soutenant sa fille, Rolande l'entraîne vers la maison. Les deux femmes demeurent tristement silencieuses. Chacune a conscience que l'essentiel n'a pas été dit. La mère, se réveillant en sursaut dans la nuit, a pressenti un drame sans pouvoir le définir. Elle s'est levée et a prié, attendant le jour. Elle a redouté la mort et est presque rassurée puisque, au jour levé, elle retrouve tous les chers à son cœur, à leur place dans la vie. Il n'empêche qu'elle perçoit un malaise encore inexplicable, qu'elle sent l'odeur du malheur qui rampe et se rapproche malgré sa vigilance. En secret elle se promet d'aller brûler un cierge à la Vierge de Notre-Dame de Thines pour implorer sa protection. Voulant rejoindre le château par-derrière pour éviter d'être vues, les deux femmes se heurtent à Marinette échevelée, courant vers les communs, déjà en retard pour nourrir la volaille. La petite servante blêmit en reconnaissant sa maîtresse, et baisse les yeux dans une attitude coupable. Rolande soupçonne aussitôt un écart de conduite mais, considérant sa propre allure, la robe aussi trempée que le jupon de Léone, elle s'abstient de tout commentaire, gardant ses réprimandes pour plus tard. Furtivement, les jeunes filles s'examinent, décelant dans le regard troublé de l'autre la même crainte mêlée de honte.

Poussant sa fille vers l'escalier, Rolande recommande :

« Habillez-vous et descendez ensuite immédiatement. Faites bonne figure car votre père ne doit s'apercevoir de rien ! »

Docile, Léone se hâte. Sur le palier devant sa chambre, elle croise Louis. Il fait encore sombre, et il ne remarque pas la piteuse allure de sa sœur. Il est tout à sa fierté de jeune coq, et s'imagine avoir accompli un exploit parce qu'il a forcé une pauvre fille. Il a un rire faraud :

« N'oublie pas ! Secret ! »

En même temps, nullement gêné, il est heureux qu'elle sache. Déjà il se demande à qui d'autre il pourra se confier et se vanter d'avoir jeté sa gourme.

Refermant la porte à clef sur elle, Léone se déshabille prestement. Saisissant le petit miroir à manche d'ivoire sur sa coiffeuse, elle approche de la fenêtre pour s'examiner à la lumière du jour. Comme elle est pâle, les yeux noyés au fond de cernes mauves qui lui mangent les joues ! Baissant le miroir, elle s'attarde sur sa poitrine menue, effleurant d'un doigt la pointe du mamelon encore tout irrité des mordillements subis. Plus bas encore, elle s'étonne du reflet de son ventre plat qui ne révèle en rien la meurtrissure intérieure. Songeuse, elle laisse retomber le miroir. Allons, elle n'a rien à redouter. Il lui suffit de se rougir les joues en les pinçant, et de paraître enjouée. Personne ne s'apercevra qu'elle n'est plus la même !

Cependant, lorsqu'elle revient dans la salle basse où les hommes mangent la soupe épaisse du matin avec de grands lapements d'affamés, devant son père elle s'émeut, n'osant plus se jeter dans ses bras comme hier. Naïf, il l'appelle :

« Alors ma chatounette, ne venez-vous pas mignoter votre papa ? »

Comment parvient-elle à refouler ces larmes qui l'aveuglent et à feindre la joie en se penchant pour baiser le front dégarni ?

« Avez-vous donc fait de beaux rêves qui vous ont transportée dans la lune, ma fille ?

– Nenni, mon père. Ce sont plutôt les rossignols qui m'ont ôté le sommeil avec leur tapage.

– C'est que vous ne deviez être guère fatiguée. Il faudra demander à votre mère qu'elle vous charge de plus d'ouvrage, ma princesse, et vos nuits seront meilleures ! »

Théophile a un bon rire heureux, et Léone se crispe, à la fois confuse et fâchée d'avoir berné si aisément ce père vénéré.

Relevant la tête, elle rejoint le clan des femmes près de la cheminée. Mélanie lui tend précipitamment son bol de lait chaud. Elle le prend brusquement, sans remercier, et le boit, droite, avec un air renfrogné qui signifie clairement : « Laissez-moi tranquille ! Je ne suis pas d'humeur ! » Elle évite de croiser le regard attristé de sa mère mais s'amuse de celui ahuri de Rose. Pourtant, remarquant le grossissement proéminent qui relève la jupe de sa demi-sœur, elle éprouve un bref pincement au creux de l'estomac. Un enfant qui enfle en vous, écartelant vos chairs… quelle atrocité !

Repoussant cette vision comme s'il s'agissait d'une mèche de cheveux qui lui tomberait au-devant de l'œil, Léone se ressaisit, étire un sourire sur ses lèvres, affiche cet air d'enfantine innocence qui lui ferait donner le bon Dieu sans confession. Seule Marinette reste penaude dans son coin, raclant son fromage caillé au fond de son écuelle, trop à sa propre peine pour faire attention aux autres. Bien que connaissant la cause de son désarroi, Léone lui tourne le dos, se refusant au moindre signe d'entente. Elle ne saurait comparer son sort à celui de la servante ! Oubliant leur complicité, elle ne lui fera aucune confidence. Ce jour-là et les jours qui suivirent, chacun, aux Anglanières, accomplit sa tâche aux yeux de tous. Cependant, la nuit venue, personne ne vit ni ne sut, les amours coupables qui se poursuivirent en secret. Les foins furent engrangés, la grande lessive de draps blancs sécha sur le pré. Voyant ses enfants enjoués, Rolande oublia son appréhension, Théophile crut ses craintes non fondées.

III

La foire de Loubaresse

IL FAUDRAIT ÊTRE CUL-DE-JATTE pour ne pas se rendre à la foire de Loubaresse, au 25 du mois d'août. Encore que ! Il doit bien y en avoir parmi tous ces estropiés, vrais ou faux, qui profitent de l'occasion pour mendier leur vie aux côtés des saltimbanques et autres montreurs d'ours, sans parler des pèlerins, pas tous bons catholiques, venus faire leurs dévotions à Notre-Dame ! Situé sur le chemin des bergers transhumant avec leurs troupeaux ou des muletiers transportant le vin depuis la Provence jusqu'au Vivarais, au Velay et en Auvergne, ce bourg aux rues pentues devient pour un jour le centre d'une activité effrénée. C'est le jour où les bergers descendent des estives les agneaux nés au printemps. Prévoyant grande affluence, chaque maison, devenue auberge, tue son veau qui sera rôti et servi, moyennant écot, aux paysans des environs venus souvent en famille pour vendre autant que pour acheter. Tout un peuple joyeux se presse, avide de plaisirs et de profits. Des colporteurs, la hotte sur le dos, promettent des trésors. Les paysannes portant fièrement leur panier sur la tête, se hâtent vers la place du marché où elles déballeront leurs marchandises. Appelant le chaland, les cabaretiers mettent un tonneau en perce. Les bonimenteurs vantent leur camelote, les charlatans proposent leur élixir miraculeux, les joueurs de cornet entraînent à la danse. Interrompant *Ave* et *Pater*, le curé, de sa terrible voix de prêcheur, vocifère contre tant d'inconvenances et d'atteintes aux bonnes mœurs qui perturbent le déroulement de la sainte procession. Partout règne la plus effroyable agitation. Cependant, lorsque la cloche de l'église sonne l'angélus, instantanément le silence se fait et chacun récite la prière, les femmes mains jointes, tête baissée, les hommes tenant leur chapeau sur la poitrine. Mais l'amen pas plus tôt expédié, le tumulte reprend de plus belle. La majeure partie du foirail est réservée aux bestiaux. Par-dessus le charivari de bêtes meuglant, bêlant, hennissant, grognant, chacune volubile en son patois, les hommes haussent le ton pour marchander l'animal convoité. Simulant tour à tour la stupeur, l'indignation, la fureur, ils débattent à n'en plus finir. La situation s'envenime, ils s'échauffent, paraissent prêts à se battre ! Pourtant, tout à coup, l'entente se fait et ils concluent la *pache*[1] en se frappant mutuellement dans la paume, riant à pleine gueule. C'est l'occasion de boire une pinte pour sceller l'accord, et ceci se répète tout au long de la journée, tant qu'il reste un œuf à vendre. On les voit de plus en plus rouges et suants, de moins en moins fermes sur leurs jambes.

D'apparence plus tranquille mais tout aussi âpres, les fermières, assises sur leurs talons, proposent leurs volailles serrées dans des cages d'osier. Les oies passent le cou entre les barreaux, essayant de pincer quelques mollets au passage. Cacardant, caquetant, gloussant, la basse-cour en émoi manifeste bruyamment sa désapprobation. D'autres femmes ont apporté le beurre et les fromages, maintenus au frais dans des étuis de fayard, tapissés de feuilles de châtaignier, et des œufs dans de grands paniers de seigle tressé. Toutes, et même les vieilles, se sont parées de leurs plus beaux atours. Elles rivalisent de coquetterie exhibant gorgerette de fine dentelle, corselet de couleur vive et tablier assorti, châle brodé et chapeau empanaché de rubans. C'est merveille de voir chatoyer ces colliers d'or et ces pendants d'oreilles qui se renvoient de grands éclats de soleil, tout autant que la croix et l'ostensoir, brandis par les enfants de chœur en robe rouge sous le surplis ajouré.

---

1. Pache : accord de vente.

Ceux des Anglanières sont partis avant l'aube, franchissant les dix lieues, à travers bois, en moins d'une heure. Jean et Louis ont conduit les bouvillons, mais c'est Théophile qui les vendra.

Les quatre Arlabosc tout en sueur, les reins cassés, ont transporté à grand-peine un cochon de deux cents livres au moins, solidement attaché sur une échelle. L'habillé de soie hurle malgré le lien qui lui ferme le groin. Cet ingrat ne se rend pas compte du bonheur de voyager en litière à travers les caillasses des sentiers impraticables aux carrioles. Pour Rolande, il s'agit d'abord de faire ses dévotions à la Vierge, et aucune femme de sa maison n'oserait s'en abstenir. Ce n'est qu'ensuite qu'elles débâteront Lisette, la mule qui transporte les volières où les coqs ébouriffés clament leur colère d'être à l'étroit. Avec le produit de leur vente, Rolande achètera un sac de sel, nécessaire à la conservation des viandes de cochon.

Soutenant son ventre à deux mains, Rose suit sa marâtre et s'agenouille sur l'herbe devant l'autel fleuri qui a été dressé en plein air. Avec quel bonheur ne confie-t-elle pas l'enfant qui va naître à la garde de la sainte Mère ! Ébahie, Mélanie se laisse distraire par la foule et, sans Léone qui la tire par le bras, elle se perdrait tout bonnement. Ce qui ne veut pas dire que Léone tienne tant que ça aux oraisons, mais comment s'esquiver et courir à ses amusements quand la mère, malgré son apparence recueillie, la retient d'un œil si vigilant ? Tantôt peut-être, après la messe, elle pourra s'échapper et baguenauder d'un étal à l'autre, le long des ruelles en pente, pour dépenser en colifichets les sous que le père lui a donnés avant de partir ce matin.

Brusquement, une clameur immense monte du champ de foire, et même les plus confites en prières ne peuvent résister à la tentation de tourner la tête.

« Voyez, voyez, les voilà, ils arrivent, ils sont là ! »

Annoncée par le tinrelintintin d'enfer, la *couble*[1] des douze mules et mulets descendant du Puy-en-Velay, soulève la poussière dorée du chemin. Plus époustouflant que l'ostensoir et tous les bijoux de ces dames réunis, les harnachements cloutés, les clochettes des colliers, les plaques frontales et les œillères gravées, en cuivre dûment astiqué, miroitent de mille feux. Plumets et pompons de laine écarlate virevoltent au rythme allègre des bêtes, piaffantes, sensibles à l'admiration suscitée. Enroués à force d'aboyer, Castor et Pollux, les chiens intrépides, encadrent le convoi, ne tolérant aucun écart. Monté sur Merveille, la plus grande de ses mules qui porte le titre de « cheval de barde », le fameux Bertou le Rouge est le plus

1. *Couble : convoi de plusieurs mulets.*

vaillant et le plus séduisant des muletiers du plateau ardéchois. Haut de taille, large de carrure, le teint hâlé, la physionomie franche, le rire éclatant, il respire la joie de vivre. Il se pose un peu là avec son ample veste de cadis blanc aux boutons de cuivre, contrastant sur le rouge vif de la cravate et de la ceinture de laine enroulée autour de ses reins d'un triple repli. À sa culotte de peau sont attachées par une jarretière rouge les guêtres blanches qui recouvrent les gros souliers ferrés au cuir graissé.

Insigne de sa profession, un petit fer à cheval serti dans un anneau d'or pend à son oreille. Il fait siffler haut le long fouet au manche sculpté et, dans un hourvari d'imprécations convenues, arrête la couble, avec précision, juste devant l'auberge.

Aussitôt, comme un essaim bourdonnant, la foule s'agglutine autour d'eux, chacun voulant toucher ces animaux fringants ou, parfois, dérober une de leurs jolies clochettes. En tête de la couble, se trouve le plus intelligent de tous, Mouret, le vieux mulet que l'on appelle le *viégi*[1]. Coutumier de cet engouement, il encense vigoureusement, faisant tinter à son cou la cayrade rutilante, bataillée par le gros os perforé au bout duquel

1. Viégi : le mulet le plus expérimenté que l'on place en tête.

pend un gland de soie rouge. Sur son front, la plaque muletière, surmontée du plus haut plumet, porte la fière devise de son maître : « Liberté est mon choix. »

Les audacieux soulèvent déjà les *cubertes*, couvertures de laine chamarrées, qui cachent le contenu des bennes suspendues aux bâts. « Holà ! » hurle Bertou le Rouge, faisant reculer les impatients en brandissant son fouet. Sa grande taille, sa force légendaire, sa figure burinée par le vent du plateau, ses cheveux rouquins, longs et hirsutes, retenus par un bonnet rouge sous le chapeau de feutre noir, lui donnent une allure terrible qu'accentue son sourire carnassier. « Que diable, laissez-moi le temps de boire une chopine ! J'ai le gosier râpeux d'avoir couru sur vos sentiers de chèvres pour vous apporter au plus tôt toutes ces merveilles que vous attendez. Vous verrez ! J'ai de ces dentelles, mesdames, à damner une sainte, mais également des chapelets bénis, de buis ou de perles, des statuettes de la Vierge noire, sainte patronne du Puy, des épingles à tête de nacre pour vos fichus, des bas blancs, des écheveaux de laine de toutes les couleurs, du fil et des aiguilles et tant d'autres articles dont vous ne pourrez vous priver. J'ai même un lot de rubans de taffetas rapportés de Saint-Étienne, et quelques aulnes de ce merveilleux ruban de velours que seuls les Stéphanois savent tisser. Pour vous, messieurs, j'ai des outils robustes, des aciers, des couteaux, des marteaux et des clous, des scies et des lames de faux plus coupantes que celles des sabres de cavalerie. »

Avisant Louis qui s'est faufilé au premier rang des spectateurs, le Rouge lui fait signe :

« Toi, le jeune, qui a les yeux francs et l'air dégourdi, prend mon fouet et tiens-moi ces badauds à distance. Avec mes valets, qui l'ont bien gagné, nous allons nous décoincer la glotte avant de débâter. »

Imbu de sa soudaine importance, Louis se donne des airs bravaches, serrant le fouet à s'en blanchir les jointures. Cependant, inquiets de l'absence de leur maître, les mulets, assaillis de mouches sanguinaires, deviennent enragés. Ils s'émouchillent les flancs de leur queue, soufflent et trépignent, provoquant le boucan effroyable de tous leurs grelots ébranlés. La foule impressionnée recule d'un pas, et Louis affolé appelle le muletier :

« Vite, vite ! Les mulets s'échappent ! »

Encore plus rubicond, mais la mine débonnaire, maître Bertou revient sans se presser, les bras en l'air.

« Tout doux, mes beaux ! Allons mes jolies ! »

Passant de l'un à l'autre, les enlaçant au garrot, appelant chacun par son nom, il leur susurre des mots tendres dans le velours de l'oreille, les embrasse sur la peau soyeuse des naseaux, les mignardant de toutes ces sortes de flatteries et de caresses qu'on adresse aux femmes et aux enfants. Rassurées, ces bêtes puissantes, encore tremblantes sur leurs pattes nerveuses, avancent leurs grosses lèvres pour lui mâchouiller l'épaule, tournent vers lui des yeux langoureux, emplis d'adoration.

Cette fois, sans plus attendre, les trois hommes déchargent les bennes d'osier, lourdes de marchandises attendues par ces paysans du Vivarais. Tandis que les valets dirigent la couble vers la fontaine du village, le Rouge vante sa camelote aux chalands qui se bousculent. Dans un coin, Louis suit le manège des transactions, ébaubi de voir tant de pièces d'argent passer du gousset des acheteurs à celui que le Bertou tient sous sa ceinture, paraissant gonfler de l'estomac comme une brebis goulue.

S'apercevant de sa présence, le muletier l'interpelle :

« Hé, mon gars ! Si tu n'as pas plus à faire, viens me donner un coup de main ! Je te payerai l'omelette ce tantôt, quand les bennes seront vides, ce qui ne saurait tarder ! »

Louis a une brève hésitation. Et son père et le Jean qui ont sans doute besoin de lui ? Bah ! Ils n'ont qu'à se débrouiller ! Il leur avait bien dit d'amener le Gus ou Momo ! Tant pis pour eux ! De toute façon, ça apprendra au père à ne pas l'écarter de la vente s'il veut que son fils s'intéresse aux affaires du domaine !

Joyeux, il se met au service du Bertou qui le charge de peser avec la petite balance romaine, des sachets de clous de toutes tailles, manufacturés à Clermont d'Auvergne. Les deux valets sont revenus, ayant laissé mules et mulets au *quillard*, cet enclos mis à leur disposition le temps de la foire. Ce terrain qui n'était que roche schisteuse, fertilisé par tant de crottin des années durant, est devenu un pré d'herbe grasse.

Bertou peut se consacrer à sa clientèle féminine qui réclame mille fantaisies, menus accessoires de couture, fanfreluches. Il n'a pas son pareil pour taquiner jeunes filles et matrones, sans jamais les offenser. Même les toutes vieilles qui n'ont plus de dents minaudent pour attirer son attention, mériter un compliment charmant. S'adressant aux hommes, il leur suggère d'offrir à leur dame ou tendre amie, un col de dentelle, un mouchoir, un foulard, une image pieuse. Il se démène tant et si bien que bientôt la camelote vient à manquer, au profond désappointement des retardataires.

Bien que très attentif à sa pesée de clous, Louis aperçoit tout à coup Nicolas, marchandant un mouchoir bordé de dentelle. Intrigué, il le siffle pour attirer son attention, tenant aussi à se faire remarquer de lui dans sa fonction de commerçant.

« Ho ! Nicolas ! As-tu une promise pour gaspiller ainsi ta cagnotte ? »

Sans marquer d'embarras, Nicolas plisse les yeux, gonflant la poitrine :

« Ça se pourrait ! Et vous, que faites-vous là ?

– Tu le vois, mon ami, je tâte d'un autre métier, plus à ma convenance que celui de bouseux.

– Vous n'allez quand même pas…

– Pourquoi pas ? Mais toi, dis-moi donc le nom de la belle qui reçoit tes faveurs.

– Quand vous le saurez, vous serez surpris mais, en attendant, si on vous le demande, vous direz que vous n'en savez rien ! »

Cachant le mouchoir sous sa chemise, Nicolas s'éloigne, désinvolte, laissant Louis sur sa curiosité.

Fidèle à sa promesse, le Bertou entraîne le jeune homme à l'auberge, commandant d'abord, pour se mettre en bouche, l'omelette au lard et la fillette de vin. Le tout étant promptement englouti, en attendant le ragoût, il questionne Louis sur sa situation. Apprenant qu'il est fils de gros fermier, il s'indigne de son peu d'empressement pour la terre.

« Malheureux ! Il n'y a rien de plus noble que le métier de paysan ! Être son maître sous le soleil, diriger un domaine pour que tout soit à l'entendement des hommes qui y vivent, c'est être Dieu sur terre ! Les prés et les bêtes bien tenus, des fruits à cueillir, les arbres émondés, les sources canalisées ; posséder une demeure qui vous protège du chaud comme du froid avec des meubles patinés par la fumée de la cheminée ; manger sa soupe à son aise, assis à une table ; entendre les femmes de la maison vaquer à leurs occupations, pétrir le pain, ranger le linge, bercer les enfants ; mais comment se peut-il, blanc-bec, que tu méprises cette vie ?

– Maître Bertou, sauf votre respect, vous ne savez pas ce que c'est ! Moi, je ne suis qu'aux ordres de mon père comme le dernier des valets. Sous prétexte de m'éduquer, il ne me passe rien, toujours exigeant, jamais content ! Il voudrait me brider comme un cheval rétif. Il me tord la bouche, m'empêche de galoper mais il ne me contraindra pas longtemps. Le toit sur ma tête m'étouffe, la terre sous mes pieds n'est que boue qui ne me porte pas mais dans laquelle je m'enlise. Quant à la soupe, elle a trop le goût du reproche pour l'avaler sans haut-le-cœur. Non, je ne suis pas fait pour cette vie de *gavot*[1] à courir derrière le cul des vaches ! Je rêve de grands espaces, de liberté, d'aventure, de voir des pays nouveaux. Il me plaît que cette existence soit rude, dangereuse, car j'aime le risque tout comme j'aime le jeu. »

---

1. Gavot : paysan.

Les joues en feu, Louis se penche vers le Bertou :

« Maître, emmenez-moi avec vous ! Vous ne le regretterez pas, je vous serai dévoué, mieux que votre chien. »

Le muletier se rejette en arrière, s'appuyant le dos au mur. En a-t-il entendu de ces garçons le supplier de les embaucher ! Éblouis par les apparences, ils se voyaient marchant sur les sentiers de la gloire, gagnant de l'argent à brassées. Bertou le Rouge connaît les hommes, il sait sonder leur cœur à la lumière de leurs yeux. Il n'a besoin de personne qu'il n'ait choisi lui-même. Ce jeune-là, ce fils de famille qui méprise la soupe qu'on lui sert, il l'a jugé prétentieux et sot. Cependant, il ne peut se défendre d'une sorte de tendresse pour lui. Est-ce cette tignasse de flammes, cette fougue incontrôlée, cette révolte mauvaise ? Comme cet enfant lui ressemble, et comme il l'aimerait s'il était son fils ! Mais lui, Bertou, l'enfant abandonné, il a crevé de faim et c'est sur la misère qu'il a pris appui pour se sortir de la vie qui lui était adjugée par le mauvais sort de la naissance. Celui-là, né avec une cuillère en or dans la bouche, ne se doute pas quelle dose de courage il faut pour se tailler une vraie place au soleil.

L'auberge s'est remplie d'un monde impatient. Les filles de salle, chargées de plats fumants, dégoulinants de sauce, courent de table en table, jamais assez vite, jamais assez tôt au gré des affamés. La chaleur accablante diffuse l'odeur aigre de la vinasse bue à même le cruchon. Perçant le brouhaha, des voix se haussent, des mots explosent, lourds de menace. Se défiant, deux hommes sortent leur couteau et, la main serrée sur le manche, le plantent dans le bois de la table. La bouche tordue d'invectives, ils s'excitent à la haine, désirant la rixe comme le seul jeu propre à satisfaire leur tempérament belliqueux.

Malgloire, l'aubergiste grand et fort comme un chêne, se méfie, sachant par expérience que, s'il n'intervient pas, ces gaillards entraîneront toute la salle dans une bagarre générale, démolissant vaisselle et mobilier qui ne pèsent pas lourd entre leurs mains de brutes. D'un clin d'œil, il se met d'accord avec le Bertou, et celui-ci, qui n'attendait que cela, empoigne le plus proche par l'échine, tandis que l'hôte se saisit de l'autre. Sans ménagement, ils les balancent dehors. Presque tous les dîneurs, émoustillés, se lèvent, renversant bancs et tabourets dans leur hâte de suivre le spectacle. Les belligérants roulent au sol, mêlés dans un enchevêtrement de bras et jambes à ne plus savoir auquel des deux ils appartiennent. Un petit malin lance les paris, aussitôt suivis en masse. Une bonne bagarre est un divertissement qui vaut bien de perdre quelques sous. Ces montagnards, si paisibles chez eux, se déchaînent à présent, poussant au crime d'homme, comme s'il s'agissait d'un combat de coqs. Prudent, le père Malgloire a récupéré les couteaux. Cela n'ira pas au-delà d'un nez cassé, d'une épaule luxée, et les convives, enchantés de la distraction improvisée, reviendront se remplir la panse de bon appétit.

En attendant, il discute avec le Rouge :

« Et ma *boute*[1] de vin, quand me la livreras-tu ? Après cette foire, je n'ai plus de réserve et il faut remettre ça à la Saint-Michel.

– T'inquiète, mon ami. Je descends à cette heure chez les vignerons de Pont-Saint-Esprit, vider leurs caves avant la nouvelle vendange. Au retour, du vin tu en auras, et du meilleur, car il sera vieilli. »

Reprenant place à table, le Rouge retrouve Louis attendant sa réponse comme si rien n'avait interrompu leur entretien.

« Et alors, maître Bertou ?

– Alors quoi, mon gars ?

– Me prendrez-vous avec vous pour cheminer jusqu'au Rhône ?

– Holà ! Je ne suis pas voleur d'enfant et ton père pourrait, de bon droit, m'envoyer la maréchaussée aux trousses. S'il se faisait que tu partes un jour avec moi, ce ne serait qu'avec son accord ! »

---

1. Boute : outre en peau de vache d'une contenance de plus ou moins quatre-vingts litres.

Une telle déception se lit dans les yeux du garçon que Bertou en est tout retourné. Poussant le ragoût vers lui, il le gronde :

« Allez petit ! Ne fais pas cette figure de carême et mange, car si tu veux devenir muletier il faudra être autrement fort que ce que tu es ! Pour te prouver que je suis bon bougre, je vais te proposer un marché. J'ai mon bardot, le Finaud, qui a fait une mauvaise chute en glissant sur la pierraille. J'ai cru qu'il déboulait jusqu'au ravin et que je le perdais tout de bon, sans parler qu'il portait le *rambail*, c'est-à-dire mes outils et le petit matériel. Par bonheur, comme il est jeune et que j'en suis à le dresser, il n'était pas attaché aux autres sinon il aurait entraîné toute la couble à sa suite. Néanmoins, il s'est couronné les genoux et il boite de vilaine façon. Je suis obligé de le laisser ici, à quelque particulier de Loubaresse, mais ça me contrarie car c'est une bonne bête et j'y tiens.

« Maintenant, vois où je veux en venir : si j'allais trouver maître Desroudhil pour lui confier ce bardot jusqu'à mon retour, ne crois-tu pas que ce serait une bonne manière d'entrer en amitié pour proposer ensuite que tu m'accompagnes au Puy ? »

Bouche bée, Louis ne trouve aucun mot pour exprimer sa gratitude. Soudain sévère, Bertou le Rouge pointe sur lui un doigt menaçant :

« Il n'y a rien de gagné d'avance ! Tout se mérite ! »

Sachant qu'il retrouvera forcément son frère à l'auberge, sans doute en mauvaise compagnie et ivre mort, Jean promet à Théophile de lui ramener Louis. Se frayant un passage, bousculant les clients attablés, il ne tarde pas à repérer Louis mais reste intimidé devant le muletier. Ce n'est pas la fréquentation habituelle du jeune homme. Apprenant qui il est, le Bertou invite Jean à trinquer, et l'informe de son souci pour le bardot blessé, prétendant être en pourparlers avec Louis à ce sujet. Jean, qui est sans malice, ne demande qu'à le croire, et se porte garant de l'assentiment du père Desroudhil qui se fait un honneur de ne jamais refuser un service.

Escorté des jeunes gens, Bertou le Rouge va à la rencontre de Théophile. Prête au départ, toute la famille s'impatiente autour de la mule sur laquelle Rose s'est juchée pour éviter la fatigue du retour. Le père fronce les sourcils en regardant approcher le muletier, mais celui-ci, après s'être incliné respectueusement devant Rolande, le salue, enlevant son chapeau, ce qui est marque de la plus grande considération puisque, même à l'église, les maîtres muletiers, par privilège, conservent leur couvre-chef.

« Maître Desroudhil, excusez mon impertinence à vous aborder. Étant dans l'ennui à cause d'une bête blessée, j'ai eu le bonheur de rencontrer vos fils ici présents qui, vantant votre serviabilité, m'ont suggéré de m'adresser à vous. »

Théophile oublie aussitôt les sévères remontrances qu'il comptait adresser à Louis, et s'enquiert de l'affaire en question. Les voilà rejoignant le quillard où les mulets se reposent, mâchant leur ration de foin. Effectivement, Finaud a les deux antérieurs vilainement tuméfiés et les mouches se collent sur les genoux esquintés.

« Voyez, montre Bertou, le front soucieux, je l'ai déjà oint de vulnéraire mais, ce qu'il lui faut, c'est du repos. Je reviens d'ici une vingtaine de jours. Si vous pouviez me le garder jusque-là, vous me feriez une faveur dont je saurais me montrer reconnaissant.

– La chose est entendue et je suis votre obligé car votre confiance m'honore. J'ai moi-même effectué de nombreux charrois avec des mulets à l'époque où je livrais les coupes de mes bois aux mines de Largentière, et je sais l'affection que l'on peut prendre pour ces braves bêtes qui obéissent avec tant de bravoure. Accompagnez-nous aux Anglanières afin d'en connaître le chemin et, à votre retour vous y trouverez votre Finaud parfaitement requinqué. »

Laissant la couble à la garde de ses valets et de ses chiens, Bertou le Rouge, tenant Finaud par la bride, emboîte le pas à Théophile. Ne paraissant pas son âge, Desroudhil marche avec assurance et son bâton d'épine, retenu au poignet par un bracelet de cuir, ne sert qu'à rythmer et non à soutenir son pas. Malgré ses vêtements noirs, le paysan n'a pas moins d'allure que le muletier. Aussi grand, sec et nerveux, le dos droit, les cheveux blancs flottant sous le chapeau aux bords relevés, il écoute et questionne le Bertou avec intérêt, sans s'essouffler dans les montées. Le voyageur explique son métier au sédentaire. Les itinéraires, depuis les riants vignobles du Languedoc jusqu'aux puys majestueux de l'Auvergne ; le plaisir du commerce, l'excitation de l'aventure ; mais aussi, les dangers d'être attaqué par des bandes de malfrats, ceux de se perdre quand le vent glacial de la burle souffle sur la neige, embrouillant les repères, et que des loups hurlent, affolant les mulets. Cependant, aucun risque ne vous retient car, plus puisant que tout, est cet attrait de la liberté qui fait du muletier, audacieux et fier, dirigeant son attelage, un maître après Dieu.

« Ah mon ami ! soupire Théophile, je n'ai pas à me plaindre de ma vie, je l'ai accomplie du mieux que j'ai pu, et beaucoup vous diront que j'ai réussi. Néanmoins, je m'aperçois que les biens acquis avec tant d'acharnement vous attachent finalement comme une chèvre à son piquet. Il faudra pourtant, un jour proche, tout laisser sans savoir ce qu'il en adviendra. Alors parfois il me prend un doute – À quoi bon ? – et, vous entendant, j'ai presque un regret !

– Maître Desroudhil, je ne sais qui de Dieu ou de diable, a tracé notre voie, mais je suis sûr que nous n'avons pas vraiment choisi ! Chaque homme reçoit en partage une motte d'argile. À chacun de la façonner du mieux qu'il peut. Mais que peut l'ignorant qui n'est jamais sorti de chez lui ? Moi qui ai vu tant de pays, de gens et de coutumes, je sais à présent que je m'établirai plus tard sur quelques arpents de bonne terre pour cultiver mon petit domaine. Car ce métier de vagabond n'est profitable qu'à ceux qui sont jeunes et pleins de vaillance. J'ai déjà trente-cinq ans, et avant qu'il ne soit trop tard, il me faut songer à la douceur d'un foyer. Comment l'aurais-je compris si je n'avais pas couru les routes auparavant ? La sagesse ne s'acquiert qu'après maintes épreuves.

– Vous parlez d'or, mon ami ! Plût au ciel que mon fils Louis vous entende, lui qui ne rêve que d'escapades vers un ailleurs chimérique, alors qu'il a le pain et le couteau à sa main !

– Maître Desroudhil, laissez-le tâter de la vache enragée sinon, jamais il n'appréciera ce qu'il n'a pas eu à gagner.

– Vous avouerai-je, le Rouge ? C'est moi qui ai peur pour lui ! Ce n'est qu'un enfant impulsif et je redoute les mauvais coups qu'il pourrait recevoir. Je tremble tout bonnement pour sa vie !

– Certes, maître Desroudhil, je vous comprends, mais c'est une loi de la nature : À trop protéger, on rend vulnérable ! Vous le savez mieux que moi. »

Théophile hausse les épaules, convaincu, mais refusant de l'admettre. Bertou jette un coup d'œil en arrière, cherchant Louis pour lui adresser un signe de complicité. Mais, levé vers lui, c'est le regard ensorcelant de Léone qu'il capte. Impudente, elle le fixe un instant avant de baisser le front dans une attitude de modestie que dément son demi-sourire.

Elle marche près de son frère, écoutant ses confidences, partageant ses espoirs et ses rêves insensés, se prenant à admirer ce muletier de si belle prestance, vêtu comme un prince, apparemment riche et puissant de son état. Louis parle à voix basse, regardant le bout de ses souliers, mais Léone tient haut la tête, détaillant effrontément Bertou de dos, son allure, sa démarche et surtout sa chevelure flammée qu'elle aimerait démêler de ses doigts. Quand il se retourne, sans qu'elle s'y attende, elle reçoit son coup d'œil comme un éclair qui l'irradie, la laissant brûlante et cependant forte d'une satisfaction incompréhensible. Quel intérêt peut-elle accorder à cet homme mûr alors que son jeune amant se trouve à quelques pas derrière elle ? Tout à l'heure, profitant de l'inattention de la mère, Nicolas lui a glissé vivement dans la main ce mouchoir qu'elle tient serré au fond de la poche de son tablier. Elle le triture du bout des ongles, songeant que ce cadeau est un gage qui la lie.

Mais est-elle encore aussi déterminée à se lier à cet homme en dessous de sa condition, et affronter le courroux certain de ses parents ? Ne pourrait-elle effacer ce qui s'est passé, comme on efface les traits de la marelle dessinés dans la poussière du chemin ? Ce n'était qu'un jeu, cela ne compte pas « pour de vrai » !

Non, elle comprend, à travers le désarroi qui l'oppresse, qu'elle a gâché sa chance, qu'il n'y aura pas de pardon car elle a fauté gravement, qu'elle s'est perdue sans espoir de retour. Accablée, elle se sent sale et laide. Une grosse boule de chagrin lui monte à la gorge.

Les larmes brouillent sa vue. Elle ferme les poings. Dans un sursaut, elle remonte au courage, se force à sourire. Personne ne doit savoir et, si elle ne dit rien, personne ne saura. Ce qui fut sera comme s'il n'avait jamais été ! Avec l'insouciance de la jeunesse, elle rejette ce qui l'ennuie, croyant que cela suffit pour que tout soit oublié.

Bertou s'est retourné encore et, cette fois, elle lui sourit franchement, retenant ses yeux au fond des siens.

Les Arlabosc ont bifurqué pour regagner la métairie de la Grange au Bois. La petite troupe est silencieuse, ressentant la fatigue. Subitement on aperçoit le château des Anglanières, dressé au sommet des terres cultivées en terrasses. Sentant l'écurie, Lisette hennit joyeusement et Finaud, ragaillardi, oubliant de boiter, dresse les oreilles. Le muletier laisse échapper un long sifflement admiratif. À la lumière ambrée du soleil couchant, la bâtisse se teinte des ocres et des roux du miel de montagne.

À partir d'ici, la *draille*[1] est soigneusement empierrée, bordée de sorbiers lourds de baies noires. Les loriots y piquent à plein bec entre deux gazouillis s'accordant au gargouillis du torrent. Celui-ci, dévalant des sommets là-haut, cascade sur la roche miroitante avant de se faufiler docilement dans le ruisseau herbu qui couleuvre le long des terrasses. Enjambant le cours d'eau de trois arches appareillées en plein cintre, un pont ouvre l'entrée de la propriété, protégée d'une croix scellée sur le parapet.

« Fichtre Dieu ! Maître Desroudhil, que vous êtes bien logé, et que voilà un domaine plaisant à l'œil. Chapeau bas ! »

Joignant le geste à la parole, Bertou se découvre.

Théophile reçoit le compliment sans cacher son plaisir. Certes, le Bertou est sincère, mais il est habile également, sachant manier les gens comme

---

1. Draille : chemin, piste.

il manie ses bêtes, les flattant dans le sens du poil pour gagner leur confiance.

Théophile a beau ne pas être tombé de la dernière pluie, cédant à une légitime fierté, il ne peut s'empêcher d'en rajouter :

« Attendez d'avoir vu les écuries ! Vous m'en baillerez de belles ! »

À l'arrière du château, séparées par une cour pavée de galets, avec le puits en son milieu, les dépendances sont une enfilade de vastes pièces voûtées, fraîches en été, chaudes en hiver. Là également, le pavement de galets protège les bêtes de l'humidité du sol. Courant le long du mur, les mangeoires taillées dans le grès sont surplombées par des râteliers en bois de châtaignier. À l'étage est entreposé le foin sous un toit de lauzes judicieusement ventilé. Les hirondelles y ont élu domicile et c'est à cris stridents qu'elles accueillent les arrivants.

Tandis que les femmes se hâtent vers la demeure, ayant fait promettre au muletier de ne pas partir sans venir se restaurer, Théophile lui fait visiter le domaine, ne lui épargnant aucun recoin. Le poulailler ; la porcherie ; la *clayde*[1] à châtaignes ; le bûcher ; le charnier garni de jarres pleines de saindoux, de lard salé, de pâtés sous la graisse blanche

1. Clayde : séchoir.

et de saucissons pendus en ribambelle aux solives. Bertou regarde en connaisseur, appréciant chaque fois d'un mot bien choisi. Pendant ce temps, Jean et Louis bouchonnent, abreuvent et nourrissent la mule et le bardot qui paraissent enchantés de leur mutuelle compagnie.

Pour le souper, Théophile découpe de larges tranches de ce jambon fumé dans la cheminée qu'il n'offre qu'aux grandes occasions. De son vin, il est moins faraud, reconnaissant qu'en cette saison, proche du mûrissement du raisin, il a un goût de piquette. Cela n'empêche pas les hommes d'en boire force chopines, le trouvant de moins en moins mauvais.

De ce rassemblement autour de la table, naît une amitié qui fait chaud au cœur. Vraiment, il n'y a pas meilleur que de partager le pain et le sel pour se comprendre et s'estimer malgré toutes les différences. Il y a du regret à se quitter, car on a encore tant à dire et à se raconter, mais on se reverra d'ici peu. C'est promis, et on se dit « à Dieu » pour se fortifier d'espérance.

La lune toute ronde éclaire le chemin comme au plein du jour. Bertou le Rouge va d'un pas hardi. Ses souliers ferrés arrachent des étincelles aux cailloux. Dans le silence limpide, il perçoit un murmure étrange, indéfinissable et cependant d'une douceur mélodieuse. Étonné, il s'arrête et aussitôt, n'entend plus rien. Reprenant sa marche, il surprend à nouveau ce léger émoi, et comprend tout à coup qu'il sourd du plus profond de lui. C'est un chant d'allégresse qui monte de son cœur à ses lèvres comme un débordement de liesse. Et avec lui, c'est le joli minois de Léone, doré d'éphélides, qui surgit à ses yeux éblouis par l'aura lunaire. Sa poitrine se gonfle et se gonfle encore à lui faire mal, mais d'une douleur exquise. Levant son visage vers le ciel, il laisse éclater, à pleine gorge, un chant glorieux, plus fort que le vent du Rhône, résonnant jusqu'aux étoiles.

Muletier vaillant, par monts et par vaux,
toujours de l'avant.
Rien ne t'arrête, rien ne t'effraie,
tu t'en vas en chantant.
Une belle qui passe, et voilà ton cœur qui s'affole.
Tu la suis des yeux n'osant lui adresser la parole.
La route est encore longue, tu ne peux demeurer.
Hardi ! Fier muletier, file vite, sans te retourner !
Demain, au soleil levé, déjà, tu l'auras oubliée.
L'amour est là, mais l'amour est aussi ailleurs.
L'amour est partout, là où te conduit ton cœur.
Rien de mieux que voyager, voir de beaux pays,
Tenter l'aventure, se faire de nouveaux amis !
Si Dieu le veut, tu reviendras peut-être un jour.
Et si ta belle est là, t'attendant toujours,
Alors, si elle le veut, tu l'aimeras d'amour !

Bertou le Rouge s'en va, et cependant, quoi qu'en dise sa chanson, s'impatiente déjà de revenir. Ce n'est plus avec la seule idée de reprendre son bardot !

IV

Engrenage

C'EST AU MATIN, le lendemain du départ de Louis, que Rolande découvre Marinette noyée dans le bassin. Quel mystérieux pressentiment l'a conduite vers la fontaine, l'avertissant qu'elle y trouverait la malheureuse ? Dès qu'elle s'est aperçue de l'absence de sa servante, elle a deviné qu'elle avait mis fin à ses jours.

Pas un instant Rolande n'envisage la possibilité d'un accident car, dans ce bassin si peu profond, il faut s'accroupir pour s'immerger complètement. À genoux sur la margelle, elle tente de ramener la pauvrette qui flotte, le visage enfoui sous l'eau. L'attrapant par ses cheveux épars, Rolande l'amène jusqu'à elle et la tire sur la berge. Ce n'est qu'une enfant, elle ne pèse pas lourd. Quel désespoir a pu la pousser à cette résolution ? Elle scrute le visage bleui, cherchant en vain une réponse dans les yeux ternis fixant le vide.

Pourquoi faire semblant de ne pas savoir ?

Cette mort est liée au départ de Louis, ressenti par tous comme une fugue malgré le consentement arraché à Théophile. Mais le père avait-il le droit d'empêcher quoi que ce soit ? Bon gré, mal gré, il devait essayer de comprendre le choix du fils, lui laisser cette liberté tant convoitée en espérant que, sa curiosité satisfaite, il reviendrait au pays.

Ce muletier, Bertou le Rouge, les avait tous séduits d'emblée. Tous les membres de la famille, sans exception. Ensorcelés, à vrai dire ! Personne, non plus, ne s'est méfié du bardot estropié, personne n'a vu en lui l'instrument du destin. Au contraire, chacun s'est attendri devant la bête blessée, encourageant Louis à le soigner. Même Odilon, le berger, s'en mêla, proposant un baume de sa fabrication très efficace contre les écorchures dont souffrent souvent les brebis. Le Finaud, vite rétabli, manifesta sa reconnaissance par un attachement évident pour Louis. Celui-ci, qui ne s'était jamais intéressé à Lisette, se crut un don certain pour le dressage des animaux, et y vit la preuve de sa vocation à devenir muletier. Comme quoi, quand nous désirons quelque chose fermement, nous devenons capables de l'obtenir.

À son retour de Pont-Saint-Esprit, Bertou le Rouge, par sa faconde, avait habilement convaincu maître Desroudhil qu'un éloignement momentané des Anglanières serait profitable au jeune homme. Les voyages forment la jeunesse paraît-il !

De plus, maître Desroudhil lui rendrait, une fois encore, un fieffé service, car un homme de confiance lui faisait défaut pour acheminer à bon port sa précieuse cargaison de vin du Midi. En cette fin de septembre, le plus gros des travaux des champs étant terminé, l'absence du jeune homme ne gênerait guère au bon fonctionnement de l'exploitation.

Théophile, devant de si bons arguments, et las de la mauvaise humeur permanente de son fils, accepta presque avec soulagement.

Dès le lendemain à l'aube, le convoi des douze mulets, tous lourdement chargés de deux boutes de vin, s'ébranla au son joyeux des *trintrins*[1] carillonnants. Les parents s'efforcèrent de cacher leur anxiété, agitant les mouchoirs en signe d'au revoir. Seul Finaud marqua un léger regret de quitter les Anglanières, répondant à Lisette dépitée qui brayait tristement. Personne ne fit attention à l'absence de Marinette.

Soudain, avec violence, la détresse submerge Rolande. Désemparée, elle serre contre sa poitrine le corps déjeté.

« Pauvre petiote, pauvre petiote ! » répète-t-elle en berçant Marinette entre ses bras. Comme elle

1. *Trintrin : collier garni de grelots.*

comprend ce désir de mort quand l'être cher s'en va sans se retourner ! Comment a-t-elle pu faire bonne figure, paraître satisfaite, en regardant s'éloigner son fils alors qu'elle retenait ses larmes à grand-peine. Pourtant, elle qui se croyait pour Louis la plus aimante des mères n'a jamais envisagé de mourir comme cette fille de rien qui, en le perdant, a perdu espoir en la vie.

Inquiet de son absence, Théophile envoie les hommes à la recherche de sa femme.

Elle a déjà vaincu son désarroi quand Gus et Momo lui enlèvent Marinette, et la portent dans la soupente derrière la buanderie, la déposant sur la table où Rolande d'habitude fait sécher le tilleul et les autres plantes d'herboristerie.

« Qu'est-il donc arrivé ? Comment est-ce possible ? », interrogent avec effroi tous ceux de la maisonnée, rassemblés autour de la jeune morte.

Et soudain, Rolande redoute qu'ils ne soupçonnent le suicide condamné d'anathème. Elle affirme, péremptoire :

« Elle aura glissé, à cause de ses sabots trop grands. C'est de ma faute ! J'aurais dû veiller à ce qu'elle soit mieux chaussée. Je le savais, mais comme cette petite ne se plaignait pas, je n'ai pas fait cas ! Jamais je ne pourrai me le pardonner ! Laissez-nous maintenant. Avec Rose et Léone, nous allons la faire belle. Que Jean aille au village commander le cercueil chez le menuisier, et que Mélanie avertisse monsieur le curé. La pauvre enfant mérite bien une messe. »

Léone tremble tellement, qu'elle ne peut être de grand secours. Lorsque sa mère lui suggère de choisir une de ses robes pour habiller Marinette, elle accepte avec soulagement pour s'échapper de là. Rose, forte de la vie qu'elle porte en elle, se sent capable d'assister sa belle-mère. Un rai de soleil soulève sur le plancher une poudrée de pollen aux senteurs des prés.

Avec juste les mots qu'il faut pour se seconder, les deux femmes dévêtent la servante et, alors seulement, l'ayant complètement dénudée, s'aperçoivent que la jeune fille était grosse. Joignant les mains, Rolande tombe à genoux.

« Mon Dieu, ayez pitié ! »

Rose fond en larmes et se détourne, appuyant son front contre le carreau de la fenêtre.

À cet instant, Léone revient, traînant les pieds, portant une robe sur le bras. Elle referme doucement la porte derrière elle mais, levant les yeux, recule et se plaque le dos au mur. Bouleversée, elle fixe le corps si maigre, mais avec ce ventre déjà arrondi qui révèle le secret du désespoir de Marinette.

Sans hésiter, Rolande décide et ordonne :

« Il ne nous appartient pas, à nous, de la juger ni surtout de la condamner. Cependant, mes filles, jurez-moi de ne jamais rien dire à personne de ce que vous avez vu, car sa faute rejaillirait sur notre famille, et nous serions en butte à toutes les malveillances. Je vous demande de pécher en mentant par omission. Je prends tout sur moi, y compris le manquement de Marinette, et j'en serai seule redevable devant Dieu. M'avez-vous entendue, mes filles ? Donnons-nous la main et prions ensemble pour sceller notre pacte et implorer la miséricorde de la Sainte Vierge. Qu'elle nous pardonne, qu'elle lui pardonne ! Les vertueux gens d'Église, eux, seraient impitoyables ! »

Entre sa mère et Rose, Léone répète le miserere sans comprendre les paroles, sans reconnaître le son de sa voix altérée. Elle ne peut s'arracher à la contemplation de ce ventre saillant, preuve de culpabilité et d'ignominie qu'il faut cacher sous peine de sanctions épouvantables.

Lorsque le père Mathieu, curé de Blaroux arrive aux Anglanières, Rolande l'accueille avec sérénité. Elle le conduit au chevet de la morte. Dans la pénombre, éclairée seulement d'un lumignon, vêtue d'une robe blanche à gros plis, coiffée d'un bonnet à guimpe tuyautée, Marinette a l'air d'un ange. On dirait qu'elle sourit délicatement, et chacun en la regardant est pris de compassion.

« Comment est-ce arrivé ? », s'enquiert le prêtre.

« Un malheureux accident ! Elle a glissé », ment Rolande en le regardant droit dans les yeux. Si grande est sa probité que personne n'oserait mettre sa parole en doute. Elle exige qu'une messe soit dite pour le repos de l'âme de cette orpheline qui n'avait d'autre famille que celle de ses maîtres. D'ailleurs, Rolande souhaite qu'elle soit enterrée dans le caveau des Desroudhil. Elle y a mérité sa place.

Théophile fronce les sourcils, désapprobateur. Quel mérite a donc eu cette petite servante insignifiante ? Mais devant l'air déterminé de son épouse, il acquiesce d'un hochement de tête, retenant ses questions pour plus tard, quand ils seront seuls. Rolande a déjà préparé une bourse qu'elle donne au curé, pour ses frais, pour ses œuvres, et celui-ci, sans commentaire, s'empresse de bénir le corps, l'oignant des saintes huiles.

*

* *

Léone suffoque au milieu de ses sanglots. Elle voudrait se laisser choir au sol, se rouler en boule, hurler sa détresse, sa terreur. Mais Rolande lui presse le haut du bras d'une main ferme, sans tendresse, juste pour la retenir de s'épancher d'une manière aussi inconvenante. Dans cette famille, il faut savoir se dominer, avoir de la dignité en toutes circonstances, maîtriser ses émotions, qu'elles soient de bonheur ou de peine. Aveuglée de larmes, la tête renversée sur la poitrine, Léone assiste à l'enterrement sans rien voir ni entendre, obéissant, sans les comprendre, aux ordres que lui chuchote sa mère.

Comme de coutume, tous ceux du village participent à la cérémonie, distillant leurs commentaires entre deux prières. Ils surveillent la jeune fille éplorée avec une curiosité mêlée de méchanceté. Que ces Desroudhil, avec leurs manières de seigneurs, ne s'attendent pas à de la sympathie. Ils sont aussi mal vus de faire tant de cas d'une pauvresse que s'ils n'en avaient pas tenu compte ! La petite Léone ne doit pas avoir les nerfs solides. Pas étonnant… c'est une enfant de vieux au sang abastardi ! Et son frère Louis, qui est parti courir les chemins comme un gueux, faut-il qu'il soit toqué lui également ? Toute la famille passe au crible de leurs sarcasmes. Il ne peut leur être pardonné que, sortis de la glèbe, les Desroudhil se soient élevés au-dessus de leur condition.

Théophile et Rolande ne s'attardent pas à la sortie du cimetière. Mélanie et Rose soutiennent Léone qui, au bord de l'évanouissement, trébuche à chaque pas. Cependant, quand Nicolas Arlabosc s'approche pour offrir son aide, la jeune fille refuse avec véhémence, retrouvant soudain assez de vigueur pour s'éloigner précipitamment de lui. Surprise, Rolande questionne sa fille des yeux, mais Léone évitant le regard de sa mère, se laisse aller aux bras de ses sœurs.

Qu'elles semblent longues les quelques lieues séparant le village de Blaroux du château des Anglanières ! Une ondée glacée annonce un automne précoce. Les femmes resserrent frileusement leur châle autour de leurs épaules. Les hommes tirent les bords de leur chapeau pour le rabattre jusqu'aux oreilles. La terre détrempée colle aux sabots, alourdissant la marche. Enfermés dans leur mutisme, tous se hâtent maintenant vers le château, pressés de reprendre le cours normal de leurs occupations, d'oublier ces événements dérangeants.

Quand Léone monte dans sa chambre, personne ne la retient. Rolande se sent abattue, plus de tristesse que de réelle fatigue.

Assise sur un tabouret près du feu, elle enlève ses bas mouillés et frotte ses pieds l'un contre l'autre pour les réchauffer. Les hommes sont retournés à leur travail. Le visage sombre, Théophile s'est enfermé dans son cabinet pour annoter son livre de raison. Mélanie et Rose se sont rendues à l'étable, car il faut bien traire les chèvres et les vaches. Rolande soupire. Elle devra louer une autre servante. Cela tombe mal car la prochaine *louée*[1] n'aura lieu qu'en octobre, époque où ne restent à l'embauche que les plus mauvais manœuvriers, les renvoyés, les délaissés. Profitant de sa solitude, Rolande courbe le dos, appuyant ses mains sur ses genoux dans une position d'abandon. Elle est lasse d'être celle sur qui chacun compte dans la famille pour régler les différends, prendre les sages décisions. Il est des jours, comme aujourd'hui, où elle voudrait se retrouver seule et s'en remettre à Dieu avec la confiance d'un enfant. Elle ne peut même pas prier, en proie aux interrogations.

Son beau Louis ! Comment a-t-il pu se conduire comme un sot ? Pourquoi Marinette ne s'est-elle pas confiée ? Quelle pitié ! Et Léone, au comportement si étrange, était-elle au courant ? Et elle, n'a-t-elle pas eu tort de révéler ses certitudes à Théophile ? Le voilà, à présent encore plus remonté contre leur fils.

Rolande se tient le front pour contraindre la migraine insidieuse qui cogne à ses tempes. Comment faire face à la vie quand le cœur est tant meurtri ?

Un éclat de voix l'arrache à sa songerie. C'est Mélanie :

1. *Louée : foire d'embauche.*

« Mère, mère, venez vite, Rose est mal ! »

Sans penser à se rechausser, Rolande bondit sur ses pieds et se précipite aux étables. Tremblante, à genoux sur la paille, Rose enfonce sa jupe entre ses cuisses pour retenir le sang qui s'écoule de son ventre. Apercevant Rolande, elle s'écrie, encore pleine d'espoir malgré sa frayeur :

« Mère, dites-moi que mon petit ne va pas mourir ! »

Un élancement la fait hurler et elle tombe en avant, se tordant sous la douleur déchirante.

Mélanie, consternée, se tourne vers Rolande :

« Mère, cela ne se peut ! Faites quelque chose ! »

Un grand froid étreint Rolande au plus profond du cœur. Elle sait qu'il n'y a aucun espoir, que l'enfant désiré est perdu, et que même la jeune femme est en danger, faisant une fausse couche à ce terme avancé de sa grossesse.

« Prévenez Jean qu'il aille chercher la sage-femme et le docteur, ordonne-t-elle à Mélanie. Pressez-vous et revenez aussitôt ! »

Restée seule, elle prend Rose entre ses bras, essayant de la rassurer, de la calmer mais, transpercée de spasmes, la malheureuse se contorsionne, sans un cri, le souffle coupé par l'intensité de la souffrance. Humant l'odeur du sang, les bêtes effarées se rassemblent au fond de l'étable, le plus loin possible.

*
* *

Léone est montée directement au grenier. Elle est déterminée, sans larmes, sans peur. Il n'y a pas d'autre issue possible. Comme Marinette, elle doit en finir. Jamais ses parents ne comprendraient ce qu'elle ne peut comprendre elle-même. Elle a gâché sa vie. Tant pis ! Elle sauvera au moins son honneur, et personne ne saura qu'elle s'est perdue en se donnant à Nicolas. Ce Nicolas, elle le hait, non pas parce qu'il l'a séduite, mais parce qu'il l'a conduite à l'impasse de sa vie. Tout comme elle hait l'enfant qui grossit en elle. Plusieurs fois, malgré l'absence de ses menstruations, elle a refusé l'évidence et, pour tromper la vigilance de sa mère elle a taché son linge avec du sang de poulet récupéré à la cuisine. Mais à la mort de Marinette, elle a compris qu'elle aussi était prise au piège, sans aucune chance de se libérer.

Elle a déjà vu un renard, la patte happée par une mâchoire d'acier. Elle se souvient de son regard soudain résigné à la mort en voyant le chasseur approcher. Cependant, se blessant horriblement, il s'était débattu toute la nuit avec l'énergie du désespoir pour s'arracher à la morsure du fer. Il s'était infligé cette torture atroce en vain.

Elle, elle n'attendra pas sa condamnation en se morfondant. Elle n'endurera pas les blâmes et les outrages, pas plus qu'elle ne supportera la pitié ou le pardon. Mourir est facile quand on n'attend plus rien de la vie. Ses parents auront-ils de la peine ? Sans doute, mais, au moins, ils l'aimeront encore alors que, sinon, s'ils apprenaient la vérité, elle est certaine qu'ils la repousseraient avec indignation et dégoût.

La charpente du grenier, haute en son milieu suivant la poutre faîtière, s'abaisse sur les côtés dans un quadrillage parallèle de lambourdes et de chevrons, telle une nef renversée. À chaque extrémité, presque au ras du sol pavé de tomettes, une petite fenêtre, obturée d'un volet ajouré, aère la vaste pièce où les réserves de blé et de seigle sont entreposées. Malgré quelques stries de lumière, il y fait sombre, mais Léone a l'habitude de cet endroit un peu mystérieux où elle aimait s'aventurer en secret avec Louis à l'époque insouciante de leur enfance.

Au nord, donnant sur la cour de ferme, le mur est percé d'une porte surmontée à l'extérieur de la poulie qui permet de hisser les sacs de grains. Léone y va tout droit et soulève le crochet qui la maintient fermée.

La prenant par surprise, une bourrasque de vent mouillé la frappe en pleine figure, la repoussant en arrière.

Elle grelotte, perd sa belle assurance. Ce devait être si facile : d'un coup, sans réfléchir, elle devait se précipiter dans le vide et s'écraser sur le pavement de la cour. Elle, qui ne redoutait pas le choc brutal, sa chair éclatée, ses os brisés, tremble soudain de froid, et elle repousse la porte, se réfugiant loin de l'ouverture pour se mettre à l'abri de la bise. Elle serre ses bras autour de son corps, essayant d'en retenir le tremblement mais, à présent, elle claque des dents, ses jambes fléchissent. Sa résolution lui paraît au-dessus de ses forces.

Se tenant au mur, elle se traîne péniblement jusqu'à la fenêtre de l'ouest, celle qui ouvre au soleil couchant, là où la draille ondule vers les Anglanières depuis le fond de la vallée à travers les terrasses du domaine. Le vent qui s'élance vers les hauteurs évite ce versant. Ici, c'est le souffle tiède de la terre qui monte et effleure les joues glacées de la jeune fille.

Fermant les yeux, Léone s'engage dans la lucarne jusqu'à la taille, laissant pendre ses bras au-dehors. La fin de ses angoisses est proche. Un seul coup de pied suffit pour se balancer, perdre l'équilibre, et basculer dans le vide. Léone ne veut penser à rien, ni à l'amour de sa mère, ni à la crainte de Dieu. Ne pas tergiverser, ni pour un regret, ni pour une prière. Perdre conscience de ses actes, sombrer dans l'abîme. Déjà elle relève la jambe pour se donner de l'élan. Elle va frapper le sol du pied pour virevolter, s'envoyer planer dans le ciel où son âme s'élèvera au moment où son corps misérable se fracassera.

Un cri déchirant éclate dans sa tête et la sort brutalement de son hébétude. D'instinct elle ramène ses mains au rebord de la fenêtre, et s'y agrippe. Elle replie ses jambes sur le plancher, et presse son ventre contre la paroi râpeuse du mur. Son cœur bat à tout rompre. Une brusque suée réchauffe son corps transi. Elle ouvre les yeux et voit, loin là-bas sur le chemin, Jean qui talonne la mule en hurlant.

Ramenée à la réalité, Léone demeure étourdie, incapable d'imaginer ce qui se passe tant la situation paraît insolite. Redoutant maintenant d'être happée par le vide, c'est avec une extrême prudence qu'elle se penche un peu pour regarder vers l'entrée du château. Mélanie et Théophile courent au-devant de Jean. Sautant de sa monture, celui-ci les bouscule sans égard pour se précipiter à l'intérieur de la maison. Plus insolite encore, entamant l'allée de sorbiers, cahotant sur les dalles de pierre au risque de verser, voici qu'approche la vieille calèche bien connue du docteur Defraysse, tirée par son cheval gris.

Cette fois, Léone ne pense plus à mourir. Elle pressent un drame et, oubliant le sien, elle veut savoir. Elle se relève, mais se sent engourdie, comme si la mort désappointée la retenait encore.

Elle s'adosse au mur pour ne pas tomber. Perçant le bourdonnement de ses oreilles, la voix de sa mère lui parvient. Impérative, elle l'appelle à plusieurs reprises :

« Léone, Léone ! »

Répondant aussitôt « J'arrive ! », elle dévale l'escalier, obéissant par réflexe à cet ordre qui la ramène à la vie.

Rolande est restée sur le palier, une main sur la rampe. Son regard est plein d'affliction, alors que Léone s'attendait à du courroux. Cependant, l'anxiété retient Léone de descendre les dernières marches. Rolande doit lui tendre les bras :

« Venez, ma chérie. J'ai besoin de vous. Un autre malheur nous frappe. Rose a perdu son bébé. Venez m'aider à la consoler pour qu'elle résiste au désir de se laisser mourir. Elle est en grand danger ! »

Léone se jette contre sa mère, et les deux femmes se tiennent embrassées. Une houle de sanglots monte à la gorge de Léone, mais elle la refoule, balbutiant :

« C'est trop injuste, oui vraiment, c'est trop injuste. Oh ! Maman, si vous saviez… !

– Si je savais quoi ? Avez-vous quelque chose à m'avouer mon enfant ?

– Non, plus tard ! Je vous dirai tout plus tard, je vous le promets. »

Rolande prend le visage de sa fille entre ses mains et la scrute au fond des yeux. Elle y discerne ce désespoir mêlé de peur, ce renoncement sans espoir, ce dégoût terrible de la vie. Précipitamment, elle enlace à nouveau Léone entre ses bras, la presse sur son cœur, devinant qu'elle doit la protéger de tout son amour contre un tourment dévorant.

« Ma petite, mon aimée, que s'est-il passé de si grave qui vous fait tant de mal ? Il n'est rien que je ne puisse entendre et comprendre, car je vous aime.

– Non, maman ! Quand vous saurez, vous ne m'aimerez plus !

– Insensée, comment pouvez-vous douter de l'amour d'une mère ? Tout peut être pardonné !

– Il n'y a pas de pardon possible, car je n'ai pas de remords mais seulement de la haine ! Maman, écoutez ! Je ne mérite que votre mépris. »

Léone ne se contrôle plus, elle clame d'une voix aiguë :

« Je suis enceinte ! Je me dégoûte ! J'ai voulu me tuer ! Je n'en ai pas été capable ! Voilà, je l'ai dit ! Et maintenant vous allez me détester ! »

Sous le coup de l'émotion Rolande est incapable de répondre. Elle s'est mordu les lèvres pour s'empêcher de crier à la fois de douleur et de confusion.

Comment est-ce possible ? Sa petite fille, à peine sortie de l'enfance ! Et qui est le père ? Quel est le monstre qui a pu commettre ce crime ?

Les questions se bousculent dans sa tête. S'il est une seule faute qu'elle a refusé d'envisager, c'est bien celle-là, et pourtant, il faudra l'accepter ! Elle en sera capable, mais... Théophile ? Déjà elle le plaint, de toute son âme ! Elle oublie son chagrin pour penser au sien qui ira de pair avec sa colère. Jamais il ne pourra admettre que sa fille adulée se soit conduite comme la dernière des misérables ! Il en aura le cœur brisé ! Après le départ du fils, comment va-t-il surmonter cette désillusion infiniment plus douloureuse ? Comment Léone a-t-elle pu... ? Cependant, malgré son accablement, Rolande retient les reproches qui lui montent aux lèvres. Elle ne sait quoi dire ni comment réagir et elle resserre son étreinte. Mais Léone se raidit, refusant la tendresse, exigeant le rejet qui, avec l'intransigeance de sa jeunesse, lui paraît le châtiment mérité.

L'absurde contradiction des situations apparaît à Rolande. Dire qu'en ce moment, Rose là-bas se meurt à cause de la perte d'un enfant ardemment désiré ! Sa fille a raison : c'est trop injuste ! Pourquoi le sort s'acharne-t-il ainsi ?

Par habitude, la prière lui monte aux lèvres : « Mon Dieu... ? » Mais comment pourrait-elle s'en remettre à Dieu quand la révolte durcit son cœur ?

Que fait donc Dieu qui permet trois fois en ce jour d'opposer la mort à la maternité ?

Désemparée, Rolande relâche son étreinte et se cache le visage dans les mains. Se méprenant, Léone recule et affirme froidement :

« Je vois bien, mère, que je vous fais horreur ! »

Rolande la rattrape à bout de bras et la force à s'asseoir avec elle sur la marche de l'escalier. Les mots lui viennent du cœur aux lèvres.

« Ma petite fille, il n'est qu'une chose dont vous soyez coupable, c'est de ne pas tenir à la vie. Elle est sacrée ! Nous en disposons, mais elle ne nous appartient pas. Si votre honte vous semble insupportable, offrez-la au Seigneur et assumez-la pour qu'il vous accorde en grâce la vie de Rose. Nous allons certainement, vous et moi, et nous tous, traverser des épreuves difficiles mais, si vous voulez garder mon estime, je vous défends de perdre espoir, je vous ordonne de faire face à l'adversité, aussi cruelle soit-elle. Je vous soutiendrai de toutes mes forces et vous verrez qu'il n'y a pas de fatalité qui ne puisse être contrée. Allons maintenant, hâtons-nous, nous devons retenir Rose à la vie. »

Subjuguée, Léone se soumet, mettant sa main dans celle de sa mère. Encore craintive, elle lui demande :

« Mais vous, mère, me pardonnez-vous la peine que je vous fais ?

– Ma peine est immense, mais je vous aime toujours. »

Léone, cachant ses larmes, embrasse la main de Rolande. Mais l'effroi soudain la reprend. Relevant la tête, elle questionne :

« Et… Papa ?

– Nous irons ensemble nous jeter à ses pieds et implorer sa pitié. »

Dans le regard grave de Rolande, elle lit la vérité. Enfin elle comprend toute la portée de ses actes. Sa propre vie gâchée a moins d'importance que la déception infligée à son père adoré. Pourquoi n'a-t-elle pas eu le courage d'en finir ? Cela aurait été moins difficile que d'affronter la vie.

Mais elle ne s'appartient plus ! Elle a promis de vivre, pour Rose. Elle n'a plus aucune volonté. Elle ira où les autres la conduiront et acceptera ce qu'ils lui imposeront en expiation de sa folie !

Comme un automate, elle se relève et attend que Rolande la conduise par la main.

V

Désillusion

Sans aucune réaction, Théophile se détourne et regarde par la fenêtre. Les aveux, qu'il n'a pas voulu entendre, n'ont pas pénétré dans son esprit. Il s'étonne seulement de voir les tilleuls tourmentés par le vent. Les feuilles retroussées dévoilent leur revers, criblant d'éclats métalliques le fond sombre du ciel qui s'affaisse au ras de la terrasse. Malgré la vitre fermée, il entend aussi le cri funèbre des corneilles qui colonisent le vieux frêne, celui qu'il n'a jamais pu se résoudre à abattre. Mais cette fois, il est résolu ! Il n'attendra pas plus longtemps et, dès ce soir, il demandera à Jean d'affûter la loube[1]. Demain, à eux deux, ils scieront cet arbre à moitié mort.

Mort ?

---

1. Loube : longue lame de scie à deux poignées.

Qu'il serait bienheureux de l'être ! Car soudain les mots terribles, qu'il refusait de comprendre, explosent en lui.

Comment peut-il tenir debout encore avec cette plaie qui écartèle son cœur ?

Il ne discerne plus le reflet clair des feuilles sur le gris du ciel plombé. Il n'entend plus le criaillement des oiseaux. Il reçoit en pleine tête la vision de sa fille souillée implorant son pardon.

Il ferme les yeux mais l'image est tenace, il ne peut se l'arracher. Elle le brûle de honte et de colère. Pardonner ? Il en est incapable !

Elle, sa gloire, sa beauté, sa douceur ! Elle qu'il aurait mariée à regret à un prince ! Elle en qui il mettait tous ses espoirs !

Léone, sa fille adorée, n'existe plus !

Il la pleurera comme si elle était morte. Mieux eût valu qu'elle soit vraiment morte car ses larmes auraient été d'amour, tandis que, maintenant, le fiel emplit sa bouche pour lui adresser la parole une dernière fois, sans se retourner, sans daigner jeter les yeux sur elle.

« Mademoiselle, votre conduite n'a pas d'excuses. Vous m'en voyez outragé au-delà de tout entendement. Puisque vous me forcez la main, je vous marierai. Mais ne vous tournez plus jamais vers moi, ne m'appelez plus jamais votre père, n'offensez pas ma vue en croisant mon chemin. Un domestique vous transmettra mes ordres. À présent, retirez-vous dans votre chambre. Vous n'en sortirez qu'au jour de votre départ définitif pour la Grange au Bois. »

Théophile se crispe, luttant contre le spasme qui lui vrille l'estomac, lui coupant la respiration. Le sang bat à ses tempes, il serre les poings pour empêcher ses mains de trembler. Et si Léone se jetait dans ses bras, cherchant à l'embrasser, le suppliant de l'aimer malgré tout ? Il serait temps encore. Il ne pourrait résister ! Il l'attend… il l'espère !

Mais Léone est sa fille, entêtée, orgueilleuse et intransigeante, incapable de supplier. Elle ne se mettra pas une deuxième fois à genoux, et, puisqu'il l'a repoussée, il la connaît, elle le haïra autant qu'elle l'aimait.

Quelques pas précipités, la porte qui claque… Léone s'est enfuie.

Théophile s'agrippe au dossier d'une chaise. Aiguë, la douleur lui transperce la poitrine. Il ne peut retenir un gémissement. À petits coups saccadés il cherche son souffle, et tend la main vers Rolande dont il sait la présence à quelques pas de lui. Mais sa main ne rencontre que le vide. Rolande s'est reculée, les bras croisés, son doux regard plein de reproches.

« Ma mie… », implore Théophile.

« Vous n'auriez pas dû », répond Rolande dans un sanglot.

Cependant, elle va vers lui, ouvrant les bras, et Théophile, suffoquant d'un chagrin sans larmes, se réfugie contre sa femme.

La nuit est tombée, et la maison s'emplit du brouhaha de ceux qui reviennent des champs. Le piétinement des bêtes résonne sous la voûte des étables. La volaille caquette en se perchant dans le poulailler. Chenapan aboie, poussant les moutons vers la bergerie. Briscard, le vieux chien, perclus de rhumatismes, dresse les oreilles et grogne pour la forme. Mélanie appelle à tue-tête :

« Mère, mère, où êtes-vous ? »

« Allons, dit Rolande en s'essuyant les yeux, la vie continue, il faut la prendre comme elle vient même si cela ne nous convient pas. Que comptez-vous faire, mon ami ?

– Comme je l'ai décidé ! Je ferai marier Léone ainsi qu'il se doit pour éviter le déshonneur.

– Mais lui pardonnerez-vous ?

– Ne m'en demandez pas tant. C'est au-dessus de mes forces. Je ne comprends même pas que vous puissiez plaider sa cause, vous qui l'avez éduquée dans le respect des convenances et de la morale chrétienne. Vous devriez vous sentir bafouée autant que je suis mortifié.

– C'est ma fille… je l'aime !

– Ma pauvre femme, comme vous devez souffrir ! Je vous plains mais ne puis vous consoler. Je brûle trop d'un feu mauvais qui me retient de toute pitié. Plus tard, peut-être, si vous avez la patience d'attendre.

– Je prierai Dieu pour vous. »

Théophile grimace et hausse les épaules, ne cachant pas son scepticisme. La piété de Rolande, qu'il considère d'habitude avec une indulgence amusée, l'agace en ce jour où la colère gouverne ses pensées. Il ne se donnera pas le temps de la réflexion. Sur-le-champ, il ira à la rencontre de Jules Arlabosc pour le mettre au fait de sa décision : le mariage immédiat de son fils Nicolas avec Léone.

Quel gâchis ! Sa perle à ce pourceau !

Un autre élancement lui transperce la poitrine, le courbant en avant, la bouche ouverte sur un cri aussitôt retenu. Déjà il se redresse, rassurant son épouse :

« Ne faites pas cas, j'ai trébuché. »

Mélanie qui attendait, l'oreille collée derrière la porte du cabinet de travail, sursaute, effarée, lorsque celle-ci s'ouvre enfin. À sa surprise, négligeant de la réprimander, son père lui caresse la joue.

« Pauvre innocente, vous au moins ne me causez pas de peine. Allez donc me chercher ma canne et mon chapeau, ma bonne fille. J'ai à sortir. »

Mélanie s'empresse, et Rolande aussi qui apporte en hâte sa cape de gros drap et lui en couvre les épaules.

« Faites attention, mon ami, de ne pas prendre mal. »

Mots dérisoires de femme affligée qui n'a que sa tendresse pour lutter contre le destin funeste. Théophile y est insensible. Il repousse sans douceur Briscard qui, croyant à une promenade, s'est redressé péniblement sur ses pattes cagneuses et veut le suivre. Il va régler une affaire entre hommes. Une jeune fille est en cause. L'honneur d'une famille est en jeu. Théophile marche d'un pas assuré, le dos bien droit. De son bâton ferré, il heurte le sol en cadence, imaginant comment, tout à l'heure, froidement, il tapera du poing sur le bois de la table pour imposer ses vues au métayer. Il se sent fort, il est le maître des Anglanières !

*
* *

D'un coup d'œil par la porte ouverte de l'étable, Jules Arlabosc, qui trait son unique vache, le voit arriver de loin. Que peut bien lui valoir la visite du Desroudhil ? Celui-ci se déplace rarement, préférant convoquer chez lui. Il y a là une embrouille qui mérite de se tenir sur le qui-vive. D'abord, faire mine de ne pas l'avoir aperçu, pour ne point l'attendre avec des courbettes, la casquette à la main. Content de sa stratégie, Jules enfonce son crâne dans le flanc de la vache et ne se préoccupe plus que du lait qui gicle dans le seau.

Ce n'est qu'aux remuements de la Roussette, se tordant pour dévisager l'étranger, qu'il relève la tête, simulant aussitôt étonnement et embarras.

« Maître Desroudhil ! Quel vent vous amène ? Rien de fâcheux, j'espère ? Qu'y a-t-il pour votre service ? »

Tant d'obséquiosité irrite Théophile. Le bonhomme est faux. Il le sent. La partie ne sera sans doute pas facile. Hautain, Théophile ne s'attarde pas en compliments d'usage.

« Vos fils ne sont pas là ? Tant mieux ! J'ai à vous parler en particulier. Y a-t-il un endroit où nous puissions discuter ?

– Mon logis est des plus modestes, mais si vous voulez venir par ici, vous me faites bien de l'honneur ! »

D'un geste, le fermier indique à Théophile de passer derrière la cloison de planches qui sépare à peine l'étable de la cuisine. La pièce, noircie à la fumée, est si sombre que Desroudhil se cogne à la maie poisseuse de crasse. Jules prend un tison dans l'âtre pour allumer la mèche de la lampe à pétrole dont le globe, constellé de chiures d'insectes, diffuse une lumière glauque. Quelques escabeaux de part et d'autre du pétrin, une armoire de sapin réparée de bouts de ferraille constituent tout le mobilier. Au fond, deux placards aux rideaux loqueteux font office d'alcôves. Des fagots, des outils, des détritus en tous genres jonchent le sol de terre battue. L'odeur de bouse se mêle à celle de la suie et du fromage aigre. Théophile en a un haut-le-cœur. Va-t-il condamner sa princesse à vivre dans ce bouge ?

Après avoir épousseté de sa casquette un des escabeaux, Jules invite Desroudhil à s'asseoir. Sortant la fiole de gnôle, il pose deux verres opaques sur la maie et les remplit à ras bord. Ensuite, prenant place en face de lui, les coudes appuyés sur la table, il attend. Le silence s'éternise, rompu régulièrement par la vache qui heurte la cloison de sa queue en chassant les mouches. Théophile est blême, le front luisant de sueur. L'inquiétude de Jules diminue. Assurément, la démarche est d'importance, mais il y a gros à parier, à voir la figure du maître, qu'elle est à l'avantage du fermier. Impatient, Jules rompt le silence :

« Et alors, maître, de quoi voulez-vous causer ?

– De mariage », répond Théophile comme on se jette à l'eau pour échapper au feu.

Jules saisit son verre et le vide cul sec. Il réfléchit à toute allure. Attention, il ne devine pas encore de quel mariage il est question, mais sait déjà qu'il doit jouer serré. Les atouts sont entre ses mains.

« Je désire marier ma fille Léone avec votre fils Nicolas », continue Théophile qui, lui aussi, soulève son verre et le vide d'un trait.

La stupeur laisse Jules d'abord sans voix, mais, très vite, un rire énorme jaillit de son ventre et roule par sa bouche.

« Vous plaisantez, maître ?

– En ai-je l'air ? »

Le rire coupé net, Jules observe Desroudhil, et soudain devine tout. C'est son gars à lui, ce bon à rien de Nicolas, qui a dû engrosser la petite demoiselle ! Ah ! Il n'est pas si balourd qu'il le pensait, ce jean-foutre ! Ah ! Coquin de Dieu, voilà l'occasion rêvée de faire raquer le vieux.

Attrapant la bouteille, il remplit à nouveau les verres.

« Et comment concevez-vous la chose, maître Desroudhil ? Mademoiselle votre fille est habituée à grand train. Voyez vous-même dans quelles conditions nous vivons !

– J'établirai le ménage sur la ferme des Chaleyes que je possède de l'autre côté de la rivière. Il y a là des bois et des pacages d'où un homme courageux peut tirer sa vie.

– Une vie rude, maître Desroudhil, indigne d'une jeune dame raffinée. La ferme est délabrée, les terres à l'abandon depuis belle lurette. Mais vous aurez certainement à cœur de la doter généreusement pour faire face aux premières nécessités ? Deux mille francs, au moins ! Ce serait correct ! »

Roué, Jules avance son verre vers celui de Théophile pour l'inciter à trinquer à leur accord. Mais celui-ci se braque, refusant de saisir le sien. Que ce rustre se permette de dicter ses conditions le met hors de lui ! Percevant la défiance, Jules avance son va-tout :

« Ce que je vous en dis, maître, c'est pour préserver les intérêts de mon garçon. Car, figurez-vous, que joli comme il est, il a tourné la tête à plus d'une, et j'en connais qui mettraient le double de ce prix pour se faire épouser. »

La douleur irradiante est revenue. Théophile se crispe, grince des dents, empoigne le verre.

« Deux mille, soit ! Dès demain nous établirons un contrat chez mon notaire, et le curé pourra les bénir dans la semaine.

– C'est bien précipité, maître Desroudhil ! Il faudrait que je demande son avis à mon garçon ? Et puis il faut le temps de préparer la fête !

– C'est à prendre ou à laisser ! Il n'est pas question de fête. Ceci est un arrangement dont vous devriez vous sentir extrêmement satisfait. Alors, d'accord ou non ? »

Théophile repose brutalement le verre. Il s'est levé, blême de rage, prêt à tout envoyer au diable pour un mot de plus. Jules sent la menace et bondit sur ses pieds, la main tendue :

« Topez là, maître ! Assurément vous avez vos raisons, et je ne veux pas chercher à les comprendre. Mon fils saura se montrer digne de l'honneur que vous lui faites, et vous aurez toujours en moi le plus loyal des serviteurs. »

Théophile a un éblouissement. Cherchant un appui où se retenir, il lève une main tremblante. Jules l'empoigne, la serre et la secoue, s'écriant triomphalement :

« *Pacho facho*[1] ! »

Théophile retombe assis, hébété et cependant conscient que l'irréparable est commis. Il a vendu sa fille comme on vend une génisse. Ni plus ni moins ! Il l'a voulu ainsi, et rien ne sert de le regretter à présent que c'est fait.

Jules approche le verre :

« Que vous arrive-t-il, Maître Desroudhil ? Vous êtes blanc comme un linge ! Buvez donc pour vous remettre. Nous allons être de la parenté maintenant et j'en suis fort content. »

Cette fois, c'en est trop et Théophile reprend son ascendant :

« Il suffit ! Soyez aux Anglanières demain avant midi pour signer le contrat. »

Sans toucher au verre de gnôle, il tourne le dos et franchit la barrière qui sépare la pièce de l'étable.

---

1. Pacho facho : marché conclu.

La Roussette le salue d'un long meuglement. Théophile, relevant le col de sa cape, s'enfonce dans la nuit tandis que Jules, ne retenant plus sa joie, se frappe dans les mains, claque de ses sabots, esquissant quelques pas de bourrée, et lampe coup sur coup les deux verres.

*
* *

Le père Mathieu soupe d'un bout de pain et de fromage lorsque des coups, frappés à la porte de son presbytère, le font sursauter. Qui peut bien venir à cette heure tardive ? Il y a des gens de sac et de corde qui rôdent dans la région et, sous prétexte de demander la charité, ces gredins pillent le benêt qui leur ouvre son logis, allant parfois jusqu'à le trucider. Prudent, le curé soulève la chandelle devant le judas grillagé pour examiner le visiteur. Reconnaissant le maître des Anglanières, il s'exclame, se confond en excuses, et se hâte de débarricader l'huis.

« Mon Dieu, monsieur Desroudhil ! Que vous arrive-t-il de fâcheux pour vous déranger de nuit ? Madame votre épouse ne serait-elle…

– Non, il ne s'agit pas d'elle, mais de ma fille Léone. Je veux que vous célébriez son mariage sans délai.

– Ah, Dieu merci ! Vous m'avez fait peur, j'ai craint un autre malheur !

C'en est un, monsieur le curé ! »

Durant son long ministère, le père Mathieu a appris les misères du cœur humain. Il sait se taire pour mieux recevoir les confidences, mais fait semblant ne pas entendre pour ne pas juger ni condamner, ainsi qu'il le devrait selon les préceptes de la sainte Église.

Quand Théophile, avec raideur, en quelques mots sous-entendus, tente de lui expliquer la situation, il comprend la souffrance de ce père humilié, et il le plaint de tout son cœur. Bien sûr, il y a des règles, il y a des délais, mais comment les imposer dans l'urgence des circonstances et, de surcroît, comment aurait-il l'outrecuidance de refuser un service à ce si généreux donateur de la paroisse. C'est grâce à lui que le clocher, édenté de ses trois cloches depuis le pillage par les révolutionnaires, abrite enfin une nouvelle campane pour appeler les fidèles à la prière. Sans l'embarrasser de questions, il accepte de bénir le jeune couple un soir prochain, dans la sacristie.

Après le départ de son hôte, il retourne s'asseoir devant son assiette de fromage, mais l'appétit n'y est plus. Plein de pitié, il cache son visage entre ses mains. Pauvre monde qui s'enferre dans la haine née du désespoir. Comment l'amour parviendra-t-il à supplanter l'orgueil ?

*
* *

Enfermée dans sa chambre, Léone tourne en rond, cherchant vainement un moyen d'échapper au sort qui l'attend. Ses larmes sont de dépit. Comment son père peut-il s'arroger le droit de décider de sa vie ? Et sa mère, qui prétend l'aimer, pourquoi se soumet-elle si servilement aux ordres de son mari ? Et son frère qui court les routes, ne pressent-il pas combien sa sœur a besoin de lui pour la défendre ? Pourquoi ne revient-il pas voler à son secours comme lorsqu'ils étaient enfants, toujours solidaires ! Il est loin, avec Bertou le Rouge, cet homme si beau, si fort, si vaillant, qui lui avait dit au revoir avec tant d'éclat dans les yeux qu'elle a cru y voir une promesse.

Mais elle s'est fourvoyée et elle doit subir le châtiment de son fol égarement. Il n'y a pas de rémission possible ! Triste condition subalterne de la fille, soumise à l'implacable domination du père ! Afin d'éviter le déshonneur, tant le sien que celui de toute sa famille, elle doit accepter ce mariage qui l'engage aux côtés d'un mari méprisable, ceci tout au long de sa vie. Elle préférerait rester cloîtrée chez les Clarisses. Là au moins elle n'aurait pas à supporter la promiscuité d'un corps qui, à présent, lui répugne. Mais c'est impossible car il y a cet enfant, fruit du péché, qui gonfle sous son cœur, lui donnant la nausée. Ah ! Si elle avait pu le faire passer ! Elle a eu beau sauter, soulever du poids, avaler des herbes amères, il est resté accroché à sa chair, se nourrissant de son sang comme une sangsue.

Se jetant sur le lit, Léone enfouit sa tête dans le polochon pour étouffer ses cris de révolte. Elle n'entend pas la porte qui s'ouvre ni ne voit Rose entrer.

Malgré sa propre peine, celle-ci s'est aperçue d'une effervescence singulière dont on la tient éloignée. Adroitement questionnée, Mélanie, en toute naïveté, lui a révélé le courroux du père, le chagrin de la mère et l'enfermement de Léone. Aussitôt, elle n'a eu qu'une idée en tête : approcher sa demi-sœur et lui porter l'assistance de son affection comme elle l'a reçue de sa part au plus fort de sa détresse.

Profitant de l'absence de Rolande, qui lui a ordonné de rester allongée, Rose quitte sa couche et s'empare des clefs posées sur la crédence. Elle a présumé de ses forces. Épuisée par la perte de tant de sang, elle flageole sur ses jambes et doit se retenir à la rampe pour se hisser à l'étage. À chaque marche, elle redoute de s'affaler dans l'escalier, mais sa volonté est si grande qu'elle vainc sa faiblesse et parvient à la chambre close. Avec d'infinies difficultés, tant elle tremble, elle actionne la clef et pousse la porte. Une brusque suée la glace par tout le corps, un voile noir l'aveugle. Faisant trois pas en avant, elle tente de se retenir aux courtines, mais lâche prise et s'affale.

D'un bond Léone se jette auprès d'elle, la prenant dans ses bras et la secouant pour la ranimer. Très vite, Rose revient à elle et s'efforce de sourire pour la rassurer.

« Que fais-tu ici, dans ton état ? Ne sais-tu pas que nul n'est autorisé à me voir, que je dois rester recluse comme une pestiférée ?

– Ma sœur, je ne sais ce qui te vaut une telle sévérité. Veux-tu te confier à moi ?

– Ma Rose, comment pourrais-tu comprendre mon tourment ? Toi qui pleures un enfant mort, peux-tu imaginer que je maudis celui qui grandit dans mon ventre contre mon gré ?

– C'est donc ça ! Oui, ma chérie, oui, je l'ai imaginé sans vouloir le croire. Comme je te plains et comme je t'envie ! Je voudrais te convaincre que cet enfant t'apportera un bonheur inespéré. Ne le rejette pas, car il est source d'amour. Il est si peu de chose encore, et, cependant, un jour il prendra toute la place dans ton cœur. Porte-le avec fierté car il est ton œuvre, et il n'y en a pas de plus complète.

– Non, ma pauvre, il est ma honte ! Je ne peux l'aimer. Il brise ma vie. Il me condamne à épouser un homme à qui j'ai cédé dans un moment de folie, mais que je déteste à présent. Je n'ai que dix-sept ans, et j'ai déjà perdu toute espérance d'être heureuse.

– Ne dis pas cela ! Nul ne sait ce que le sort lui réserve. Belle comme tu es, avec ce caractère de feu qui t'habite, tu dirigeras ton destin dans le sens que tu décideras. Tu n'es pas de celles qui se laissent abattre par les événements, qui se soumettent aux ordres supérieurs, qui redoutent l'opinion des autres. Moi qui, au contraire de toi, suis si timorée, je t'ai toujours admirée parce que tu es indomptable. Tu rebondis à travers tous les dangers avec un courage de lionne. Tu n'es pas née pour le renoncement ni la résignation !

– Comment veux-tu que je rebondisse avec ce boulet qui m'enchaîne à un rôle de mère que je ne suis pas prête à tenir ? Je n'ai qu'un espoir, c'est que cet enfant ne vive pas !

– Oh, non ! Faut-il que tu sois malheureuse pour dire une chose pareille ! Ah, si j'osais… ! Mais je suis vilaine de ne penser qu'à moi ! Pourtant… Si tu ne pouvais vraiment pas l'aimer ce pitchoun… Si cela t'était par trop difficile… Confie-le-moi ! Je le soignerai comme s'il était mien, moi qui ne pourrai plus jamais en avoir. Mais je l'élèverai dans le respect et l'amour de sa vraie mère et, plus tard, quand il te sera possible de l'accueillir avec joie, je te le rendrai. »

Rose s'est redressée, appuyée contre le montant du lit. Elle presse les mains de Léone, l'implore du regard. Pour la première fois, oubliant son désespoir, Léone envisage l'avenir autrement. Il est vrai que rien n'est impossible à celui qui a l'âme bien trempée. Comment a-t-elle pu abandonner la lutte ? Oui, Rose a raison ! Il suffit de vouloir pour pouvoir ! Assez de jérémiades ! À partir de maintenant, elle mettra toute son ardeur à dévier le cours d'une destinée infâme qu'elle refuse !

« Ma Rosette, merci, mille fois merci ! Que tu es bonne ! Comme tu as su me parler ! Tu as raison, et je suis confuse de m'être lamentée comme une sotte alors que le courage permet de surmonter toutes les difficultés. Ton offre me donne la paix. Je te suis reconnaissante de prendre l'enfant que je me sens incapable d'élever. Le voyant près de toi, j'apprendrai sans doute à l'aimer davantage. Tu me sauves, tu me rends à la vie ! »

Mêlant rires et larmes, les deux sœurs s'étreignent, tout à leur bonheur pour l'une, de se débarrasser d'un fardeau qui l'oppresse, pour l'autre, de recevoir la promesse d'un bébé dont elle est frustrée.

C'est là que Rolande les surprend. Constatant l'absence de Rose dans sa chambre, elle a su tout de suite où la trouver. Ces deux âmes en peine devaient forcément aller à la rencontre l'une de l'autre pour se soutenir et se réconforter. S'agenouillant auprès de ses deux filles, Rolande les entoure également de ses bras, appuyant sa tête contre leurs têtes jointes.

Que peut-elle dire sinon soupirer :

« Mes pauvres petites ! »

Léone, révoltée, implore comme elle ordonne :

« Maman, ne tenterez-vous rien pour empêcher cette abomination ?

– Ma chérie ! Comment voulez-vous que je fasse ? Votre père a le droit et la raison pour lui. Ne le jugez pas sévèrement ! Vous lui avez brisé le cœur en le mettant dans l'obligation de se séparer aussi brutalement de vous. Soyez patiente car les blessures les plus vives s'apaisent avec le temps, et vous reviendrez aux Anglanières la tête haute, encore plus aimée qu'avant. »

Repoussant méchamment le tendre enlacement, Léone se remet debout, et hurle :

« Plus jamais, mère, plus jamais, ou ce sera pour y mettre le feu afin de réduire en cendres le souvenir d'une époque où je me croyais aimée ! Ne pleurez pas, mère, cela ne saurait m'apitoyer. Vous auriez dû prendre ma défense et contrer votre époux. Non, docile et lâche, vous avez préféré prendre son parti. Le parti du plus fort ! Ne me parlez pas de patience. Il est des plaies qui s'infectent avec le temps. Je ne me rongerai pas de regret ou de remords. Je coupe net ce lien si doux qui m'attachait d'amour à mes parents. Oui, je partirai, mais sans baisser la tête malgré l'infamie dont vous me chargez ! »

Abasourdies, Rolande et Rose échangent un regard d'impuissance. Comment raisonner une colère si violente qu'elle emporte sa raison ?

Se réfugiant contre la fenêtre, Léone leur tourne le dos. Une fois encore, Rolande l'appelle, suppliante :

« Ma petite fille… »

Mais, d'un geste excédé, Léone lui indique de se taire.

Se soutenant mutuellement, les deux femmes quittent la chambre. Tendue des pieds à la tête, Léone se retient de respirer pour mieux entendre le couinement de la serrure. Rolande n'a hésité qu'un instant. Jetant un regard entendu à Rose, elle enlève la clef sans verrouiller la porte.

Léone écoute le bruit décroissant de leurs pas tandis qu'elles descendent les escaliers. Est-il possible qu'elle ne soit plus enfermée à double tour ? Avec d'infinies précautions, elle actionne la poignée et tire la porte, retenant une exclamation de joie. Libre ! Elle est libre ! Rien ne l'empêche de fuir au loin. Mais aussitôt, son exaltation retombe. Où irait-elle ? Chez qui se réfugier ? Qui aurait le courage de s'opposer au tout-puissant maître

Desroudhil ? Qui s'embarrasserait d'une fille mineure essayant de se soustraire à la tutelle de ses parents ?

Léone referme la porte. Elle se laisse tomber au sol, appuyant son front sur ses genoux, refermant ses bras autour d'elle. Un gémissement lui échappe :

« Maman ! »

Non, elle n'a plus de mère. Ne vient-elle pas de la chasser ?

Dorénavant elle décide elle-même du cours de son existence, pour le meilleur ou pour le pire. Le pire est là, à présent, mais elle reprendra l'avantage. Par n'importe quel moyen !

VI

La Louée

En ce jour de foire de la Saint-Michel, un vent aigre s'engouffre par rafales dans les ruelles étroites de la bourgade des Vans, bousculant les chalands jusqu'à les faire trébucher. Sur la place de la fontaine, leur baluchon posé à leurs pieds, servantes et valets se proposent à l'embauche. Ils attendent depuis l'aube. Bien que transis de froid dans leurs guenilles, certains affichent un air faraud, voulant paraître désinvolte. Mais leurs yeux ne peuvent mentir, et c'est pleins d'anxiété qu'ils guettent l'arrivée des maîtres, essayant d'attirer leur attention par un maintien avenant. C'est leur dernière chance d'avoir un toit avant l'hiver et l'assurance de manger au moins la même pâtée que les cochons. Sinon, ils rejoindront l'immense cohorte des pauvres hères ne subsistant que de mendicité ou de rapine.

Emmitouflée dans sa cape, Rolande retient d'une main son capuchon autour de sa figure. Elle n'accorde aucun regard aux marchandises présentées sur des tréteaux ou étalées à même le sol. L'heure est matinale. Elle se hâte vers la place de la fontaine où se tient la louée.

Trottinant derrière elle, la cousine Alphonsine gémit contre le temps, contre la saleté de la rue, contre les malotrus qui ne lui cèdent pas le passage, et surtout contre Rolande qui avance d'un bon pas, sans égard pour ses rhumatismes.

« Pitié ! N'allez pas tant vite, cousine. J'ai peine à vous suivre, et vous allez vous perdre sans moi pour vous guider dans cette grande ville. »

Rolande se retourne et attend, dominant mal son agacement.

Elle est venue à pied depuis les Anglanières, connaissant parfaitement les raccourcis à travers la montagne. Vu l'état des routes, avec la calèche, elle aurait été contrainte à de si périlleux détours, qu'elle ne serait pas encore rendue à destination.

Théophile ne l'a laissée partir seule qu'à la condition qu'elle prenne asile chez la cousine Devaize, parente de sa première femme, habitant Chambonas, proche hameau des Vans. Pour un piètre service rendu jadis, il se croit son obligé, et ne manque pas, quand il passe dans la région, de lui rendre visite, chargé de cadeaux importants.

Depuis la veille où elle est arrivée, Rolande subit le bavardage et les questions insidieuses de la vieille fille ravie de se mêler des affaires de la famille Desroudhil. Cachant son mépris pour la « deuxième femme » sous des apparences douceâtres, elle assomme Rolande de conseils bien intentionnés. Le choix d'une servante la concerne au plus haut point, et elle prend à cœur les intérêts de son cousin comme s'il s'agissait des siens. Elle saura reconnaître mieux que quiconque, et forcément mieux que la seconde épouse qui n'est qu'une usurpatrice, celle qui conviendra au domaine. Bref, Rolande ne peut se soustraire, ni à sa compagnie, ni à ses avis.

Il est difficile de lui celer l'exacte vérité sur tous les événements qui ont bouleversé le cours de l'existence aux Anglanières. La grosse fatigue de Théophile, au point qu'il a renoncé à conduire sa femme à la louée des Vans ; la fausse couche de Rose qui s'en remet lentement ; la mort accidentelle de Marinette.

De tout ça, la cousine Devaize s'en saisit en gloussant comme une poule qui couve, levant les yeux au ciel pour prendre Dieu à témoin, caquetant sur le moindre détail, le gonflant comme un beignet dans la friture. Cependant, fine mouche, elle soupçonne Rolande, restant anormalement évasive sur le sort de ses jumeaux, de ne pas lui révéler l'essentiel. Profondément vexée d'une telle défiance, Alphonsine se promet de poursuivre ses investigations ailleurs pour tirer au clair une situation trouble dont elle jabotera, tout en feignant la compassion. Elle a souvent l'occasion de rencontrer André, Fernand et Ursula, les enfants Desroudhil du premier lit. Déjà, elle se pourlèche en comptant tout ce qu'elle aura à insinuer en leur dévoilant les déboires de Rolande, l'usurpatrice.

Malgré son esprit de droiture, Rolande perçoit d'une façon aiguë la malveillance sous le masque de la charité. Malmenée par la vie, elle ne se fait plus d'illusion sur la sincérité de certains qui prétendent vous aimer alors que votre malheur les transporte d'aise, telle une légitime revanche sur leur propre médiocrité.

« Donnez-moi votre bras, cousine, je n'ai pas pris ma canne et ne me sens pas bien dégourdie. »

Rolande réprime un soupir et sort son bras par la fente de sa cape. Cette vieille rabâcheuse la retarde. Elle voudrait déjà se trouver à la louée avant que d'autres, plus rapides, n'embauchent les plus avenantes. Comme si elle lisait ses pensées, Alphonsine la rassure :

« Inutile de nous presser, ma bonne. Ce n'était pas la peine de me faire lever si tôt ! À cette époque, on ne recherche que les gars qui reviennent des vendanges de la vallée du Rhône pour le ramassage des châtaignes dans nos Cévennes. Rares sont les places offertes aux filles. Nous pourrons nous montrer exigeantes ! »

Réfrénant son impatience, Rolande ralentit sans prêter attention aux persiflages d'Alphonsine sur tous les habitants des Vans qu'elles croisent.

Sur la place de la fontaine, carrefour des quatre vents, les candidates se sont rassemblées à l'abri d'un mur. Certaines vous regardent de leurs bons yeux ronds, suppliant comme des chiens. D'autres, au contraire, tiennent le front baissé, honteuses de leur misère. Rolande se détourne, le cœur serré d'incertitude. Comment favoriser une seule femme quand toutes sont dans le besoin ? Alphonsine, au contraire très à son aise, redresse sa courte taille sur ses jambes torses et, les poings sur les hanches, inspecte chacune sous le nez comme si elle achetait un ânichon.

Elle tombe en arrêt devant une grosse fille rougeaude, aux cheveux filasse, l'air bovin. Battant des bras comme un moulin à vent, elle interpelle Rolande :

« Par ici, cousine, j'ai votre affaire, du solide qui ne rechignera pas à l'ouvrage, et que vous mènerez par le bout du nez ! N'hésitez pas, croyez-en mon expérience. J'ai du flair ! C'est moi qui lui ai trouvé sa servante au curé, et il ne cesse de m'en louer. »

Rolande s'efforce de dissimuler sa contrariété. Un seul coup d'œil lui a suffi pour juger la fille stupide. Elle n'a jamais laissé personne décider à sa place, et ce n'est pas la cousine Devaize, malgré sa grande expérience, qui commencera !

Se tenant en retrait, à quelques pas du groupe, une très jeune femme porte son nourrisson dans ses bras. C'est elle que Rolande a remarquée tout de suite. Sa solitude, sa pâleur, sa maigreur, ses vêtements rapiécés avec soin, indiquent la souffrance qu'elle prétend cacher par un maintien fier, presque arrogant. L'enfant surtout attire Rolande. Il est certainement la cause de la misère de sa mère, car, quel maître garderait à son service une fille engrossée ? Surtout si c'est par lui ! On ne transige pas avec la morale… quand il s'agit de pauvres gens, et malheur à celle qui faillit ! Elle sera bannie par cette société bien pensante et pratiquante, si hypocritement habile cependant à donner le change quand elle couvre ses propres turpitudes !

Attirée par l'insistance de son regard, la pauvre femme remarque enfin madame Desroudhil qui lui sourit et s'avance vers elle.

« Comment vous appelez-vous, ma petite ? »

Si grande est sa surprise de s'entendre interroger avec égard, que les larmes lui montent aux yeux, et qu'elle doit s'y reprendre à deux fois pour répondre d'une voix brisée :

« Étiennette, maîtresse, pour vous servir de mon mieux… si vous ne me séparez pas de mon bébé qui vient de naître ! »

Et soudain, Rolande a une vision. C'est Marinette qui est là, bien vivante devant elle, et l'enfant de Louis est né ! Il n'y a pas eu de drame ! Ce n'était qu'un mauvais rêve ! La joie la fait vaciller.

Toujours plantée près de la grosse blondasse, Alphonsine s'impatiente et hèle Rolande :
« Alors, cousine ! Qu'attendez-vous ? Venez donc vous saisir du baluchon de cette fille pour conclure son engagement comme le veut la coutume ! »

Brutalement, Rolande revient à la réalité. Ce n'était qu'une illusion ! Marinette est bien morte, mais, à celle-ci qui a osé affronter la vie, elle va donner sa chance.

« Faites excuse, cousine, mon choix est fait ! » réplique Rolande en se baissant promptement devant la jeune mère pour prendre son petit ballot de hardes nouées dans un châle.

« Mais vous n'y pensez pas, objecte Alphonsine, outrée. Voyez la dégaine de cette fille ! Elle tient à peine debout, et je gage que vous devrez la porter sur votre dos pour la ramener aux Anglanières ! De surcroît elle est en charge d'enfant, donc c'est à tous les coups une fille de mauvaise vie. Vous déraisonnez, cousine. Je dois vous mettre en garde car, tel que je le connais, mon cousin Théophile sera fort mécontent.

– Tel que je le connais, rétorque Rolande, blanche de colère contenue, mon mari Théophile approuvera mon choix ! »

Indiquant d'un geste à Étiennette de la suivre, elle se détourne et s'en va.

La cousine n'a pas tort, car Rolande se souvient des recommandations pressantes du pauvre homme alité.

« N'engagez qu'une femme dure à la tâche, point trop jeune ni belle. Il vous faut quelqu'un de compétent et de dévoué pour vous seconder efficacement dans les travaux de la maison. Regardez-y à deux fois, écoutant votre raison et non votre pitié. »

Elle va cependant lui désobéir, quitte à subir ses reproches.

*

* *

Pauvre Théophile, humilié, bafoué, si blessé dans son orgueil de père, qu'il se laisse dépérir. Pourtant, quelle dureté ne mit-il pas en son cœur pour forcer Léone à ce mariage de convenance ! La morgue de sa fille, murée dans sa haine au lieu d'implorer son pardon, l'outrecuidance d'Arlabosc insistant devant le notaire sur le montant de la dot, et l'évidente réprobation du curé pour bénir cette union à la sauvette, avaient exacerbé son ressentiment. Les timides tentatives de Rolande pour l'inciter à la clémence, s'étaient heurtées à une détermination aussi bornée qu'inébranlable.

Léone quitta les Anglanières à pied, sans se retourner, sans embrasser personne, sans vouloir emporter aucun bagage. Depuis, elle vit recluse à la ferme des Chaleyes, attendant la naissance de l'enfant qu'elle porte comme la seule issue à son calvaire. Nicolas, d'abord réjoui de ce qu'il croyait une bonne fortune, ne tarda pas à déchanter. Renonçant à se préoccuper de son épouse, négligeant d'exploiter la propriété reçue, il retourna à ses beuveries avec les joyeux compagnons de cabaret.

Se disant malade, Théophile ne s'intéresse plus à rien, prétendant n'avoir ni fils ni fille, interdisant que leur nom soit évoqué devant lui. Mais Rolande sait que son refus n'est que l'apparence de sa douleur, et qu'il guette le moindre signe de leur existence comme la terre desséchée attend l'ondée pour refleurir.

*
* *

Étiennette a emboîté le pas à Rolande, et la cousine Devaize, soufflant d'indignation, se voit obligée de courir à toute vitesse sur ses courtes pattes. Manquant d'air pour argumenter, elle se prend à réfléchir. Les hommes sont si bêtes et si facilement influençables ! Si elle se fâche avec la deuxième épouse, le riche cousin Théophile pourrait lui en tenir rigueur et supprimer les présents qu'il lui envoie régulièrement. Cela mérite de tenir sa langue ! Redevenue mielleuse, Alphonsine se hâte de rejoindre Rolande.

« Ne vous fâchez pas, ma chère ! Après tout, vous savez certainement mieux que moi ce qui plaît à mon bon cousin. Vous ne manquerez pas de lui dire, n'est-ce pas, combien je me préoccupe de sa santé, et combien grande est ma considération pour lui ? Vous resterez bien encore cette nuit sous mon toit ? En revanche, je ne saurais où loger la fille ! Bah ! L'écurie de mon voisin fera l'affaire !

– Ne prenez pas tant de peine, cousine. Votre bon cœur vous perdra ! Je vous remercie de votre hospitalité, mais je préfère regagner les Anglanières dès ce soir, ce qui est possible si je me hâte. Que Dieu vous garde, cousine ! »

Dépitée, furieuse, le bec cloué, Alphonsine reste plantée là, au croisement du chemin vers Chambonas. Les deux femmes sont déjà loin.

Plongée dans ses réflexions, Rolande avance rapidement, sans un mot, sans jamais se retourner. Ce n'est qu'en vue de la Drobie, la rivière qui les sépare de Saint-Mélamy, que Rolande fait halte près d'une modeste fontaine. Bâtie d'argile, coiffée de lauzes, elle abrite une source d'eau sulfureuse. Étiennette, intimidée, attend un peu en retrait, essayant d'allaiter le bébé qui pleure depuis un certain temps.

« Approchez-vous Étiennette, n'ayez pas peur de moi. Buvez de cette eau surprenante. Elle est chaude et goûte l'œuf, mais vous verrez qu'elle procure un grand délassement. Confiez-moi votre petite. Comment s'appelle-t-elle ?

– Célestine, madame. Je crois qu'elle a faim.

– Et vous n'avez pas assez de lait ?

– J'en ai peur. Je ne sais que faire.

– Ne vous tracassez pas. Nous avons, aux Anglanières, vaches et chèvres qui vous procureront plus que nécessaire.

– Merci, madame, vous nous sauvez, moi et ma petite. Que Dieu vous bénisse !

– Qu'il vous entende ma pauvre fille, car vous vous apercevrez bientôt de la tristesse qui accable notre maison. Enfin, que Sa volonté soit faite ! Tout ce qui arrive est voulu. Continuons jusqu'au village. J'y connais l'aubergiste. Il nous servira de quoi nous restaurer. »

Rolande garde le bébé dans ses bras. Elle l'appuie contre son sein, ressentant une bienfaisante tendresse pour ce petit être vagissant qui ne lui est rien mais qui la console soudain de tous ces arrachements d'enfants dont elle a souffert.

Il n'y a pas encore de pont sur la rivière, malgré les promesses électorales à chaque fois répétées, et il faut franchir un gué hasardeux pour gagner l'autre rive. Suivant une draille enclose de murets d'où retombent des sarments de vigne, Rolande et Étiennette pénètrent dans le hameau. Quelques maisons aux toits noirs s'arrondissent autour d'une misérable chapelle. Seule l'auberge a une allure un peu plus cossue, car les muletiers la fréquentent depuis qu'ils charrient des pierres pour la construction prochaine d'une véritable église.

En ce jour il n'y a aucun client, et maître Jacquemin, l'aubergiste, bine ses choux dans le potager. Lorsqu'il aperçoit les dames, reconnaissant madame Desroudhil, il dégringole l'étroit escalier bâti dans la faysse pour les saluer.

« Madame, si je m'attendais ! Justement, pas plus tard qu'hier, j'ai eu la visite de monsieur votre fils Louis. Venant d'Aubenas, il s'est restauré ici avant de repartir chez vous. »

Rolande soupire d'aise. Son fils est revenu ! Enfin !

Mais au soulagement succède immédiatement l'inquiétude. Il doit être déjà aux Anglanières et aura appris les événements survenus depuis son départ. Comment les aura-t-il compris, sans sa mère pour expliquer et tempérer ? Une angoisse lui étreint la poitrine. Assurément cela se passe mal. Arrivera-t-elle à temps pour calmer les esprits, atténuer les outrances prévisibles de son Louis ?

« Mon bon Jacquemin, pouvez-vous nous préparer rapidement une simple omelette. Je désire m'attarder le moins possible. Ma présence aux Anglanières est indispensable.

– C'est comme si c'était fait, madame. Mais ne vous tracassez pas : le jeune monsieur était on ne peut plus joyeux et content de rentrer chez lui. Il m'a confié avoir mille choses à vous apprendre qui vous donneront satisfaction. »

Rolande fait la moue. Ce qui plaît à Louis n'est jamais du goût de son père et devient vite un sujet de conflit. Tout ça ne lui dit rien qui vaille ! Si elle s'écoutait, elle continuerait sa route sans manger, mais elle a pitié de sa servante, si pâle qu'elle est prête à tomber d'inanition. Contenant son impatience elle regarde Étiennette manger goulûment son omelette, enfonçant de gros morceaux de pain dans sa bouche sans prendre le temps de les mâcher. Rolande lui donne sa part, ayant l'estomac trop noué pour avaler quoi que ce soit. Elle lui fait servir en plus un cruchon de lait qu'elle boit avidement, se frottant ensuite la bouche du revers de la main pour essuyer les traces de crème. Son sourire reconnaissant lui donne un tel air de jeunesse que Rolande en est saisie.

« Quel âge avez-vous donc, Étiennette ?

– Dix-sept ans, madame, à la fin de l'an. À l'orphelinat d'où je viens, la Mère supérieure a dit qu'on m'avait déposée au guichet le jour de Noël. Je suis menue mais pas feignante. J'ai été placée depuis mes sept ans. D'abord à garder les vaches, puis à toutes les mauvaises besognes de la maison. »

Comme Marinette, pense Rolande comparant le sort de ces filles abandonnées qui n'ont d'autre ressource que de servir des maîtres généralement exigeants et ingrats. Mais qu'elles commettent la moindre faute, le moindre écart de conduite, les voilà jetées à la rue où, pour survivre, elles sont obligées aux compromissions les plus avilissantes.

*

* *

Et sa Léone ? Est-elle mieux lotie, qui, après une jeunesse choyée, dépend d'un mari grossier et cupide ? Mais elle, Rolande, comment peut-elle s'apitoyer sur le destin de sa fille, alors qu'elle n'a rien tenté pour le lui épargner ? « Docile et lâche », oui c'est vrai, elle l'a été. Les dures paroles de Léone restent marquées au fer rouge dans son cœur. Cependant, son cœur meurtri appartient à son mari. Elle lui doit tout, elle l'aime plus que tout, et même, il faut l'avouer, plus que ses enfants. Ce choix déchirant la torture de remords, et elle ne sait comment adoucir le sort de sa fille sans contrarier son époux.

N'osant s'y rendre elle-même et braver l'interdit de Théophile, elle avait envoyé Jean aux Chaleyes avec la mule portant le trousseau que Léone avait dédaigné. À la dernière minute, elle avait pensé aussi à la chevrette blanche, pensant que sa fille aurait plaisir à retrouver son animal favori. Ce qu'il lui raconta au retour, avive encore son chagrin chaque fois qu'elle y pense.

La vieille bâtisse, à l'abandon depuis tant d'années, suinte la misère par ses murs noircis de mousse, ses toits crevés, ses portes et volets rongés. Genêts et bruyères se disputent la lande. Bois et fougères envahissent les prairies. Ébranlées par le passage des sangliers, les faysses écroulées vomissent la terre qu'elles sont censées retenir. Dans cette solitude sinistre, sa fille délicate et charmante griffe ses mains blanches à coltiner des fagots, se nourrit de soupe de raves, ne reçoit que brimades et coups d'un Nicolas fort mécontent d'une épouse acariâtre, si peu apte à tenir son rôle de paysanne. Avec les sous de la dot, le père Arlabosc a promis la réfection du toit et l'achat de quelques bêtes. Jusqu'à présent il n'a rien tenu, et le ménage manque du plus nécessaire dans son ordinaire.

Malgré son dénuement, Léone, folle d'orgueil, jetant de hauts cris, prétendait faire retourner aux Anglanières tout le chargement de la mule sans même y jeter un œil. Nicolas, moins fier, déballa les paniers sans écouter ses remontrances. Ce n'est qu'en découvrant la miche de pain, cuite dès l'aube par Rolande, que Léone se tut enfin, retenant ses larmes, humant la croûte dorée à la saveur incomparable. Pour Biquette, sa chèvre, elle ne put cacher son contentement, l'embrassant et la caressant comme une amie retrouvée.

Elle n'eut cependant aucun message à confier à Jean pour sa mère. Ni demande, ni merci !

*

* *

Cette fois, Rolande bouscule Étiennette. Le temps presse. Elle le sent : en son absence, le malheur a le champ libre. L'aubergiste tente de la retenir. Le jour est bien avancé, le chemin à travers la montagne est périlleux, la nuit sera tombée avant qu'elles ne franchissent la *serre*[1] qui les sépare de la vallée de la Baume. Il a une belle chambre, très propre, où elles pourraient se reposer avant de partir demain à l'aube. Ce serait tellement plus raisonnable !

---

1. Serre : la crête.

Rien n'ébranle la volonté de Rolande, ni les avertissements du père Jacquemin, ni la frayeur visible de la servante. Tout juste accepte-t-elle quelques provisions qu'elle fourre dans ses grandes poches. Elle se charge aussi du bébé, l'attachant dans les plis de son châle noué en cache-cœur. Elle rabat sur lui les pans de sa cape pour le protéger de la froidure du soir.

Relevant à deux mains le devant de sa robe, elle entame d'un pas affermi, la sente pierreuse qui, à travers bois, conduit à Pourcharesse. De là, elle descendra sur la vallée de la Baume et remontera vers son domaine, non loin du Blaroux.

Étiennette ne peut que suivre. La détermination de sa nouvelle maîtresse l'impressionne et la rassure. La pauvre fille, contrainte à la soumission depuis sa plus tendre enfance, n'a jamais eu l'audace de s'opposer à ceux dont elle dépendait. Même quand elle a été forcée par cette brute d'intendant, elle s'est cru obligée de céder sans se défendre. Cependant, aujourd'hui, une dame la traite avec égard. Se pourrait-il qu'elle ait droit, elle aussi, à une part de bonheur ?

Pour la première fois, elle entrevoit une lueur d'espoir dans sa vie d'esclave. Retroussant sa jupe, elle accélère pour se maintenir à l'allure de Rolande.

La nuit est tombée depuis longtemps lorsqu'elles atteignent les Anglanières. Une lanterne éclaire l'entrée, et Rolande sait immédiatement que cette lumière inhabituelle annonce le malheur. Quand Briscard aboie, flairant sa présence, Rose surgit précipitamment hors de la maison. Reconnaissant sa belle-mère, elle se fige, ne sachant comment s'y prendre pour lui annoncer la mauvaise nouvelle, puis bredouille :

« Ah, mère, vous voilà ! Nous attendions le docteur Defraysse. Père a eu un malaise. »

Rolande hoche la tête. Elle s'y attendait ! Le destin l'a devancée !

Écartant sa cape, elle soulève la petite Célestine, et la donne à Rose. Elle ne lui explique rien, ne lui demande rien, semble indifférente. Elle a perdu la course, elle est arrivée trop tard ! Une immense lassitude la terrasse, ses jambes tremblent, son cœur se contracte. Qu'il serait doux de fuir la réalité en sombrant dans ce vertige qui l'attire ! Mais non, elle ne le peut ! Théophile a encore besoin d'elle ! Respirant à fond, elle retend ses forces, et se dirige d'un pas ferme au chevet du malade.

Rose, stupéfaite, berce le bébé qui pleure. Ce n'est qu'en voyant approcher Étiennette qu'elle comprend.

« Vous êtes la nouvelle servante ! »

La pauvre fille titube d'épuisement. Rose la prend par le bras pour l'entraîner à la cuisine. Elle la fait asseoir près de la cheminée, lui apporte une écuelle de soupe épaisse. La voyant rassasiée, elle lui rend l'enfant. Avec envie, elle regarde Étiennette allaiter le nourrisson.

Rose soupire :

« Si vous saviez combien nous avions besoin d'un enfant dans cette maison ! Merci d'être venue pour nous rendre un peu de bonheur ! »

Devinant son désir, la servante lui tend la pitchounette. Rose resplendit. D'un doigt elle écarte la brassière pour mignoter Célestine, lui faire des bisous et des chatouilles sur le ventre jusqu'à ce que la petite se trémousse de rire. Rose aussi, éclate de rire, et brandit la fillette à bout de bras :

« Tu sais que je t'aime, toi ! »

Puis elle la serre contre sa poitrine, et fond en larmes, expliquant à Étiennette ahurie :

« Ne faites pas attention ! C'est la joie ! »

VII

La colère de Louis

LOUIS EST DEVENU FOU. Il court, il parle, il trébuche, jure, se rattrape et court encore plus vite. Dans sa pauvre tête, un manège tourne et s'emballe.

Oh, sa sœur ! Son autre lui-même, son sang et son âme partagés ! Que lui est-il arrivé, comment va-t-il la trouver, la retrouver. Comment pourra-t-il la reprendre, l'enlever, la sauver, et ensuite, effacer l'affront jusqu'à l'oublier ?

Son cœur bat la chamade. Un pincement aigu au côté l'oblige à ralentir, puis à s'arrêter. Il appuie ses mains contre son thorax pour contraindre la douleur qui lui arrache des larmes. Elles sont de colère plus que de souffrance. Humiliante, sa faiblesse lui apparaît. Qui est-il pour changer le destin de sa jumelle ? Il n'est rien qu'un enfant rageur, sans aucun moyen, sans aucun pouvoir malgré son orgueil démesuré. Vaincu, il se laisse tomber durement sur la caillasse du chemin, frappant le sol de son front et de ses poings pour calmer son courroux en se meurtrissant. Il ne retient plus ni ses cris ni ses pleurs, accablant Dieu, maudissant son père. Il peut hurler tout son saoul, nul ne l'entend à part quelque bête sauvage qui s'enfuit au loin.

Et dire qu'il est revenu chez lui avec tant de joie et de fierté, sûr de plaire à son père par le récit de son expérience de muletier. Comment aurait-il pu imaginer qu'en son absence le monde avait basculé, que rien ne serait à la place où il l'avait laissé ?

*

* *

Ils étaient descendus du haut plateau du Mézenc par l'étroite vallée de la Volane. Les braves mulets trottaient bon train, chargés de ballots plus gros qu'eux, remplis du foin odorant de la dernière *reboule*[1]. À Aubenas, Bertou le Rouge poursuivit seul son voyage vers le Rhône pour livrer le fourrage aux paysans du Midi, victimes d'une sécheresse exceptionnelle. Ils s'étaient quittés à regret, tant ils avaient pris goût à leur mutuelle compagnie, avec même une complicité presque fraternelle malgré l'écart de leurs âges. Sans qu'elle le sache encore, cette complicité était

1. *Reboule* : moisson.

due à Léone, objet fréquent de la conversation tout au long de leur équipée. L'intérêt du muletier pour sa sœur conférait au jeune homme une importance dont il usait pour gagner l'estime de son maître. Quoi de mieux, aux yeux de Louis, que de pousser sa jumelle chérie dans les bras de cet homme admirable ? Il allait en parler au père, préparer le terrain avant que Bertou ne fasse sa demande ! Déjà il envisageait la place qu'il tiendrait dans la vie de ce ménage, tant il lui paraissait impensable de se passer de l'un comme de l'autre. Il ressassait aussi ce projet d'association, si le père voulait lui avancer la somme nécessaire pour acheter ses propres mulets. Deux ou trois, pour débuter. Ensuite, il se faisait fort de prospérer et d'augmenter sa couble avec ses propres gains.

Sifflant, chantant, agile comme une chèvre, il avait coupé à travers le Tanargue, impatient de retourner chez lui.

Ayant franchi la crête des pierres dressées de la Serre de Valgorge, il arriva aux Anglanières par-derrière, surplombant soudain les toits du château et de ses dépendances. Dans la lumière douce de cet après-midi d'automne, les champs et les bois se teintaient d'or et de pourpre. Se souvenant avec quelle hâte rageuse il était parti, deux mois auparavant, sans intention de retour, il s'étonna de son émotion et de ce sentiment de bonheur en retrouvant sa maison natale. Jetant son chapeau en l'air, il tendit les bras largement ouverts comme pour embrasser d'un coup ce domaine redevenu magnifique à ses yeux.

Poussant un cri d'allégresse, il dévala la pente, pressé de rencontrer sa famille, se réjouissant de les surprendre, persuadé d'être accueilli en fils prodigue. Il les imaginait déjà tous, à table autour de lui, écoutant ses récits avec envie et admiration. Il conterait, en les gonflant un peu, les dangers encourus, les affaires réussies, les connaissances acquises. Il lirait la frayeur dans les yeux de sa mère et la fierté dans ceux de son père. Léone, serrée contre lui, attendrait le moment des secrets et confidences. Rose n'aurait d'yeux que pour lui, et Jean, jaloux sûrement, ferait une longue figure. La petite Marinette, follement amoureuse, sans plus aucune réticence, lui ouvrirait son lit.

Devant le porche, il s'arrêta brusquement, envahi soudain d'appréhension. Nul bruit ne signalait la moindre activité. Ni bêtes ni gens ne semblaient occuper les lieux. L'herbe poussait entre les pavés de la cour, aucune fumée ne frémissait au-dessus des cheminées. Ce silence était à faire peur !

Le faible grincement de la chaîne sur la poulie du puits le fit précipiter vers la cour arrière où Rose tirait de l'eau. Il demeura stupéfait. Cette femme presque vieille, pâle et maigre, de noir vêtue, était-ce vraiment la Rose qu'il avait vue la dernière fois toute ronde et rieuse ?

Quant à elle, le découvrant, elle lâcha son seau qui dégringola au fond du puits, et elle mit ses mains sur sa bouche pour étouffer un cri. Ce fut lui qui s'approcha et la prit par les épaules, la secouant même pour la faire parler. Mais elle, la pauvre, ne pouvait que pleurer sans rien expliquer correctement.

Cependant, il parvint à comprendre que les bêtes séjournaient encore aux *estives*[1] et que tous ceux de la maison étaient descendus à la châtaigneraie pour émonder les arbres et rapporter le bois. Seul le père était là, gardant le lit.

Son père était donc malade ? Il se précipita à son chevet, se sentant coupable, certain que le chagrin de son départ était la cause de son affaiblissement. Il se mit à genoux pour implorer son pardon, mais le vieil orgueilleux ne fit pas un geste pour le relever. Ce retour tant attendu, tant espéré, au lieu de réjouir Théophile, aviva son ressentiment, augmenta sa peine. Un démon souffla sur son âme pour attiser sa rancœur. Recouvrant une soudaine énergie, il abreuva son fils de sarcasmes, le comparant à sa sœur,

1. Estives : pâturages de haute montagne.

les accablant tous deux de son mépris. Ce fut ainsi qu'il lui apprit le mariage de Léone et son départ aux Chaleyes.

Les Chaleyes ? Où était-ce ? Louis ignorait l'existence même de cette ferme perdue ! Une folie s'empara de lui, son sang bouillonna, lui faisant voir rouge. Ne se contenant plus, il saisit son père par le collet de sa chemise et le souleva de sa couche, l'insultant, le rudoyant si violemment que le vieux râlait, la gorge étranglée. Sans l'intervention de Rose, sûr que Louis le tuait !

S'agrippant à son dos, criant pour l'appeler à la raison, la faible femme parvint à lui faire lâcher prise, mais n'apaisa pas sa fureur. Il était si terrifiant, les yeux exorbités, les lèvres blanches, agité d'un tremblement intense, qu'elle eut peur et lui avoua tout de suite comment se rendre aux Chaleyes. Redoutant qu'il ne se livre à d'autre excès, elle le supplia de rester aux Anglanières, au moins pour la nuit, d'attendre la mère qui ne saurait tarder. Sans l'écouter, il partit aussitôt, ne prêtant aucune attention au vieillard qui gisait inconscient en travers du lit, écartant d'un coup de pied le vieux Briscard gémissant, perdu dans le brouillard de sa cécité.

*

*   *

Louis se tasse sur lui-même. Le chagrin a épuisé son courroux. Une froidure humide, annonce le soir. Il doit poursuivre son chemin, sinon il risque de s'égarer dans l'obscurité. Rose lui a dit de traverser la Baume au gué qui forme un barrage juste avant la grande cascade, et de monter tout droit à flanc de montagne en suivant un ruisseau. Elle n'y a jamais été mais, selon Jean, la ferme s'accroche quelque part par là à un rocher.

Des pluies récentes ont gonflé la rivière, et le gué est submergé. Louis en a vu d'autres avec le muletier qui ne craignait pas d'entraîner toute la couble à franchir un cours d'eau en crue. Enlevant ses chaussures, relevant ses brailles, il s'élance bravement dans le courant et gagne l'autre berge sans encombres. Effectivement, il entend le roulis du petit affluent qui se jette dans la rivière mais ne distingue déjà plus rien, la nuit ayant fondu le paysage en une masse sombre. Il ne lui reste qu'à attendre l'aube en se réfugiant dans un bosquet touffu.

Combien de fois n'ont-ils pas campé à la belle étoile avec le Rouge ? Les mulets débâtés, mais toujours attachés entre eux, faisaient cercle, fascinés par le feu entretenu toute la nuit. Malgré la fatigue, le sommeil ne venait pas vite, mais ils se sentaient bien tous les deux. Bertou se détendait en lui contant les péripéties d'autres expéditions hasardeuses. D'avoir frôlé la mort si souvent lui faisait paraître la vie encore plus exaltante. Enroulés dans leur couverture, les compagnons se laissaient engourdir à la chaleur des flammes. Le muletier transmettait son expérience en fouillant ses souvenirs. Louis l'écoutait sans plus savoir s'il dormait ou rêvait.

Mais ce soir, Louis est là, tout seul, à grelotter, le cœur transi, l'âme en peine. Tous ses beaux projets sont pulvérisés. Le grondement de l'eau s'enroulant sur les rochers le berce malgré lui et il s'endort subitement, comme on sombre dans un gouffre. Plusieurs fois il se réveille, regardant passer les nuages sur la lune, observant les étoiles jusqu'à ce qu'elles s'effacent devant le jour grisâtre et froid. Le voilà incertain du bien-fondé de sa démarche. Il regrette presque d'être venu. Que va-t-il dire, que va-t-il faire ? Déjà il appréhende la souffrance et peut-être le dégoût qu'il va ressentir. Jetant un coup d'œil sur la Baume derrière lui, il est tenté de rebrousser chemin. Mais non, cela ne se peut ! Une force irrésistible le pousse en avant, un appel de tout son être vers sa jumelle qui a besoin de lui autant qu'il a besoin d'elle. Il doit la voir, la tenir entre ses bras. Ils décideront ensemble de leur avenir.

De loin, il repère le sentier qui longe le ruisseau. Il l'emprunte à longues foulées, ne ressentant plus qu'une fiévreuse impatience. Cependant, quand il discerne la ferme basse, émergeant à peine des taillis, il s'immobilise et se cache, n'osant avancer franchement. Il guette le moment propice, celui où sa sœur sera seule. Car il redoute de rencontrer Nicolas, se sentant incapable de maîtriser son aversion. Oublieux de leur camaraderie d'antan, il le considère comme son pire ennemi. Ah ! Se jeter sur lui à bras raccourcis, lui foutre son poing sur la gueule, le renverser, lui écraser la poitrine à coups de pied, le réduire en bouillie ! Quel soulagement ce serait, quelle jouissance !

Pourtant, une faible voix traverse sa conscience. Au nom de quoi tant de haine ? Que sait-il de ce qui s'est réellement passé ? Rien ! Il suppose, et peut-être suppose-t-il mal. Sa sœur, qu'il croit connaître comme lui-même, n'est-elle pas capable, elle aussi, des pires outrances ? Est-il sûr qu'elle est victime, ou n'écoute-t-il pas plutôt son cœur jaloux qui ne peut concevoir d'infidélité à leur absolue gémellité.

Mais soudain, la porte grince sur ses gonds. Terrifié, Louis s'enfonce dans sa cachette, s'aplatissant au sol sans oser relever la tête. Il ferme les yeux, se retient de respirer pour que rien n'indique sa présence. À travers son corps, il perçoit la vibration des pas sur la terre. Quelqu'un marche, venant vers lui sans hésiter. Quelqu'un est là, si proche qu'il entend son souffle. Il est débusqué, comme un perdreau tenu en arrêt par le chien.

« Pourquoi es-tu venu, Louis, si tu es incapable de me regarder en face ? »

C'est Léone ! Fou de joie, il se relève d'un bond et, aussitôt, amorce un mouvement de recul. Il ne peut dissimuler sa consternation !

C'est Léone, mais elle ne ressemble plus en rien à son souvenir. La coiffe noire qui aplatit sa superbe chevelure, fait ressortir son teint cireux, ses joues creuses, ses yeux éteints, cernés de bistre. Un tablier déchiré, noué sous la poitrine, enserre un ventre déjà déformé, accentué par sa maigreur. Elle chancelle, autant de lassitude que de tristesse, et tend la main vers son frère pour se retenir à lui.

Répondant à son appel, il tente maladroitement de la prendre contre lui. Mais l'idée de frôler ce corps engrossé le gêne, et il se contente de lui tenir les mains. Il ne trouve pas de mots, se sent prêt à pleurer. Ce n'est plus sa sœur dont il était si fier ! C'est une femme inconnue qui l'indispose !

« Louis ? Je te fais donc tant honte que ça ? »

Dominant sa répugnance, il se force à la regarder, et voit enfin sa détresse au fond de ses yeux turquoise, brillants de fièvre. C'est comme quand ils étaient petits et qu'il la taquinait jusqu'à la faire pleurer pour avoir le plaisir ensuite de la consoler si facilement en l'embrassant.

Oh, oui ! Sous cette apparence repoussante, c'est sa chère sœur ! Cette fois, il la saisit à pleins bras, appuyant sa joue contre la sienne, laissant libre cours à son émotion. Les mots jaillissent, se bousculent, mêlant questions et reproches.

« Léone ! Comment est-ce possible, comment as-tu pu ? Que s'est-il passé ? Pourquoi ne m'as-tu rien dit ? Que veux-tu que je fasse ? Je le tuerai si tu me le demandes !

– Qui veux-tu tuer, mon pauvre frère ? Moi seule suis responsable de mon sort. Aujourd'hui tu es là et je suis moins désespérée. Je t'ai vu arriver ce matin à l'aube car je ne peux dormir et je guettais le jour, assise derrière le carreau. J'ai observé comment tu te cachais, et je n'ai pas fait un geste pour t'accueillir. Au contraire ! J'ai été tentée de m'enfuir par-derrière et me réfugier dans les bois. Moi aussi j'avais peur, et j'avais raison, car tu as eu envie de me repousser comme l'ont fait le père et la mère. Je l'ai bien vu, ne me dis pas le contraire ! Pourtant, si tu savais combien j'ai espéré ton retour, imaginant que tu m'aiderais à résister. C'était stupide de ma part car, pas plus que moi, tu n'aurais pu agir contre la volonté de notre père. Et puis cet enfant était là ! Il lui fallait un nom pour sauver l'honneur. C'est ainsi que cela se passe dans notre famille. »

C'est plus fort que lui. Louis ne peut retenir le fond de sa pensée :

« Mais toi, ma sœur, si fière, si hautaine, comment as-tu pu te... te... te compromettre... avec un domestique ! »

Piquée au vif, Léone réplique vertement :

« Je ne te permets pas de me juger, toi qui as poussé la pauvre Marinette à la mort ! Si j'avais eu son courage, tu serais en train de me pleurer au lieu de m'accabler ! »

Louis blêmit. Il attrape sa jumelle durement par le bras.

« Quoi ? Explique-toi ! Je n'y comprends rien !

– Pauvre imbécile ! Arrête, tu me fais mal ! Ni toi ni moi n'avons mesuré les conséquences de nos actes. Elles sont terribles ! »

Devant la mine défaite de son frère, Léone se radoucit et l'invite à s'asseoir près d'elle sur une pierre plate. Tête basse, il écoute son long récit. Parfois il se redresse et la fixe, hagard, ne pouvant la croire. Il se prend le visage dans les mains, tour à tour abasourdi ou indigné. Lui qui se targuait d'avoir eu du cran en partant sur les chemins de muletiers, s'aperçoit qu'il a seulement esquivé ses devoirs pour courir au plaisir de l'aventure.

« Mon Dieu, Léone, quels fous avons-nous été ! Quand je pense que le Bertou voulait te demander au père ! Nous aurions été si heureux !

– Ah ! Que dis-tu là ! Tu aurais dû te taire ! Je n'en ai que plus de regrets. Maintenant, cela ne se peut et cela me crève le cœur.

– Mais Nicolas, ton mari, comment est-il avec toi ? Te traite-t-il mal ?

– Ce n'est pas le mot. Il me délaisse, mais il faut avouer que je le méprise plus qu'un chien. Je le repousse, je me moque de lui, j'exige mais n'accorde rien en retour. J'ai conscience d'être mauvaise, injuste, inconséquente. C'est plus fort que moi, il faut que je lui fasse payer mon malheur. Je le provoque, car je désire qu'il me batte pour le frapper à mon tour. Mais il renonce vite, préférant claquer la porte et partir se saouler. Quand il n'est pas ivre, il bûcheronne, passant ses journées dans le bois. Pour sûr, mon père sera satisfait de son gendre. Il lui taille une belle coupe qui rapportera gros. »

Léone éclate d'un rire amer. Louis ne sait que dire. Il n'a plus rien à faire ici. Il lui tarde de repartir, mais se sent coupable de n'apporter aucun réconfort à sa sœur. Il ne peut dissimuler son embarras, et Léone s'en aperçoit.

« Ne fais pas cette tête, mon frère ! Je suis forte, je ne me laisserai pas malmener. Un jour viendra où je prendrai ma revanche. Il n'y en a pas pour longtemps ! Ce jour-là, si je t'appelle, viendras-tu à mon aide ?

– Tu peux compter sur moi, je ferai tout ce que tu me demanderas !

– N'importe quoi ?

– Oui, je te le jure ! »

Avec gravité, les yeux dans les yeux, les jumeaux se croisent les mains pour sceller leur engagement comme au temps de leur complicité enfantine.

Louis hésite, et c'est Léone qui le pousse vers le chemin :

« Va-t'en maintenant. Ne reviens plus. Quand le moment sera venu, je te le ferai savoir. »

Elle le regarde s'éloigner jusqu'à ce qu'il disparaisse dans les fourrés. Malgré son attente, il ne s'est pas retourné. Léone le ressent comme un abandon. Elle sait qu'elle ne pourra jamais compter que sur elle-même.

Presque en vue de la Baume, Louis entend des vociférations. Se dissimulant dans le fourré, il approche précautionneusement. Il s'en doutait ! C'est Nicolas qui, avec difficulté, franchit le gué toujours à fleur d'eau. D'une pierre à l'autre, il rétablit de justesse son équilibre, battant l'air de ses bras, laissant échapper force jurons et imprécations. De toute évidence, il n'a pas décuvé.

Accroupi derrière un buisson, Louis l'observe avec cruauté. L'idée du crime se fait insistante. Il suffirait d'une chiquenaude pour le culbuter dans la rivière et, dans l'état où il est, le flux glacé de la cascade l'emporterait sans qu'il puisse résister. La tentation est de plus en plus forte. Pourquoi tergiverser ? La solution est là. Sa sœur le remerciera de l'avoir débarrassée de cet individu. Personne d'autre ne se doutera jamais de rien ! Oui ! Il va avoir cette audace ! Il va le faire, et tout de suite !

Résolu, il s'efforce de se relever mais un poids insoutenable le cloue au sol. Ses tripes se nouent à hurler de douleur, il tremble, la sueur dégouline sur son visage, brûlant ses yeux de sel. Il ne peut que s'allonger à plat ventre, mordant la terre, la griffant de ses ongles.

L'ivrogne a réussi à traverser, et il chante des mots sans suite d'une voix éraillée et perçante. Poursuivant son chemin en toute quiétude, il passe si proche que Louis pourrait l'attraper par les chevilles. Mais non, le jeune homme, encore terrifié par son intention avortée, se persuade que le moment n'est pas propice, que plus tard sera préférable.

Dès que Nicolas est hors de vue, il recouvre son courage, et enrage. Quel couard a-t-il été de ne pas profiter d'une occasion aussi favorable ! Bah ! Ce n'est que partie remise. La prochaine fois... Quand il reviendra du Velay, des écus plein les poches !

Cela lui rappelle son projet de s'établir muletier. Mais sans les subsides de son père, comment y parvenir ? Il n'a pas de meilleure solution que de se jeter à ses pieds, de le supplier de pardonner son emportement. Ensuite, il lui parlera d'homme à homme. Il se montrera conciliant pour lui plaire afin de mieux le convaincre. Louis est tellement déterminé qu'il ne doute pas de gagner la confiance du vieux. D'ici peu, Bertou le Rouge le rejoindra comme convenu. Il est certain que sa prestance servira sa cause et incitera maître Desroudhil à se montrer magnanime… et généreux !

Se voyant déjà vêtu de rouge, le fouet à la main menant sa couble de bêtes somptueusement harnachées, il s'élance à travers les raccourcis, gravissant les passages abrupts à grandes enjambées, escaladant les rochers, sautant par-dessus les murs. En vue des Anglanières, il arrête sa course et contemple longuement le domaine, étonné de ne ressentir aucune émotion. Ce labeur de la terre lui a toujours paru trop contraignant, ardu, ingrat. Jamais il ne sera un sédentaire, attaché à un seul lieu, respectueux du patrimoine. À lui la liberté d'arpenter les chemins qui conduisent vers l'inconnu où l'aventure l'attend.

Bombant le torse, il avance d'un pas assuré. Dès qu'il passe le porche, il perd un peu de sa superbe, ne sachant plus très bien comment aborder le père. Parvenu sur le perron, il hésite et s'accoude à la rambarde de balustres, s'attardant à admirer le ciel tourmenté de lourds nuages. Nerveusement, il fourrage du pied les feuilles rousses des tilleuls amoncelées entre les balustres.

Quand il s'aperçoit de la présence de sa mère à ses côtés, il sursaute tel un enfant pris en faute. Rolande ne lui sourit pas, ne le regarde pas, ne le prend pas tendrement dans ses bras comme il s'y attendait. Elle est livide, ne prononce pas une parole. Appuyant ses mains sur la balustrade, elle fixe le lointain, le visage enlaidi de chagrin.

Stupéfait, Louis n'ose faire un geste. La bouche ouverte il attend son bon vouloir, conscient d'être en faute et désespéré de mériter une telle désapprobation.

N'en pouvant plus de ce silence chargé de reproches, il balbutie :

« Est-ce que le père vous a dit… ? »

Se tournant enfin vers lui, Rolande murmure :

« Le père ne m'a rien dit. Il ne peut plus parler ! »

Dans le regard affolé de son fils, elle lit la question qui lui brûle les lèvres.

« Non, il n'est pas mort. Mais un transport au cerveau l'a rendu paralysé. Vous allez me raconter ce qui s'est passé entre vous deux, qui a provoqué l'apoplexie. »

Comme un enfant, Louis se rebiffe :

« Non, mère, ce n'est pas moi, je n'y suis pour rien ! Il m'a provoqué en insultant ma sœur. Si vous saviez avec quel mépris il m'a traité, moi qui venais vers lui avec tant de joie ! Cependant, je ne lui voulais aucun mal, mais il m'a mis à bout et je me suis énervé ! Je n'avais pas l'intention de lui nuire, au contraire ! Oh, mère ! Je vous en prie, ne m'en veuillez pas. Je vous demande pardon pour la peine que je vous fais. Je suis si malheureux ! »

Suppliant, il tend les mains, se mettant à genoux, levant vers elle des yeux de chien battu. Comment Rolande ne se laisserait-elle pas attendrir ?

Elle pose sa main sur la tête de ce fils rebelle, caresse ses cheveux flamboyants aux boucles emmêlées. D'un mouvement passionné, Louis l'attire à lui, appuyant le front contre son giron.

Cette fois, Rolande oublie tout ressentiment. Elle se penche sur son enfant pour l'embrasser, le forcer à se relever. Debout, il est plus grand qu'elle et, alors seulement, il s'aperçoit combien, en peu de temps, elle est devenue vieille et fragile. Affolé, il la prend dans ses bras, non plus pour se faire pardonner mais pour la protéger, la consoler. Rolande ne s'y méprend pas, constatant :

« Vous êtes devenu un homme, mon fils ! »

Cela suffit pour que Louis reprenne sa hardiesse et désire se montrer digne de son appréciation.

« Maman chérie, faites-moi confiance. Je suis revenu pour vous. Ordonnez et je vous servirai avec respect. »

Rolande ébauche un sourire. Elle n'est pas dupe, connaît la versatilité de son garçon, prompt à la colère comme à l'engouement, prenant de bonnes résolutions sans jamais les appliquer.

Cependant, elle l'aime tel qu'il est, le sentant si sensible et vulnérable malgré ses rodomontades.

« Venez, Louis, donnez-moi votre bras. Je ne peux laisser votre père trop longtemps seul. »

Devant la porte de la chambre, le jeune homme s'efface devant elle, moins par politesse que par crainte d'affronter le malade. À leur entrée, Rose, qui le veillait, se lève pour céder la place à sa belle-mère. Rolande se penche au-dessus du visage déformé par un rictus, baise doucement son front, écartant d'une caresse les mèches blanches collées par la sueur. Théophile ouvre les yeux, s'agite, tente de s'exprimer mais n'émet que quelques râles inintelligibles.

« Oh, mère ! chuchote Rose. Je le croyais inconscient mais, vous, il vous reconnaît et veut vous parler. Il va peut-être se remettre ?

– Bien sûr ! répond Rolande, s'adressant à son mari. D'ici peu de temps vous serez rétabli, mon ami. Prenez patience. La guérison est à ce prix. Voyez, votre fils Louis est là également, regrettant de tout son cœur de vous avoir causé un tel tourment. Approchez, Louis. Votre père sera heureux de votre présence. »

Rien ne paraît moins certain à Louis qui avance sur la pointe des pieds jusqu'au chevet du vieil homme. Levant furtivement les yeux, il reçoit de plein fouet le regard terrifiant de fixité dardé sur lui. Louis rentre le cou dans les épaules, s'attendant à un flux d'invectives mais aucun son ne sort de la bouche tordue qui étire la face en un masque grotesque.

Louis ne peut feindre. L'effroi et la répulsion se lisent sur son visage.

C'est dans les yeux de son fils que Théophile prend vraiment conscience de son état. Jusqu'à présent, il n'a entendu et voulu croire que les doux mensonges de sa famille aimante. Seuls vos adversaires ont l'audace de vous asséner la vérité.

Deux grosses larmes rendent leur éclat aux yeux pâles du vieillard. Voulant les cacher, il baisse les paupières et elles roulent sur ses joues dans le sillon des rides.

Jamais Louis n'a vu maître Desroudhil pleurer. Cette faiblesse incongrue le trouble comme s'il avait surpris son père dans sa nudité, et il se détourne pudiquement.

« Louis ! répète Rolande avec un brin d'impatience. Venez donc ! »

Il ne peut se soustraire. Surmontant sa gêne, il approche du lit et effleure la main du malade. Avec une énergie surprenante, Théophile referme ses doigts sur ceux de son fils, et les presse de toute la force lui restant dans cette seule main valide. Ce geste signifie non seulement le pardon, mais également l'appel à l'aide d'un homme luttant contre la mort. Bouleversé, oubliant sa vindicte, Louis s'abat contre la couche de son père, baisant sa main, la mouillant de larmes, l'appelant Papa avec l'affection si longtemps retenue. Bourrelé de remords, il prétend maintenant rester là à veiller nuit et jour pour se racheter. Mais, craignant que l'émotion soit préjudiciable au malade, Rolande le persuade de se retirer. Il se relève à regret, s'attachant encore à scruter le regard de Théophile, persuadé d'y lire un mieux-être.

Le docteur Defraysse qui fait sa visite dans l'après-midi constate une amélioration tout en réservant son pronostic. L'incidence de ces coups de sang est méconnue. Il faut s'attendre à tout, en bien comme en mal.

« Vous devriez peut-être appeler le curé », suggère-t-il avec hésitation. Mais, se voulant rassurant, il ajoute :

« Vous savez, rien ne presse, et puis ce n'est pas le sacrement des malades qui fait mourir plus tôt ! »

Rolande acquiesce. Elle y avait pensé mais n'osait s'y résoudre, redoutant encore, malgré la gravité de l'heure, de déplaire à Théophile. Mais ses convictions profondes ne lui permettent pas de laisser partir celui qu'elle aime sans l'absolution qui lui ouvrira les portes du paradis. Son époux s'est toujours moqué de ses croyances, la traitant de bigote, mais elle est persuadée de la compassion toute spéciale du bon Dieu pour les mécréants.

Attelant Lisette à la calèche, Jean est parti chercher le curé. Le vieux prêtre s'est enroulé dans sa cape, rabattant les bords de son chapeau jusque sous les oreilles. Il n'est pas bien vaillant, et cette pluie fine qui cisaille le ciel gris lui fiche le cafard. L'enfant de chœur qui les accompagne n'a pas meilleure allure. Petit paysan morveux, les pieds sales dans ses sabots fangeux, il est assis, les jambes ballantes, à l'arrière du véhicule. Il soutient la hampe de la croix sur son épaule comme il porterait une fourche. Chaque fois qu'il aperçoit âme qui vive, il agite la clochette avec un malin plaisir pour observer l'effroi des gens qui se découvrent et se signent devant le saint sacrement.

À leur arrivée, Rolande se précipite pour aider le père Mathieu à descendre. Devant sa hâte, celui-ci s'inquiète :

« Monsieur votre époux irait-il plus mal, madame Desroudhil ?

– Non, monsieur le curé, mais je désirais vous entretenir avant que vous ne l'administriez car... Je ne sais comment dire... Mon mari est... ou plutôt, n'est pas...

– Ne vous mettez pas en peine de m'expliquer quoi que ce soit. Monsieur Desroudhil est un excellent homme et aussi un pauvre pécheur tel que nous le sommes tous. Ses prises de position parfois outrancières me sont connues mais je connais également sa sensibilité, ses doutes et ses renoncements. Laissez-moi seul avec lui. Je vais l'entendre en confession.

– Mais, mon père, ne savez-vous pas ? Mon pauvre mari a perdu l'usage de la parole.

– Eh bien quoi, madame ? La sincérité ne s'entend que dans le silence. Est-il besoin de mots pour vider son cœur ? Au contraire ! La bouche est habile à modifier la vérité tandis que les yeux ne peuvent déguiser l'âme qui apparaît à travers eux. Allez, soyez en paix, je vous appellerai plus tard. Et emmenez-moi le gamin à la cuisine car je n'ai pas besoin de ce sacripant pour le moment. »

Ravi, l'enfant de chœur ne se le fait pas répéter et la précède, se délectant d'avance du bol de lait sucré qu'il espère recevoir.

À la cuisine toute la maisonnée est rassemblée dans l'attente. Rose oblige sa belle-mère à s'asseoir dans le fauteuil près du feu, lui apportant son châle, lui servant un bol de bouillon pour la réconforter. Les domestiques sont là également, Momo et le Gus, et Étiennette qui berce sa petite. Seul manque Odilon, le berger, pas encore revenu des estives malgré la saison avancée.

Rolande les regarde tous avec une égale tendresse, reconnaissante de les sentir unis, partageant la même anxiété. Que ce soit Mélanie ou

Rose, Jean ou Louis, elle les considère tous comme ses propres enfants. Un pincement au cœur lui fait ressentir douloureusement l'absence de Léone, leur fille chérie, si pareille à ce père qui l'a pourtant maudite. La gravité de la situation ne permettrait-elle pas un rapprochement ? Se laissant aller contre le dossier du fauteuil, Rolande cesse de combattre sa fatigue. Elle ne peut rien faire. Il n'y a qu'à attendre. Elle n'a même plus la force de prier.

Interrompant sa songerie, Jean suggère :

« Mère, ne devriez-vous pas faire savoir aux autres enfants légitimes que leur père est au plus mal ? »

Rolande ne peut réprimer une crispation. Quoi ! Ces ingrats qui ne se sont jamais préoccupés de Théophile si ce n'est pour lui reprocher son remariage ! Cependant elle admet que la proposition de Jean est justifiée. Si, à Dieu ne plaise, Théophile venait à trépasser, André, Fernand et Ursula seraient avertis par le notaire, et, alors, ils l'accuseraient d'avoir essayé de les déposséder en tardant à les prévenir. Oui, il faut en passer par là, malgré sa répugnance à rencontrer ces enfants qui la détestent. Résignée, elle répond :

« Vous avez raison mon fils, et je reconnais là votre générosité. Dès ce soir, je vais écrire à chacun pour les mettre au courant de l'état alarmant de leur père.

– Je leur porterai moi-même votre missive. »

Lui adressant un pauvre sourire, Rolande ferme les yeux, se réfugiant dans le silence, prête à s'assoupir. Lorsque le père Mathieu revient, elle sursaute et s'excuse de son manque de vigilance.

« Mais il est bon que vous preniez du repos, madame Desroudhil ! Vous n'avez pas à vous justifier ! Je suis venu vous avertir que monsieur Desroudhil est prêt à recevoir les sacrements. J'ai compris qu'il serait heureux de communier, et je vous propose de célébrer l'eucharistie dans sa chambre, en présence de vous tous, dans l'amour du Christ. »

Stupéfaite, Rolande écarquille les yeux :

« Vraiment, monsieur le curé ? Mon mari vous a fait comprendre cela ?

– Mais oui, madame. Ne croyez pas à une lâcheté, un revirement de dernière minute par peur de la mort. Ce serait faire affront à la sincérité de monsieur Desroudhil. Sous l'apparence d'un esprit fort c'est un homme lucide qui essaye de cacher ses faiblesses. Néanmoins, il se remet sereinement à la volonté divine et désire partager avec vous ces instants de grâce. »

La brusque montée des larmes empêche Rolande de répondre. Elle appuie deux doigts sur ses lèvres pour en retenir le tremblement. Cependant, c'est la joie qui l'envahit, une reconnaissance de tout son cœur pour son mari qui lui offre, en ce moment grave, une telle preuve d'affection. Ayant dominé son émotion, elle le rejoint, se penche sur lui, au plus près, pour qu'ils se disent, dans un regard intense, tout l'amour qu'ils éprouvent l'un pour l'autre. Ensuite, gardant sa main dans la sienne, elle se met à genoux.

Le curé a recouvert une petite table d'un linge blanc. De son sac, il a sorti le ciboire, le calice et l'ampoule contenant le saint chrême. Il célèbre la messe, tourné vers le malade. Le crucifix au-dessus du lit suffit à transformer la chambre en chapelle. Vibrants d'une même foi, les enfants et les domestiques se sont agenouillés derrière cet autel de fortune. Louis sent les larmes dégouliner sur ses joues mais sa voix reste claire pour prier à l'unisson.

Éclipsant la mort, il y a autour du malade une Présence lumineuse qui irradie de bonheur le cœur de chacun. Lorsque le père Mathieu présente l'hostie, tous savent que l'Esprit saint l'a réellement consacrée. Se tenant toujours par la main, Théophile et Rolande reçoivent ensemble, avec conviction, le corps du Christ. Le prêtre va ensuite vers Jean et Rose, Mélanie et Louis, le Gus et Momo, Étiennette qui communient, le visage baigné de larmes et cependant rayonnant d'une joie ineffable. Après seulement, le curé s'approche du malade et le prévient :

« Au nom de Notre-Seigneur Jésus, je vais vous imposer les mains et vous faire l'onction d'huile. Nous prierons pour que l'amour de Dieu vienne vous visiter et vous aider. »

Il lui pose d'abord les mains sur la tête, priant en silence. Puis imbibant un linge d'un peu d'huile consacrée, il l'applique sur le front et l'intérieur des mains de Théophile en disant :

« Par cette onction sainte, que le Seigneur vous réconforte, qu'Il vous libère de tous vos péchés, qu'Il vous sauve et vous relève. »

La ferveur du recueillement est telle que Théophile pourrait se lever et marcher sans que personne n'en soit surpris. Sur son visage apaisé, il n'y a plus trace du rictus qui paralysait sa bouche. Il se tourne vers Rolande et lui sourit. Le père Mathieu ne s'y trompe pas. Même si elle est éphémère, la guérison a été accordée. Les yeux levés vers l'humble crucifix accroché au mur avec son rameau de laurier béni, il rend grâce à Dieu pour ce sursis donné.

« Seigneur, que votre volonté soit faite ! »

Plus tard, quand elle est assurée que son mari est pleinement conscient malgré son épuisement, Rolande l'avertit :

« Mon ami, demain Jean va prévenir vos enfants, André, Fernand et Ursula que vous avez été bien fatigué. Souhaitez-vous qu'ils vous rendent visite ? »

Théophile soupire légèrement et baisse les paupières en signe d'assentiment. Soudain il s'agite, ouvre grand les yeux avec une expression d'angoisse. Il a encore tant de mal à s'exprimer ! Rolande s'inquiète, essaye de le comprendre, cherche à deviner :

« Quelque chose vous tracasse ? Désirez-vous voir quelqu'un d'autre ? »

Au prix d'un immense effort, Théophile parvient à souffler :

« Léone ! »

Rolande n'osait l'espérer et pourtant, elle n'attendait que ça ! Ah ! que le père et la fille puissent se pardonner mutuellement la blessure infligée, la souffrance subie ! Qu'il soit temps encore d'effacer toute rancune pour ne garder au cœur que le seul souvenir de l'amour !

« Merci, mon très cher ! »

Doucement elle baise ses lèvres, et jamais baiser ne fut donné avec autant d'amour.

Un bourdonnement régulier se fait entendre, pas très loin, comme le chant d'une rivière paisible qui s'allongerait autour de la bâtisse. Surprise, Rolande tend l'oreille, et, allant à la fenêtre, l'ouvre largement. Le grondement se rapproche, envahit l'espace, retentissant soudain de bêlements, de chevrotements, de tintements de sonnailles.

Joyeuse, elle se tourne vers Théophile :

« Entendez-vous, mon ami ? C'est Odilon qui ramène le troupeau des estives. Quelle bénédiction ! Si vous pouviez voir combien les brebis sont belles, comme elles sont grasses ! »

Théophile sourit, plein de contentement.

C'est comme s'il était là, lui aussi, avec son berger, à la tête du troupeau revenant de transhumance. Ils regagnent les Anglanières, leur bercail, où ils attendront le printemps et la naissance des agneaux.

Théophile ferme les yeux et s'endort en paix.

VIII

La mort de Théophile

Jean se lève bien avant les premières lueurs de l'aube. Ayant veillé son mari toute la nuit, Rolande l'entend malgré le soin qu'il prend à ne pas faire de bruit. Approchant la chandelle presque consumée, elle observe Théophile de plus près. Il dort paisiblement. Régulière, la respiration soulève le drap. Elle est rassurée. Elle peut s'absenter un instant. Passant les mains sur sa figure, elle efface les angoisses de la nuit. Elle se pince les joues pour se donner meilleure mine, avant de rejoindre son fils dans la cuisine. Elle tient à lui préparer elle-même un en-cas consistant. Touché, Jean s'avance vers elle :

« Il ne fallait pas vous déranger ! Vous devez être si lasse. Comment va le père ? »

Jean parle bas comme si une parole trop haute allait réveiller le malade. Sa prévenance émeut Rolande. Voilà le fils sur lequel elle peut se reposer en toutes circonstances, auquel elle peut demander l'impossible. Cependant, c'est envers lui qu'elle s'est montrée la plus dure, injuste parfois, favorisant le cadet, son préféré, cette tête brûlée de Louis qui agit à tort et à travers et qui a besoin d'elle pour réparer ses bêtises. Mais ce matin elle éprouve une tendresse infinie pour son aîné et, se départant de sa réserve habituelle, elle l'attire contre elle. Gêné, Jean ne sait comment se comporter. Sa mère l'a toujours intimidé, lui qui la vénère et craint son excessive sévérité. Maladroitement il répond à son baiser, mais s'inquiète :

« Mère, que puis-je faire de plus pour vous soulager ?

– Vous ne pouvez mieux faire, mon fils ! En revenant de Chambonas, vous irez donc aux Chaleyes et expliquerez à Léone que son père la demande. Convainquez-la de revenir aussitôt avec vous. On ne sait jamais ! Je ne me leurre pas, la fin peut arriver si vite, et le pardon ne souffre aucune attente ! Que Dieu vous bénisse, mon grand. J'attends déjà votre retour. »

Elle l'accompagne à l'écurie, l'aide à seller la mule, puis le suit des yeux tant qu'il trotte sur l'allée des sorbiers dont les oiseaux ont mangé presque toutes les baies. Avant de franchir le pont, Jean se retourne et, surpris de la voir encore là, lui adresse un signe.

Malgré le froid humide du petit matin, Rolande reste immobile à fixer l'horizon. Le gris du ciel s'éclaire d'un peu de bleu très pâle. Cela n'y change rien : la journée sera longue et triste. Rolande baisse la tête. Elle n'en peut plus d'être forte. Elle n'a même plus envie de retourner dans la chambre du malade. Elle voudrait dormir et oublier, mais ce serait indigne, cela ne se peut ! Allons, elle doit faire face à la vie. Elle n'a pas le droit de perdre courage.

Se ressaisissant, Rolande prend une grande inspiration et se retourne.

Rose est derrière elle, à quelques pas, tremblante, les yeux rougis, les mains tendues. Messagère du malheur, elle ne dit rien et pourtant exprime la plus grande compassion. Rolande la contemple avec stupeur, refusant de comprendre que cette pitié lui est destinée et que ces mains offertes s'apprêtent à l'assister. Elle recule, jette un regard par-dessus son épaule, cherchant désespérément une autre personne à qui s'adresserait l'annonce funeste.

Elle est seule ! L'environnement si familier est étrangement différent. L'herbe des prés, frémissant sous un vent léger, s'effiloche en rubans tournoyants qui caracolent maintenant sur la terre des champs fraîchement retournés. Les mottes luisantes fondent et dégoulinent, formant une mare verdâtre. Un voile noir est tendu contre le ciel, mais soudain il se détache, flotte un moment et s'abat gracieusement au sol, empêtrant Rolande dans une enveloppe vaporeuse.

Rose n'a pu intervenir. Elle s'agenouille auprès de sa belle-mère inconsciente, lui soutient la tête, appelle au secours. Mais qui entendrait sa faible voix ? Et puis, ne sachant comment la consoler, Rose redoute le réveil de Rolande. Ne serait-ce pas préférable qu'elle soit morte également ? Comment surmonterait-elle un pareil chagrin ? La séparation dans l'amour est une telle mutilation que vivre devient une souffrance permanente.

Cependant, très vite, Rolande revient à elle, se redresse, s'étonne de son malaise, s'excuse d'avoir embarrassé la jeune femme, la remercie de sa sollicitude. Devant les pleurs de Rose, subitement elle se souvient, et jette un cri rauque, tout de suite réprimé. Bien que connaissant la réponse, elle questionne :

« Théophile ?

– Oh, maman, c'est affreux ! Je suis entrée dans la chambre, pensant vous y trouver et voulant vous relayer. J'ai entrouvert les contrevents pour donner un peu de lumière et j'ai vu… »

Incapable de poursuivre, Rose éclate en sanglots et se jette au cou de Rolande. Celle-ci la tient serrée dans ses bras. Elle n'a pas une larme. Elle regarde le ciel, cherchant à en percer le vide infini. Quelque part, très loin d'elle, son époux est parti pour ce voyage d'où on ne revient jamais. Elle l'a gardé toute la nuit et, au matin, alors qu'elle le croyait sauvé, il a profité de sa brève absence pour la quitter sans lui dire adieu.

Si elle était restée, aurait-elle pu le retenir ? Ou bien, attendait-il d'être seul pour se laisser aller à mourir ?

Rolande sent chacun de ses muscles, raidis comme des tiges de fer, lui percer le dos et le cou. Cette douleur dans sa chair la distrait de cette autre douleur qu'elle ne pourrait surmonter si elle y prêtait attention. Repoussant Rose, elle va vers le château. Elle doit agir. Elle doit s'occuper du pauvre mort. Nul autre qu'elle ne lui donnera les derniers soins.

Rose la suit, voulant la soutenir, mais elle la repousse :

« Laissez-moi, ma fille, je peux marcher. Je me sens bien ! »

Devant la porte de la chambre, elle hésite le temps d'un soupir, mais, là aussi, elle fait signe à Rose de s'éloigner.

« Je préfère rester seule avec lui. Vous comprenez… c'est la dernière fois ! »

Elle entre, donne un tour de clef dans la serrure mais reste le front appuyé contre la porte, appréhendant de contempler le mort en face. Va-t-elle revoir Théophile, celui qu'elle aime… ou un corps sans âme qui lui fera horreur ?

Briscard s'est approché d'elle. Il se colle contre ses jambes, jappe plaintivement.

« Oui mon chien, répond-elle, je suis là, je viens ! »

Elle avance vers le lit, mais garde encore les yeux baissés. Elle voit d'abord sa main, la paume tournée vers elle comme pour accueillir la sienne. Elle se courbe et y pose ses lèvres, heureuse de la sentir encore douce et tiède. Relevant lentement la tête, elle reçoit à pleins yeux, l'ultime regard de Théophile incliné vers elle. La bouche entrouverte paraît vouloir prononcer son nom. Elle sait avec certitude qu'il l'a cherchée, qu'il l'a appelée, qu'il l'a attendue jusqu'à la limite de sa vie.

Le remords l'envahit et l'étouffe : elle n'était pas là !

C'en est trop ! Elle ne peut retenir ses larmes. Elle pose sa tête sur l'oreiller, près de Théophile pour lui parler à l'oreille :

« Mon amour, je vous en supplie, revenez encore un peu avec moi ! Vous ne m'avez pas laissé le temps de vous dire merci pour toutes ces belles années. Avez-vous su combien je vous ai aimé ? Savez-vous maintenant la peine que j'endure ? Comment vais-je avoir le courage de vivre sans vous ? »

Elle caresse le cher visage, suivant du doigt le tracé des rides sur le front, sur les joues piquées de barbe. Elle remonte l'arête du nez, lisse les sourcils broussailleux. Suspendant son geste, elle scrute au fond des yeux, espérant en vain une brève lueur. Alors, délicatement, d'une main légère, elle effleure les paupières pour les clore. Murmurant adieu, elle baise les lèvres avant de les fermer en serrant un linge autour de la tête.

À nul autre elle ne laisserait le soin de la toilette mortuaire, dernier moment d'intimité avec l'homme aimé. Elle le rase, le lave, le parfume, accomplissant sa tâche avec un sentiment de bonheur.

Ce corps lourd qui s'abandonne entre ses bras lui appartient. Pour l'habiller, elle étreint son mari, le serrant contre sa poitrine, le reposant, le soulevant plusieurs fois, bataillant pour enfiler les manches, pour boutonner le col. L'effort lui donne si chaud qu'elle doit dénouer son châle, dégrafer le haut de son chemisier. Comme si Théophile pouvait l'entendre, elle parle sans cesse, lui demandant de l'aider, le grondant même quand cela lui est trop difficile. Pas un instant elle ne le considère comme mort. Elle en prend soin, avec un tendre agacement, comme elle le ferait d'un enfant malhabile.

Quand elle en a terminé, jusque dans les moindres détails, elle prend du recul pour le contempler. Qu'il est beau dans son costume des fêtes, avec son gilet broché et sa chemise blanche au plastron plissé ! Il est beau comme au jour de leur mariage !

Et Rolande se souvient, malgré les paupières scellées, de l'ardeur de son regard d'azur posé amoureusement sur elle. Dans le visage apaisé, un air de jeunesse a effacé les marques de l'âge, et, sur sa bouche, un léger sourire étire la commissure des lèvres. Il ne reste qu'à choisir la plus belle parure de son trousseau, parfumée aux senteurs des prés. La toile fine, qu'elle a brodée jadis de leurs initiales entrelacées, retombe de chaque côté du lit en drapés harmonieux.

Voilà, c'est fini ! Rolande est satisfaite. Théophile doit se sentir bien !

Elle rajuste son châle sur ses épaules, puis s'approche de la glace pour vérifier l'arrangement de sa coiffe, repousser une mèche échappée du bonnet. Ses joues sont rougies par l'effort, ses yeux brillent d'un éclat singulier. Dans le fond du miroir, elle voit Théophile, allongé sur le lit. Cela pourrait être un jour ordinaire, comme à chaque matin, quand il la laissait se lever la première pour avoir le plaisir de l'observer à sa toilette.

Non, ce ne sera plus ! Plus jamais !

Un spasme la frappe en plein estomac, et elle se retient au meuble pour ne pas tomber. Quand la douleur s'atténue, Rolande se redresse mais détourne la tête pour ne plus rencontrer l'image du miroir.

De la commode, elle sort un autre drap et, montant sur une chaise, recouvre la haute glace décorée de chérubins dorés. D'un doigt, elle arrête le balancier de la pendule sur la cheminée. Elle ferme aussi le volet, plongeant la pièce dans l'obscurité. Gestes cérémonieux qui entourent la mort, traditionnellement noire et silencieuse. Tâtonnant, Rolande cherche une chandelle dans le tiroir de la table de nuit, et cette faible flamme diffuse une lumière douce qui nimbe le gisant d'une aura de sérénité.

Mais, pour Rolande, ce n'est plus Théophile. Ce corps raidi ne lui appartient pas. Elle est certaine d'avoir reçu son dernier souffle quand elle le serrait contre son cœur en l'habillant. Elle sait que l'âme sacrée s'est éloignée. Il ne subsiste qu'une apparence à laquelle elle ne se laisse pas tromper. Elle ne pleurera pas sur une dépouille charnelle.

Depuis un certain temps, elle entend des heurts, des appels pressants derrière la porte. Elle peut ouvrir maintenant et abandonner le défunt à la sollicitude des autres. Elle a rempli son rôle, elle doit s'effacer.

Le premier, Louis est là, hors de lui.

« Mon père ! Ce n'est pas possible, ce n'est pas vrai ! »

Il n'ose avancer, se cache le visage dans les mains, laisse libre cours à ses sanglots. Rose, qui essaye de le consoler, pleure autant que lui. Mélanie, effrayée, se signe plusieurs fois en toute hâte comme pour conjurer un sort. Les domestiques approchent timidement, peinés certes, mais, plus encore, inquiets pour leur avenir. Celui qui remplacera le maître les gardera-t-il à son service ?

Devant la cheminée de la cuisine, Rolande se sert une louche de soupe qu'elle boit debout, pensive. Briscard, qui ne la quitte plus, se couche à ses pieds. Silencieuse dans son coin, Étiennette attend patiemment. Se souvenant de ses obligations, Rolande lui donne ses ordres.

« Ma fille, vous direz à Momo d'aller avertir d'abord monsieur le curé, et ensuite les voisins, du décès de monsieur Desroudhil. Quant à vous, balayez soigneusement l'entrée et faites le ménage du salon. Après, vous moudrez un bon kilo de café car il viendra beaucoup de monde pour rendre hommage à mon défunt mari. Il s'agit de bien les recevoir en leur offrant, qui du café, qui du vin. Je m'attends aux visites de sa famille, et je vais préparer les chambres. Dépêchons-nous. Nous avons peu de temps devant nous. »

C'est d'abord dans la chambre de Léone que Rolande se réfugie. Sa fille sera ici ce soir. Elle réintégrera la demeure familiale, oubliant ses griefs, pardonnant à son père comme il lui a pardonné juste avant de mourir. Oh ! Qu'il lui tarde de la voir revenir avec Jean ! Mais l'angélus de midi n'a pas encore sonné. Que la journée est longue ! Jean doit être parvenu à Chambonas et il aura déjà averti les enfants de Théophile. Ceux-là, c'est sûr, vont rappliquer au plus tôt et revendiquer leurs droits. Rolande frémit. Que va-t-il advenir d'elle ? Ne sera-t-elle pas chassée de cette maison ? Elle, qui ne connaît rien aux lois, comment pourrait-elle se défendre ?

Mais pourquoi se préoccuper de son sort, alors qu'elle a perdu celui qui donnait un sens à sa vie ? Un autre spasme brutal la plie en deux.

Quelle est donc cette douleur qui lui arrache les entrailles ?

C'est celle de la solitude.

Elle n'est pas femme à se plaindre. Elle saura faire front à l'adversité, comme d'habitude. À chaque jour suffit sa peine, et elle doit faire confiance à Dieu qui la prendra sous sa protection. Au fond de sa poche, elle touche le chapelet qui ne la quitte jamais, et en égrène les perles lissées si souvent entre ses doigts. Ce geste familier la rassérène, lui redonne courage.

Entourée de ses enfants, Rolande reçoit au salon. Le trumeau voilé, la lourde pendule silencieuse, la pénombre des volets entrebâillés, n'enlèvent rien au caractère d'apparat de la pièce tel que l'avait voulu Théophile, orgueilleux de sa réussite sociale. Les paysans s'y sentent mal à l'aise. Assis du bout des fesses sur les sièges capitonnés, ils triturent leur chapeau, répétant les banalités d'usage, attendant de céder la place avec soulagement à d'autres arrivants, venus présenter leurs condoléances. Rolande accompagne ceux qui désirent se recueillir devant le corps de son mari, le bénir du brin de laurier trempant dans la soucoupe d'eau bénite. À chaque fois, elle appréhende de découvrir les prémices de la dégradation morbide. Mais non ! Pas encore ! Presque heureuse, elle opine avec les visiteurs qui chuchotent :

« Il n'a pas changé, on dirait qu'il dort. »

Ensuite, ayant pris congé de la veuve avec embarras, ils retrouvent leur faconde à la cuisine où Étiennette sert le café sucré et le vin à la cannelle. Là, ils osent échanger leurs commentaires, pas toujours bienveillants, sur ce Desroudhil que la richesse n'a pas protégé du malheur.

Le soir tombant, les voisins, les villageois se pressent aux Anglanières. Rolande devient nerveuse. Que fait Jean ? Pourquoi tarde-t-il tant ? Se pourrait-il qu'il n'ait pas persuadé Léone de revenir ?

Ce qu'elle redoutait survient en la personne de la cousine Alphonsine, pénétrant en trombe dans la maison. Poussant de hauts cris, elle bouscule tout le monde pour se ruer dans la chambre funéraire. Son désespoir est bien joué. Elle appelle son cher cousin, pleure comme un goret, fait mine de s'arracher les cheveux, de se griffer la figure, mais vérifie d'un œil si sa pantomime est appréciée par les curieux. La suivent, moins exaltés mais d'autant plus sournois, les deux fils et la fille du premier mariage. Ils n'ont même pas pris le temps de dételer le cheval de la carriole, abandonnant le tout devant l'entrée du château. Écartant Rolande, ils prennent position autour du lit, indiquant sans équivoque que eux seuls sont dépositaires du mort, leur père !

Rolande s'efface sans un mot de revendication. Dans sa simplicité, Mélanie se réjouit de la venue de sa sœur Ursula, et se joint à elle. Rose, en revanche, choisit de se tenir auprès de sa belle-mère, qui l'a élevée comme sa fille, plutôt que de confirmer son appartenance à cette fratrie revancharde. Seul Louis s'emporte, indigné, et prétend chasser les usurpateurs. Narquois, André et Fernand, forts de taille, l'attrapent chacun par un bras et le jettent dehors sur le pavé de la cour. Ensuite, se tournant vers les témoins médusés, ils proclament :

« Ici, nous sommes chez nous ! Dorénavant, c'est nous les maîtres ! »

Rose se précipite vers le jeune homme à terre, veut l'aider à se relever, mais Louis la repousse haineusement et s'éloigne à grands pas vers l'obscurité pour cacher ses larmes d'humiliation.

Rolande n'a pas fait un geste. Réfugiée dans la cuisine, tournant le dos, elle appuie son front contre le carreau de la fenêtre, et essaye de voir à travers la nuit. Où donc est Jean ? Quand reviendra-t-il ?

Abrégeant leur visite, se bousculant vers la sortie, les visiteurs gênés reprennent leur fanal et quittent le château sans oser la saluer.

*

* *

Se moquant des faibles protestations de Mélanie, les enfants Desroudhil et la cousine Devaize entreprennent de fouiller les meubles de la chambre, vidant les tiroirs, renversant les piles de linge. Ils vont même jusqu'à soulever le matelas sur lequel repose Théophile. Ils roulent les tapis, sondent méticuleusement le parquet comme les murs à la recherche d'une cache. Tout est mis sens dessus dessous, en vain, car le magot convoité demeure introuvable.

« Sommes-nous stupides ! s'exclame la cousine. Il doit l'avoir planqué dans son secrétaire ! »

Se bousculant, ils courent dans le couloir pour gagner le bureau. La porte est fermée à clef et, malgré sa force de taureau, Fernand se meurtrit l'épaule sans arriver à l'ébranler. Furieux, il se retourne vers Mélanie, l'attrape par le bras et la secoue durement :

« Toi, la folle, dis-nous tout de suite où est la clef ! »

Mélanie apeurée, soulève son bras libre pour se protéger le visage des coups auxquels elle s'attend. Elle se met à pleurnicher :

« J'sais pas, moi. J'sais pas… »

Ursula s'interpose et retient la main de son frère qui s'apprête à frapper la malheureuse.

« Arrêtez, vous voyez bien qu'elle est imbécile, qu'il n'y a rien à en tirer ! »

Fernand hésite un instant mais, c'est plus fort que lui, il assène quand même une formidable gifle à la pauvre femme qui en est renversée à terre.

« Qu'à cela ne tienne, rugit la brute, allons demander à la vieille ! »

Enjambant Mélanie, il s'élance à la cuisine et hurle à l'adresse de Rolande :

« J'exige que vous me remettiez immédiatement toutes les clefs de la maison. »

Il n'a pas remarqué le vieux chien qui se tient aux pieds de Rolande. Malgré sa cécité, Briscard ne s'y trompe pas. Un ennemi dangereux menace sa maîtresse. D'instinct, il gronde, le poil hérissé, montrant les dents. Il se ramasse, prêt à bondir, mais un formidable coup de pied le cueille en pleine gueule, et il s'abat gémissant, la tête en sang. D'un autre coup, Fernand l'achève en ricanant.

« Non, mais ! Qu'est-ce qu'il s'imagine celui-là ! »

Rose et Étiennette, se serrant l'une contre l'autre, se sont réfugiées dans un coin d'ombre. Rolande s'est accroupie près du chien mourant. Elle le caresse, ensanglantant ses mains. Quand Briscard, dans un ultime tressaillement, expire, elle se relève et, se tenant très droite, fait face à son beau-fils. Celui-ci, qui croyait la terrifier, est désarçonné par sa dignité. Il maugrée :

« Si vous croyez m'en imposer avec vos grands airs… ! »

Rolande garde le silence, baisse les yeux, mais son attitude exprime un tel mépris que, retrouvant sa hargne, Fernand éructe :

« Et puis ici, vous n'avez rien à dire. Vous n'avez qu'à faire votre baluchon et partir ! Vous n'avez que trop longtemps usurpé la place en troublant l'esprit de notre père par des procédés honteux !

– Parfaitement, rajoute Ursula, vous avez abusé de la faiblesse d'un vieillard pour voler son bien au détriment de ses enfants légitimes. Cela ne se passera pas comme ça ! Vous rendrez gorge, vous et vos bâtards ! »

André, lui, ne pipe mot mais ses yeux furètent partout, estimant la valeur de la crédence, de l'horloge ou des marmites qu'il aimerait s'approprier. Alphonsine Devaize, se frottant les mains, se hausse sur la pointe des pieds pour ne rien perdre de la scène qui réjouit son âme avide de querelles. À son tour, elle glapit :

« C'est fini de faire la dame ! Vous allez payer, c'est moi qui vous le dis ! »

Devant Rolande si pâle, tous sont rouges et suants, les yeux écarquillés de haine, la bouche tordue d'invectives, comme des loups forçant une biche aux abois. Ils ne remarquent pas, survenant dans leur dos, Jean, suivi de Momo et du Gus.

*

* *

Il a tardé à revenir, tellement contrit de n'avoir pu persuader Léone de l'accompagner. Plus tard, a-t-elle promis, mais comment expliquer cet entêtement à la mère qui veut croire à la réconciliation ? Pour ne pas se faire voir et retarder l'annonce décevante, il a fait un détour, gagnant les Anglanières par-derrière, là où sont les étables. Il a dessellé Lisette, l'a bouchonnée avant de l'abreuver et de remplir son râtelier. Exténué, il était tenté de se coucher près d'elle dans la paille quand le Gus et Momo sont venus pour s'occuper des bêtes. Ils lui ont conté la mort inattendue de Théophile et l'invasion des enfants légitimes.

Déjà ! s'offusque Jean qui ne les attendait pas si tôt. Puis il imagine l'attitude qu'ils peuvent avoir vis-à-vis de sa mère. Son sang ne fait qu'un tour, car il sait de quoi ces cupides sont capables. Il sort de ses fontes les deux pistolets qu'il emporte toujours en voyage par précaution. Il vérifie leur chargement, et les glisse dans les poches profondes de son paletot. Indiquant aux valets de le suivre, il court au château et, dès l'entrée, voyant Mélanie se relever péniblement, il comprend la situation. Par la porte restée béante, il découvre le désordre sacrilège dans la chambre du père. Provenant de la cuisine, il entend les cris menaçants.

Quand il pénètre dans la pièce et voit sa mère agonie d'insultes par ces malfaisants, il est tenté de se jeter sur eux en hurlant, mais il sait que cela lui ferait perdre son avantage. Respirant à fond, se campant solidement sur ses jambes, il reprend son sang-froid. Il garde les mains dans ses poches, mais les crispe sur les crosses de ses pistolets. D'un ton glacial, il ordonne :

« Il suffit ! Vous outragez votre père qui, tant qu'il est en sa maison, est le seul maître ! »

Se retournant d'un bloc, les intrus demeurent sans voix, la mâchoire pendante de stupéfaction. Rolande joint les mains en signe de gratitude. Elle était sur le point de tomber d'épuisement. Rose voudrait s'élancer au-devant de son mari, mais son attitude déterminée l'avertit qu'elle doit encore réfréner son élan.

Reprenant son arrogance, Fernand, les poings serrés, se campe devant Jean, le provoquant :

« Ah ! tu veux faire ton malin, bâtard ! Approche si tu l'oses et tu verras qui est le maître ! »

Vivement, comme par magie, Jean sort ses pistolets et les braque :

« Personne ne fera le malin ! Vous allez sortir d'ici sans rien tenter de violent, car je suis prêt à tirer. Croyez-moi sur parole ! Vous reviendrez demain, pour la levée de corps. C'est votre seul droit pour l'instant. Le notaire nous fera connaître les dernières volontés de M. Desroudhil. Je m'y conformerai comme chacun d'entre nous ici. Allez, déguerpissez en vitesse, car mon doigt tremble sur la gâchette, et ces armes sont très sensibles. »

Se glissant du côté de la cheminée, Jean leur fait signe avec ses pistolets de passer la porte. L'air revêche des valets n'est pas fait pour rassurer. Derrière eux, surgit Mélanie, un couteau à la main. Cette fois, elle a vraiment l'allure inquiétante d'une folle, et il faut toute l'autorité de Jean pour qu'elle suspende son geste meurtrier. Devenu moins faraud, Fernand bougonne quelques injures incompréhensibles, tandis qu'Ursula criaille comme une pintade. André, vert de peur, pousse son frère pour sortir plus vite. La cousine Alphonsine est déjà dehors, mais l'effrontée se ravise, revient sur ses pas, et demande :

« Mais où irons-nous coucher, par un froid pareil ?

– Au diable si vous restez ici une minute de plus ! répond Jean, ajustant son arme. Vous y serez au chaud ! »

Il a un air si terrible qu'ils ne doutent pas de la réalité de sa menace. Épouvantés, ils grimpent sur la carriole, fouettant le cheval pour s'enfuir au plus vite.

Posant ses pistolets, Jean s'élance pour retenir sa mère qui défaille entre ses bras. Rose et Mélanie sont là aussi, s'accrochant à eux, s'enlaçant mutuellement. La frayeur et le chagrin les font trembler, et pourtant, un sentiment de joie les habite. Jean est leur sauveur. Il a chassé ces démons avec tant de courage.

« Ah, mon fils ! répète Rolande, éperdue de gratitude. Que serais-je devenue sans vous ? »

Puis, reprenant pleinement ses sens, elle s'effraie à nouveau :

« Mais, ils ont raison, ces monstres ! Ils ont des droits sur les biens de leur père. Ils peuvent nous chasser de notre maison. Voyez le saccage qu'ils ont fait dans la chambre de mon pauvre époux ! Voyez leur violence contre ce vieux chien qui voulait me protéger ! Ils ne respecteront rien !

– Mère, je vous en prie, ne vous tourmentez pas. Je suis là et, s'il le faut, nous retournerons ensemble au Bosc. Je reprendrai au métayer la ferme de mon vrai père, Justin Meynard, que j'ai à peine connu mais dont je suis néanmoins l'héritier incontesté.

– Pardonnez-moi ma faiblesse. J'ai honte. Vous avez raison. Je ne m'abaisserai pas à revendiquer un sou à ces gens-là ! »

Soudain elle pense aux droits des jumeaux et, alors seulement, se souvenant de son espoir de revoir sa fille, s'aperçoit de son absence.

« Et Léone ? Pourquoi n'est-elle pas là ? »

Embarrassé, Jean cherche une réponse conciliante, mais il ne sait mentir et, voyant sa confusion, Rolande lui fait signe de se taire. Elle se rapproche du feu, tendant ses mains aux flammes. Au valet qui emporte le cadavre du chien, elle recommande :

« Enterrez-le sous le merisier qui a poussé en bordure de la chênaie. C'est là que Théophile aimait venir avec Briscard pour contempler le domaine. C'est un bel endroit, et je crois que l'âme du maître y reviendra également. »

Lorsque Louis revient, tard le soir, ayant brisé sa colère d'orgueil par la fatigue d'une longue marche solitaire, il rejoint la famille réunie pour la veillée autour de Théophile. Sans lui demander d'explications sur son départ, sa mère l'invite à s'asseoir auprès d'elle. Malgré sa curiosité, il se garde de poser des questions. Il s'est passé ici des événements graves, et lui, comme d'habitude, s'est échappé. Il saisit la main de sa mère, désirant lui demander pardon, mais aucun mot ne franchit ses lèvres, et il ne peut que lever vers elle un regard implorant. Rolande lui sourit tristement, mais ses yeux se détournent aussitôt vers Jean, et Louis, mordu de jalousie, discerne l'admiration qu'elle lui voue.

Épuisée, Rolande laisse aller sa tête contre le dossier de la bergère. Elle ne prend plus garde à ceux qui sont présents. Elle s'évertue à oublier les scènes atroces pour se concentrer sur le visage serein de son époux. Bientôt, elle ne le verra plus, et peut-être un jour oubliera-t-elle ses traits. Alors, durant ces quelques heures qui restent, elle veut fixer dans sa mémoire le moindre détail de l'homme aimé.

Est-ce Dieu possible ? Il lui semble que Théophile a bougé ! Elle jette un coup d'œil autour d'elle pour voir si les autres l'ont remarqué également. Mais non ! Aucun ne bronche. Elle revient à son cher époux et, cette fois, en est certaine. Théophile a ouvert les yeux, et il la regarde franchement.

Rolande se penche sur son fauteuil pour se rapprocher de lui :

« Mon amour, vous n'êtes donc pas mort ? » chuchote-t-elle très doucement pour ne pas attirer l'attention des enfants.

Sans répondre, Théophile se lève et vient vers elle. Étonnée, Rolande remarque surtout qu'il ne boite plus, et elle s'en réjouit. Il s'incline, prend sa figure entre ses grandes mains râpeuses et pose ses lèvres sur les siennes pour un long baiser. Rolande ferme les yeux pour mieux répondre au tendre embrassement de son époux.

D'un doigt, Rose fait signe de garder le silence. Tous contemplent Rolande endormie, un sourire d'extase aux lèvres.

IX

Succession

DEVANT LE CAVEAU, la famille se tient rassemblée. Derrière elle, les gens du village, cachant mal leur curiosité sous une mine compassée, épient le moindre geste qui indiquerait la mésentente.

Leur attente est déçue, car les Desroudhil observent une tenue digne malgré la tension qui les irrite tous. Dissimulées sous leurs voiles noirs, les femmes paraissent accablées. Tête découverte, les hommes affichent un air absent. Louis serre les poings, dans une attitude de fureur plus que d'affliction.

Ursula a très mal dormi, dévorée par les punaises, dans ce lit infect de la chambre au-dessus du café. Elle ne pense qu'à la visite à l'étude où elle a déjà pris rendez-vous, après l'enterrement. Ses deux frères, qui ont passé la nuit dans l'écurie en compagnie du cheval, portent encore dans les cheveux et sur leurs vêtements chiffonnés, des brins de paille.

Quand, après une dernière bénédiction du père Mathieu, le fossoyeur descend le cercueil à sa place dans le caveau, Rolande s'écarte et se détourne. Elle n'assistera pas à cela. Elle ne veut pas voir, ni surtout entendre le chuintement des cordes qui glissent sur le bois. Elle relève son voile et fend la foule pour gagner la sortie du cimetière. Ne regardant personne, elle redresse la tête cherchant dans le lointain un peu d'espoir où accrocher son cœur.

Et c'est Léone qu'elle aperçoit, petite ombre pitoyable adossée à la grille noire du cimetière. C'est Léone qui se tient là, toute seule, raide comme un piquet, et cependant si fragile malgré son air farouche. Rolande hésite. Elle voudrait courir vers elle, la prendre dans ses bras, mais elle craint une rebuffade. Alors elle marche lentement jusqu'à sa fille, ne dit rien, mais tend ses mains ouvertes, mendiant une miette d'affection. Sans lever les yeux, Léone murmure :

« Mère, est-il trop tard ? »

Trop tard pour quoi ? Et Rolande veut comprendre : pour le pardon, le repentir et l'amour. Elle sent une houle d'émotion la submerger et, dans un sanglot réprimé, elle s'exclame :

« Il n'est jamais trop tard, mon enfant chérie ! »

Elles sont dans les bras l'une de l'autre et s'étreignent, pleurant de soulagement comme ceux qui se retrouvent après avoir été en grand danger de se perdre.

Ce n'est pas le moment de se laisser aller. Il y a l'obligation de recevoir les condoléances et d'offrir à boire, en l'honneur du défunt, au café du village. Il y a surtout Ursula, André et Fernand qui indiquent leur impatience d'aller chez le notaire. Quant à Jules Arlabosc, ostensiblement, il s'est rangé aux côtés de la famille, considérant qu'il en fait partie. Se gonflant d'importance, il a certifié à Rolande :

« Vous savez ma petite dame, c'est moi qui ai poussé ma bru à venir aux funérailles de ce pauvre monsieur Desroudhil. Avec cette entêtée, cela n'a pas été sans mal ! Elle ne voulait rien entendre et pourtant, je lui ai bien dit qu'il y allait de son intérêt ! »

Rolande en a un haut-le-cœur. Doit-elle compter aussi avec cet individu ? Il est certainement plus retors que son fils, car Nicolas se montre davantage empressé à faire remplir son verre qu'à soutenir sa femme.

Sur la place du village de Blaroux, l'étude de maître Chicanaux se trouve en face du café. Comme il a hâte d'en finir, pour savourer tranquillement son repas de midi, il envoie son clerc presser les héritiers Desroudhil.

Maître Chicanaux a fait disposer des chaises en cercle autour de son bureau comme au théâtre.

Mais c'est lui l'acteur, et il se pavane, sûr de son effet.

Impétueux, Fernand veut prendre les devants :

« Maître, l'affaire est simple ! Nous sommes les seuls héritiers légitimes de feu monsieur Desroudhil, notre père, époux de notre mère tant regrettée, Anne Devaize. Les autres ne sont que des bâtards, issus d'une union scandaleuse.

– Asseyez-vous, monsieur, ordonne le notaire, fort mécontent de cette intervention intempestive. Nous allons voir cela en détail, car, fort heureusement, monsieur Desroudhil m'a confié ses dernières volontés par écrit à l'époque où il a établi un contrat de mariage pour sa fille. Sa fille, je le précise, tout ce qu'il y a de légitime, mademoiselle Léone Desroudhil ! »

Un murmure s'élève mais, levant la main, maître Chicanaux y coupe court. Le clerc vient d'apporter un document épais, revêtu de sceaux impressionnants. Assurant ses bésicles sur son nez crochu, le notaire poursuit :

« Je vais vous donner lecture du testament tel qu'il fut rédigé en mon étude par mon regretté client et ami. »

Louis-Philippe, par la grâce de Dieu et la volonté du peuple, roi des Français, à tous, présents et à venir, salut !

L'an 1841 et le 20 octobre, par-devant nous Adrien Chicanaux, notaire royal en sa résidence de la commune du Blaroux, et en présence des témoins soussignés, est venu en personne Théophile Desroudhil, propriétaire foncier du dit lieu des Anglanières.

Lequel de son plein gré, jouissant d'une bonne santé, sens et jugement, a voulu disposer de ses biens par testament que nous, notaire, avons écrit en entier tel que ledit Desroudhil, testateur, nous l'a dicté comme suit, en présence des témoins.

Je nomme et institue pour mon héritière universelle, ma fille Rose Anna Mathilde Desroudhil, épouse de Jean Gaspard Meynard. Je charge mon gendre Jean Gaspard Meynard d'administrer les biens, légués par moi à son épouse, avec le juste entendement dont il a toujours fait preuve.

Ceci sous la réserve des fruits et usufruits des dits biens pour mon épouse en secondes noces, Rolande Marie Thérèse Pouchadoresse, veuve Meynard, dont le dévouement et l'affection ne m'ont jamais failli.

Tenue de pourvoir aux besoins de sa belle-mère et de l'héberger sa vie durant au château des Anglanières, ma fille Rose bénéficiera, en compensation, du quart par préciput et hors part de tous les biens que je délaisserai.

Quant à mes autres enfants, issus de mon premier mariage avec feu Anne Devaize, les dits Fernand, André, Ursula, Mélanie, ainsi que ceux du deuxième mariage avec Rolande Pouchadoresse, les dits Louis et Léone, ils ne pourront en aucun cas imposer la vente du domaine pour hériter immédiatement de leur part. Chaque année, à la Toussaint, et seulement à partir de l'année suivant mon décès, il sera versé à chacun une rente de cent francs payée à eux par Jean Meynard agissant au nom de sa femme héritière, Rose Desroudhil. Ceci jusqu'à liquidation de la quote-part qui leur revient sur l'estimation de mes biens. Soit, un septième des trois quarts restants après le quart en préciput.

À savoir cependant que ma fille Léone, épouse Arlabosc, a reçu en avance d'hoirie, pour constitution dotale, la ferme des Chaleyes et une somme de deux mille francs. Je rappelle que, tel qu'il est spécifié dans le contrat de mariage, Jules Arlabosc, le père du marié, pour sûreté et garantie de cette constitution dotale, affecte et hypothèque au profit de sa belle-fille, tous les biens et immeubles qu'il jouit et possède sur la commune du Blaroux.

Je casse et révoque ici présentement, tout autre testament que j'ai ci-devant fait. Je veux que le présent soit le seul valable.

Signé en présence de nous, Chicanaux, notaire royal, Roussel, premier clerc, et Mathieu, curé.

Frétillant d'aise, maître Chicanaux promène sur l'assemblée un regard d'attente. Il a l'habitude des successions réglées à coups de poing, et sait que la stupeur générale n'est que le reflet du calme avant la tempête.

Le premier, Fernand se ressaisit et clame :

« Que signifie ce charabia ? Il m'est avis que l'on cherche à me spolier, mais il ne faudrait pas me prendre pour un nigaud ! »

Se redressant de toute sa haute stature, il gonfle sa poitrine au risque de faire péter les boutons de son gilet, roule des yeux, grince des dents pour mieux impressionner.

« Ha ! Ha ! ricane Louis méchamment. Le gros Fernand est Gros-Jean comme devant.

– Et toi tout autant, sale morveux ! rétorque Ursula furieuse.

– Je vous défends d'insulter mon frère ! crie Léone, se dressant devant elle.

– Tu n'as rien à dire, la dévergondée ! Tu as volé notre héritage alors que tu es la honte de la famille.

– Et vous, la desséchée, vous n'êtes qu'une harpie que mon cher papa détestait ! »

Défigurées de haine, les deux femmes se défient.

« Mes enfants, mes enfants, tente d'intervenir Rolande. Soyez raisonnables et respectez les volontés de votre père.

– Ah vous ! Je vous interdis de m'adresser la parole ! Je n'ose imaginer par quels moyens dégoûtants, vous avez profité de la sénilité de notre père pour l'abuser ! Je ne sais ce qui me retient de vous crever ! »

Comme une vipère, elle se dresse devant Rolande. D'une gifle magistrale, Léone l'arrête. Ursula, tétanisée, se tient la joue à deux mains. Il tombe un de ces silences d'orage avant la foudre. Le rompant, la vieille fille pousse un hurlement strident, tremblant de la tête aux pieds, avant de s'écrouler au sol, prise de convulsions. Ses frères la maintiennent avec difficulté, l'empêchant de se heurter aux meubles. Les chaises sont renversées à grand fracas. Tous se sont éloignés de la malheureuse qui se calme progressivement mais demeure incapable de se relever. Fernand et André la soulèvent par les bras et les jambes, comme un sac de patates, et la sortent de l'étude. À regret, la cousine Devaize les suit mais elle se retourne et menace :

« Ne vous tenez pas pour quittes ! Nous irons en procédure ! »

Sans attendre de réponse, l'air vainqueur, elle court rejoindre ses neveux au café. Là, ils échafaudent un plan d'attaque tout en vidant une bouteille de la gnôle du pays.

Encore sous le coup de l'émotion, le restant de la famille n'ose commenter les volontés du père devant le notaire. Celui-ci, outré d'un tel manque de respect à sa personne, affirme en postillonnant d'indignation :

« Ils ne peuvent rien y changer ! Ils s'y casseront les reins ! Le testament est in-a-tta-qua-ble ! »

Il n'empêche que Rolande demeure soucieuse, pressentant beaucoup de désagréments à venir. Confuse, elle redresse les chaises tandis que Rose, éplorée, se tord les mains, répétant :

« Je n'ai jamais voulu cela ! Mon Dieu, mon Dieu, comment allons-nous faire ! »

Louis voudrait lui dire que si l'héritage l'embarrasse, elle n'a qu'à le lui confier, mais un sursaut de fierté le retient d'avouer ses sentiments cuisants d'injustice à son égard. Qu'a-t-elle donc de plus que lui cette fadasse et son rabat-joie de mari pour que maître Desroudhil leur ait fait confiance à eux, et non à lui, le fils préféré ?

Jules Arlabosc, lui aussi, paraît bien ennuyé. Que signifie cette histoire d'hypothèque ? Il n'avait pas compris cela lors de l'établissement du contrat de mariage où il s'imaginait avoir roulé le vieux Desroudhil. Ce pourrait-il que tel est pris qui croyait prendre… ?

Le voyant tracassé, Chicanaux l'interroge, patelin :

« Quelque chose vous turlupine, mon brave Jules ? »

Arlabosc n'est pas sans saisir le ton persifleur et, ne voulant pas paraître idiot, il répond, désinvolte :

« Que non, monsieur le notaire ! Au contraire ! Dans l'affaire, il n'y a finalement que moi qui ai touché, avec la dot de ma bru !

– Oui, mais, attention, vous en êtes redevable ! Prenez garde de ne pas la dilapider. »

Tordant la bouche, haussant les épaules, Jules enfonce son chapeau d'un coup de poing sur sa tête. D'un pas décidé, il se dirige vers le café, rejoindre son fils. Il le trouve attablé avec Fernand et André, qui n'ont guère eu de peine à le pousser à boire. Hilare, Nicolas conte son infortune conjugale, se tapant sur les cuisses et s'esclaffant entre deux hoquets. Riant encore plus fort, choquant leurs verres, le prenant amicalement par les épaules, les deux frères l'interrogent insidieusement. À la table voisine, Alphonsine soutient sa cousine encore pantelante. Toutefois, cela ne l'empêche pas d'allonger le cou, autant qu'elle le peut, pour ne rien perdre des confidences du poivrot sur les mésententes de la famille Desroudhil.

Jules, qui a une sacrée pépie, est tenté d'accepter l'invitation de se joindre à eux, mais les paroles du notaire lui ont sapé le moral. Son bon sens paysan l'avertit que ces gens-là ne lui veulent assurément aucun bien, et se gaussent de son fils. Portant deux doigts à son chapeau pour saluer, il décline l'offre et empoigne Nicolas dans le dos par ses bretelles. Perdant l'équilibre à force de rire, bafouillant des propos incohérents, celui-ci se laisse entraîner par son père sans opposer de résistance.

Au même instant, Rolande et ses enfants sortent de l'étude et, devant cette vision grotesque, sont remplis de honte. Cependant, aucun ne se permet une réflexion, prenant soin de ne pas regarder Léone dont la moue dégoûtée en dit long sur sa confusion. Mais, tournant la tête, l'ivrogne aperçoit sa femme, et il la montre du doigt, hoquetant :

« Voyez, là ! C'est ma ménagère, c'est ma mégère ! Ha ! Ha ! Ha ! »

Ni une ni deux, Louis, d'un bond, se jette sur lui, et ils tombent tous deux à terre. Renversé sur le dos, Nicolas n'a pas la force de se défendre, tandis que Louis, à cheval au-dessus de lui, le cogne à poings fermés faisant éclater la chair du visage. Ivre d'une joie féroce, évacuant un trop-plein de frustration et de rage, le jeune Desroudhil s'acharne sur sa victime qui se tord en hurlant sans réussir à esquiver les coups. Un attroupement se forme autour des combattants, les encourageant à poursuivre ce pugilat fort distrayant. Le père Arlabosc qui tente de dégager son fils reçoit une bourrade qui l'envoie valdinguer au loin, lui ôtant toute envie de récidiver.

Morfondue, Rolande rabat son voile et se cache la figure dans les mains. Mélanie et Rose, effarées, demeurent bouche bée. Jean, désapprobateur, se croise les bras sur la poitrine, mais se garde de bouger. Léone, au contraire, émoustillée, avance jusqu'au bout du perron pour ne rien perdre du spectacle, laissant paraître sa jubilation perverse.

Pourquoi faut-il que ce soit à ce moment précis que survienne Bertou le Rouge, monté sur Merveille, la plus vaillante de ses mules, poussant devant lui sa couble somptueusement harnachée, pomponnée, tintinnabulante de mille grelots ? Depuis que le vieux Mouret a pratiquement perdu la vue, Finaud est promu viégi. Fièrement, il mène le train, relevant la tête pour hausser son plumet rouge et faire battre sa cayrade. Chaque bête porte deux boutes gonflées du vin des coteaux du Rhône.

Se détournant des combattants, tout le village envahit l'unique rue, se portant dangereusement au-devant des bêtes pour tenter de les toucher. De sa voix puissante, Bertou commande la halte. Mules et mulets lui obéissent, retenant leur pas, caracolant sur place, encensant dans un gai carillonnement.

Dressé sur les étriers, Bertou remarque instantanément la famille Desroudhil vêtue de deuil, et les divers éléments de la scène surprenante.

Son Louis, ce brave petit, à genoux sur la poitrine de l'homme à terre, brandissant un poing plein de sang ! Et, le plus étonnant, Léone, objet de tous ses rêves, dardant vers lui un regard cruel et méprisant. Son cœur se glace. Il sait déjà que sa déception sera proportionnelle à ses espérances.

Comment pourrait-il deviner que l'attitude de Léone n'est que le reflet de la haine ressentie envers elle-même, de son amertume d'avoir saccagé sa vie ! De tout son être elle aspire à courir à sa rencontre, se saisir de ses mains, l'accueillir comme un fiancé ardemment désiré ! Devenu inaccessible, il lui est d'autant plus cher, et l'impossibilité de l'amour partagé la rend follement amoureuse. Comparant le muletier, homme d'importance et de si fière prestance, à son mari, ridiculement étalé dans la boue, elle mesure l'ampleur de sa déchéance. Plus encore que sa propre souffrance, elle redoute le dédain de Bertou lorsqu'il apprendra son indignité.

La bienséance lui interdit de le dévisager ainsi, mais elle ne peut s'arracher à la contemplation de cet homme valeureux qui, de son seul regard, l'attire irrésistiblement. Malgré la foule qui les entoure, rien n'existe, hormis eux deux, isolés au centre d'une tourmente. Fermant son cœur, le visage de pierre, Léone, lentement, se couvre de son voile de deuil comme si elle étendait sur elle un suaire. Oui, c'est ça ! Elle se retire du monde de la clarté, elle renonce au bonheur.

Chaviré, Bertou interprète ce geste comme un refus. Il n'a rien compris, se sent rejeté. Lui si sincère, si respectueux, croit son amour dénigré par cette fille prétentieuse. Il ne s'attendait pas à en ressentir une telle douleur, mais, aussitôt, c'est la colère qui prend le dessus. Se traitant d'imbécile, il s'en veut de s'être monté la tête, de s'être cru capable d'inspirer un quelconque sentiment à une demoiselle trop jeune et trop jolie pour lui.

Tout s'est passé en un éclair. Personne n'a pu remarquer l'affrontement silencieux entre Bertou et Léone. D'autant que, abandonnant son piètre adversaire, Louis, clamant sa joie, accourt vers son ami.

Bertou met pied à terre pour donner l'accolade au jeune homme.

« Ah ! ça, Louis ! Que diantre se passe-t-il donc ici ! Quel tort vous a causé ce pauvre type pour l'avoir arrangé de la sorte ?

– Ah ! Celui-là ! »

Louis baisse la tête, accablé. Comment dire la vérité à Bertou et devenir, pour son seul ami, le messager de la trahison ? Se détournant, il cherche sa sœur. La voilà qui s'éloigne dans le sillage de sa mère, évitant la confrontation qu'elle ne pourrait supporter. Il voudrait l'appeler, la retenir, la forcer à approcher, mais, soudain vidé de tout courage, il ne peut que murmurer, la voix étranglée :

« Léone... »

Bertou suit son regard allant de la jeune femme si belle qui semble fuir, à ce fantoche qui se relève péniblement, les habits déchirés, le nez en sang. Y aurait-il un lien entre ces deux-là ? Non, cela ne se peut ! Cependant un pressentiment irritant l'avertit que l'impossible devient parfois sinistre réalité.

« Quoi ? » insiste-t-il, la voix dure, pour obliger Louis à parler. En même temps, il voudrait avoir retenu sa question, comme si de ne pas entendre la réponse empêchait la vérité d'exister.

« Ils sont mariés », marmotte Louis.

Bertou se retourne brusquement vers sa mule, s'attardant à vérifier méticuleusement les sangles de son harnachement. La bête perspicace flaire sa tristesse, et elle le pousse des naseaux, cherchant à relever ses mains pour une caresse.

« Arrête, Merveille ! » s'impatiente le muletier. Mais il l'empoigne au garrot, enfouissant son visage contre le poil rêche de la crinière. L'animal tressaille et s'ébroue de plaisir.

« Ah ! toi au moins ! » lui chuchote Bertou dans l'oreille.

Sensible à la tendresse du ton, la mule agite gaiement les oreilles et, penchant la tête vers son maître, le regarde de ses doux yeux adorants.

Les chiens, Castor et Pollux, énervés par l'attente insolite, se mettent à japper, désireux de poursuivre la route. Cela oblige Bertou à reprendre contenance. Comme si rien ne l'avait affecté, il sourit largement, soulevant son chapeau pour saluer la foule qui les entoure. Remontant en selle sur Merveille, il commande à Finaud, le bardot, de s'élancer. Dans un joyeux tintamarre, la caravane s'ébranle. S'accrochant au bridon, Louis tente de retenir le muletier :

« Mon ami, mon maître, vous n'allez pas partir ainsi ! Il faut que vous fassiez halte aux Anglanières. Ne me laissez pas, je veux rester avec vous ! »

Agacé, Bertou hausse les épaules sans répondre. L'attachement du jeune homme le dérange comme le rappel des illusions qu'il lui a fait nourrir. Il voudrait être déjà loin pour oublier l'existence de cette famille à laquelle il désirait s'unir, et qu'il maudit à présent. Brandissant son fouet il s'apprête à le claquer pour accélérer le train du convoi, mais, à la sortie du village, la calèche de madame Desroudhil barre le chemin.

Rolande est descendue et vient vers lui. Devant ce si faible obstacle, le viégi fait halte. Bertou laisse retomber son fouet.

« Maman, demandez-lui ! » supplie Louis.

Et Rolande avance encore, et Bertou sait qu'il ne pourra rien lui refuser. Parvenue à sa hauteur, elle relève son voile, dénudant son visage creusé de fatigue. Au lieu de s'isoler dans son propre chagrin, elle se préoccupe encore davantage de celui des autres. Son intuition lui permet de deviner les regrets et les peines cachées.

Sautant en bas de sa mule, Bertou s'incline avec déférence, présentant ses condoléances, osant à peine effleurer la main qu'elle lui tend.

« Monsieur, pardonnez mon insistance à vous détourner de vos projets, mais mon pauvre mari n'aurait pas voulu que vous passiez par ici sans vous restaurer chez nous. Notre hospitalité ne saurait être remise en cause par ce grand deuil qui nous afflige. Monsieur, nous ferez-vous l'honneur... ? »

Bertou s'incline encore, acceptant. Il jette un regard vers la calèche, mais hormis Jean qui tient les rênes, il ne reconnaît pas, sous leurs voiles noirs, les trois femmes qui attendent, serrées sur la banquette arrière. Léone serait-elle là ? La revoir lui paraît au-dessus de ses forces et, cependant, il en tremble de désir, il ne souhaite que ça !

Rolande est déjà remontée dans la voiture que Lisette tire sans effort. Ayant reconnu ceux des Anglanières où il fut si bien soigné, le bardot à la bonne mémoire, gratte le sol de son sabot, piaffant d'impatience. La cayrade, oscillant à son cou, sonne à toute volée. D'autorité, Louis est monté sur son dos, lançant un retentissant : Hue-dia ! Bandant ses muscles, Finaud part au petit trot pour rattraper la calèche qu'il suit ensuite docilement. En dernière position, derrière la couble, Bertou reste un peu en retrait, songeur. Dire que ce matin, répondant à l'invitation de Théophile Desroudhil, il se réjouissait de revenir aux Anglanières. Des projets plus fous les uns que les autres fusaient dans sa tête. Dans sa hâte, il avait forcé l'allure de ses bêtes, claquant haut son fouet, criant fort pour les encourager à maintenir la cadence.

Mais entre-temps, le maître des Anglanières est mort, et sa fille, la belle Léone, a convolé avec un autre !

Il n'a trouvé que deuil et déception. Pourquoi est-il resté ? Que fait-il là où rien ne devrait le retenir ?

Louis s'est occupé de tout, débâtant les bêtes, les menant à l'abreuvoir, les installant à l'abri de l'écurie, emplissant les râteliers de bonne luzerne sèche. Bertou le Rouge a suivi Rolande dans le cabinet de travail de Théophile. Elle s'est assise derrière le bureau de son mari, et lui fait signe de prendre place en face d'elle. Le muletier n'est pas du genre à se laisser impressionner par quiconque. Cependant, il est plus habile aux rapports vifs ou rusés entre hommes arrogants, et, devant cette dame aux manières si courtoises, il ne sait quelle attitude aborder. Dans un souci d'éducation, il enlève son chapeau, puis, ne sachant quoi en faire, le tourne entre ses doigts. Se sentant ridicule, il le remet sur sa tête et se relève. Aussitôt, Rolande se relève également, dressant ses mains pour le retenir :

« Attendez, monsieur, prenez patience, je vous prie ! Je dois vous parler de choses importantes, mais je ne sais comment m'y prendre tant cela est délicat. Je n'entends rien aux affaires, ayant toujours laissé le soin de cela à mon époux. Selon ses dernières volontés, il a désigné mon fils Jean pour gérer le domaine. J'approuve pleinement sa décision, mais je me préoccupe du sort de mon fils cadet qui a d'autres ambitions. Je suis sûre que son père, s'il avait vécu, lui aurait donné les moyens de les réaliser. Vous savez de quoi il s'agit puisque c'est par admiration pour vous que Louis s'est mis en tête de devenir muletier. »

Voyant où elle veut en venir, Bertou l'interrompt :

« Non, madame ! Pardonnez-moi, mais je ne peux m'engager sur l'avenir de Louis. Votre fils, si valeureux soit-il, n'est qu'un enfant. Ce qui lui plaît aujourd'hui, lui déplaira demain. Ce métier est difficile et demande de la persévérance. Les déboires sont plus fréquents que les succès. Je suis moi-même d'un naturel sauvage, exigeant, sans complaisance, et je doute que votre garçon endure longtemps mon mauvais caractère.

– Mais, monsieur, ce n'est pas du tout ainsi que Louis vous décrit. Vous avez été si bon, si compréhensif avec lui. Il vous vénère, et n'aspire qu'à vous plaire par sa constance à observer votre enseignement ! Ne me dites pas le contraire, je ne pourrais vous croire, car je suis certaine que, vous aussi, vous avez de l'affection pour lui ! »

Rolande, tremblante d'émotion, est devenue si pâle que Bertou craint qu'elle ne défaille. Il approche, prêt à la retenir, et elle se saisit de ses mains, les serrant de toutes ses forces. Elle ne demande plus rien et cependant attend avec confiance, persuadée de la générosité d'âme de cet homme qu'elle connaît à peine. Bertou se sent faiblir. Il sait que son refus n'est motivé que par son dépit amoureux. Il est vrai que ce Louis, il l'aime malgré tous ses défauts, et qu'il avait envisagé de lui apprendre le métier pour en faire son partenaire. Comment justifier son retournement d'opinion sans se mentir à lui-même ?

Percevant son hésitation, Rolande, timidement, plaide sa cause :

« J'ai ici une certaine somme que je voulais vous confier comme base d'une association avec Louis, mais dont vous useriez selon votre entendement et votre profit également. Ne vous méprenez pas, monsieur, ce n'est pas une proposition, c'est une supplication, car le bonheur de mon fils est mon seul désir. »

D'une voix à peine audible tant elle est altérée, Rolande ajoute :

« Dites-moi que vous acceptez, je vous en prie ! »

Et soudain, c'est Bertou qui vacille. Il voudrait se jeter aux pieds de Rolande, lui confier ce chagrin qui le bouleverse, qui le rend mauvais comme une teigne, prêt à tout saccager. Cela n'a pas de sens !

Il n'aura pas cette lâcheté. Il est de ceux qui maîtrisent, pas de ceux qui se laissent aller ! Mais lui, l'enfant qui ne connut ni père ni mère, combien envie-t-il à Louis cette maman admirable ! Il ne peut rien lui refuser, espérant seulement, en retour, bénéficier d'un peu de son estime.

« Oui, j'accepte », répond-il avec gravité.

Rolande lève vers lui ses yeux clairs, brillants de gratitude. Son merci est comme un baiser, doux et tendre, que Bertou reçoit comme un baume sur son cœur dolent.

Quand madame Desroudhil sort la bourse cachée dans le fond secret du bureau, Bertou le Rouge impose de faire les choses en règle. Un acte sous seing privé doit être établi. Il exige la présence de Jean dont l'accord est une condition essentielle. Celui-ci, pris de court, ne peut qu'obtempérer par égard pour sa mère. Mais en son for intérieur il pense que ces jumeaux sont bien chanceux de percevoir d'avance de si grandes largesses, alors que lui devra, sa vie durant, se sacrifier et s'échiner à maintenir une exploitation au rendement aléatoire pour le bénéfice de toute la famille. Cependant, il ne montre pas son amertume, et c'est lui qui rédige l'acte, étant le premier à le parapher de son écriture appliquée.

Louis les a rejoints, et il baise les mains de sa mère, lui promettant de ne jamais la décevoir, de lui prouver qu'elle a eu raison de lui faire confiance. Jean profite de l'ombre pour hausser les sourcils. Les serments de Louis, il en a tellement entendu qu'il sait ce qu'ils valent ! Seule la mère s'y laisse prendre à chaque fois.

Bertou s'agite, semble tracassé. Une idée folle lui a traversé l'esprit, une piètre ruse pour revoir Léone ! Si visible est son embarras que Rolande lui en demande la cause.

« Pour que cet acte ne soit pas controversé, madame, il faudrait que vos filles le contresignent également. »

N'y voyant aucune malice elle ordonne à Louis d'appeler ses sœurs.

Mélanie et Rose sont là aussi, mais si effacées que Bertou ne les remarque pas. Fasciné, il ne voit qu'elle, la rouquine qui a quitté son chapeau et ses voiles noirs. Sa longue chevelure libérée l'habille de flammes. Elle garde les yeux baissés, semble indifférente à tout, signe sans un mot. Sa froideur apparente brûle Bertou comme une lame gelée appliquée sur sa chair nue. Il a mal, mais pourtant, c'est un gémissement de plaisir qu'il doit retenir. Si brièvement que personne ne le remarque, Léone lui jette un regard. Frappé par cet éclair fugace, Bertou a un mouvement de recul. Trop tard, il est possédé !

Après le repas très simple, partagé en silence, chacun se retire. Suivant Louis, le muletier se dirige vers les dépendances, désirant coucher près de ses bêtes. Dans l'obscurité de sa chambre, Léone l'épie derrière la croisée, tandis qu'il franchit l'espace de la cour, éclairée de lune. Cet homme-là lui appartient. Elle le veut, elle le désire, elle l'aura !

Rolande est entrée, un bougeoir à la main. Elle s'approche de sa fille, la prend par la taille. Léone ne bouge pas, continuant à regarder par la fenêtre. Rolande aussi voit Bertou et devine l'irrésistible attirance de ces deux êtres de feu. Avant d'entrer dans le bâtiment, Bertou se retourne, lève les yeux et découvre la faible lumière. Vivement Léone souffle la flamme. Trop tard ! Il a vu. Il sait avec certitude qu'il est l'objet de son attention, et la joie le laisse pantelant. Adossé à la porte de l'écurie, il s'offre à son regard. Il repousse son chapeau sur sa nuque, sort sa pipe et son tabac de ses poches. Il prend tout son temps pour préparer le brûle-gueule, battre le briquet. Puis, il fume, à petites bouffées, comme pour tromper l'attente. Oui, c'est ça : il l'attend, tranquillement, persuadé qu'elle va venir vers lui. À cause d'elle il se fera voleur, il l'enlèvera à sa famille. Ce n'est pas ce mari fantoche qui sera un obstacle !

Derrière le carreau, Léone se mord les poings. Ah ! S'échapper de cette pièce, dévaler l'escalier, courir à toutes jambes, traverser la cour, et se jeter dans ses bras puissants ! Son bonheur est là, à quelques pas. Qu'est-ce qui pourrait la retenir ?

Ce sursaut dans son ventre lui donne la réponse : un avorton lui dicte sa loi ! Oh ! C'est trop injuste, c'est trop cruel !

Rolande est là, gardant le silence, mais resserrant son étreinte. Et Léone s'appuie contre son épaule, s'abandonne à son chagrin, laissant couler ses larmes, acceptant enfin la douceur de la consolation.

Rolande reste près de sa fille, essuyant ses pleurs, écoutant ses confidences. Dans l'ombre protectrice, Léone ose révéler ses sentiments les plus secrets. Ses regrets, ses remords, sa haine pour son mari, sa passion pour un autre homme, mais aussi sa détermination à basculer le cours de sa vie. Rolande se tait, sachant que sa fille n'entendra aucun conseil. Elle se contente d'insister pour qu'elle se couche et, l'ayant bordée, elle reste assise au bord du lit, heureuse de la veiller. Lorsque seul le souffle paisible de sa respiration trouble le silence de la nuit, Rolande devine que son enfant s'est endormie, apaisée.

Néanmoins, elle s'attarde encore, songeuse. Qui entendra sa peine à elle ? À qui confiera-t-elle sa douleur d'avoir perdu un époux adoré ? Personne ne songe à lui tenir la main pour la soutenir. Elle est seule, et pour toujours. Cependant, tous l'appellent quand ils ont besoin d'elle. Elle ne leur en veut pas. C'est bien ainsi. C'est son rôle de mère. Elle n'en voudrait pas d'autre !

Dans quelques heures, il fera jour.

Rolande appréhende de regagner sa chambre où, au matin précédent, le corps de Théophile reposait pour la dernière fois. Elle ne craint pas l'esprit du mort qui pourrait rôder encore. Au contraire, elle redoute le vide atroce de son absence. Mais elle n'en peut plus de fatigue, et, sans se dévêtir, elle s'allonge sous l'édredon à sa place habituelle. Se tournant sur le côté, elle tend la main vers là où, avant, elle caressait le dos de son mari. Mais elle a beau étendre le bras, elle ne frôle que le drap glacé, ne rencontre que le creux de la solitude. Croisant les bras sur sa poitrine, ramenant ses mains autour de ses épaules, elle s'étreint elle-même pour se donner un peu de chaleur, un peu de réconfort. Toutes les larmes, qu'elle n'aurait pu verser en public, s'écoulent librement sans qu'elle sache réellement pour qui, pour quoi. Son cœur est gros de tant de chagrins ! Celui de Léone, de Rose, de Louis, mais aussi de la pauvre Marinette, et d'Étiennette, et de tous les humbles qui croisent sa vie. Elle désirerait tant leur venir en aide, mais elle est terrassée de désespoir. Elle pleure comme on saigne, jusqu'à mourir d'épuisement. Mais c'est l'assoupissement qui l'emporte, la plongeant dans un oubli miséricordieux.

Bertou, lui, n'a pu fermer l'œil. Il a attendu si longtemps, et ne comprend pas pourquoi Léone n'est pas venue. Trompé par les voiles et la robe ample, il n'a rien vu, rien remarqué. Il ne sait pas quelle entrave la retient loin de lui. Aveugle comme un homme malheureux il s'imagine qu'elle ne l'aime pas, se persuade qu'elle se moque de lui, voilà tout !

Dépité, il ne supporte plus de rester un instant de plus en ce lieu. Il charge les mules, les attelle, mais bourre de paille la cayrade du viégi. Il quittera les Anglanières sans que personne ne l'entende. Louis ronfle dans la paille comme un bienheureux. Le réveillant d'un coup de pied, il lui fait signe de le suivre, sans donner d'explication, sans l'attendre. Ahuri de sommeil, le jeune homme n'hésite pas. S'emparant de la vieille cape du berger et de son chapeau, pendus à un clou, il suit précipitamment son maître.

Le soleil embrase l'horizon quand Léone reprend conscience, et, aussitôt elle sait qu'elle doit avoir le courage de tout avouer à Bertou. Sans prendre le temps d'arranger sa mise, elle court vers les étables, répondant enfin à ce rendez-vous qu'il lui a donné. Mais où sont passées les mules ? Stupide, elle contemple Lisette, toute seule au milieu de l'écurie. Ce n'est pas possible ! Elles doivent être ailleurs ! Ne prenant pas garde au fumier où elle enfonce les pieds, Léone arpente les salles voûtées, écartant les vaches, poussant les chèvres, dispersant les moutons. Elle revient sur ses pas, fouille les litières à la recherche d'un indice. Bertou le Rouge ne peut l'avoir quittée sans lui laisser un gage !

Faut-il qu'elle ait des yeux de chat pour découvrir, malgré la pénombre, la breloque tombée sur la paille ! C'est le minuscule fer à cheval serti sur un anneau d'or, que le muletier porte à l'oreille. Tombant à genoux, elle le saisit entre ses doigts et le porte à ses lèvres, le baisant comme elle baiserait un crucifix. Cet anneau, qui est à lui, elle le gardera sur son cœur jusqu'au jour où il viendra la chercher. À moins que ce ne soit elle qui aille à sa rencontre ! Car ce jour viendra ! Cet anneau perdu par lui pour qu'elle le trouve ne peut être que la promesse de leur alliance.

Mais, pour l'instant, elle doit donner le change afin que nul ne devine son secret. Elle se fera docile, paraîtra soumise, attendra son heure. Posément, elle regagne le château, mais elle n'y restera pas. Elle retournera aux Chaleyes, auprès de son mari, et personne ne se doutera de sa folle résolution.

X

Le passage

BERTOU N'A OUVERT LA BOUCHE que pour houspiller ses mulets, les poussant à forcer l'allure comme s'il fallait fuir au plus vite tout ce qu'ils viennent de quitter. Louis a du mal à suivre, et ses quelques tentatives pour engager la conversation se sont heurtées à un mutisme grincheux. La pluie fine mais ininterrompue, s'insinue peu à peu sous le col râpé de la cape, et imprègne sa veste d'humidité. Louis peste contre le temps, contre son maître, contre lui-même et son entêtement à devenir muletier. Au lieu de glisser sur la fange de ce chemin détrempé, il pourrait, les jambes allongées, poser ses pieds sur les chenets devant la grande cheminée des Anglanières. Sa mère lui apporterait un bol de soupe fumante qui lui réchaufferait l'estomac et le cœur. Rien que d'y penser, il en a l'eau à la bouche. Mais aussitôt après, c'est une crampe douloureuse qui lui rappelle qu'il est parti le ventre vide, et sans autre bagage que le manteau mité et le vieux chapeau d'Odilon. Pourquoi diable a-t-il voulu suivre ce Bertou le Rouge, muré dans sa mauvaise humeur, qui file comme le vent aigre, sans la moindre attention à son nouvel associé.

Le nez baissé sur ses souliers, se tenant à la queue de Chiffe, le dernier mulet, pour se faire tirer, Louis ne s'aperçoit pas immédiatement qu'ils s'écartent de la route habituelle. La voie se rétrécit en un sentier pierreux qui serpente à flanc de montagne. Les premières lueurs de l'aube éclairent un paysage aride où les roches feuilletées dressent leurs brisures tranchantes dans un chaos apocalyptique. Cette fois, Bertou fait ralentir la couble :

« Tout doux mes braves ! Du calme mes belles ! »

Laissant le viégi seul en tête, il va et vient, arpentant le convoi, veillant à tenir les bêtes éloignées du bord du ravin qui se creuse au fur et à mesure que le sommet se rapproche. Le passage rétrécit tellement que les mulets écorchent leurs flancs contre la paroi râpeuse. Paraissant s'apercevoir enfin de la présence de Louis, le muletier l'encourage :

« Ça va mon gars ! Accroche-toi au harnais de Chiffe : il te retiendra si d'aventure tu glisses ! »

Surpris, Louis relève la tête et, du coup, ne regarde plus où il pose ses pieds. D'un geste de la main, il veut répondre « Ça va, ça va ! » et, au même moment, trébuche sur une aspérité. Perdant l'équilibre, il tombe en avant et se rattrape de justesse à la croupière, l'arceau en bois de micocoulier qui ceint la croupe du mulet. Sous la secousse, l'animal effrayé s'écarte et se cabre, imprimant un mouvement de recul à toute la couble. Des braiments de terreur accompagnent le crissement des sabots qui glissent sur le schiste. Les pierres arrachées sautent et rebondissent entre les pattes des bêtes affolées. Louis ne peut résister au mouvement qui le pousse en arrière. Malgré ses tentatives frénétiques pour se maintenir sur le sentier, il frôle le bord, dérape et bascule. Son hurlement se bloque dans sa gorge au moment brutal où sa chute s'interrompt. Ses doigts sont restés crispés sur la croupière, et il reste suspendu par une main, les pieds battant désespérément le vide à la recherche d'un appui.

En quelques semonces, brèves et fortes, Bertou a enrayé la panique. Maintenant sa voix roucoule pour rassurer. Encore tremblantes, les naseaux dilatés, le souffle saccadé, lentement les bêtes se calment.

« Tiens bon, petit ! » recommande le muletier se faufilant auprès de Louis. Se retenant d'une main à Chiffe qui résiste vaillamment, il tend l'autre au jeune homme pour l'aider à remonter la pente. Plus blanc qu'un linge, vidé de ses forces, Louis se laisse hisser sur la terre ferme. Il reste allongé sur le dos, la poitrine soulevée par les battements convulsifs de son cœur.

« C'est le métier qui entre ! » grogne Bertou, se voulant jovial, mais n'arrivant pas à cacher son émotion.

« Tu peux te vanter de m'avoir fichu une sacrée trouille ! » ronchonne-t-il encore, tout en envoyant une bourrade au garçon pour le pousser à se rétablir. Mais quand Louis se redresse enfin, Bertou ne peut se retenir de l'embrasser.

Prenant conscience qu'il est sauvé, Louis éclate d'un rire nerveux. Il ne peut plus s'arrêter, se renverse d'avant en arrière, se tenant le ventre, s'essuyant les yeux, essayant vainement d'expliquer la cause de son hilarité. Quand enfin, il peut parler, c'est pour hoqueter laborieusement :

« J'ai perdu… le chapeau… d'Odilon ! »

Enlevant son couvre-chef, Bertou l'enfonce d'autorité sur le crâne de Louis :

« Ne pleure plus, en voici un autre, mauvais bougre ! Je te le donne pour qu'il protège ta caboche d'âne ! »

Le rire coupé net, Louis caresse de la main le velours du feutre aux larges rebords. Partagé entre étonnement et gratitude, il balbutie :

« Maître, je ne sais si je peux accepter ! C'est le vôtre…

– Justement ! J'espère qu'il aura conservé un peu de ma jugeote pour te la transmettre. Te voilà coiffé ! Fais-en bon usage. Moi, en attendant, j'ai mon bonnet de laine rouge pour me protéger. Mais que cela ne te dispense pas d'acquérir un nouveau chapeau pour ce pauvre Odilon qui doit s'enrhumer et, à juste titre, te maudire. Allez, debout maintenant ! Les bêtes ne doivent pas se refroidir, il faut continuer. »

Sans laisser le temps à Louis de remercier, Bertou retourne en tête du convoi, pressant le viégi d'avancer.

*

* *

Au sommet, un vent glacial balaie la pluie. Louis s'aperçoit que ce raccourci périlleux leur a permis de franchir le Serre de Valgorge et d'accéder directement au Tanargue. Malgré son altitude, le plateau du Tanargue se présente comme une large crête arasée, couverte d'une herbe drue, où paissent en été des milliers de moutons venant de la Provence et du Languedoc. La puissance du vent est telle que les deux muletiers doivent se courber pour ne pas être renversés. D'une main, Louis retient son beau chapeau et de l'autre se cramponne à la bride du Chiffe, qu'il n'est pas loin de considérer avec respect comme son sauveur. Il se garde de relever les yeux et ne voit rien du somptueux spectacle des montagnes environnantes, embrasées par le soleil levant, tandis que les vallées disparaissent sous un ruban de brouillard ouaté. Bertou a dégagé la cayrade du Finaud et celui-ci semble éprouver un vif plaisir à remuer la tête pour faire sonner le grelot. Emporté par le vent, ne rencontrant pas d'obstacle dans ce désert herbu, le ton grave de la cayrade mêlé aux notes aiguës des clochettes du trintrin, se répand joyeusement jusqu'à la voûte du ciel d'où il revient amplifié, magnifié comme une symphonie pastorale.

Reprenant de l'assurance, Louis ose quitter son poste pour rejoindre Bertou, certain à présent de ne plus se faire rabrouer. Accordant leurs enjambées, ils avancent à la même allure. Enhardi, Louis suggère une halte pour casser la croûte. Bertou secoue la tête :

« Ah, tu as faim, mon gaillard ! C'est la maladie de la jeunesse ! Mais pas question de s'arrêter avant le soir. En revanche, il ne faut pas priver les mulets ! Nous allons rapidement prélever sur la *peyre*[1] que porte Têtu, ce jeune mulet bien nommé, une ration de foin pour remplir le *moural*[2] de chacun. Ils mastiqueront tout en marchant avant de faire bombance, comme nous, à l'auberge du Bez, après le col du Pendu.

1. Peyre : mesure d'une certaine botte de foin.

2. Moural : poche en mailles de corde, décorée de broderies, suspendue à la bride, qui servait de râtelier portatif.

– Est-ce encore loin, maître ?

– Tu le verras quand on y sera ! En attendant, tu n'as qu'à prendre un quignon de pain pour tromper ton appétit. Tu trouveras les provisions dans les sacoches du Joli qui transporte tout mon rambail. Tu te souviens ? C'est l'attirail de secours, tant pour soigner les bêtes que pour réparer leur harnachement. Attention, ne dérange rien ! Tout est indispensable là-dedans ! »

Réfrénant son impatience, Louis prétend suivre l'exemple de son maître et jeûner. Malgré le froid toujours vif, il a chaud. Il faut dire que le chemin s'est mis à monter insensiblement d'abord, rudement ensuite. Voie de transhumance, pratiquée depuis des temps immémoriaux, le col de la Croix de Beauzon offre à chaque détour une vision sublime de ce vaste pays depuis la vallée du Rhône au levant, les Alpes et les Pyrénées au nord, jusqu'aux monts de la Lozère à l'ouest et ceux de l'Auvergne au nord. Parfois, s'il fait vraiment beau, on entrevoit le scintillement de la mer Méditerranée et on entend mugir le tempétueux océan Atlantique. Ce ne sont pas des racontars ! Bertou le Rouge jure en être témoin. Louis ne met pas sa parole en doute. Mais, depuis la croix plantée au sommet, il a beau écarquiller les yeux, il ne distingue à l'horizon qu'une masse grisâtre et terne.

Soudain, en rangs serrés, de lourds nuages affleurent la montagne, l'encerclent, l'envahissent.

Bertou observe le ciel avec inquiétude. Il ne faudrait pas se laisser surprendre ! Il en est certain : la neige n'est pas loin. Elle aurait tôt fait d'effacer la trace du chemin, et il sait nombre de caravanes qui se sont perdues corps et biens, mourant de froid ou s'écrasant dans le ravin. D'instinct, les mules ont compris le danger, et elles entament la descente sans ralentir l'allure, fléchissant à peine des postérieurs pour éviter la terrible culbute. Marchant devant, Bertou retient Finaud par le mors, le forçant à appuyer la tête sur son épaule, l'obligeant à accorder son pas sur celui du muletier. Dans une descente aussi raide que celle du col de la Croix, un seul mulet qui perd pied peut dévaler et chuter, entraînant ses congénères à sa suite. Bertou ne se ménage pas, sautant plus qu'il ne court, retombant sur les talons, franchissant les obstacles en bondissant avec une agilité surprenante pour un homme de sa corpulence. En même temps, d'une voix mélodieuse, il roule des rrr, des brr, ou chante des yiou, des yiaa, comme autant de mots doux aux oreilles et au cœur des bêtes qui lui font confiance et le suivent sans crainte.

Les choses ne vont pas aussi bien pour Louis qui s'essouffle, trébuche, se ramasse durement sur les genoux, et enrage de sa maladresse. Cependant, il ne se laisse pas distancer et, jurant, criant, il s'élance pour regagner le terrain perdu. Les sonnailles sont secouées dans un dri'ng et li'ng et li'ng d'enfer qui excite l'ardeur de toute la couble. À ce train, le passage dangereux est vite dépassé et Bertou fait ralentir l'allure, hurlant des « Ho ! Ho ! » impérieux. Emportés par leur élan les mulets seraient capables d'entamer un galop et même de prendre le mors aux dents. Mais, dociles, les bêtes frémissantes, trépignent sur place. Sous la robe luisante de sueur, les muscles des cuisses palpitent au rythme du sang.

Passant de l'une à l'autre, Bertou vérifie le bon chargement des bâts, resserrant une sangle par-ci, ajustant une couverture par-là. Chaque animal, appelé par son nom, reçoit une tape affectueuse sur le postérieur, et plus d'un répond par un soufflement mouillé qui exprime son contentement.

Fasciné, Louis suit attentivement tous ses gestes, sachant qu'il vient de prendre là une exceptionnelle leçon de conduite muletière. Remarquant son admiration, Bertou en est flatté et attendri.

« Eh bien, mon garçon, tu ne t'en es pas mal tiré cette fois ! Je ne peux pas te récompenser d'une tape sur le cul comme pour les mulets ! Mais, pour nous, j'ai quelque chose de mieux. Tu vas m'en dire des nouvelles ! »

Sortant de la poche de son gilet le poinçon et la tasse d'argent, le muletier pique une des boutes et en tire le vin capiteux des coteaux du grand fleuve

Rhône. Remplissant la tasse à ras bord, il l'offre au jeune homme :

« Bois-moi ça ! On appelle ça, le vin du Rivage. C'est le meilleur des toniques ! »

Sans se faire prier, Louis avale d'un trait, sentant le breuvage lui enflammer tout le corps. Riant de sa réaction, Bertou tire une autre rasade qu'il boit à son tour. Retirant le fin trocart, il frotte la peau de l'outre pour la resserrer à l'endroit de la piqûre d'où ne suinte même pas une goutte du divin nectar.

« Cela suffit mon gaillard, car au lieu de te galvaniser, une giclée de plus te plomberait les jambes. Nous ne sommes pas encore rendus et, si nous lambinons, la neige nous précédera à l'auberge. Allez, en avant ! »

Cette fois, Bertou remonte sur Merveille, son cheval de barde, tandis que Louis se hisse sur Joli, le moins lourdement chargé.

Brandissant son fouet, le faisant siffler au-dessus de la couble, Bertou lance un tonitruant « Hue ! » qui éperonne le courage des bêtes. Ensemble, dans un même mouvement hardi de la tête, elles bandent leurs forces et s'élancent sur le chemin, cliquetant des sabots en cadence. Traversant la forêt de Chambon, une route rend le passage plus aisé, mais pas moins dangereux. Soudain, pas très loin, depuis le sombre couvert des arbres, parviennent de lugubres hurlements. Les mulets renâclent, pointant les oreilles, roulant des yeux blancs. Incapable de cacher son inquiétude, le sang glacé, Louis presse sa monture pour se rapprocher de Bertou.

« Maître, entendez-vous ? Seraient-ce des loups ?

– Si cela était, mon petit, il n'y aurait pas de souci à se faire. Même affamés, ils n'attaquent jamais un convoi. Mais méfions-nous des loups à deux pattes, autrement plus redoutables, surtout lorsqu'ils opèrent en bande, n'hésitant pas à tuer pour piller. Mais, regarde-moi ça ! J'ai ce qu'il faut pour les tenir en respect ! »

De l'arçon de sa selle, Bertou sort un pistolet à long canon.

« Voilà le meilleur des sauf-conduit. J'en possède un autre, plus petit mais qui vise juste. Saurais-tu t'en servir ? Je peux te le confier si tu me promets de n'en user qu'à bon escient, en toute dernière extrémité. Ce n'est pas un jouet ! »

Faraud, Louis tend la main pour recevoir l'arme. Oui, il en connaît le maniement. Il a déjà tiré quelques lapins ou lièvres avec le vieux fusil à pierre de son père. Rassuré, il reprend sa place en queue de la couble, restant vigilant et regrettant presque de ne plus entendre aucun hurlement suspect.

*

* *

Quelques flocons commencent à virevolter quand ils atteignent l'auberge du Bez, vaste caravansérail où voyageurs, commerçants et brigands trouvent un même asile. En cette saison avancée, il n'y a pas foule, et Félix, l'aubergiste, accueille les nouveaux arrivants avec affabilité. Il les précède à l'écurie car, bien entendu, les mulets doivent être soignés avant les hommes. Un passage étroit bordé de murettes, permet de décharger les bêtes de somme sans effort. Il suffit de détacher les liens et les boutes s'affaissent seules sur ce rebord. Les mulets, délivrés de leur lourde charge, s'ébrouent pour délasser leurs muscles, et se dirigent d'emblée devant les mangeoires, faisant nettement comprendre ce qu'ils veulent. Cependant, avant de les nourrir, il faut d'abord les débarrasser de leur harnachement tintinnabulant, les bouchonner, vérifier si aucune plaie ne suinte sur le pelage. Bertou le Rouge aime trop ses bêtes pour tolérer qu'elles puissent souffrir en le servant. Il dispose de baumes, onguents ou vulnéraires, et ne lésine pas à les appliquer. Quinze mulets à étriller, ce n'est pas une mince affaire et, bien qu'ayant quitté veste et gilet, les deux hommes sont rapidement en nage. Avec l'espièglerie de sa jeunesse, Joli prétend se bouchonner lui-même en se roulant sur la paille de la litière. Les pattes battant l'air, il se trémousse de gauche à droite pour mieux se gratter le dos, dérangeant ses congénères docilement alignés. Castor et Pollux aboient furieusement pour le rappeler à une plus sage conduite, mais, il n'en a cure. Quand il se remet sur ses pattes, c'est pour caracoler comme un cheval de cirque, puis souffler au museau des chiens pour leur montrer qu'il n'en a pas peur. Il faut que Bertou donne de la voix pour qu'il se calme, mais on sent qu'il lui démange de montrer encore mille autres pitreries. Bertou ne peut se retenir d'en rire. Il a bien fait d'acheter ce bardot à la foire d'Avignon. Bien dressé, ce sera une recrue de premier choix, dur à la besogne mais avec un caractère enjoué qui lui plaît. Les bêtes sont comme les hommes, et pour s'accorder avec elles, comme avec eux, il faut avoir de la sympathie réciproque.

L'aubergiste et Philou, son fils, étant venus prêter main-forte, Bertou ponctionne encore une fois l'outre à vin pour les remercier comme il se doit. Envahis de bien-être dans la tiédeur de l'écurie, les muletiers relâchent la tension. Il n'y a plus de raison de se restreindre pour demeurer vigilant. À tour de rôle ils vident la tasse d'argent, et la remplissent à nouveau tant ce bon vin titille les papilles et excite la soif. Une troisième rasade s'impose, bien que la sagesse commande d'en rester là. Mais voici qu'un carillon de grelots annonce l'arrivée d'une autre couble, et tous se précipitent hors de l'écurie pour voir de qui il s'agit. L'aubergiste porte haut son fanal pour reconnaître le nouveau venu. C'est Firmin, parti de Villefort avec un chargement de sabots qu'il espère vendre au Puy-en-Velay.

Bertou serre son compère avec effusion, et l'autre se réjouit de retrouver un ami avec qui faire route commune jusqu'au pays des volcans.

« Quel soulagement, le Rouge ! Je n'en menais pas large seul avec mes trois mules, en passant le col de Meyrand, après Loubaresse. La neige tombait dru, et je prenais peur à penser qu'elle pouvait rapidement m'ensevelir. J'ai prié la Vierge du Puy, lui promettant de lui offrir un cierge si je parvenais jusqu'à elle. Elle m'a écouté, car le vent s'est levé, dégageant ce vilain temps. Cré nom de Dieu et de sa sainte Mère, je suis rudement content d'être ici ! C'est qu'il ne fait pas chaud ! Regardez-moi mes mules : elles soufflent des chandelles de glace, pauvres bêtes ! C'est qu'elles ne se font pas jeunes, les chéries ! »

Apercevant la tasse d'argent toujours accrochée par sa manille au doigt de Bertou, il s'exclame :

« Vous n'avez pas l'air de vous embêter, vous autres ! Je boirais bien un coup, moi aussi, pour me réchauffer.

– À la tienne ! » répond le muletier, remplissant aussitôt la tassiaso à plein bord.

Fâchées d'attendre, les trois mules bousculent les hommes pour passer la porte et se placer devant les mangeoires. Toutes celles de la couble de Bertou tournent la tête vers les nouvelles arrivantes, les saluant de braiments accueillants, tandis que les vaches de l'aubergiste les considèrent avec une méprisante désapprobation.

« Allez-vous vous taire ! On ne s'entend plus ! », vocifère Firmin, plus pressé de boire un autre coup que de s'occuper des bêtes. Heureusement, Louis se sent l'âme généreuse et il se dévoue pour débâter les trois mules, sans se douter qu'un chargement de sabots puisse peser aussi lourd. Déséquilibré, il tombe à la renverse sur la paille, écrasé sous les hottes tandis que les sabots de toutes tailles s'éparpillent en désordre. Au lieu de lui porter secours, les autres s'esclaffent à gorge déployée. Sa confusion est à son comble quand, le surprenant dans cette position ridicule, une jeune mignonne entrebâille la porte qui communique avec la salle.

« La patronne demande quand c'est-y que vous venez manger la soupe ? »

Lorgnant le jeune homme étalé de tout son long, elle lui adresse un sourire coquin qui trouble encore plus Louis, ne sachant s'il s'agit de moquerie ou d'invitation.

« Nous voici ! », répondent Bertou et Firmin, se tenant par les épaules et avançant crânement. Au passage, ils tendent la main à Louis pour le hisser sur ses pieds et l'entraîner avec eux.

Éclairée seulement à la lueur du feu, la salle de l'auberge, encroûtée de fumée, est noire du sol au plafond. Mais dans l'immense cheminée, qui occupe tout un pan de mur, on n'a d'yeux que pour l'énorme marmite pivotant sur un axe scellé au mur. Grâce à ce système ingénieux, une simple chiquenaude suffit pour la rapprocher ou l'écarter du foyer. Finette, la patronne est presque du même gabarit, le ventre rond, la poitrine généreuse, les bras nus, dodus comme des jambons blancs, les cheveux frisés soulevant le bonnet. Mais sa soupe, ô merveille, embaume le chou et le lard, mettant la salive à la bouche.

Enjambant les bancs brinquebalants, les hommes s'attablent, sortant déjà le couteau de la poche pour entailler la miche, ronde et large comme une roue de brouette. Ici, on a l'habitude de grosse affluence, et on est capable de nourrir un bataillon de muletiers. Ce soir, de voir si peu de monde réuni autour de la table, la patronne en a le cafard, et elle laisse à la jeune servante le soin de distribuer les écuelles emplies de la soupe grasse et odorante. En guise de remerciement, comme ils le font avec leurs mules, chacun assène une tape sur les fesses de la jolie qui ne s'en offusque pas plus que ça. Enhardi par son apparente complaisance, Louis ose lui prendre la taille, mais elle se dégage prestement sans cesser de rire.

« Dis donc, mon mignon, pour qui tu te prends ? Si je te pinçais le nez, il en sortirait du lait ! »

Pourtant, son regard coquin, sa façon de lui tirer un bout de langue, indique que l'intérêt du garçon ne lui est pas indifférent. Tout émoustillé, Louis, tenant la cuillère suspendue, laisse refroidir sa soupe. Bertou et Firmin, plus sereins, en sont déjà à racler le fond de leur écuelle pour se faire servir une autre louche.

Un tintamarre au-dehors met tout le monde en émoi. Il y a des cris, la cloche à l'entrée est agitée avec fureur. Les chiens aboient comme des enragés. La Finette, toute chose, en appelle déjà à la protection de Jésus, Marie et tous les saints, s'imaginant que ce sont des rouliers qui viennent leur brûler les pieds.

Son mari la rabroue : cette engeance n'existe plus depuis des siècles ! Et puis, qu'a-t-elle à craindre, avec les robustes gaillards qui logent sous son toit ?

En fait, ce ne sont que six malheureux pèlerins qui grelottent devant la porte barricadée et supplient de leur accorder l'asile. Ayant fait un vœu, ils sont partis de la Trappe de Notre-Dame des Neiges et espèrent gagner le Puy, mais ils ont cru périr dès la première étape. Leur façon de renifler en l'air, les narines dilatées, trahit que leur appétit supplante leur dévotion. En effet, oubliant de réciter les grâces, ils se jettent gloutonnement sur l'écuelle, et, une fois vide, la lèchent pour ne rien perdre. Du moment qu'on apprécie sa soupe, la patronne est rassurée, et, les mains croisées sur son bedon, elle sourit aux anges, radieuse de voir tant de clients.

Rassasiés, tous n'aspirent plus qu'à dormir. S'enroulant dans leur cape, ils se couchent sur la paille de l'écurie, au pied des bêtes qui dorment droites. Au milieu de la nuit, Bertou s'éveille, le cœur battant. Il a dû faire un mauvais rêve dont il ne se souvient pas ! Repoussant les chiens qui se sont lovés contre lui, il sort pour se rafraîchir les idées. Il en profite pour pisser. Levant la tête, il est surpris de découvrir le ciel criblé d'étoiles. Le mauvais temps est passé, chassé par le vent du nord. Demain sera une belle journée. Il bâille, s'étire, se gratte les cheveux sous le bonnet, passe la main sur ses joues râpeuses et touche son oreille dans un geste machinal. C'est seulement à ce moment-là qu'il s'aperçoit de l'absence de sa boucle d'or avec le petit fer à cheval, insigne de sa corporation. Il a beau tâter et retâter le lobe percé, le bijou a bel et bien disparu. Il s'en veut de ressentir un tel émoi pour la perte d'une breloque. Quelle importance ? Il s'en payera une autre, encore plus belle s'il le veut ! Non, ce ne sera pas pareil ! Celle-là, il la portait depuis ses débuts dans la « mulasserie », il y a dix ans bientôt. Elle lui portait bonheur. Contrarié, il ne peut s'empêcher d'y voir un mauvais présage.

Il ne sait pas que l'insigne d'or, suspendu à une chaînette de soie, se cache entre les seins de Léone. Souvent elle y porte la main pour s'assurer de sa présence, se fortifier de l'espoir de revoir un jour Bertou. Ce jour-là, elle lui montrera l'anneau et lui dira :

« Je l'ai gardé pour toi, je l'ai gardé contre mon cœur. Ils t'appartiennent, l'un et l'autre. »

Non, il ne le sait pas, Bertou, qui contemple encore les étoiles et ne ressent qu'une mélancolie inexplicable. Il grince entre ses dents – Chienne de vie ! – sans vouloir s'avouer les vraies raisons de sa mauvaise humeur inhabituelle.

Allons, pas la peine de s'attarder davantage ! Autant partir immédiatement. Prévenant ses désirs, Castor et Pollux jappent et sautent joyeusement autour de lui, impatients d'agir.

Les pèlerins, réveillés en sursaut, se sont agenouillés en rond pour réciter les premières prières entrecoupées d'irrépressibles bâillements. Les mules s'ébrouent, dressent les oreilles et réclament leur picotin. Louis a du mal à rassembler ses esprits. La tête lui tourne, son estomac vogue la galère. L'ivresse de la veille s'est transformée en nausée du jour.

Le voyant vacillant, Firmin se gausse :

« C'est toi qui veux devenir muletier, et qui ne tiens pas la barrique ? Fais-toi donc moine à la

Trappe de Notre-Dame des Neiges, et fais vœu d'abstinence. Cela conviendra mieux à ta faible nature ! »

Obligé de courir au-dehors pour vomir, Louis n'est pas en état de rétorquer que c'est la jalousie qui excite Firmin, le gagne-petit, lui qui n'a jamais eu les moyens de s'établir vraiment maître muletier. Avec ses trois vieilles bêtes poussives il n'est resté qu'un minable *rafardier*[1]. Lui, Louis Desroudhil, deviendra le plus riche des muletiers du Vivarais, entraînant une couble d'au moins vingt-cinq mulets, tous plus superbes les uns que les autres ! Dès qu'ils seront au Puy, il commencera par en acheter quelques-uns avec le magot confié à Bertou par sa mère, et on verra ce qu'on verra. Il a beau, pour l'instant, être plié en deux, un filet de bave verdâtre collé aux lèvres, il n'a aucun doute sur sa gloire à venir.

Alertés par le remue-ménage, Finette et Félix, le bonnet de nuit sur la tête, sont descendus pour servir une solide collation à leurs hôtes. Bertou fait peser une peyre de foin à emporter. La mesure est bonne quand le fourrage suspendu à un bout de la perche, fait soulever la pierre accrochée à l'autre bout. Il ne faut pas s'aviser de

---

1. Rafardier : muletier de moindre envergure, possédant moins de six mulets.

tricher sur le poids car il y va de la réputation de l'aubergiste.

Les pèlerins demandent humblement la permission de se joindre aux muletiers, promettant leur aide si besoin est. Leur expérience de la veille ne les a pas mis en confiance, car, en plus de se perdre, ils redoutent de se faire détrousser par les misérables qui, leur a-t-on dit, s'attaquent aux voyageurs isolés. Bertou se méfie. Ce n'est pas vraiment la saison des pèlerinages, et ces énergumènes ne lui disent rien qui vaille. Cependant, malgré sa réticence, il n'a pas le cœur de les repousser.

Les étoiles pâlissent à peine quand le convoi s'ébranle dans un carillonnement d'allégresse. Au-dessus de la plaque frontale, gravée de la devise du Bertou « Liberté est mon choix », Finaud arbore fièrement, entre les oreilles, le haut plumet rouge de viégi. À cause du peu de clarté, Bertou a laissé toutes les œillères relevées, et les « lunes » de cuivre, qui les enjolivent, reflètent l'aura céleste.

Passant la tête à travers la lucarne du grenier où il dort, le jeune Philou les regarde s'éloigner, le cœur pincé d'envie. Oh ! Comme il aimerait les suivre sur les chemins de l'aventure au lieu de rester enfermé dans cette auberge perdue où il sèche d'ennui, n'ayant qu'à curer les étables.

Tinrelin-tin-tin, dri'ng et li'ng, la couble trottine, claquant des sabots au rythme des sonnailles.

À son passage, les oiseaux nichés dans les branches, pris d'effroi, s'envolent à tire-d'aile. Mais bien vite, ils se rassurent et, curieux, reviennent se percher, suivant d'un œil ahuri ce cortège étrange, bruyant mais inoffensif.

Enhardis, les six pèlerins entonnent leur répertoire de cantiques. Dès qu'ils s'interrompent pour reprendre souffle, Firmin reprend avec ses chansons à boire, truculentes et libertines à souhait. Bien que respectueux de la religion, Bertou n'hésite pas longtemps à joindre sa voix puissante à celle de son ami. Il faut reconnaître que les dévots chantent si faux qu'ils offensent l'harmonie divine. Cette rivalité musicale excite l'ardeur des hommes, et tout autant celle des mules qui, heurtées dans leur sensibilité mélomane, rabattent leurs longues oreilles velues pour accélérer l'allure et ne plus entendre cette cacophonie.

À ce train la route paraît plus courte et les lieues défilent sans qu'ils ne ressentent la fatigue, malgré le vent glacé qui les cingle. Le col de la Chavade est franchi sans encombre, et Bertou le Rouge se félicite de leur avancée qui leur permettra d'atteindre le village de Coucouron avant la nuit. Déjà, ils traversent ce plateau d'altitude qui s'étend à perte de vue. De-ci, de-là, émerge une ferme trapue ramassée sous son toit de genêts qui s'abaisse jusqu'au sol. Dans les prés à l'herbe haute, les vaches interrompent leur rumination pour les regarder passer. D'humeur folâtre, elles leur font un galop de conduite, allongeant les pattes en arrière, la queue dressée comme un fouet, tandis que leurs mamelles gonflées ballottent et battent à l'intérieur de leurs cuisses. Sans ralentir, les mules tournent la tête pour saluer les bovins qui répondent aimablement d'un profond meuglement. Un long moment, le troupeau, rassemblé derrière la barrière, suit des yeux la couble qui s'éloigne, puis, comme à regret, retourne lentement au pâturage.

*

* *

L'auberge de Coucouron donne sur la place où, les jours de grandes foires, se rassemblent tous les maquignons de la région, jusqu'à ceux du Puy. Si les paysans sont orgueilleux de leur cheptel, leurs femmes ne le sont pas moins des tommes et du beurre qu'elles fabriquent à partir du lait crémeux de leurs belles génisses. Tout ça produit une richesse qui se remarque à l'importance des maisons et surtout des étables. Mais dans ce pays laitier, on apprécie peut-être plus qu'ailleurs le bon vin. Lorsque cayrades, grelots et trintrins annoncent l'arrivée de Bertou le Rouge, tous les hommes, jeunes et vieux, sortent de chez eux. Encombrant le passage, ils se pressent devant la porte de l'écurie de Jacou, l'aubergiste. Il leur faut palper les boutes, en prendre la mesure, en deviner le contenu. Est-ce le vin lourd de la vallée du Rhône ou le frais raisiné des coteaux du Vivarais ? D'ailleurs, peu importe, pourvu qu'il donne l'ivresse qui met du soleil au cœur quand souffle la *burle*[1] et que s'amoncelle la neige en congères.

Jacou doit promettre une tournée générale pour que la foule daigne s'écarter et permette aux mules d'entrer. Tous se proposent à décharger les *ouïres*[2], impatients d'en entamer la dégustation. Pour l'aubergiste, impossible de négocier habilement l'achat du vin. Les consommateurs le harcèlent, il en perd toute sa rouerie et tope la patche sans barguigner.

C'est du délire ! Se targuant tous d'être le plus fort, c'est à celui qui empoignera le premier la boute aussi lourde que lui, pour la porter à la cave et la vider dans le tonneau de l'aubergiste. Jacou, alarmé, surveille la manœuvre de près, se lamentant pour la moindre goutte giclant à côté de l'*embut*[3]. Avec deux boutes, la barrique est pratiquement pleine, et le tonnelier la referme soigneusement avant de la coucher à son emplacement et d'enfoncer à coups de maillet la

1. *La burle : vent violent et glacé.*
2. *Ouïre : grande outre en peau de vache,* idem *Boute.*
3. *Embut : entonnoir.*

chevillette creuse qui servira de robinet. Jacou tente vainement de renvoyer le monde à l'auberge. Non et non ! C'est immédiatement, et sur place qu'il faut goûter le vin nouveau ! Certains se coucheraient volontiers à terre, la bouche ouverte sous le robinet. Il s'ensuit une bousculade qui dégénère aussitôt en bagarre. Avec sa rudesse proverbiale, Bertou soulève le plus excité des belligérants et le propulse au-dehors. Toute la troupe se précipite derrière lui et poursuit la discussion musclée sur le pavé de la cour. L'aubergiste referme vivement la porte de son caveau et soupire bruyamment, essuyant la sueur de son front d'un revers de manche.

« Toujours pareil ! Ces boit-sans-soif m'auraient vidé le muid sans payer. Je ne sais pas si je ne devrais pas prendre deux boutes de plus cette fois, car si je dois attendre le printemps avant que vous remontiez sur le haut plateau, je risque d'être à sec ?

– Ce n'est pas possible mon brave Jacou. Toutes celles qui restent sont retenues par mon couratier[1] au Puy. En revanche, je peux te proposer une ou deux bouteilles de gnôle, et de la meilleure !

– Donne toujours ! Ça fera patienter.

– *Pacho* faite ! »

---

1. Couratier : courtier.

Avec le plus grand sérieux, Bertou et Jacou ayant craché dans leur paume, se frappent mutuellement la main pour sceller leur accord.

*

* *

Tandis que l'aubergiste aligne les verres en attendant le retour des combattants qui s'essoufflent, muletiers et pèlerins débâtent les bêtes, les soignent et les installent pour la nuit. Tout à leur occupation, ils ne remarquent pas la petite femme qui s'est introduite dans l'écurie. Timidement, elle tire Louis par la manche.

« Jeune maître, faites excuse pour le dérangement, mais j'aurais un grand service à vous demander. »

Surpris et flatté qu'elle se soit adressée à lui, le jeune homme l'encourage à poursuivre.

« Voilà ! Mon mari est mort et je suis seule avec ma belle-mère pour maintenir la ferme. D'habitude, c'est lui qui allait au Puy pour vendre mes fromages. Je n'ose m'y rendre seule. Les chemins sont si peu sûrs ! Permettez-moi de vous accompagner ! »

Relevant la lanterne, Louis examine la femme. Encore joliette, la veuve lui sourit gentiment. Désirant l'impressionner, il prend un ton protecteur pour la rassurer.

« Bien volontiers, ma bonne dame. Ne manquez pas le départ, car nous repartons à la pointe du jour. »

Tandis qu'elle s'éloigne, il admire la chute de ses reins, et se prend à rêver de la rondeur de ses seins. Le métier de muletier a ceci de bon, qu'il permet d'heureuses rencontres. Tout guilleret, il fait part de sa décision au Bertou qui ne s'est aperçu de rien.

« Encore ! rouspète le muletier excédé. Je ne suis pas une bonne d'enfants pour m'encombrer d'un ramassis de maladroits, de geignants et de trouillards ! Et maintenant, une femme ! Il ne manquait plus que cela ! Tu t'en chargeras puisque monsieur a le cœur sur la main, et j'espère pour toi que tu n'auras pas à t'en repentir.

– Je croyais, maître, que vous…

– Ne crois rien du tout, et dorénavant rends-moi compte avant de prendre des initiatives. Ici, c'est moi qui décide ! »

Mortifié de s'être fait rabrouer devant tout le monde, Louis affiche un air boudeur, ne faisant qu'aviver la grogne de Bertou. Décidément, depuis le départ des Anglanières, rien ne va comme il le voudrait. Ce gosse empoté, ces pèlerins encombrants et, à présent une garce pour retarder son avance ! Sans compter avec le temps qui ne va pas sur le beau et qui pourrait leur jouer un mauvais tour ! Aussitôt après souper, il s'allonge sur la paille au pied des mulets, mais il a beau se tourner et se retourner, il ne parvient pas à trouver le sommeil.

Quand il donne le signal de départ, bien avant les premières lueurs de l'aube, c'est avec l'espoir de prendre de court la fermière. Cependant, elle est là, plantée devant la porte, sa hotte, plus haute qu'elle, sanglée aux épaules. Monté sur Merveille, Bertou passe sans la saluer. Déterminée, elle lui emboîte le pas, tout en maintenant une distance respectueuse. Louis qui espérait la voir marcher à ses côtés en éprouve un affreux dépit. Lorsque Firmin entonne un couplet égrillard sur la perfidie féminine, il reste seul à chanter. Même les pèlerins ne manifestent aucune velléité de repartie. Le froid, le manque de sommeil et surtout la mauvaise humeur du maître ont raison de l'ardeur de chacun. Les mulets aplatissent leurs oreilles et tiennent la tête baissée malgré la rêne qui tire sur le mors. La nuit noire cède la place à une aurore d'étain.

XI

Forfaiture

LE VENT A CALÉ, le temps s'est radouci. Le capuchon enfoncé jusqu'au nez, ne prêtant attention qu'à leurs pieds tout en rêvassant à leurs affaires, les voyageurs ne s'aperçoivent pas immédiatement que la neige se dépose mollement sur les champs et les prés. Insidieusement, elle uniformise le paysage sous son manteau moelleux. Le tintement des sonnailles est assourdi, le pas des mulets s'enfonce dans la douceur. Un ciel d'opale s'étale sur la terre, effaçant l'horizon. Comment savoir, dans cette étendue immaculée, où se trouve le passage ?

Effarés, s'imaginant perdus, les six pèlerins implorent la Sainte Vierge.

« Marie, pleine de grâces, priez pour nous maintenant et à l'heure de notre mort. »

Agacé, Bertou, dressé sur les étriers, se retourne et gueule :

« Allez-vous vous taire ! Au lieu de gémir, fiez-vous aux mulets. Ils n'ont pas besoin d'y voir pour reconnaître la route. Leur sens de l'orientation nous guidera plus sûrement que vos prières. »

Avisant la femme restée silencieuse qui le fixe de ses grands yeux noirs, il s'amadoue :

« Vous n'avez pas peur, vous ?

– Si, maître, mais j'ai confiance en vous. »

Bertou reste impassible mais, au fond, il apprécie. En queue de la couble, il aperçoit Louis qui, oubliant sa bouderie, guette ses ordres. Firmin lui adresse un signe de bonne entente. Les pèlerins, bouche close, se rapprochent des bêtes. Sans broncher, les mules, à la queue leu leu suivent le viégi. Cependant la neige s'amoncelle en bosses grotesques sur leur dos par-dessus la couberte qui protège leur chargement. Tous les joyeux coloriages des pompons et plumets rouges, des lunes dorées, des mourals brodés disparaissent sous un édredon de blancheur. Seuls cayrades, grelots et trintrins signalent encore le passage de la caravane. Bertou regrette ses remontrances et ses ressentiments. Ces pauvres gens et ces bêtes ont besoin de lui, de son expérience, de sa vigilance. Il se doit de les mener à bon port ! C'est son rôle, mais également sa fierté, son honneur.

Faisant faire demi-tour à Merveille, il va de l'un à l'autre, ayant un mot d'encouragement pour chacun, recommandant de rester groupés, de s'attacher à un mulet pour ne jamais s'écarter de la couble. Remontant le convoi, il prend place à côté du viégi.

« À nous deux, mon brave Finaud ! Mais, en vérité, c'est toi qui dirige, mieux que moi qui n'ai pas ton instinct. »

Malheur à celui qui se lancerait à l'aventure sans connaître le pays. Mais Bertou et son vaillant bardot l'ont si souvent parcouru, que le moindre indice leur permet de s'orienter. Régulièrement, de hautes perches indiquent l'emplacement de la voie. De-ci, de-là, un rocher de forme étrange, une pierre plantée, un bouquet de sapins ou un arbre isolé servent de précieux repère. Engourdis de froid, les caravaniers se retiennent aux mulets pour s'arracher à la poudreuse où ils s'enfoncent jusqu'aux genoux. Leur respiration haletante domine le tintement étouffé des sonnailles.

Brusquement, un sifflement intense suivi d'un grondement effroyable déchire la montagne. Venu du massif du Mézenc, chaîne d'anciens volcans qui sépare le Velay du Vivarais, la burle déferle sur le haut plateau, élevant de monstrueuses vagues de neige qui s'abattent n'importe où, dressant des barrières de glace, obstruant les passages, déformant le paysage. Ensuite, faisant volte-face, le vent, à brassées de géant, soulève cette masse gelée et la propulse en l'air, la faisant tourbillonner en spirales vertigineuses qui explosent, se dispersant en une pluie d'aiguilles acérées.

Que peut l'homme contre ces éléments déchaînés ?

Il ne peut que se soumettre humblement, courber le dos, rentrer la tête.

Un muret de pierres sèches délimite un champ. Il n'y a pas d'autre choix ! Sans tergiverser, Bertou force les bêtes et les hommes à se coucher, alignés le long de cet abri précaire, le nez contre la muraille, serrés les uns contre les autres pour partager leur chaleur corporelle. La hauteur des charges par-dessus les bâts, conduit la neige à les recouvrir d'une sorte de tente épaisse qui les isole du froid, et sous laquelle ils peuvent respirer. Il faut attendre la fin de la tempête. La braver serait aller à la mort. Chacun, à sa place, au chaud entre croupe et poitrail des bêtes, se laisse envahir par une douce torpeur et, malgré l'angoisse, s'endort, abruti de fatigue.

A-t-elle forcé le hasard ? Toujours est-il que la femme s'est faufilée entre Merveille et le Finaud. Elle s'est débarrassée de sa hotte, et, dans cet espace si réduit, comment éviterait-elle de frôler le muletier ? Elle tremble si fort que Bertou tend la main pour la toucher, voulant la rassurer. Instantanément, d'une secousse des reins, elle se presse contre lui, avide, cherchant ses lèvres, écartant ses vêtements, fouillant son corps d'une main impatiente. D'un seul coup embrasé, Bertou répond à son désir et la pénètre avec violence, écrasant sa bouche contre la sienne pour qu'aucun cri n'avertisse les autres de cette étreinte sauvage. Lorsque, apaisé, il la garde endormie dans ses bras, tous deux enroulés dans la même cape, il ne ressent plus qu'un délicieux sentiment de bonheur. La douceur d'un corps de femme vous console de tous les chagrins, même de ceux causés par une autre qui ne veut pas vous aimer ! Oubliant leur situation éprouvante, les risques encourus et les dangers à venir, il lui prend une folle envie de rire qu'il retient en cachant son visage dans la chevelure dénouée de la trop jeune veuve.

« Dis-moi au moins comment tu t'appelles, lui murmure-t-il à l'oreille.

– Marie, répond-elle dans son sommeil.

– Ah oui ! C'est évident ! » pense Bertou juste avant de sombrer à son tour, songeant à la prière de son enfance.

« Marie, consolez-nous, pauvres pécheurs, maintenant et à l'heure de notre mort ! »

La burle a beau se déchaîner, tour à tour grondante, hurlante ou stridulante, rien ne trouble son profond endormissement.

*

* *

Bien plus tard, c'est le silence qui le réveille. Repoussant la couverture de neige, il s'extrait de sa position exiguë et regarde autour de lui. Le jour naissant ombre de rose l'insolite blancheur de la terre. Bertou s'éloigne de quelques pas pour se repérer. Soudain, comme un coup de feu lâché en pleine poitrine, il reçoit la brûlante certitude d'un désastre.

Sa couble ! Qu'est-il advenu de sa couble ?

D'un bond il se retourne et considère le renflement de neige qui recouvre encore la caravane. Il est étrangement court. Il ne peut y avoir là un convoi de dix-huit mulets !

À son hurlement, les bêtes sursautent et se redressent, trinquaillant sur leurs pattes ankylosées. Elles s'ébrouent pour disperser la neige qui alourdit leur chargement, trépignent pour se réchauffer et braient lamentablement pour réclamer de quoi manger. Incrédule, Bertou les compte et les recompte. Il n'y en a plus que douze, dont les trois vieilles de Firmin. Six des siennes ont disparu !

Louis et Firmin émergent à leur tour, ensemble et ahuris. Mais, des pèlerins, aucune trace : ils se sont volatilisés avec les mules. Bertou se frappe le front : il s'en doutait, il le savait ! Ces faux dévots n'étaient que des voleurs. Mais comment ont-ils pu agir sans que Louis, en queue de la couble, s'en aperçoive ? Certainement, le garçon n'était pas à son poste !

« Mais où étais-tu ? », hurle Bertou, congestionné de fureur, serrant les poings pour lutter contre son envie de gifler le jeune homme à toute volée.

« Il était près de moi ! répond Firmin, s'avançant vers son vieil ami. Je le lui avais demandé comme une faveur car je me sentais si mal que je craignais de mourir. Ne lui reproche rien, car, s'il était resté au bout du convoi, crois-tu que ces brigands auraient eu scrupule à l'occire ? Non seulement tu aurais perdu tes mules mais, en plus, tu aurais le sang de cet enfant sur la conscience. Car, toi, où étais-tu ? »

Ce disant, Firmin le regarde droit dans les yeux, et Bertou détourne lentement les siens vers la femme qui attend là-bas, immobile, entre le viégi et Merveille. Encore choqué par la colère du muletier, Louis aussi tourne la tête pour suivre son regard, et, voyant cette femme, il comprend l'insinuation de Firmin. La rage lui tord le cœur. Ainsi, c'est lui qu'on accuse de faute alors que le maître se paye du bon temps ! Eh bien, si on l'a grugé, c'est bien fait pour lui !

« Reprenons-nous, intervient Firmin. Il n'y a pas de temps à perdre, car la burle peut reprendre son œuvre de dévastation sans crier gare. »

Bertou, déjà s'affaire auprès des bêtes restantes, vérifiant leur état, les frictionnant au chanfrein, les débarrassant des derniers paquets de neige collés à leur crinière. Soufflant des naseaux, les mules cherchent sa main pour exiger plus de caresses et surtout quémander la nourriture dont elles sont privées depuis la veille.

« Crénom de Dieu ! s'exclame Bertou. Ces crapules ont emmené Têtu qui transporte la peyre. Je n'ai pas un brin de foin à leur mettre dans le moural ! Comment pourront-elles fournir l'effort d'une étape dans ces conditions ! Elles vont en crever ! »

Sortant de sa réserve, la veuve s'approche.

« Je suis d'ici, et je me reconnais. Par là, est la ferme de mes parents. Ce sont de pauvres gens, mais ils auront à cœur de vous donner une ration de fourrage. »

Bertou hoche la tête, une boule dans la gorge le rendant incapable de répondre. La désignant de la main à Firmin et à Louis, il ne peut exprimer sa reconnaissance qu'en disant :

« Elle se nomme Marie… Marie de Providence ! »

Ensuite, il lui enlève sa hotte lourde de fromages et, malgré son geste de refus, l'arrime sur le bât de Merlin. Ce mulet ne porte que les bennes légères en écorce de châtaignier servant à transporter la marchandise du retour.

« C'est bien le moins que je puisse faire. Tu nous sauves tous ! »

La soulevant par la taille, il la juche sur la selle de Merveille, qu'il maintient par le mors. D'une encolure en retrait, Finaud et Joli, menés par Louis et Firmin, l'encadrent tête contre flanc. À eux trois, ils forment la chalade qui, telle une proue de navire, éperonne le flot de neige et sillonne un passage. Avant que les premières bêtes ne soient épuisées, trois autres les remplaceront, et ainsi de suite pour, peu à peu, forcer le chemin.

Marie ne s'est pas trompée. Poussant un cri de joie, elle pointe le doigt vers un monticule sous lequel, elle seule, reconnaît une maison. Ils auraient pu passer sur le toit sans s'en apercevoir. Alerté par le bruit, un vieillard, tordu de rhumatismes malgré la canne qui le soutient, apparaît sur le pas de sa porte. Sautant en bas de la mule, Marie court vers lui en riant. Elle a beau s'enfoncer dans la neige jusqu'à la taille, elle rame des deux bras pour arriver la première. La vieille est sortie également, une main en visière devant les yeux, trop étonnée pour identifier sa fille en pareil équipage. Quand ils sont réunis, ils n'ont que des larmes pour manifester leur contentement qui se mêle d'inquiétude. Chez eux, tout ce qui sort de l'ordinaire est plus souvent source de malheur que de félicité. Mais, apprenant qu'on leur demande un service, un peu de foin pour nourrir les bêtes, les pauvres vieux s'agitent comme des toupies, voulant tout à la fois ouvrir l'étable dont la porte est bloquée par la neige, et, s'excusant de leur misère, inviter les hommes au chaud de leur maigre feu. Il faut beaucoup de délicatesse au muletier pour les convaincre de se tenir tranquilles.

Dans l'étable, l'unique vache n'en revient pas de cet envahissement. Elle en est même franchement terrifiée et meugle à fendre l'âme. Bertou la rassure à grandes tapes sur ses hanches bouseuses. La réserve de foin n'est pas si abondante que l'on puisse la gaspiller, et Bertou admire la générosité de ces petites gens qui n'hésitent pas à partager le peu qu'ils possèdent. Comme à son habitude, pour les remercier, il pique une des boutes et remplit une calebasse. La vieille veut absolument leur faire boire le vin chauffé dans un caquelon, mais elle n'a ni sucre ni cannelle pour le parfumer. Qu'à cela ne tienne, cela ira comme ça ! Et les hommes partagent avec délice les patates cuites sous la cendre, l'unique nourriture de chaque jour.

Pas question de s'attarder. Dès que les bêtes auront mangé, il faut repartir malgré l'incertitude du temps. Bertou conserve le secret espoir de rattraper les canailles qui lui ont dérobé son bien. Il sait que ses mulets, habitués au trajet, les conduiront d'instinct sur le bon chemin mais, habitués également à n'obéir qu'à leur maître, ils y mettront de la mauvaise volonté et iront lentement.

Nourries et abreuvées, ses bêtes restantes ne demandent qu'à courir. Le moural copieusement garni, elles sont capables de poursuivre la route malgré toutes les difficultés qui, immanquablement, vont surgir. Prudent, Firmin préconise d'attendre le lendemain, et Bertou ne peut retenir un mouvement d'humeur :

« Pardi ! Ce ne sont pas tes bêtes à toi qui manquent ! »

Firmin grimace mais ne discute pas. C'est vrai qu'il a voulu profiter de la protection de Bertou ; il se doit de lui apporter son aide dans l'adversité.

Le soleil radieux fait étinceler les cristaux neigeux sous l'écrin d'un ciel d'azur. Gaillardes, les mules s'élancent à la suite du maître qui, monté sur Merveille, trace la voie. Tous les sens en alerte, il scrute, il guette, à l'affût du moindre indice trahissant le passage des ravisseurs. Ils ne doivent pas avoir pris tellement d'avance sur eux. Souvent, Bertou arrête le convoi pour faire taire les grelots et mieux écouter le silence. Retenant sa respiration, il tend l'oreille, distinguant un pépiement d'oiseau effrayé par une buse, le craquement d'une branche trop lourdement chargée ou le froufroutement d'un animal glissant sur la neige. Parfois, un bref cri de détresse indique que maître Goupil s'est saisi d'un petit rongeur. Un hurlement lugubre signale la victoire du loup, ayant abattu quelque herbivore affamé qui cherchait vainement sa nourriture. Mais, des mules, rien ! Aucune trace. Elles ont dû partir en pleine tempête, et les flocons ont effacé les marques de leurs pas. Bertou ne renonce pas. Comme le loup, il traque sa proie, les muscles tendus, prêt à bondir sans pitié. Il n'a qu'un but et ne s'en détournera pas, quitte à en mourir d'épuisement.

Cependant, il ne peut imposer le même rythme aux mulets de la couble, lourdement chargés. Il fait signe à Louis de venir près de lui.

« Petit, je vais partir en avant avec mes chiens. Seul avec Merveille, je gagnerai du temps. Tu seras le maître, mais tu dois laisser l'initiative à Finaud, le viégi. Suis-le, il ne s'égare jamais et vous conduira tout droit au Brignon, ainsi qu'il en a l'habitude. Je vous y rejoindrai. »

Fier de la confiance du Bertou, Louis oublie tous ses griefs et promet d'être à la hauteur. Tandis que le muletier s'éloigne, il couve Marie d'un regard protecteur, avec néanmoins une petite arrière-pensée un peu trouble. Firmin qui l'observe, ébauche un sourire en coin. Finalement, il l'aime bien ce jeune coq, et il lui a plu de mentir pour prendre sa défense ce matin, alors que, en vérité, c'est Louis qui s'était rapproché de lui, tremblant de peur et de froid, quittant sa place solitaire, en queue de couble.

*
* *

Accélérant l'allure, Bertou ne tarde pas à retrouver la Loire dont il n'y a qu'à suivre le cours pour atteindre sûrement le Brignon, et ensuite le Puy-en-Velay. Réagissant à la température extérieure, la rivière se couvre d'un épais brouillard. Là est le danger, car ce bouillonnement ouaté dissimule les chausse-trappes creusées par les méandres, et les muletiers préfèrent suivre les crêtes malgré l'étroitesse du sentier. Merveille, prudente, pose le pied avec circonspection, n'hésitant pas à se détourner en grimpant plus haut. Le grondement de l'eau tumultueuse étouffe tout autre bruit, et Bertou désespère d'entendre au moins les grelots de ses mules piratées.

Sur le coup de midi, le soleil achève de dissoudre le brouillard. Les dernières nuées s'effilochent et disparaissent. La rivière apparaît dans sa verte transparence, éclaboussant d'embruns ses berges enneigées.

À vous glacer de la tête aux pieds, un braiment déchirant retentit à proximité. Rebondissant d'échos en échos contre les falaises, il envahit l'espace comme si une couble fantôme se répondait en gémissant. Les chiens hurlent à la mort. Terrorisée, Merveille se cabre et recule, dérapant sur la neige fondante. Irrésistiblement, elle glisse et bascule sur le flanc. De justesse, Bertou peut se dégager et, sans lâcher les rênes, il retient la mule qui bat des pattes pour se redresser. De sa voix, forte et tendre à la fois, il rassure la pauvre bête affolée, qui s'appuie contre lui en tremblant. À quelques mètres près, elle serait tombée dans une faille et se serait fracassée contre les rochers. Bertou en a une brusque suée par tout le corps.

À nouveau, le braiment sinistre résonne, mais cette fois Merveille répond à son tour, ayant reconnu un de ses compagnons. On ne peut le voir encore, mais il ne doit pas être loin, derrière le coude de la rivière, après la montée qui s'enroule autour de l'escarpement.

Le cœur battant, Bertou se contraint au calme. Il est seul, et doit se méfier de ces bandits qui n'auraient pas vergogne à le balancer dans la Loire. Malgré tout, il se hâte, tirant la mule qui regimbe. Juste avant d'atteindre le sommet de la côte, Bertou se baisse et rampe pour inspecter l'autre versant sans se faire voir.

Têtu est là, à peu de distance. Les pattes écartées, la tête inclinée au ras du sol, il s'arc-boute pour se libérer de la rêne qui l'entrave, entortillée à un tronc renversé en travers du chemin. Où sont donc passés les autres ? Que leur est-il arrivé ? Encore méfiant, Bertou descend, tenant la main sur la crosse de son pistolet. Il peut s'agir d'un guet-apens ! Sentant sa présence, Têtu brait de plus belle, à fendre l'âme, et le muletier ne peut résister à son appel. Il dévale la sente au risque de se rompre le cou. Son anxiété lui donne des ailes. Merveille le suit, beaucoup plus prudemment. Parvenant au mulet, il comprend d'un coup l'ampleur du désastre. Une avalanche a dû s'abattre à cet endroit au moment du passage de la couble, entraînant inexorablement les malheureuses bêtes, déséquilibrées par la charge, vers l'à-pic de la rivière. Un arbre arraché, tombant devant le bardot, a sectionné et coincé l'attache qui le reliait aux autres, lui épargnant la chute mortelle.

Bertou caresse longuement l'animal apeuré, l'examine de partout pour vérifier s'il n'est pas blessé. Têtu renifle comme un enfant qui pleure, et Merveille s'approche pour le consoler, lui soufflant sur le cou, l'air chaud de ses naseaux. Castor et Pollux lui mordillent les pattes, ce qui est leur façon à eux de manifester leur affection.

Rassuré sur le sort de celui-là, le muletier tente de découvrir des survivants. La puissance de l'avalanche a taillé, jusqu'à la Loire, un large corridor à flanc de montagne, laissant réapparaître la terre dénudée. Bertou se hasarde sur cette piste abrupte. Plus lestes et plus rapides, les chiens sont en bas avant lui, et grattent frénétiquement la neige qui a enseveli la masse enchevêtrée des bêtes.

Presque aussitôt Bertou, creusant à pleines brassées, dégage la Noiraude. Mais, le cou brisé, elle est raide, les lèvres relevées sur ses grandes dents, figée par la mort sur un cri silencieux. Relevant les œillères aux lunes de cuivre, Bertou dévoile ses yeux écarquillés, et imagine la terreur de la mule culbutée, emportée, disloquée par ce torrent déferlant. Bouleversé de pitié, il appuie ses lèvres contre la joue satinée de l'animal, lisse le poil de ses oreilles, enroule ses doigts dans la crinière rugueuse. Il patauge dans le sang mêlé au vin des outres crevées. L'oppression qui l'étouffe depuis ce matin, se libère par un flot de larmes qu'il n'essaye pas de retenir. Il n'a à se cacher de personne et peut laisser cours à son chagrin, aussi virulent que sa colère.

S'acharnant encore, les chiens découvrent un autre cadavre. C'est Mimi la Rousse, la première des mules que Bertou avait acquise en ses débuts. Si brave, si obéissante, le comprenant avant qu'il n'ait donné d'ordre. Il aurait voulu lui laisser finir sa vie dans un pré d'herbe tendre, près de la ferme qu'il envisage d'acquérir un jour prochain. Eh bien non, elle est restée sous le bât, conduite à la mort par des imbéciles criminels. Aveuglé de larmes, Bertou détache le *bridel*[1] pour conserver cette partie du harnachement qui lui rappellera sa fidèle compagne. Il ne sent pas la fatigue et déblaie jusqu'à ce qu'il mette au jour les cinq bêtes. Il y a encore Sonia, la moins docile mais pas la moins vaillante, et le vieux Mouret, qui, malgré

1. Bridel : harnais de la tête, richement décoré de cuivre et de pompons.

sa cécité, accomplissait sa tâche aussi bien que les autres.

Le pire de tout, c'est quand il trouve Chiffe, encore vivant, mais les pattes rompues. La bête, à bout de souffrance, est résignée. Cependant, son regard douloureux parvient encore à exprimer tout l'amour qu'il porte à son maître. Bertou prend garde à lui dissimuler l'arme qu'il tend contre son oreille, et il l'embrasse sur les naseaux tout en appuyant sur la détente. Dans une ultime convulsion, le mulet le heurte et lui fend la lèvre. Mais Bertou ne ressent rien, ne goûtant que le sel amer, celui des larmes mélangé à celui du sang.

Il a détaché tous les bridels, avec leurs plaques muletières qui portent sa fière devise et le nom de chaque bête. D'autres remplaceront un jour celles-là, mais elles porteront le même harnais comme on relève un même flambeau.

Dans sa lugubre recherche, il n'a déterré aucun homme et le regrette. Les savoir morts aurait calmé sa rage. Les imaginer vivants décuple son désir de vengeance. Il n'aura de cesse de les retrouver, tous les six, et de les faire expier par leur sang celui de ses bêtes bien-aimées.

Remonter la falaise, chargé des bridels, demande des efforts considérables. Le soleil brûlant transforme la terre gelée en bourbier. Bertou se sent exténué. Un instant il espère que Louis et Firmin le rejoignent, mais, s'étant écarté de la route habituelle, il sait qu'il n'a aucune chance de voir surgir son viégi qui suit immuablement le parcours familier.

Cependant, il ne peut envisager d'abandonner les somptueux trintrins. Remettre à plus tard de revenir pour les prendre est trop risqué, car la rivière, dès demain, grossie par la soudaine fonte des neiges, emportera, comme fétu, les cadavres et leur attirail. Un harnachement digne de ce nom coûte aussi cher qu'un mulet dans la force de l'âge. Le muletier a beau être prospère, la perte de cinq bêtes, chargées chacune de deux boutes du meilleur vin, ébranle sa position.

Bertou n'est pas homme à s'écouter. S'étant à peine reposé, il redescend dans le ravin pour détacher les diverses courroies et brides, cloutées de cuivre, pomponnées de garance. Autant de fois qu'il le faut, il se hisse sur la pente raide et fangeuse pour remonter la lourde sellerie. Il ne reste que les bâts matelassés, si confortables au dos des bêtes de somme, mais intransportables pour un homme sur ce terrain abrupt. Les outres déchirées feraient l'affaire d'un savetier pour fabriquer de solides chaussures de montagnards. Quel dommage également de laisser pourrir les diverses cubertes, ces couvertures richement brodées : la fandalière qui protège le poitrail, la sous-ventrière qui couvre le ventre, et la plus chatoyante de toutes, celle qui se pose par-dessus le bât ! Bien des bourgeois n'en ont pas d'aussi belles à mettre sur leur lit.

Mais le jour décline, et il n'est que temps de reprendre la route. Merveille et Têtu semblent porter en triomphe les rutilants ornements de leurs compagnons. Cet accroissement de grelots donne l'impression, à l'entendre de loin, que la couble tout entière chemine gaiement.

S'orientant au soleil, Bertou regagne la Régordane, l'ancienne voie romaine qui relie Alais au Puy. Malgré ses ornières et son pavement délabré, elle reste la meilleure dans ce pays au relief accidenté, oublié par les dirigeants politiques, partisans de leurs prérogatives plus que du progrès dans leur région. En approchant du Brignon, il rencontre un colporteur, allant dans la même direction. Celui-ci s'ébahit du chargement particulier des deux mulets. Comme il le regarde d'un drôle d'air, Bertou se rend compte de son allure piteuse. Couvert de boue et de sang, ses beaux habits souillés et déchirés, il ne ressemble plus en rien à un fier muletier. Le colporteur le prend peut-être pour un voleur ! Rusé, Bertou reste évasif. Son malheur ne doit pas être divulgué s'il veut endormir la méfiance des gredins et les rattraper.

À l'auberge, passant par l'arrière, il s'introduit dans l'écurie, soulagé de reconnaître son équipage tranquillement installé devant les mangeoires bien garnies. Il les passe en revue, s'attardant à les caresser, chacun à leur tour : Finaud, Joli, Merlin, Cadet, Brossette, Pinot, Boulet et Muscade. Têtu et Merveille, également, manifestent leur plaisir de revoir leurs compagnons.

L'écurie est bondée. Bertou reconnaît la couble de Simon le Borgne et celle de Bel Antoine. Il y a aussi des vaches, de la fameuse race mézine, belles génisses déjà pleines. Dans le coin opposé, une douzaine de jeunes mulets, pas encore débourrés, piaffent nerveusement. En connaisseur, Bertou admire leurs jambes fines où les muscles frémissent sous la peau, leurs petits pieds étroits, leur poitrail puissant, surmonté d'une tête altière aux longues oreilles pointues et mobiles, dressées comme des piquets. Tirant sur leur longe, ils se contorsionnent pour le dévisager avec une impatiente curiosité. Bertou ne peut se retenir de tendre la main, et il palpe leur croupe habillée d'un poil chatoyant, doux et chaud comme du velours. Ha ! Les belles bêtes ! Sans doute viennent-elles des Estables, au pied du Mézenc, fameux pour ses élevages. Tout ça, assurément se rend au Puy, haut lieu du commerce en tous genres.

Un brouhaha indique que l'auberge est aussi comble que l'écurie. S'introduisant sans se faire remarquer dans la salle enfumée et bruyante, Bertou examine attentivement les convives, déçu de ne pas entrevoir la moindre coule de pèlerin. Muletiers, maquignons, colporteurs et paysans occupent les deux grandes tables. Comme tous les autres, les coudes sur la table, le nez dans l'écuelle, Firmin et Louis se remplissent la panse. En revanche Marie l'aperçoit immédiatement et le salue d'un sourire timide. Mais avant qu'il n'ait pu les rejoindre, la servante délurée le reconnaît également et se jette sur lui, nouant ses bras blancs à son cou :

« Doux Jésus, mon Bertou ! Ça en fait un bail que je n't'ai vu ! J'me disais – C'est-y qu'il m'aime plus mon gros lapin ? »

La repoussant sans égards, le muletier grommelle :

« Tais-toi bavarde et apporte-moi la soupe en vitesse ! »

Éclatant d'un rire à faire retourner tout le monde, Marceline, lui plaque un baiser sonore sur la bouche :

« Te fâche pas, mon gros matou ! Je m'en va te servir comme un prince ! »

Se radoucissant, Bertou la retient :

« À propos, ma belle, toi qui fourres ton joli nez partout, n'aurais-tu pas remarqué un lot de pénitents d'allure pas très repentie ?

– Que veux-tu dire par çà ? Ah ! je vois ! En effet, j'ai peut-être quelque chose à te conter. Mais ce n'est pas le moment, je suis en service et le patron me surveille. Tout à l'heure, viens me retrouver, où tu sais. Tu n'auras pas à le regretter ! »

Un peu gêné, Bertou jette un coup d'œil en coin sur Marie. Le visage lisse, les yeux baissés, elle n'exprime aucun sentiment. Personne ne peut voir que, se tordant les mains sous la table, elle enfonce ses ongles au creux de ses paumes.

Louis s'est précipité au-devant de son maître. Anxieux, il le questionne :

« Alors… Les avez-vous retrouvées ?

– Plus tard, petit, je te raconterai plus tard. D'abord, laisse-moi souffler ! »

Firmin, qui s'écarte pour lui faire une place sur le banc, n'a pas besoin de lui demander quoi que ce soit pour savoir que son ami est au désespoir. Son apparence de gueux, sa mine défaite, disent assez le calvaire qu'il a vécu. Collés à ses jambes, les chiens l'ont suivi et, appuyant leur museau sur ses cuisses, ils guettent patiemment un bout de pain ou, meilleur encore, un morceau de cette onctueuse omelette au lard que la servante vient d'apporter, ainsi qu'un plat de cochonnailles. Chacun dévore en silence pour mieux profiter, tant il est vrai qu'une bonne nourriture vous requinque un homme.

Simon le Borgne et Bel Antoine ont attendu qu'il soit rassasié pour s'approcher. L'aubergiste se joint à eux. Bertou les salue. Le Borgne se racle la gorge, se penche en avant pour lui parler à voix basse :

« Nous savons que tu es fier, et nous ne voudrions pas nous mêler de tes affaires, mais quand nous t'avons vu, tantôt, tu nous as fait peur. Alors, si tu as des tracas, faut nous le dire ! N'hésite pas à nous demander ! Nous sommes concurrents en affaires, mais, dans le malheur, nous sommes frères. Il faut se serrer les coudes. On est là pour ça ! »

Est-ce la chaleur ou la fatigue, est-ce l'affectueuse sollicitude de Louis qui ne le quitte pas des yeux, la compassion bourrue de Firmin ou le doux silence de Marie ? Toujours est-il que Bertou, ému de cette solidarité, doit appuyer son front sur ses mains pour dissimuler les larmes qui jaillissent malgré lui. Les autres, embarrassés, détournent pudiquement le regard et se taisent. Ayant vaincu sa faiblesse, raffermissant sa voix, Bertou raconte. Parfois, la vision atroce de ses mules chéries, hideusement difformes dans la mort, l'empêche de poursuivre son récit. Mais, à ces muletiers aguerris, point n'est besoin de mots pour imaginer l'horreur de la situation et partager la peine. Pour ces gars rudes, habitués aux pires conditions, la souffrance d'une seule de leurs bêtes est insupportable. Pour eux, l'assassinat d'un homme paraît moins grave que le rapt d'une bête de somme. Unanimement indignés, ils n'envisagent que la vengeance. Ce qui est arrivé à Bertou le

Rouge, les concerne, leur tient à cœur. Tous s'évertueront à débusquer les voleurs, laissant à Bertou le soin d'exécuter le châtiment qu'il leur réserve.

Le muletier a un rire :

« Attention, mes amis, n'allez pas me ramener tous les cagoulards que vous rencontrerez au Puy ! »

Soulagés de le voir se ressaisir, tous éclatent de rire, plus fort que nécessaire, se frappant mutuellement dans le dos, choquant leurs verres pour trinquer à leur réussite.

Ceci attire l'attention sur eux, et, quittant son banc, un maquignon en blouse noire vient s'asseoir près d'eux.

« Ah ! ça, les gars, vous m'avez l'air de joyeux compagnons ! Permettez-moi de me présenter : je suis Gustave Martel, des Estables, éleveur de mulets pour vous servir, et j'aime à rire et à boire.

– Elles sont donc à vous ces jeunes bêtes que j'ai vues dans l'écurie, se renseigne Bertou, l'air détaché.

– Oui-da ! Cela vous intéresserait-il par hasard ? C'est de la meilleure race, issue de juments sélectionnées, saillies par un âne magnifique. Je vous garantis des bêtes d'une robustesse exceptionnelle, de l'intelligence la plus vive. Plus que beaucoup d'humains !

– Ça, ce n'est pas difficile ! » affirment en chœur les muletiers convaincus.

Et tous de s'esclaffer, se tapant les cuisses, remplissant les verres et les vidant d'un trait. Personne n'est dupe : il s'agit d'amorcer une transaction, et c'est celui qui tiendra le mieux le vin qui fera la meilleure affaire.

« Qu'en penses-tu, Louis ? questionne Bertou, clignant de l'œil au jeune homme médusé. Tu voulais, si je me souviens, acquérir quelques mulets, avec les sous de ton héritage ?

– Certainement, maître ! Et ceux-là, je les ai remarqués, sont superbes. Pensez-vous qu'ils me conviendraient ?

– Hélas non, mon jeune ami, car ils sont trop jeunes pour porter le bât, et demandent à être dressés, ce dont tu n'es pas capable. »

Défendant sa cause, le maquignon s'interpose :

« Vous n'allez pas vous arrêter à ce détail ! Ces bêtes sont dociles de naissance et suffisamment *costaudes* pour supporter la charge.

– Quelle charge ? Savez-vous que nous transportons du pinard par boutes d'une contenance de quatre setiers[1] chacune. Il ne s'agit pas de rubans de dentelle ! Et même de la dentelle, je ne la confierais pas à ces jeunots qui n'hésiteraient pas

1. Setier : mesure de plus ou moins vingt litres.

à se rouler sur le dos, gâchant toutes ces préciosités. Non, non, voyez, nous ne ferons pas la *patcho*, à moins que…

– À moins que quoi ? Est-ce le prix dont vous voulez discuter avant que je ne vous l'aie annoncé ? Si c'est cela, vous allez changer d'avis car je vais vous surprendre. Voyons, à combien croyez-vous que j'estime ces pur-sang ? »

Secouant la tête, Bertou se contente de remplir les verres, faisant signe à l'aubergiste d'apporter un autre cruchon. Il connaît les vertus de ce cru du Rivage[1] puisque c'est lui qui le fournit, et sait comment il trouble l'esprit quand on n'en a pas l'habitude. La discussion interminable se poursuit. Lassés, les convives de l'auberge sont partis se coucher, sauf Louis qui s'est endormi, la joue sur la table, incapable de suivre le fastidieux marchandage. Le maquignon a beau être solide, il se défend de moins en moins fort, et il finit par tendre la main, cédant aux conditions voulues du muletier :

« Tope là, compère, tu m'as eu, mais ton pinard est si bon, que je ne t'en veux pas !

– *Patcho* faite, mon ami », répond Bertou, la voix pâteuse, serrant la main tendue. Ensuite, sortant la bourse de la poche intérieure de son gilet, il

1. Rivage : vallée du Rhône.

aligne méticuleusement la moitié des pièces d'or confiées par Rolande. Avec cette somme il n'aurait pu acheter que trois ou quatre mulets adultes. C'est une sacrée bonne affaire ! Se relevant, les deux hommes tombent dans les bras l'un de l'autre, moins pour s'embrasser que pour rétablir leur équilibre incertain.

Le muletier se souvient néanmoins de l'invitation de la servante. Elle lui a promis de lui révéler des informations importantes, n'est-ce pas ? S'appliquant à marcher droit, il tangue vers la soupente où elle couche. Marceline a soufflé sa chandelle depuis belle lurette. Elle se réveille en sursaut lorsque Bertou trébuche et s'étale en jurant sur la première marche des escaliers. S'arrachant à la tiédeur de la courtepointe, elle va le chercher, l'aide à se relever et le conduit jusqu'à son réduit. S'appuyant lourdement sur elle, Bertou se laisse guider, et s'affale sur le lit. Se croyant lucide, il se redresse brusquement et déclare pompeusement :

« Alors, mignonne, qu'avez-vous à me dire… ? »

Mais avant d'avoir terminé sa phrase, il s'écroule, profondément endormi, ronflant comme un sonneur. Indulgente, la brave fille lui ôte ses chaussures, s'allonge près de lui, les recouvrant tous deux du chaud duvet.

Demain, elle lui parlera de ces deux mendiants qui ont imploré la charité chez une femme du bourg. Quand ils sont partis, après qu'elle les eut fait manger de pain et de lait, elle s'est aperçue que des complices, pendant ce temps, avaient dépendu son jambon et tous ses saucissons du saloir. Oui, il y a, en ce moment sur les routes, des crapules qui trompent le pauvre monde.

XII

Le Puy

En descendant sur la sainte ville du Puy, la route devient de plus en plus fréquentée. Éleveurs, transporteurs, marchands et chalands en tous genres, se rendent à la dernière foire ponote[1] de l'année. D'ici peu la neige, poussée en congères par la burle, coupera les chemins, obligeant chacun à se calfeutrer chez soi, avec ses bêtes, sous peine de mourir de froid. Tous commentent la tempête d'hier qui a failli compromettre leur départ.

Dépassant les lents convois de bovins du Mézenc et les troupeaux de brebis noires du Velay, la couble chamarrée de Bertou le Rouge fait sensation. Entre les sept mulets chevronnés, les douze fringants muletons sont attelés par deux, la bride serrée court pour les empêcher de batifoler. Au contraire des vétérans, disparaissant sous la

1. *Ponot, ponote : habitant du Puy.*

charge mais somptueusement harnachés, ils ne sont vêtus que de leur robe noire avec, pour tout ornement, quelques pompons écarlates sur le licol.

Conscient d'attirer tous les regards, ce cabotin de Finaud relève gracieusement les jambes à chaque pas, et balance la tête pour mieux ébranler la cayrade et les clochettes de son trintrin, agitant son plumet comme un panache. Bertou sur Merveille, et Louis sur Joli, surveillent la longue couble, l'arpentant en d'incessants va-et-vient, faisant siffler leur fouet en l'air, criant pour écarter la foule. Firmin, derrière ses trois mules, ferme la marche en compagnie de Marie.

Au Breuil, cette vaste prairie qui sert de champ de foire, la cohue devient indescriptible. Les marchands se pressent et se bousculent pour obtenir les meilleures places. Quelques gueulantes et échanges de coups de poing donnent l'avantage aux plus violents, comme d'habitude. Protégeant Marie, Firmin l'accompagne à l'emplacement réservé aux fermières. Malgré le froid, toutes font assaut de coquetterie, portant sur les épaules leur châle de cachemire, ajustant leur coiffe de tulle bordée de dentelle. C'est à qui étalera sur son décolleté la plus somptueuse croix en or, dite Saint-Esprit, incrustée d'escarboucles ou de turquoises. Marie ne peut rivaliser. Néanmoins, elle tire de sa hotte un petit paquet où elle a emballé un casaquin de laine brodé, un tablier de satin et un drôle de petit chapeau rond où pendent des pompons de toutes les couleurs, qu'elle pose sur son bonnet blanc. Attendri, Firmin veut absolument lui offrir une paire de ses fameux sabots, gravés à la pointe de feu et peints de fleurs. Marie s'extasie :

« Oh ! C'est trop beau ! Je ne peux accepter !

– Mais si ! Je vous en prie, car je suis persuadé que cela me portera chance et que je ferai de bonnes ventes. »

Sans hésiter davantage, Marie ôte ses brodequins boueux et glisse ses pieds dans les jolis sabots. Ravie, elle embrasse le Firmin qui en devient tout rouge.

« Ah ! ma mie, si je n'étais pas tant vieux, je te ferais volontiers un brin de cour ! »

Marie sourit gentiment, mais se garde de l'encourager, et Firmin, un peu déçu, s'en va au quartier des sabotiers.

Pour le muletier, point n'est besoin de s'installer sur le marché. Michel Panafieu, son couratier, est là, qui l'attend depuis longtemps, juché sur un grand âne du Berry. Le bonhomme, gagné par un embonpoint qui dit l'aisance de sa situation, l'invite à le suivre à son logis, rue Pannesac. Dans la vieille ville moyenâgeuse, les rues pentues sont pavées de lave en leur milieu afin de faciliter le passage des bêtes de somme et de selle qui franchissent aisément les dénivellations même lorsqu'elles sont établies en larges escaliers, dits, fort justement, pas-d'âne ! En traversant la place du Plot, Bertou fait boire les bêtes, sans les détacher. Se déplaçant d'un quart de tour, les vingt et un mulets encerclent complètement la fontaine aux dauphins, et aspirent l'eau, un brin sulfureuse. Les badauds s'attroupent devant ce spectacle haut en couleur. Ils s'approchent pour admirer de plus près les belles plaques de cuivre gravées de l'orgueilleuse devise « Liberté est mon choix », tâter les couvertures, soupeser les grelots, compter les pompons. Ombrageux, les poulains s'énervent, se trémoussent, envoient leur queue en pleine figure des imprudents, provoquant le rire des autres. Les questions fusent :

« D'où venez-vous, comment était la route, que transportez-vous, où allez-vous ? »

Louis répond avec complaisance. S'il n'avait pas vu Bertou froncer les sourcils, il raconterait sa vie, tant il est content de se sentir la vedette du jour. Le Rouge est contrarié. Lui, qui voulait passer inaperçu pour mieux traquer les voleurs, ne peut échapper à la curiosité des Ponotes. Dans cette cohue de gens et de bêtes, ânes, mulets, chevaux, vaches et cochons, qui transitent en se bousculant dans les rues, il n'a pas entrevu l'ombre d'un des fugitifs. Mais, eux, s'ils se trouvent ici au Puy, l'auront certainement remarqué, et ils doivent se tenir à carreau pour l'éviter.

Heureusement, Michel, le couratier, s'impatiente. Il est pressé de mettre la marchandise à l'abri, et il incite le muletier à le suivre. Dans la rue Pannesac, les immeubles rivalisent d'élégance dans le décor de leurs façades décorées de moulures, de mascarons, de guirlandes, de rinceaux. Au rez-de-chaussée, de larges portes en anse de panier ouvrent sur les écuries voûtées. Serrées les unes contre les autres, les maisons paraissent étroites, mais ceci est compensé par leur hauteur, divisée en trois ou quatre étages, et leur profondeur, aboutissant sur une cour intérieure qui donne du jour à la façade opposée, cachée de la rue. À côté des portes cochères, une petite porte, magnifiquement ouvragée, donne accès à un escalier en colimaçon qui dessert les étages nobles.

Impressionné, Louis n'a pas les yeux assez grands pour regarder toutes ces belles choses qui meublent l'appartement où Michel les reçoit. Lui qui s'imaginait ne jamais rien voir de plus beau que les Anglanières, découvre des tapis d'Orient, des tableaux saisissants de vérité, du mobilier lourdement sculpté, des chaises en cuir de

Cordoue, des porcelaines de la Compagnie des Indes, et tant d'autres objets si précieux dont il ignorait l'existence. Il est tellement distrait, qu'il n'écoute pas les tractations entre le muletier et son couratier retors.

Celui-ci est fort fâché de la perte de quatre-vingts setiers de bon vin dont il avait déjà assuré la vente à un gros négociant de Clermont-Ferrand. Et à présent, comble de tout, sous prétexte qu'il a besoin de se renflouer, le Rouge exige le paiement, sans délai, des boutes qu'il vient de lui livrer.

Michel Panafieu, les yeux au ciel, la voix enrouée, soulève ses bras trop courts aussi haut qu'il le peut, et clame, tout suffoquant :

« Ce n'est pas possible ! Vous me ruinez ! Vous m'étranglez, vous désirez ma mort ! »

Mais, cette fois, Bertou, habituellement si jovial en affaires, n'a vraiment pas l'air commode. Le regard sombre, les mâchoires crispées, il n'a pas l'intention de négocier. Après ce qu'il a enduré, la plus minime concession lui est intolérable.

Comme tout bon commerçant, Michel est aussi fin psychologue. Son intuition lui dit qu'il ne doit pas ergoter sous peine de perdre son meilleur fournisseur. Depuis le temps qu'ils travaillent ensemble, il lui doit une partie de sa fortune. Voulant paraître magnanime, affichant la bonhomie, il baisse les bras, et acquiesce aux conditions voulues par le muletier. Ouvrant son coffre-fort, il lui compte la somme due, et aligne les louis d'or. Bertou empoche sans un mot. Lui, si affable, se montre acerbe. Le luxe qui l'entoure l'importune comme un affront à la souffrance subie par ses mules pour servir les intérêts d'un marchand. Il est injuste, en a conscience, mais ne peut se raisonner. Surpris par son attitude, Michel tente de l'amadouer :

« Mon ami, acceptez mon hospitalité. Vous logerez ici et mangerez à ma table, tout comme votre jeune associé, cela va de soi ! »

Enchanté, Louis s'apprête à remercier, mais, lui coupant la parole, Bertou refuse :

« Ne m'en veuillez pas, mais je suis incapable de m'enfermer dans une demeure aussi raffinée. Je suis un sauvage, un homme de grands chemins, plus à l'aise sur la paille avec mes bêtes que dans un lit moelleux. En revanche, je vous suis reconnaissant d'héberger ma couble dans vos écuries pour une paire de jours, le temps que je rachète des boutes et des harnais, et que je règle une affaire qui me tient à cœur. »

L'œil allumé, la lippe gourmande, le couratier insinue :

« Ah ! encore un jupon, je présume ! Sacré Bertou, quel tempérament ! Mes commis s'occuperont de vos mules, c'est entendu ! Mais, au retour, vous me raconterez, n'est-ce pas ? »

Il ne se doute pas, ce balourd, que c'est la vengeance impitoyable et non l'amour qui taraude le muletier. Bertou ne cherche pas à le détromper. Au contraire, il cligne de l'œil, ébauchant une grimace de connivence.

Dès qu'ils se retrouvent dans la rue, Louis exprime son désappointement :

« Mais pourquoi ne pas avoir profité de son hospitalité ? J'aurais aimé, moi, dormir dans un vrai lit, et pouvoir me laver. Voyez-vous à quel point nous sommes sales ? Monsieur Panafieu a dû être soulagé que nous ne restions pas plus longtemps, car nous devions empuantir sa demeure. D'ailleurs, je l'ai vu froncer le nez, et lorgner nos pieds. J'avais honte !

—Tu as raison, petit ! Nous sentons le bouc. Comme ça, nous ne serons pas incommodés par l'odeur au bord du Dolaizon, cette rivière où les tanneurs préparent les ouïres dont nous avons besoin. Mais auparavant, si le cœur t'en dit, nous allons nous renseigner comment équiper ta couble ! »

Sans autre commentaire, le muletier se dirige vers le quartier des artisans afin de marchander diverses fournitures pour habiller les jeunes mulets. Des harnais légers pour les habituer progressivement à la charge, mais cependant, déjà un trintrin, d'un seul rang de clochettes, et les indispensables œillères, car ces jeunots sont peureux au point de s'affoler de leur ombre.

Louis, oubliant ses récriminations, reste subjugué par le savoir-faire du bourrelier qui découpe le cuir en fines lanières assemblées en un lacis aussi élaboré qu'une dentelle pour former un bridel riveté de cuivre.

Plus loin, maître Dubois, fondeur des plus beaux carillons du royaume de France, ne dédaigne pas pour autant la fabrication de cayrades, campanes et campanules, y mettant tout son talent et son amour du travail. Pour lui, un trintrin sortant de son atelier doit sonner à la gloire de Dieu, aussi clairement que le gros bourdon de la cathédrale.

Mais là où Louis reste pantois, c'est lorsqu'il avise le graveur de « lunes ». Comme un oiseau qui picore, à petits coups précis, tac, tac, tac, il tape du marteau, et burine de délicates arabesques sur le laiton découpé en plaques rondes.

Remarquant l'intérêt du jeune homme, il l'interpelle :

« Et pour vous, mon joli monsieur, qu'est-ce que ce sera ? Un serment d'amour, une intention patriotique, un vœu pieux ? Le nom de votre belle ou celui de votre mère ou de votre sainte patronne ? Je grave à la demande et dans l'instant, de ma plus belle écriture et en bon français ! »

Les yeux brillants de convoitise, Louis quête l'assentiment du muletier :

« Maître, pensez-vous que je peux déjà choisir ma devise ?

– Certainement, si elle t'encourage à maintenir une valeureuse ligne de conduite !

– J'avais pensé "Pour la gloire de Louis !" Qu'en dites-vous ?

– J'en dis que ça fait un peu vaniteux, et que la gloire n'est pas toujours glorieuse. Moi, à ta place, je mettrais "Pour la gloire dans l'honneur".

– Hum, hum, oui, maître ! Ce n'est pas mal, mais j'aimerais tant voir aussi mon nom gravé, car je veux que l'on me connaisse.

– Mon garçon, c'est par ta valeur que tu gagneras la renommée. Tant que tu n'auras pas fait tes preuves, reste modeste si tu ne veux pas paraître ridicule. »

Pas très convaincu, Louis obtempère néanmoins, et l'artiste se hâte de piqueter la plaque muletière, dessinant de belles lettres rondes. Profitant de ce que Bertou s'affaire ailleurs, Louis suggère à voix basse :

« Vous ne pourriez pas ajouter au moins mes initiales L. D. ?

– Je vais vous arranger ça, mon petit monsieur, répond l'autre sur le ton de conspirateur. Je vais vous dissimuler un L et un D entortillés parmi les entrelacs de la bordure : vous seul le saurez et le verrez ! »

Ne pouvant dissimuler sa satisfaction, le jeune homme rejoint Bertou qui se montre un peu surpris de son apparente docilité, lui rappelant celle de l'enfant qui a fait une bêtise. Bah ! Il se souvient de ses jeunes années, et décide de se montrer tolérant. Il lui recommande :

« N'oublie pas de faire riveter, sur la plaque frontale, l'embout qui portera le plumet. Nous irons le commander au marché aux laines, en même temps que bouffettes et pompons pour agrémenter la robe noire de nos jeunes sauvages.

– Certainement, maître. Mais… et pour moi ? Quand irons-nous choisir ce bijou d'oreille, insigne de la corporation ?

– C'est entendu, nous passerons plus tard par le quartier des orfèvres. Il me faudra aussi un chapeau, et toi, n'oublie pas que tu en dois un à ton berger, Odilon, si tu veux être bien accueilli à ton retour. Le plus urgent, maintenant, c'est d'acheter les boutes neuves pour que nos nouvelles recrues puissent transporter du vin à notre prochaine équipée. Il n'y a qu'au Puy que l'on puisse les obtenir. »

Longtemps avant d'atteindre la rivière Dolaizon, les effluves ammoniaqués des acides indiquent la proximité des tanneries. Apportées des abattoirs, les dépouilles sanguinolentes de vaches et de chèvres sont entassées par terre en attendant d'être plongées dans les cuves. Bertou explique à son associé comment les animaux, une fois décapités, sont habilement écorchés en retournant la peau sans trop l'entailler. Ainsi s'obtiennent ces grandes outres, étanches et souples, qui, une fois pleines, s'adaptent parfaitement aux flancs rebondis des mulets.

Un mouchoir sur le nez, Louis n'écoute pas, trop dégoûté pour essayer de comprendre. Il laisse encore une fois à Bertou le soin de marchander le prix de cette importante commande. En attendant, il s'impatiente. Une seule chose l'intéresse, c'est de se rendre à la rue des Tables, en face de la cathédrale, où les bijoutiers exposent leurs œuvres. Il redoute un peu de se faire percer l'oreille, mais, porter un anneau d'or vaut la peine de souffrir !

Hélas ! Au moment où Bertou tape enfin la patche avec le tanneur, surgit Firmin, tout essoufflé d'avoir tant couru pour les rejoindre.

« Je les ai vus ! Ils sont là, sur le champ de foire, à faire les tire-laine. Venez vite ! J'ai dit à Marie de les surveiller, mais ce sont de vraies anguilles, et ils pourraient filer ! »

Sans lui laisser le temps de reprendre sa respiration, Bertou pousse son camarade en avant :

« Pressons-nous, *Crénom de Diou* ! Il ne faut pas qu'ils m'échappent ! »

Dépité de ce contretemps apporté à ses projets frivoles, Louis fait grise mine, et le muletier doit le houspiller pour qu'il les suive.

« Qu'as-tu à lambiner ? Manquerais-tu de courage ? »

Piqué, le jeune homme ravale sa déception et presse le pas. Cependant, il n'est pas sans inquiétude. Il aimerait autant que le Rouge se débrouille tout seul avec ces bandits. Il ne se sent pas de taille, et a franchement peur de recevoir un mauvais coup. Mais il craint encore davantage le mépris de son maître et, tout en courant à ses côtés, il s'informe :

« Si j'en vois un, que dois-je faire ?

– L'assommer ! Cela va sans dire !

– Mais si c'est lui qui m'assomme… ?

– Je te relèverai à coups de pied au cul pour t'apprendre à être plus adroit ! »

Atteignant la rue des Mulets, ils se cognent à Simon le Borgne et à Bel Antoine. Mis au courant de l'affaire, ils ne demandent pas mieux que de prendre part à la poursuite. En découdre avec de la canaille est leur exercice favori. Ils n'en perdent pas pour autant leur jugeote, et obligent Bertou à revêtir une limousine[1], empruntée à un des leurs, pour camoufler son rutilant habit de muletier. Inutile de se faire repérer de loin quand on veut surprendre !

Marie survient fort à propos pour leur indiquer que les *coucoules*[2] se sont réunis dans l'arrière-salle du café de la Place. Jubilant d'excitation, les cinq hommes pénètrent dans la salle enfumée et bruyante où les nombreux chalands, marchands, muletiers et autres rafardiers se sont rassemblés pour conclure la *patche* en buvant force chopines.

Malgré la cape de bure, Bertou ne passe pas inaperçu ! Sa taille de géant et ses longs cheveux roux fascinent tous les regards. Il se dégage de sa personne une telle impression de puissance et de féroce détermination que le silence s'établit, dans l'expectative d'un événement capital.

Pressentant le pire, le cafetier, derrière son comptoir, tente une diversion :

« Holà, mon brave ! Approchez-vous. C'est la tournée du patron ! »

Insensible et sourd, Bertou fonce vers le fond de l'établissement. À son passage, chacun se lève et le suit, avide d'en savoir plus, espérant un spectacle comme au théâtre. Louis, qui n'en menait pas

---

1. Limousine : pèlerine d'étoffe grossière.

2. Coucoule : homme à capuchon, moine.

large, se sent tout à fait rassuré et affiche déjà un air conquérant.

En revanche, les faux pèlerins, terrorisés, se ratatinent sous leur coule, se demandant comment disparaître par miracle sous la table et sous terre.

Croisant les bras sur sa poitrine pour se retenir de les empoigner et de les broyer comme des noix, Bertou les interpelle d'une voix déformée par la rage contenue :

« Eh ! Vous, les capucins ! Je suis venu exiger réparation de vos crimes. Qu'avez-vous à dire ?

– Ça ! » répond celui qui lui tourne le dos, virant brusquement sur son tabouret et plongeant sur lui, un couteau à la main.

Cela s'est passé si vite que personne n'a vu le coup porté. Bertou accuse le choc, se plie en deux. Cependant, il a abattu ses mains sur les épaules de son assaillant, et il ne lâche pas prise malgré la douleur cuisante. L'autre tombe à genoux, et Bertou s'appuie sur lui de tout son poids jusqu'à le renverser sur le dos. Se laissant tomber par-dessus lui, il lui maintient la tête au sol, pressant sa gorge de ses doigts écartés. Le bougre a beau se contorsionner, agiter bras et jambes, il ne peut s'extraire de cette masse écrasante qui lui broie le ventre et le thorax. Ses yeux exorbités roulent comme des billes de loto. La respiration lui manque, il étouffe, bleuit, tire la langue en bavant.

Tous les témoins, les yeux rivés sur les combattants, assistent à la scène sans tenter le moindre geste pour intervenir. L'issue est certaine, l'homme va crever, ils attendent son dernier râle.

Profitant de la distraction générale, les cinq acolytes restants essayent de s'enfuir. Ils ne franchissent même pas la porte. Muletiers et consommateurs se jettent sur eux et les maîtrisent brutalement en poussant des hurlements de sauvages. Les crapules sont en mauvaise posture. C'est à qui les pincera, leur arrachera les cheveux, leur tirera les poils de barbe, leur enverra un coup de pied ou de poing. Leurs cris de détresse ne font qu'aviver la joie sadique de ces hommes qui, à part les muletiers, ne savent rien de leurs torts.

Alertés par le cafetier qui redoute principalement que son établissement soit mis à sac par ces excités, les agents de la maréchaussée font irruption fort à propos. Gonflés d'importance par leurs exploits héroïques, les chalands leur livrent triomphalement les malfaiteurs. Ceux-ci, dépenaillés et vilainement éreintés, accueillent les agents comme leurs sauveurs.

Ils savent cependant avec certitude que le bagne les attend en expiation de leurs crimes. Mais tel est le criminel, qui vit au jour le jour, sans envisager un avenir funeste.

Alors seulement, on revient à Bertou, étonné de le voir toujours affalé sur sa victime. Une mare de sang s'étale sous eux. Ils paraissent aussi morts l'un que l'autre.

Louis n'est même plus capable de pleurer. Son désespoir n'a d'égal que sa terreur. Que va-t-il devenir, seul dans cette ville inconnue, avec une couble de vingt et un mulets qu'il se sent incapable de conduire ? Les mains jointes sur ses lèvres, dans un geste de prière, il s'agenouille devant son maître que ses collègues viennent de retourner. Ils écartent les vêtements et découvrent le couteau planté jusqu'au manche en pleine poitrine. De la blessure, le sang s'écoule en abondance. Habitués aux dangers de toutes sortes, les muletiers ont les gestes appropriés. Enlevant la lame, ils enfoncent des mouchoirs dans la plaie, compressant l'hémorragie. Malgré sa lividité, un léger sursaut indique que Bertou est encore en vie. Simon le gifle, tandis qu'Antoine lui glisse quelques gouttes d'un alcool de verveine entre les lèvres.

« Ho ! l'ami ! Reste avec nous ! Ne te laisse pas aller ! C'est trop tôt pour le grand voyage ! »

Aux clients se sont ajoutés les curieux de la rue, intrigués par le fourgon grillagé de la maréchaussée arrêté devant le café. C'est la bousculade pour parvenir au plus près du blessé et le reluquer. La chaleur est devenue étouffante, et le Rouge, qui a ouvert les yeux un instant, perd une nouvelle fois connaissance. Fulminant, Firmin invective les importuns :

« Mais, allez-vous-en, bande de cornards ! Ne voyez-vous pas que vous l'empêchez de respirer ! Vous allez le tuer avec votre sale curiosité ! Allez, ouste ! Dehors ! Prenez la porte ! Faites passage ! »

Antoine et Simon ont allongé Bertou sur une table. Il faut le conduire au plus vite à l'hôtel-Dieu et le remettre entre les mains d'un chirurgien. Ils ne se leurrent pas : si un organe vital est atteint, l'homme de l'art ne pourra pas grand-chose pour le sauver. Empoignant la table comme un brancard, chacun à un bout, ils fendent la foule et se hâtent vers l'hôpital, derrière la cathédrale. Ayant jeté son manteau sur le gisant, Louis court à ses côtés, ne cessant de lui prodiguer des encouragements. Douloureusement chahuté, Bertou revient à lui, veut se relever mais retombe aussitôt inanimé, les bras ballants. Louis se saisit de sa main, et s'aperçoit que, en face de lui, Marie enserre l'autre main. Derrière eux, les talonnent, les divers badauds, le cafetier qui tient à récupérer sa table, et des agents de la maréchaussée qui doivent absolument établir leur rapport. Ainsi escorté, le

Rouge est livré aux soins des bonnes sœurs, qui s'empressent de chasser tout ce monde dehors, sans ménagement.

Soucieux de leur enquête, les agents ordonnent aux muletiers, à Marie et au cafetier de les suivre au poste pour recueillir leurs témoignages. L'adversaire du Rouge est bel et bien mort ! L'affaire est grave, même s'il paraît y avoir légitime défense ! Soudain prudents, de tous les clients présents au café, pas un ne peut confirmer avoir vu quelque chose.

Exaspéré, Louis doit répéter à plusieurs reprises sa version des faits, depuis la rencontre avec les encapuchonnés à l'auberge du Bez, le vol et le massacre des mulets, jusqu'au dénouement fatal au café de la Place. Firmin, Marie, Simon et Antoine sont interrogés séparément. Devant la concordance de leurs dires, le brigadier débonnaire se déclare convaincu et se résout à les relâcher en attendant la comparution au palais de Justice.

Se retrouvant sur le pavé de la rue obscure et glacée, le petit groupe décide de rester au Puy tant que l'état de Bertou demeure alarmant. Ému de cette solidarité, Louis remercie avec effusion, comprenant que c'est également pour lui que les vieux muletiers se tracassent, désirant le soutenir et l'aider comme un des leurs.

N'osant solliciter l'hospitalité de Michel Panafieu, Louis ne sait où passer la nuit. Marie le tire d'embarras en lui proposant de loger comme elle, à la maison d'assemblée, chez la « béate »[1].

« Vous savez, la béate, c'est ma sœur Thérèse. Restée vieille fille, elle se consacre au service des autres, aux malades et à l'éducation des enfants pauvres. Elle leur apprend les prières, à lire et à compter. Aux filles elle enseigne le métier de dentellière. Sa maison a été bâtie par tous pour tenir lieu de rassemblement. Elle vit de charité mais on l'aime si bien, qu'on ne la laisse manquer de rien, et vous verrez comme il fait bon chaud chez elle ! »

Tant d'émotions, depuis ce matin, ont épuisé Louis. Il doit lutter contre cette envie de larmes qui lui gonfle la gorge. Il se laisse prendre par la main et suit Marie comme un petit agneau perdu.

Au bout d'une ruelle, l'humble maison de la béate paraît une volière exiguë, tant il y a de femmes, vieilles et jeunes, assises en rond sur des chaises basses, le carreau de dentellière sur les genoux. Ça caquette et ça glousse à plein bec, sans pour cela que les doigts soient moins agiles

1. Béate : laïque se consacrant à un rôle socio-éducatif dans son quartier, dans son village.

à faire virevolter les fuseaux autour des épingles à tête colorée piquées sur le motif à reproduire. Au centre de la table, un faible lumignon décuple sa lumière à travers la loupe de trois boules à eau. Abasourdi, Louis se laisse choir sur le banc près du poêle qui ronfle tel un gros chat noir. Quelques jeunes filles pouffent en le regardant, mais il n'en a cure, trop heureux de recevoir immédiatement un bol de soupe brûlante qu'il aspire à petits coups comme s'il tétait. Après une brève interruption de curiosité, les dentellières reprennent leurs joyeux commérages. Marie raconte les événements survenus. Bagarres et rixes sont tellement courantes à cette époque, que personne ne s'en émeut outre mesure. En revanche, le commerce et les gains qui en résultent, sont affaire de chacun. Même Thérèse, dévouée béate, s'intéresse à la vente des produits locaux, sachant que la survie des habitants de son quartier en dépend.

« Ne penses-tu pas, ma chère sœur, que ce jeune homme pourrait acheter les dentelles de mes filles ? Je sais qu'elle est fort prisée au pays d'en bas où les gens sont plus riches que par ici. Il faudra bien qu'il charge de la marchandise pour son voyage de retour ! Autant qu'il prenne notre ouvrage ! »

Marie voudrait en parler sur-le-champ à Louis, mais, couché en chien de fusil sur le banc, il s'est déjà endormi. Elle sourit, attendrie par cet abandon d'enfant confiant. Mais son sourire s'efface. Ses yeux ne voient plus que l'image de Bertou souffrant seul sur un grabat d'hôpital. Elle a hâte d'être à demain. Les nuits sont si longues pour celui qui bataille contre la mort.

Mais, qu'a-t-elle donc à se soucier de la sorte ? Elle ne devrait pas s'attacher à lui. Elle n'en a pas le droit, et, pour lui, elle ne sera jamais qu'une aventure passagère. Cependant, son cœur se serre : elle est trop jeune pour se morfondre éternellement dans le souvenir d'un mari disparu ! Elle a besoin d'un homme qui la prenne dans ses bras ! Elle aurait voulu que ce soit celui-là, si grand, si fort, et tendre avec ça !

Elle ne peut s'empêcher de pleurer. Elle sait qu'elle ne marchera pas à ses côtés le long des grands chemins. Cela ne se peut ! Deux petits enfants attendent le retour de leur maman, là-bas à Coucouron.

Malgré tout, elle joint les mains devant la modeste image de la Vierge noire clouée au mur.

« Sainte mère de Dieu, faites que Bertou le Rouge voie se lever une aube nouvelle ! Permettez qu'il vive ! »

*

* *

À travers ses paupières closes, il perçoit le jour naissant, tout de douceur et de couleurs pastel après les affres noires de la nuit tourmentée. Les démons s'éloignent, grimaçant, criant, gesticulant, essayant vainement de s'accrocher encore de leurs griffes acérées à son corps dolent. Les pulsations désordonnées de son cœur pourfendant le mal, s'apaisent enfin en un battement régulier et monotone qui le berce.

Comment a-t-il pu arriver aux Anglanières ?

Dansant comme un ours, le feu de la grande cheminée se mire sur le balancier de la vieille horloge. Bertou essaye de suivre. Sa tête va de gauche à droite, de droite à gauche. C'est épuisant ! Heureusement, Léone est là, qui lui immobilise le visage entre ses jolies mains blanches. Elle a un sourire d'ange. Ses yeux sont une source scintillante jaillissant sur des turquoises. Bertou soulève la main : il voudrait écarter la guimpe blanche pour libérer les cheveux de feu et les caresser. Mais sa main est si lourde qu'elle retombe dans le vide, et la secousse ranime la douleur de sa poitrine. Il ferme les yeux, se mord les lèvres pour s'empêcher de geindre.

« Ne bougez pas, mon bon monsieur, ou vous allez rouvrir votre plaie ! »

Cette fois, le voilà réveillé pour de bon, et, d'un coup, il se souvient de tout. Cette femme angélique qui se penche au-dessus de lui avec compassion, c'est la sœur Philomène qui le veille depuis hier au soir. Voyant qu'il a repris pleinement connaissance, elle le rassure :

« Vous avez de la chance d'être une forte nature. Vous avez eu le poumon perforé et, avec tout le sang que vous avez perdu, un autre aurait trépassé deux fois ! Il faut croire que le bon Dieu vous garde sous sa sainte protection. Le chirurgien vous a joliment recousu, mais le repos seul pourra vous rendre vos forces. Il faudra être sage, et rester avec nous quelque temps encore ! »

Furieux, Bertou darde sur elle un regard noir.

Quoi ! Le garder au lit comme une femmelette ! Elle n'y pense pas la cornette !

Il veut se redresser sur les coudes, mais, aussitôt, les tentures de l'alcôve, le plafond et la bonne sœur se mettent à tourner autour de lui comme les ailes d'un moulin en folie. La bouche emplie de bile, il s'enfonce dans l'entonnoir de ce vertige, et retombe sur sa couche, résigné à la soumission.

D'un linge humide, sœur Philomène lui bassine les tempes.

« Ah, ça ! Allez-vous devenir raisonnable ? On ne fait pas le coq, quand il ne vous reste pas plus de sang qu'à un poussin sorti de l'œuf ! »

Reprenant un semblant de vivacité, Bertou gémit :

« Mais ma sœur, que va-t-il advenir de mes mulets ?

– Bien sûr, c'est important ! Cependant, ne vous tracassez pas pour eux, car je sais que vous avez de bons compagnons qui ne demandent qu'à vous aider. Si vous me promettez de rester tranquille, vous serez autorisé à recevoir leur visite cet après-midi. »

Bertou promet tout ce qu'elle veut. Son extrême lassitude le rend soudain indifférent au monde extérieur. En ce moment, que lui importent ses biens, ses amis, ses bêtes ? Oui, c'est vrai, il y a Louis ! Comment va-t-il se débrouiller tout seul ? Oh ! Et puis, après tout, advienne que pourra ! Il s'en moque. Il abandonne.

Ses paupières sont lourdes, ses yeux se ferment, et un étrange sommeil l'emporte à la suite de sa couble sur un fleuve tumultueux. Tantôt il flotte, se laissant traîner agréablement, tantôt, aspiré par les remous, il s'affole, suffoque, et se débat pour maintenir la tête hors de l'eau. Sœur Philomène lui tient la main, essuie la sueur qui perle à son front. Elle comprend qu'il mène un combat terrible. Son cœur tendre de jeune nonnette s'émeut plus qu'il ne lui est permis. Avec ses cheveux flamboyants, elle le trouve beau comme saint Michel, l'archange guerrier. Le chirurgien a dit que le muletier s'en sortirait si l'infection était évitée. C'est bien beau la médecine, mais ne sommes-nous pas d'abord entre les mains de Dieu ?

Tombant à genoux, elle se tourne vers le pauvre crucifix accroché au-dessus du lit, et joint les mains.

La voix rébarbative de la vieille sœur Marie-Josèphe la rappelle brutalement à l'ordre :

« Et alors, sœur Philomène ! Ne perdez pas votre temps ! Il n'y a pas qu'un malade dans cette salle ! Allez donc vider les tinettes avant que ces maladroits ne les renversent. Ce sera plus utile que vos prières. »

Rouge de confusion, la petite nonne saute sur ses pieds, s'empêtrant dans l'ourlet de sa robe. Elle se rattrape au bord du lit, et, exagérant son mouvement, se penche, chuchotant à l'oreille du muletier :

« Je vais revenir !

– Qu'avez-vous dit ? maugrée la vieille, pas commode.

– Que Dieu vous garde ! » ment la jeune effrontée, plus rouge encore.

Sœur Marie-Josèphe n'est pas dupe. À son âge, elle connaît la nature humaine, et la sensibilité des novices. Si elle grogne, c'est pour les protéger d'elles-mêmes. Leur rôle est de soigner pour le seul amour de Dieu, sans s'attacher aux malades. Écartant le rideau, elle observe un instant le blessé si pâle, les yeux enfoncés, le nez pincé, la bouche ouverte pour aspirer l'air. Néanmoins, qu'il est bel homme, les épaules larges, le torse musclé recouvert d'une fine toison dorée. Quelle pitié !

Sœur Marie-Josèphe s'approche et, du pouce, trace une croix sur le front de Bertou, murmurant :

« Que Dieu vous garde ! »

Puis, elle part comme une voleuse, se sentant tout à la fois contente et vaguement coupable.

XIII

Les épreuves

TOUS CEUX DE SA CORPORATION sont allés à l'hôpital visiter le blessé, lui promettant d'apporter soutien et compétences au « P'tit Louis », ainsi qu'ils le nomment entre eux. Ils sont revenus, la mine atterrée, persuadés que le Rouge est plus près de prendre la voie céleste que celle des muletiers. Mais tant qu'il y a de la vie, il y a de l'espoir, et la parole donnée doit être respectée au-delà de la mort si besoin est !

Michel Panafieu, pressé de se débarrasser des mulets qui encombrent son écurie, a assuré qu'il prendrait garde à Bertou jusqu'à son complet rétablissement… ou à ses funérailles !

Ayant pris possession de la bourse, Louis ne se refuse rien, payant sans marchander. Chez le tailleur, il se fait habiller de pied en cap comme un muletier d'opérette. Il n'oublie pas, non plus, de se gratifier du plus lourd des anneaux d'or serti d'un fer à cheval incrusté de zircons. Espérant la séduire, il n'hésite pas à choisir, pour Marie, une belle croix ornée d'escarboucles. Évidemment, au moment de prendre livraison des harnais, clochettes, lunes et boutes, il trouve l'escarcelle singulièrement aplatie. Qu'importe, on lui propose un crédit jusqu'à son prochain passage, moyennant un intérêt que, dans sa candeur, il juge raisonnable.

Lorsque, à l'hôpital, la sœur intendante lui réclame quelques avances pour les soins donnés à Bertou et son entretien, Louis promet d'apporter l'argent dès le soir, mais il se garde de réapparaître. Sa conscience lui fait bien quelques reproches, mais d'une voix si faible qu'il ne l'entend guère. D'ailleurs, un type puissant comme le muletier doit avoir suffisamment de ressources planquées, sans qu'un jeunot comme lui ait à s'en soucier ! Et puis, il est si mal en point qu'il risque fort de mourir. Auquel cas, ce serait péché que de gaspiller du bon argent en soins inutiles. Autant que Louis en profite ! Ce qui ne l'empêche pas d'affirmer à ses nouveaux collègues, au moment de quitter le Puy, qu'il a pris toutes ses dispositions pour que Bertou le Rouge soit à l'abri du besoin tant que durera leur absence.

*

* *

Bien qu'il leur ait recommandé à tous de partir sans tarder, de ne point se préoccuper de lui, Bertou se sent esseulé. Les jours s'allongent les uns derrière les autres dans l'ennui profond et noir comme un puits. Le découragement le gagne, l'envahit, l'anéantit. Pernicieuse, la mélancolie prend possession de son humeur. À quoi bon lutter ? Le médecin, lors de sa consultation quotidienne, grimace, hoche la tête et passe rapidement, sans commentaires. Seules les bonnes sœurs s'entêtent à le tirer de sa morosité, multipliant les attentions ou les semonces affectueuses.

Elles l'exaspèrent. Ne peuvent-elles pas le laisser tranquille ? Il n'a la force que de refuser : refuser de se laisser laver ou raser, refuser de manger. Il s'est fait un plaisir de balancer leur bouillon de poule à terre. Il a horreur de ce bouillon d'eau jaune avec trois yeux de graisse qui surnagent. Il ne veut pas être considéré comme un malade, et, pourtant, il n'est pas capable de quitter le lit sans s'effondrer comme une pauvre mule aux pattes cassées. Il ne se relèvera jamais ! Qu'on l'achève ou, au moins, qu'on lui permette de mourir en paix ! Rabattant le drap sur sa figure, il tente de se réfugier dans la solitude.

Mais, sans qu'il en soit conscient, sa rébellion contre les soins diligents des nonnettes, fustige son esprit combatif. L'énergie qu'il déploie à les contrarier ranime le sang dans ses veines. Las de borner son horizon aux rideaux gris de l'alcôve qui l'isolent des autres alités de l'immense salle commune, il émet enfin un désir, provocant comme un défi, le croyant irréalisable : revoir les montagnes montant à l'assaut du ciel !

La petite sœur Philomène exulte de joie. Alléluia ! Relevant les pans de sa robe, elle court vers la réserve où sont rangés les fauteuils roulants. Bien entendu, elle se fait surprendre par sœur Marie-Josèphe, indignée de ce manque de tenue. Cependant, en apprenant la raison, la vieille religieuse oublie de la réprimander, et même, tient à la seconder pour déplacer le muletier du lit au fauteuil. Malgré son spectaculaire amaigrissement, il reste un fameux gaillard, et les deux femmes, perdant l'équilibre, le jettent plus qu'elles ne le posent sur le fauteuil qui s'en va rouler dans les tentures, les arrachant des montants. Entortillées dans les toiles, les maladroites sont renversées sur leur séant, jupons en l'air, cornettes de travers. L'armature de l'alcôve s'effondre avec fracas, provoquant l'émoi dans tout l'hôpital.

La colère de la surintendante, la réprobation des médecins, la confusion des nonnes, les jérémiades des malades, tout ce hourvari réveille en Bertou le joyeux souvenir des bagarres d'auberges. Appuyant à deux mains sur sa blessure pour comprimer les chairs mal cicatrisées, il éclate de rire, ne reprenant sa respiration que pour rire plus fort encore, à en avoir les larmes aux yeux.

Le bon ordre et le calme sont rétablis depuis longtemps, que Bertou rit toujours, retrouvant à chaque éclat une formidable envie de vivre. Philomène et Marie-Josèphe, encore penaudes, se laissent gagner par son hilarité, et pouffent dans leurs manches. Tandis que des garçons de salle redressent l'alcôve, les nonnes poussent le chariot à toute vitesse le long du déambulatoire de l'hôtel-Dieu. Sur le pavement inégal, Bertou se sent rudement secoué, mais il se garde de se plaindre, admirant, à travers les baies, les toits roses de la vieille ville et, parfois, la cime dénudée d'un arbre. Essoufflées mais pétillantes de satisfaction, elles atteignent l'endroit merveilleux d'où l'on découvre le pic de l'Aiguihle. Cette ancienne cheminée volcanique est coiffée à son sommet de l'église Saint-Michel, se détachant comme un joyau sur l'écrin bleu vif du ciel d'hiver. Proche mais invisible, un merle audacieux lance quelques notes si hautes qu'elles brisent l'air givré en mille éclats de cristal.

« Et voilà une montagne ! » s'exclame la jeune sœur, rose de contentement.

Mais devant le mutisme de Bertou, elle est déçue. Il n'apprécie pas son cadeau. Cette éminence doit lui paraître ridicule, comparée aux monts du Mézenc ou à ceux du Tanargue. Elle fait la moue et jette un regard interrogateur à sœur Marie-Josèphe qui a l'air tout autant navré. Se penchant de côté vers le muletier elle aperçoit son visage baigné de larmes. Désolée, elle s'approche :

« Cela ne va pas monsieur ? Vous avez mal, vous avez froid ? »

Les épaules soulevées, Bertou baisse le menton sur la poitrine. Il tremble, crispe ses doigts sur la couverture qui recouvre ses jambes. Lentement, il se tourne vers sœur Philomène et lui tend la main. Spontanément, elle lui donne la sienne. Il se tourne de l'autre côté, vers sœur Marie-Josèphe :

« Vous aussi, ma sœur, donnez-moi votre main, afin que je vous remercie. À vous deux, vous m'avez forcé à la vie, et pourtant, je vous en ai fait voir de toutes les couleurs. Vous auriez dû me détester, comme je vous détestais, préférant me vautrer dans ma détresse. Mais vous avez persévéré, sans prêter attention à mes méchantes rebuffades. Vous êtes des anges ! Je dois vous avouer que quand je me montrais le plus odieux envers vous, au fond de moi, je ne faisais que mettre à l'épreuve votre capacité d'amour, espérant, cependant, ne jamais dépasser sa limite. Dès que j'en serai capable, je monterai à la cime de ce rocher, et je brûlerai un cierge à ce saint Michel qui, grâce à votre intercession, m'a aidé à vaincre mes démons. »

Sœur Philomène en est chavirée. De grosses larmes toutes rondes déboulent de ses yeux écarquillés sur le pic de l'Aiguihle. Les vieilles joues de sœur Marie-Josèphe tremblotent comme de la gelée de coings. Plus bourrue que jamais, elle grommelle, empoignant brutalement le fauteuil roulant :

« Avec tout ça, il fait bigrement froid. À présent que vous avez envie de vivre, il ne faudrait pas que vous attrapiez la crève ! »

Renversé au fond de son siège, Bertou passe la main sur ses lèvres pour camoufler son sourire. C'est ainsi qu'il s'aperçoit du négligé de son apparence : cette barbe piquante, dressée sur les maxillaires saillants, et puis, ces cheveux emmêlés, tombant en mèches collantes sur son front, sans parler de cette odeur aigre qui suinte de sa peau ! Il se reconnaît et se dégoûte. Il ne s'enfoncera pas plus avant dans la déchéance de lui-même ! Non, il va se ressaisir ! Bientôt il rejoindra sa couble et la conduira en chantant à travers les chemins de la montagne !

Ohé, vaillants mulets, beau Finaud, fidèle Merveille, et vous, Joli, Têtu, Merlin, Cadet, Brossette, Pinot, Boulet, Muscade, votre maître va revenir, votre maître, bientôt, sera là !

Comme si elle avait suivi ses pensées, sautillant à côté de lui, sœur Philomène chantonne une ancienne comptine :

« Petites campanules
Qui sonnent au cou des mules,
Partout où vous passez,
C'est pour nous apporter,
La joie et la gaieté. »

Oh, oui ! La joie et la gaieté sont comme une explosion de soleil dans son cœur. Rien n'entamera plus le processus de guérison de Bertou. Il ne veut envisager tout ce qui se mettra en travers de sa route. Les obstacles ne sont que défis lancés à son courage. Un homme tel que lui s'en moque !

*
* *

Ils sont partis tous ensemble. Antoine, Simon, Firmin et d'autres encore, accompagnant le jeune Louis. Sans eux, serait-il seulement parvenu à atteler ses vingt et un mulets ? La plus belle des coubles, privée de l'autorité de son maître, est devenue la plus indocile. Piaffant, ruant, fouettant l'air de leur queue dressée, les bêtes braient de colère, relevant le cou, refusant le licol. Là où Bertou les aurait menées par douces flatteries et mignoteries, ses collègues doivent employer force, cris et coups. Les mulets en sont tout paniqués, tremblant de peur et cependant frémissant de révolte. S'étant débattus plus longuement, les poulains ont la bouche ensanglantée par le mors. Les voilà apparemment matés, mais dans leurs pupilles dilatées se lit un effroi qui ressemble à la haine.

Le couratier s'est ingénié à trouver pour Petit Louis de la marchandise à revendre dans le Midi : des échalas, pour soutenir les pieds de vigne, des sacs de lentilles et de blé. Grâce à Marie, il a acquis deux corbeilles pleines de planchettes de dentelle dont les dames de Provence sont tant affriolées pour garnir leurs jupons et leurs corsages. Il y a également des tabatières, des boîtes à fils et des coffrets à bijoux, si joliment sculptés. Les boutes vides, sèches et raides comme des planches, sont entassées sur le dos de Merlin en remplacement des bennes, réparties sur le dos des neuf autres mulets. Chacun porte autant qu'une bête de somme peut supporter. Même Merveille, cheval de barde, doit subir l'outrage d'un chargement de lentilles. Quel dommage d'exempter les muletons de toute charge, mais le simple fait de les atteler est une contrainte à la limite de leur endurance. C'est le prix à payer pour parvenir à un bon dressage.

*

* *

Jusqu'à Coucouron, tout va à peu près bien. Encadrée par les mulets de Firmin, d'Antoine et de Simon, la couble de Bertou le Rouge se conduit honorablement. Ne doutant pas de ses talents,

Louis s'en accorde le plein mérite. Persuadé de maîtriser la situation, il passe tout son temps à séduire Marie, se dépensant à faire le joli cœur. Amusée, un peu flattée, comme toute femme le serait, elle se laisse conter fleurette, le sourire aux lèvres, sans l'encourager ni le décourager, trouvant visiblement plaisir à entendre ses fadaises de jeune homme énamouré. Sûr de l'avoir conquise, en arrivant à Coucouron, Louis lui montre la belle croix en or achetée au Puy.

« C'est pour toi, Marie la douce, en gage de mon amour. Ne retourne pas chez ta belle-mère, reste avec moi. Je t'emmènerai au pays du soleil, tu seras ma reine. »

Alors seulement, Marie le remet à sa place, gentiment mais fermement.

« P'tit Louis, que me racontes-tu là ? Je suis trop vieille pour toi, je pourrais presque être ta mère et je te ferais vite honte. Ne sais-tu pas que j'ai deux bambins qui m'attendent, et après qui je languis. Garde ta jolie croix pour séduire une belle de ton âge avec qui fonder un foyer, et oublie-moi ! »

Mortifié, Louis enfouit le bijou au fond de sa poche. À cause d'une, les maudissant toutes, il décide de ranger les femmes dans la catégorie des mules rétives, à traiter sans ménagement.

*

* *

En fait, c'est la faute de Marie s'il est devenu irascible. Rien n'étant plus contagieux, sa mauvaise humeur déteint sur ses mulets. À force d'être comparés à des carnes, sans doute vexés, ils se conduisent comme telles, n'en faisant qu'à leur tête, selon la réputation de leur race.

Depuis que ses compagnons l'ont quitté, bifurquant vers la Lozère, il vit un calvaire. Jamais il n'aurait pu imaginer que des mulets lui causent autant de désagréments. Ces sales bêtes, soit refusent d'avancer, soit prennent le mors aux dents. Pour les bâter ou débâter, c'est toute une histoire : elles se trémoussent, se tournent pour le mordre, envoient les sabots, et même se roulent par terre les quatre fers en l'air. Les vieux comme les jeunes semblent pris de folie, ne reconnaissant pas leur maître, refusant de se soumettre. Louis a beau les bourrer de coups, les cingler du fouet, hurler comme un damné, rien n'ébranle ces animaux dans leur volonté de le contrarier. Même les chiens, la queue entre les jambes, oublient leur rôle et s'aplatissent au sol quand il les commande à coups de pied.

Mais le plus humiliant, c'est le regard goguenard des badauds qui, les mains dans les poches, observent ses vains efforts comme une plaisante attraction. Parfois, l'un d'eux se permet un conseil :

« Eh, petit ! Tu devrais… Moi à ta place je…

– Ça va ! Je sais ce que j'ai à faire ! » fulmine Louis, blanc de rage.

Les jours passent en étapes trop nombreuses qui allongent dangereusement le trajet. La couble de Bertou le Rouge a perdu son allure prestigieuse. Attelées n'importe comment, couvertes de plaies, ébouriffées, claudicantes, les bêtes paraissent rescapées d'un combat contre une horde sauvage. Le trintrin de travers, les pompons arrachés, la charge de guingois sous les cubertes mal tendues, elles baissent la tête, piteusement. Les poulains ombrageux, la vision restreinte par leurs lunettes de laiton, passent leurs nerfs en essayant de mordre les fesses du mulet qui les précède. Celui-là brait et rue, cherchant à se détacher pour régler son compte à ce jeune insolent. Du coup, l'équipe tout entière refuse d'avancer. Dans la confusion la plus totale, tous renâclent, trépignent, se tournent de travers, emmêlant les rênes, écrasant les bennes, répandant leur chargement.

Seule Merveille se tient en dehors de cette émeute. Elle en profite néanmoins pour faire semblant de trébucher, et bronche si violemment que Louis, désarçonné, culbute par-dessus sa tête. La mule fidèle répugne à porter un autre cavalier. Telle une amoureuse délaissée, elle boude, se désintéressant de tout.

Mais Finaud, au contraire, contaminé par l'indiscipline générale, oublie sa dignité de viégi pour se bagarrer comme un étalon en rut. Il y gagne un nez tuméfié, et son beau plumet rouge plié en accordéon.

Cette fois, c'en est trop ! Louis a dépassé le stade du découragement. Une sainte colère l'échauffe. Il ne se laissera pas tourner en bourrique par ces ânes bâtés, et, à la première occasion, il les vendra tous, pour pas cher, pourvu qu'il s'en débarrasse ! En attendant, il leur fera savoir qui est le maître, par n'importe quel moyen. Exaspéré, sautant à la tête de Finaud, il lui plante les dents dans l'oreille, et mord, le plus fort possible, jusqu'à goûter le sang. Le bardot brame sa douleur avec un tel désespoir que toute la couble en est terrifiée, et s'aligne en bon ordre… soudainement soumise.

À partir de là, Petit Louis domine, au prix d'une vigilance de tous les instants. Il ne peut s'autoriser la moindre distraction, le moindre repos, ou c'est la débandade. Maintenir une telle couble, à lui seul, est un exploit. S'il l'accomplit, c'est grâce à la rage qui le met hors de lui contre ces bêtes hargneuses. Par la force des choses, n'ayant d'autre choix que se dépasser ou se perdre, il révèle le meilleur de lui-même. De ce douloureux apprentissage naît, à son insu, sa qualification de maître muletier.

Ainsi, vaille que vaille, s'étant égaré maintes fois de son chemin, le jeune Desroudhil parvient, exténué, à l'auberge du Bez. Il était temps ! La neige, en couches de plus en plus épaisses enferme la montagne. Le ciel s'encombre de nuages menaçants, enchevêtrés en tous sens par un vent tournoyant. Le froid est coupant, et le souffle des mulets leur colle aux naseaux des aiguilles de glace.

« Malheureux, s'écrie Félix l'aubergiste en reconnaissant Louis. Ne savez-vous pas que nul ne s'aventure par ici à cette époque ? Tous les cols, celui de la Croix, du Pendu et de Meyrand sont impraticables. La route de Loubaresse a été emportée par une avalanche. Et, cette nuit, c'est sûr, la neige va tomber, encore plus dru !

– Mais je suis presque arrivé chez moi ! Cela ne me fait pas peur ! Le Blaroux, ce n'est pas si loin !

– Il faudrait être fou pour passer sur le Tanargue. C'est la mort assurée ! Voyez dans quel état sont vos bêtes ! Ça fait pitié ! Vous n'avez pas d'autre recours que de remonter sur Saint-Laurent-les-Bains et ensuite, descendre la vallée de la Borne, par le versant du Midi. Certes, cela va vous allonger, mais, au moins, vous aurez une chance de vous en sortir. Vous pensez avoir tout vu ? Croyez-moi, ce n'est rien comparé à ce que vous pâtiriez si vous ne m'écoutez pas ! Allons, ne faites pas cette figure longue comme un jour sans pain. Venez au chaud manger un morceau, et racontez-moi ce qui est arrivé à mon ami le Rouge. »

Louis ne se le fait pas répéter deux fois. Se contentant de débâter ses mules, il laisse au fils de l'aubergiste le soin de remplir les mangeoires. Il s'écroule plus qu'il ne s'assied sur le banc devant l'âtre, et lape la soupe que Finette lui sert généreusement. Assis en face de lui, le couple s'installe confortablement, les coudes sur la table, la tête entre les mains. Ils attendent qu'il ait fini, impatients d'entendre le récit de ce qui est arrivé. Rien que de les voir, l'œil allumé, la bouche bée de curiosité, Louis en est encore plus abattu. Parler du Bertou est au-dessus de ses forces, et il résume en affirmant :

« Le Rouge… ? Eh bien… Il est mort ! »

Sans remarquer la stupeur de ses hôtes, il tombe comme une masse, le front sur la table, profondément endormi.

Consternés, Félix et Finette se concertent. Comment est-il Dieu possible qu'un muletier expérimenté comme Bertou le Rouge ait trépassé, alors qu'un novice est parvenu au Bez malgré tous les dangers d'un voyage en cette saison ? Ils finissent par échafauder un roman ! Il y a là une affaire douteuse, peut-être un crime !

Profitant du profond sommeil de Louis, à la lueur de la lanterne, ils inspectent tout à leur aise le contenu des bennes à la recherche d'indices. Découvrant les dentelles et les objets précieux, leur tentation est grande de s'octroyer quelques petits profits. Peut-on leur en tenir rigueur ? Ils pourraient tout aussi bien assommer le jeune muletier et s'approprier sa couble sans que personne, jamais, n'en sache rien !

Cela s'est vu ailleurs, où, durant l'hiver, de nombreux convois et voyageurs disparurent mystérieusement sans laisser aucune trace de leur passage.

Seulement, on ne se refait pas, et les aubergistes du Bez sont de braves cœurs. Leur vie est dure, presque misérable, mais ils sont de cette race foncièrement honnête et charitable des montagnards de l'Ardèche. Félix examine les mulets couchés les uns contre les autres sur la paille. Leur épuisement est pareil à celui de leur maître. Pauvres bêtes, ils ont dû en baver ! Pas autant, cependant, que son ami le Rouge puisque lui, il en est mort !

Putain de sort ! Quel métier de galérien !

Se réveillant au milieu de la nuit, Louis met un moment à se souvenir où il est. Tremblant de froid, les membres ankylosés, il est saisi d'un immense désir de retrouver ses mulets. Tâtonnant dans le noir, il parvient à l'écurie et se glisse au milieu de la couble. C'est à peine si les bêtes frémissent quand il s'allonge près d'elles, se réchauffant à leur pelage, vibrant au gré de la respiration qui soulève leurs flancs. Un délicieux bien-être l'envahit, et il étend les bras pour caresser les échines saillantes. Il se crispe, dégoûté : ses mains viennent de toucher les plaies infectes qui suintent sur la peau. D'un bref sursaut, l'animal manifeste sa douleur, mais, avant lui, Louis l'a ressentie aussi. Subitement, il s'ouvre à la pitié et plaint de tout son cœur ceux qu'il a tant détestés, il n'y a pas si longtemps. Les larmes lui montent aux yeux, et il va de l'un à l'autre, repérant sur chacun les blessures infligées par le bât. Quelle indignité ! Jamais Bertou n'aurait toléré de tels sévices, lui si attentif à ses serviteurs à quatre pattes.

À présent, c'est à flots que les larmes ruissellent sur les joues de Louis, pleurant sur le malheur des bêtes, mais également sur l'absence de Bertou qu'il confond avec son père dans un même amour filial. Ah ! qu'il se sent orphelin, et affligé de l'être, à cette heure où il doit assumer seul l'entière responsabilité de ses actes ! L'évidence de sa lâcheté et de son incompétence le remplit de honte et de regrets. Enfouissant sa tête sous la crinière de Merveille, il sanglote comme un enfant, demandant pardon sans pouvoir espérer la consolation.

Cependant, du fond de son désespoir, il sent le réconfort d'une chaude présence. Une truffe humide se frotte à son cou, une langue râpeuse sèche ses pleurs. Oublieux des mauvais traitements, les chiens se lovent contre lui. Gémissant d'affectueuse inquiétude, Castor et Pollux le détournent de son chagrin en le partageant.

Les bêtes ont pour montrer leur compassion plus de sensibilité que les humains. Ne pouvant raisonner, elles se contentent de témoigner leur amour, sans condition, sans retenue. Habituées aux coups, résignées aux remontrances, elles attendent cependant avec infiniment de patience le moment où, enfin, la main du maître se fera caresse.

Les mulets se sont dressés sur leurs pattes et ils entourent Louis, baissant le col pour le renifler de plus près. Ils pourraient le piétiner, mais, sans rancune, sans esprit de revanche, ils le poussent de leurs naseaux, croyant nécessaire de l'aider à se relever.

Imitant les gestes de Bertou, Louis les flatte, les entoure de ses bras, les embrasse, répétant, plein de gratitude : « Mes jolis, mes beaux, mes agneaux ! Que vous êtes braves, que vous êtes bons ! »

C'est ainsi que Félix le trouve, au matin, ayant soigné les écorchures de ses mules avec l'onguent découvert dans le sac du rambail. Sortant l'étrille, il entreprend de les débarrasser de la croûte de boue, collée sur leur arrière-train. Démêler les longs crins de leur queue, n'est pas une mince affaire, mais les animaux se laissent brosser sans regimber, vibrionnant seulement des oreilles quand le tiraillement devient trop insupportable.

« Eh bien mon jeune ami ! On dirait que vous avez repris du poil de la bête ! Hier soir, pourtant, je n'aurais pas donné cher de votre peau !

– Depuis hier soir, j'ai compris pas mal de choses.

– Et quoi, par exemple ?

– Que ce sont les mulets qui font le muletier ! »

Félix approuve en silence. Saisissant une autre étrille, il entreprend de seconder P'tit Louis. Le fils, Philou, survenant à son tour, s'y met également sans qu'on le lui commande. Sous leurs mains expertes, les animaux retrouvent rapidement une allure plus convenable. Tout en brossant énergiquement, Louis raconte les événements dramatiques advenus au Rouge et à sa couble. Finette, qui les a rejoints, l'interrompt toutes les cinq minutes pour s'exclamer, joignant les mains :

« Moun Diou ! Moun Diou ! Qué malhour ! »

Félix ne dit rien mais n'en pense pas moins. Il sait à présent que Bertou n'est peut-être pas complètement mort, et un pressentiment lui souffle qu'il a de bonnes chances de le revoir. Réfléchissant vite, il décide de miser sur son retour, et d'aider son jeune associé.

« P'tit Louis, le Rouge va revenir et vous ne devez pas le décevoir. Je vous propose de rester à l'auberge quelques jours, le temps que les bêtes se requinquent, et ensuite, mon fils vous guidera jusqu'aux Vans, à travers les gorges du Chassezac. Il connaît la région comme le fond de sa poche, et vous conduira sans encombre à destination. Vous ne serez pas trop de deux pour mener une couble pareille. Malgré son jeune âge, mon petit Philou est bien dégourdi, et vous en serez content. »

L'émotion de Louis est à l'égal de son soulagement. Il ne peut que branler du chef pour marquer son assentiment. Un seul mot le ferait fondre en larmes. En revanche, le jeune Philou bondit comme un cabri, fou de joie que son père l'autorise enfin à réaliser son rêve d'appartenir à la mulasserie.

Il ne faut pas plus de deux jours pour que les plaies se cicatrisent et que les bêtes, reposées, trépignent d'ennui. Boudant le confort de cette vaste écurie, elles aspirent aux grands espaces battus par les vents, aux montagnes arides, où avec un instinct très sûr, elles détecteront le passage étroit qui débouche sur la vallée.

La neige, tombée en abondance, a épuré le ciel qui éblouit d'un bleu intense, ensoleillé d'or. Un à un, les mulets sont revêtus de leur harnachement et attelés. Volontiers, ils tendent la tête pour recevoir bridel et trintrin. Ils s'ébrouent pour écouter le carillonnement des clochettes, et frappent du pied, impatients d'arpenter les drailles. Monté sur Merveille, Petit Louis ne peut cacher son orgueil de diriger une couble aussi impressionnante. Finette a réparé adroitement le plumet du viégi, et Finaud, conscient de son importance, encense très bas pour saluer les aubergistes de son beau panache rouge et de sa cayrade battante. Juché sur Chiffe, Philou se prend très au sérieux, attentif à tout, hormis à ses parents qui cependant le couvent des yeux avec une fierté mêlée d'angoisse.

Aux commandements des hommes, aux aboiements des chiens, la longue couble s'ébranle, éclaboussant le silence de mille dri'ng et li'ng et li'ng.

Malgré le froid piquant, Félix et Finette restent plantés devant l'auberge aussi longtemps qu'ils peuvent apercevoir la progression de la magnifique file des mulets noirs aux pompons rouges, se détachant sur l'immaculée blancheur neigeuse.

« Pourvu que… » marmonne Finette, laissant sa phrase en suspens.

« Allons ! Ne va pas te faire des idées ! » bougonne le mari, se voulant rassurant. Cependant, il remue les mâchoires, faisant grincer ses dents comme un âne qui mâche du foin. Il n'est pas autant rassuré qu'il veut le paraître. On ne sait jamais…

Sans aucune appréhension, Philou suit ce maître, guère plus vieux que lui, mais déjà auréolé du prestige d'un vrai muletier. Le costume, le chapeau et surtout, l'anneau d'or au fer à cheval, y sont pour quelque chose. Philou n'est pas envieux, mais seulement ardent à courir l'aventure, suivant l'exemple de ces commerçants audacieux. Il ne se sent aucune vocation pour le métier d'aubergiste, trop servile à son gré.

Reconnaissant sans faillir le chemin sous la couche de neige, les mulets avancent d'un pas assuré. Sans s'émouvoir, ils frôlent le précipice longeant un sentier tout juste assez large pour poser leurs sabots. Parfois il est en partie écroulé, d'autres fois un bloc de rocher l'obstrue. Qu'à cela ne tienne ! S'élançant d'un puissant coup de reins, ils sautent l'obstacle avec une légèreté incroyable chez ces animaux pesants. La croupe soulevée sous la poussée des postérieurs, ils s'élancent pour escalader des montées abruptes, tandis que le chargement oscille sur le bât, menaçant de s'effondrer.

Autant que possible, la caravane suit la ligne des crêtes, les vieux mulets encadrant les jeunes mais les jeunes entraînant les vieux, et, du plus loin, on peut distinguer la couble superbe, semblant cheminer en plein ciel.

Castor et Pollux, s'épuisant à bondir dans la neige plus haute qu'eux, ont été juchés, entre deux bennes, sur le dos de Boulet et de Totottе. Pas peu fiers de dominer la situation, ils se maintiennent en équilibre, debout, l'œil en alerte, les oreilles pointées, la gueule ouverte, toute leur vigilance en éveil.

Grisés par l'altitude, par la légèreté de l'air, Louis et Philou chantent à pleine voix, inventant des strophes sans rimes ni raison :

« Vaillants mulets, qui balancez la tête,
Que votre souffle est doux
quand vous passez près de nous,
Vous approchez, et c'est pour nous la fête.
Voyez la couble de Bertou le Rouge,
de P'tit Louis, de Philou.
Du Vivarais au Velay, du Velay au Vivarais,
En passant par la grande montagne,
Il n'est rien d'aussi beau
qu'une longue couble de mulets,
Trottant vers le pays de cocagne.
Tinrelintintin, entendez les sonnailles,
Tinrelintintin, préparez la futaille.
Les muletiers sont là, aimant à rire, aimant à boire.
Les muletiers sont là, gardez vos filles,
surtout ce soir ! »

À force de chanter ou, plutôt, de hurler et de rire, leur voix est complètement éraillée. Mais leur cœur est dilaté de joie, leur courage n'a pas de limite, aucun effort ne leur pèse. Ils surplombent Saint-Laurent au moment où la chaleur émanant des eaux de source, heurtant la froidure de la nuit tombante, se transforme en une épaisse vapeur enveloppant la cité thermale nichée au creux des anciens volcans.

Réchauffée par le sol, la neige a fondu, transformant le bourg en un bourbier infâme où les mules se crottent jusqu'au ventre.

Ce n'est pas la saison des curistes. Aussi, entendant le son de la cayrade et le carillonnement des trintrins, tous les habitants se précipitent sur le pas de leur porte, intrigués par cette visite inattendue. Les paysannes leur courent après, attrapant Louis par la manche :

« Dis donc, joli muletier, qu'as-tu à nous vendre ? »

Louis presse le pas sans répondre. Il ne va pas galvauder sa précieuse marchandise à ces *padgels*[1], alors qu'il en tirera cent fois son prix en la gardant pour les belles Arlésiennes et les riches Provençaux.

Le jeune Philou n'est pas inconnu ici. Son oncle Victor tient la ferme du Chadelbosc, et ce sont ses vaches qui fournissent le lait dont les éclopés s'abreuvent autant que de l'eau curative. L'oncle est convaincu que, lorsque guérison il y a, elle n'est due qu'aux seules vertus de son lait bien crémeux. Mais il se garde de le proclamer trop haut, ne voulant pas s'attirer les foudres de ceux qui tirent leurs ressources des thermes.

Il accueille son neveu à bras ouverts, réjoui de cette distraction qui rompt la monotonie des

1. Padgel : paysan de la montagne.

sombres journées d'hiver. Son étable, coiffée d'un toit de chaume qui descend jusque sous le linteau de la porte, est si spacieuse que les vingt et un mulets y tiennent à l'aise malgré la présence de cinquante vaches plantureuses. S'étant étonné de leur propreté, Louis est invité à visiter le bain. Profitant de la source traversant sa propriété, l'oncle Victor l'a déviée à travers un large bassin, peu profond, creusé dans son champ. Les vaches s'y baignent volontiers, appréciant les bienfaits de l'eau chaude.

Flatté de l'intérêt que témoigne le jeune muletier, Victor insiste :

« Faites-y tremper vos mulets ! Vous verrez le plaisir qu'ils en ressentiront. Et même vous, je vous assure que cela vous ferait le plus grand bien ! L'eau, à mon humble avis, ne vaut rien pour boire. Elle est, en revanche, excellente pour se laver, et procure un délicieux délassement, quoi qu'en disent certains malpropres qui déclarent cette pratique dangereuse pour la santé. »

D'esprit curieux, Louis veut tenter l'expérience. Les ayant débâtés, il conduit les mulets vers la gigantesque baignoire. Sans l'ombre d'une hésitation, ils se jettent tous à l'eau, bondissant comme des grenouilles, s'éclaboussant à grandes gerbes, s'immergeant et s'ébrouant, buvant et crachant tels des gamins espiègles. Tout à son plaisir, Merveille prétend se rouler sur le dos, mais, elle aspire malencontreusement l'eau par ses naseaux et, brusquement suffoque, incapable de se redresser, sur le point de se noyer. Sans réfléchir, Louis plonge auprès d'elle, essayant de lui soulever la tête. Dans sa panique, l'animal se débat et renverse son maître sous elle. Voyant le péril, Philou, saute à son tour, poussant Merveille, tirant Louis par les cheveux. Depuis le bord, l'oncle Victor prodigue ses encouragements, tant à la mule, qu'aux jeunes gens. S'étant remise sur ses pattes, Merveille brait, montrant les dents, sans que l'on sache si c'est pour rire ou se fâcher. Les deux jeunes, trempés jusqu'à l'os, se montrant mutuellement du doigt, éclatent d'un rire tonitruant et tombent dans les bras l'un de l'autre, s'assénant de grosses bourrades fraternelles.

Victor leur tend la main pour les aider à remonter. Ils dégoulinent, lamentables comme des *panouilles*[1] tirées d'un seau d'eau sale.

« Sacripants ! gronde l'oncle en riant, ne savez-vous pas que l'on ne se baigne pas tout habillé ? »

Retournant à l'étable, les bêtes tout comme les jeunes gens, se roulent sur la paille pour se sécher. Quittant leurs vêtements trempés, ils se frictionnent la peau, devenant aussi rouges qu'une écrevisse ébouillantée. Le brave paysan leur apporte à chacun une paire de ses vieux caleçons, deux fois trop

1. *Panouille : serpillière.*

grands pour eux, mais qu'ils sont heureux d'enfiler, faute de mieux. À son invite, ils se rendent dans la cuisine, beaucoup moins spacieuse que l'étable, mais d'où provient le fumet appétissant d'un bon ragoût, mitonné par Delphine, la femme de Victor. Devant l'allure cocasse des garçons maigrichons, elle réprime un fou rire, ne voulant pas les vexer, se souvenant juste à temps qu'ils sont de fameux muletiers.

Lavés, réchauffés, rassasiés, Louis et Philou se couchent en hauteur sur le foin des râteliers. Malgré la fatigue, aucun des deux ne parvient à s'endormir. Tant d'événements excitants ont jalonné la journée qu'ils se sentent devenus différents. Ils se targuent de tenir leur destin en main, aussi sûrement que les rênes de la couble. De leur volonté et de leur courage dépend leur succès. Enfin, ils se sentent capables de démontrer à leurs parents, à leurs maîtres et au monde entier, qu'ils sont des hommes !

« Philou, dors-tu ? chuchote Louis.

– Non ! répond l'autre se redressant sur un coude. Qu'y a-t-il ?

– Aimerais-tu m'accompagner jusqu'en Arles ?

– Oui, cent fois oui ! Prenez-moi avec vous. Je vous obéirai en tout, je serai votre serviteur le plus fidèle. Vous ne le regretterez pas, je vous le jure. »

Louis sourit, flatté de ce dévouement juvénile. Il ne se souvient pas de ce jour à Loubaresse, où il supplia Bertou le Rouge, d'une même foi candide, de l'emmener avec lui.

Le lendemain, de montées en descentes répétées, ils vont bon train jusqu'à Laval-d'Aurelle. Le village semble sorti tout bâti de la montagne schisteuse. Les murs comme les toits sont construits de ces pierres plates, qui jonchent le sol en un dallage scintillant d'éclats de mica. Tout autour, une immense forêt de châtaigniers séculaires ancre ses racines au plus profond des fissures rocheuses. La route en lacets suit, tantôt de loin, tantôt de près, les méandres de la rivière Borne. Débordant de lacs souterrains, des cascades jaillissent de la montagne et dévalent la pente, roulant des rochers, arrachant des arbres. Souvent, il faut franchir à gué un petit affluent torrentueux de la Borne, et les mulets s'arc-boutent de tout leur poids pour ne pas être chavirés par la force du cours d'eau.

Atteignant Montselgues, ils sont fort découragés de ne point y trouver d'auberge. Il y en avait une, mais le couple qui la tenait a connu un grand malheur en perdant ses deux enfants tués par la foudre alors qu'ils gardaient le troupeau. À la suite de cela, les parents ont quitté le pays pour refaire leur vie ailleurs.

Depuis qu'ils sont en plaine, il n'y a plus de neige et les bêtes peuvent brouter un peu d'herbe fraîche et se désaltérer au ruisseau avant de poursuivre sur Peyre, où, à coup sûr, ils seront hébergés à la fameuse auberge. Si les jeunes gens ressentent la fatigue, il n'en paraît rien pour les mulets qui reprennent sans rechigner la route antique, bien empierrée qui grimpe à l'assaut de la Serre de Valgorge. Louis devient tout tristounet en contemplant la vallée de l'autre versant :

« Vois Philou, là-bas en face, en sautant pardessus les vallées de la Drobie et de la Baume, cette montagne toute blanche qui fait le gros dos, c'est le Tanargue. Juste en dessous, je devine le Blaroux. Le château des Anglanières est là, tout près à vol d'oiseau. J'aurais aimé aller embrasser ma mère, lui montrer ma belle couble. Elle aurait été si fière de moi !

– Je comprends, P'tit Louis, mais n'y pensez plus, vous la verrez au retour quand vous aurez fait vos bonnes affaires en Provence. Il n'y a pas le temps de se détourner et de lambiner, si nous voulons y arriver avant Noël. »

C'est la vérité, et Louis ne discute pas, se contentant de pousser un tel soupir que Merveille en rabat ses oreilles. Confortable aux sabots des mulets, la voie romaine conduit jusqu'à l'auberge de Peyre.

Là se dresse encore la borne milliaire, témoignage d'un passé où les conquérants avaient saisi l'intérêt d'ouvrir un réseau vicinal pour favoriser l'essor économique de la région.

Non loin se dresse la petite église de Thines, en avant-garde de la vallée du Chassezac. Comme la cathédrale du Puy, elle est construite de pierres de grès rouge et blanc par les compagnons bâtisseurs qu'on nommait les « logeurs de Dieu ».

Battu par les vents, ce plateau désertique est le point de ralliement de toutes les routes qui conduisent des berges du Rhône aux volcans d'Auvergne.

À leur surprise, les jeunes gens sont accueillis avec enthousiasme par une équipe de muletiers déjà installés à l'auberge. Venant de Mende, ils y ont rencontré Simon le Borgne, Bel Antoine et Firmin qui leur ont conté les exploits du Rouge et de son associé. Tout faraud, Louis s'aperçoit qu'il est devenu célèbre. On parle de lui dans la mulasserie ! Il se rengorge et se plaît à narrer, en les enjolivant, les dernières péripéties de son voyage. Les muletiers marquent leur approbation en lui assénant de vigoureuses tapes dans le dos, qui manquent le renverser à chaque fois. Assis autour de la cheminée, les hommes passent une bonne partie de la nuit à se raconter d'incroyables histoires, de plus en plus incroyables à mesure que se vident les chopines, aussitôt remplies à nouveau de bon vin par l'aubergiste.

De l'ivresse partagée naît une véritable fraternité entre les jeunes et les anciens muletiers. Avant de s'allonger sur la paille, Hubert de Planzolles, le plus vieux, et le plus respecté comme il se doit, propose au jeune Desroudhil :

« Petit, je te le dis : tu as l'étoffe d'un grand muletier ! Cependant, comme tu t'aventures vers un pays où tu n'as jamais mis les pieds, et où tu ne comprendras rien au patois local, je te suggère de réunir nos coubles pour faire route commune. Cela t'évitera de te perdre, et moi, cela me fera bonne compagnie sans me détourner, puisque je vais en Camargue remplir mes bennes aux salins d'Aigues-Mortes. »

Louis a juste le temps d'approuver avant de tomber ivre mort entre les pattes de Merveille qui le renifle, et, dégoûtée, retrousse les lèvres en un rictus de désapprobation.

XIV

Noël

En cette veille de Noël, Léone n'a plus goût à rien, même pas à vivre ! Dans son corps décharné, l'enfant prend une place démesurée. Sans force, elle se traîne, soutenant son ventre à deux mains. Elle ne peut s'allonger sans que des douleurs insupportables lui martèlent les reins. Elle ne peut s'endormir sans être assaillie de cauchemars terrifiants. Elle ne peut avaler quoi que ce soit sans le rejeter aussitôt, mélangé de bile amère. Sa bouche est sèche, ses yeux n'ont plus de larmes. Elle tremble, claque des dents, n'ayant pas eu le courage d'allumer le feu dans la cheminée. La maison est glaciale. Alors, les pieds écorchés de trimballer dans ses sabots déformés par l'usure, elle marche comme une somnambule, allant d'un mur à l'autre, ressassant dans un marmonnement :

« Je vais mourir, je vais mourir… »

Elle n'est pas résignée. Elle n'en peut plus du manque d'espoir ! Pourtant, elle n'aurait eu qu'un mot à dire pour être accueillie à bras ouverts aux Anglanières. Mais son orgueil lui rend impossible la moindre compromission. Elle s'obstinera dans sa détermination, au risque d'en périr. Elle n'entend plus, tout au fond de son cœur, ce très faible battement qui lui répétait :

« Garde confiance, le salut viendra ! »

Exténuée, elle heurte le mur, et, incapable de poursuivre sa ronde infernale, tombe à genoux. De ses ongles, elle griffe le plâtras, essayant vainement de se relever. Se balançant lentement d'avant en arrière, elle cogne son front contre la cloison sans ressentir de douleur. Ne pouvant se contrôler, elle accélère son mouvement d'automate, frappant de plus en plus vite, de plus en plus fort, se stimulant par un gémissement continu, une plainte lancinante de bête à l'agonie.

Le sang chaud coule sur ses paupières, roule sur les joues, humecte ses lèvres gercées. Léone reconnaît la saveur du sel, et retrouve sa lucidité. Elle interrompt son manège mais, pantin désarticulé, elle demeure affalée au sol dont l'humidité s'insinue à travers la serge de sa robe. La tête appuyée de travers contre le mur, les bras pendants, elle sombre dans un engourdissement annihilant sa volonté. Déjà inconsciente, elle laisse échapper dans un soupir cet appel au secours qu'elle s'était interdit de prononcer :

« Maman… »

*
* *

Rolande a abandonné la conduite de la maison à Rose. Elle se désintéresse aussi du domaine, laissant toute autorité à Jean.

Elle garde les yeux baissés pour cacher leur tristesse. Sous la coiffe noire, ses cheveux blonds sont devenus tout blancs. De fines rides griffent ses joues. Elle reste au coin du feu tricotant une brassière, mais chaque maille qui glisse de ses doigts à l'aiguille est une prière pour l'enfançon conçu sans amour. Bien souvent l'ouvrage retombe sur ses genoux, et, le regard perdu très loin ailleurs, elle songe à ses absents. Elle attend le retour de Louis qui les a laissés sans nouvelles. Elle attend Léone, sachant qu'elle ne reviendra pas avant sa délivrance. Elle attend, le soir dans ses rêves, la vision fugitive de Théophile qui l'attire vers lui.

Les douces attentions de Rose, l'affectueuse sollicitude de Jean, les espiègleries de la petite Célestine ne peuvent la distraire. Pourtant, elle s'efforce de donner le change, paraître reconnaissante, attentive ou amusée. La vie continue, disent-ils tous pour la pousser à reprendre ses activités. Elle consent, mais demande juste un peu de temps. Elle est si lasse en ce moment !

Elle ne veut pas les contrarier, ils sont si bons, si inquiets ! Elle ne peut leur avouer que, pour elle, la vie s'est arrêtée, suspendue au-dessus d'un étang sans fond où elle aimerait se laisser couler.

*
* *

« Mère, il faut que vous veniez avec nous au Blaroux, pour la messe de Noël ! Le père Mathieu serait fort déçu si vous manquiez à la tradition ! »

Que lui importe la messe, la tradition ou la déception du prêtre ? Comment paraître se réjouir de la venue du Sauveur quand toute votre énergie est requise pour dissimuler la douleur qui vous broie le cœur ? Mais Rolande s'en voudrait de les peiner. Interprétant son pauvre sourire comme un assentiment, Rose lui apporte son châle, sa cape et son chapeau.

« Couvrez-vous bien, ma mère, il fait si froid ! »

La neige, endurcie par le gel, a transformé les chemins en patinoires. Impossible d'atteler Lisette à la calèche sous peine de verser dans le fossé dès le départ. Ils partent donc à pied, ayant fixé des patins de feutre sous leurs sabots. Rolande s'accroche au bras de Jean. Rose, Mélanie et Étiennette suivent en se relayant pour porter Célestine. Le Gus, Momo et Odilon ferment la marche, balançant à bout de bras les lanternes nécessaires au retour dans la nuit.

Sur la place devant l'église, il y a foule. Ceux du village rencontrent ceux des écarts, heureux d'échanger les dernières nouvelles. Les hommes, après quelques salutations, préfèrent se rassembler au café pour vider une chopine en discutant bruyamment. Ils ont bien le temps de se morfondre à la messe ! Ils n'entreront dans l'église qu'au dernier moment, et se tiendront debout, près de la porte, afin d'être les premiers à en sortir.

Dès son arrivée, Rolande est entourée par les veuves, encapuchonnées de noir. Elle est devenue une des leurs, elle a droit à leur apitoiement, mais moins que celui qu'elles se réservent à elles-mêmes, car le malheur de chacune prévaut sur celui de toutes les autres. Oublieuses des désaccords conjugaux, elles évoquent, un sanglot dans la gorge, leur cher disparu, le plus brave des hommes.

Dans l'église, le père Mathieu fait subir une dernière répétition à sa chorale de jeunes rosières, accompagnées à l'harmonium par la vieille demoiselle Palmyre.

Jean conduit ses femmes jusqu'à leurs places habituelles dans la chapelle latérale. Il glisse sous les pieds de sa mère la chaufferette qu'il a apportée pour elle. Tandis qu'il se baisse, Rolande lui caresse furtivement la joue pour le remercier de son attention. Surpris, il lui saisit le bout des doigts et y porte les lèvres, avant de s'éloigner rapidement pour rejoindre, dehors, le clan des hommes.

À son étonnement, il s'aperçoit d'un changement d'attitude à son égard. On le considère comme le juste héritier de Théophile Desroudhil, et on l'aborde avec égard. Politesse n'étant pas amitié, Jean reste réservé, se méfiant des apparences. Il offre cependant une tournée générale ainsi qu'on l'attend de lui. La mine réjouie, tous les hommes du village l'entourent, lui assénant de formidables tapes dans le dos. Pressé de toutes parts, bousculé, Jean trinque avec tous. Gagné par la cordialité générale, il se détend et regarde chacun avec bienveillance.

Une soudaine impression de malaise le fait se retourner. Dans l'obscurité, il lui semble reconnaître la silhouette de Nicolas s'éloignant en compagnie de deux autres gaillards, lourdement chargés. Qui sont-ils, ceux-là ? Dans un éclair, troublé, il songe aux fils Desroudhil, André et Fernand. Que diable viendraient-ils se perdre par ici ! Cela n'a aucun sens ! Chassant ces idées saugrenues, Jean vide son verre d'un trait, se forçant à rire avec les autres aux facéties d'un gai luron.

Comme de coutume, la messe s'éternise jusqu'à minuit dans l'attente de la naissance de Jésus.

Entraînée par la chorale, l'assemblée entonne les cantiques à cœur joie. Le curé, ravi d'avoir autant de monde, en profite pour prêcher longuement l'amour du prochain et le pardon des offenses au nom de l'Enfant Dieu. Émus par le mystère de la Nativité, tous les paroissiens se sentent meilleurs, fermement résolus à aimer et à pardonner. Se tenant par la main ils chantent à tue-tête le *Gloria des Anges*, promettant la paix aux hommes de bonne volonté.

Incapable de participer à cet élan, Rolande ressent une inquiétude grandissante. Maintes fois, elle se retourne ou se penche de côté pour dévisager ceux qui se trouvent derrière elle ou dans la nef, espérant apercevoir Léone. Pourquoi n'est-elle pas venue ? Elle aurait dû ! Elle n'a jamais manqué la messe de Noël. Le père et deux des fils Arlabosc sont là, mais pas trace non plus de Nicolas !

Rolande s'agite, ne pouvant suivre la messe ni y participer. Un pressentiment l'avertit d'un malheur. Elle essaye d'attirer l'attention de Jean, debout là-bas près du baptistère, mais il ne peut s'approcher sans perturber le déroulement de la cérémonie. Il lui adresse un regard sévère, et Rolande se rencogne sur sa chaise, roulant les grains de son chapelet, d'une main au fond de sa poche.

À la sortie, évitant les bavardes, Rolande se hâte de rejoindre son fils.

« Jean ! Léone n'est pas là et je suis certaine qu'il lui est arrivé quelque chose ! Je le sais ! De toute mon âme, je le sens !

– Mère, qu'allez-vous imaginer ? Vous la connaissez, c'est une sauvage, elle ne veut voir personne, elle ne veut pas se montrer.

– Non, non, il ne s'agit pas de cela ! Je ne peux vous l'expliquer, et pourtant je suis sûre qu'elle a besoin d'aide. Je vous en prie, il vous faut aller aux Chaleyes !

– Soit ! J'irai demain, à la première heure, pour vous rassurer ma chère mère, mais…

– Non, Jean, pas demain ! Il faut y aller tout de suite ! Il le faut ! »

Rolande a crié. Jamais elle ne crie. Jean en est abasourdi, et se sent contraint d'obéir. Voilà bien la dernière des choses dont il ait envie. Partir de nuit par ce temps de loup pour s'enquérir de sa sœur est peine perdue. Il le sait d'avance ! Comme d'habitude, la petite sœur gâtée et capricieuse le remballera, lui reprochera de se mêler de ce qui ne le regarde pas, prétendra n'avoir besoin de rien ni de personne.

Mais comment faire entendre raison à la mère quand, affolée, elle vous supplie des yeux ? Lui, il aimerait, comme tous ceux du village, boire en famille le vin chaud à la cannelle que propose le cafetier.

Mais voilà que Rose s'y met aussi, insistant pour qu'il y aille, le poussant presque.

« Va, mon Jean, et ne te soucie pas de nous. Le Gus, Momo et le berger nous escorteront jusqu'aux Anglanières. Je t'attendrai. Fais vite. »

Jean n'est pas de ceux qui s'esquivent. Il n'a jamais su dire non. Sans laisser paraître son agacement, il saisit la lanterne de Momo. Elle ne pèse pas lourd, contenant peu de pétrole. Il n'en aura pas assez pour éclairer sa route jusqu'aux Chaleyes, et en revenir. Qu'à cela ne tienne, il va la faire remplir par le patron du café. Or, celui-ci est assailli par ses clients, pressés de déguster le fameux vin chaud. Ne voulant pas le déranger, Jean va à la remise, sachant où trouver le pétrole qu'il vend à tous ceux de la région.

Il n'y a plus le moindre bidon !

Cette nouvelle contrariété l'exaspère. Tant pis, il marchera à la lueur de la lune.

Enfonçant son chapeau, enroulant son cache-nez autour de son visage, il part à grandes enjambées décidées. La blancheur cristalline de la neige reflète le moindre éclat astral, et la luminosité est telle que Jean ne peut s'égarer. En hiver, il est impossible d'emprunter le gué sur la Baume, gonflée par les crues. L'ancien pont romain, bâti assez loin en amont, reste le seul lieu de passage. Il faut être du pays pour oser s'y aventurer. Épaulées d'arches brisées, seules subsistent les piles, sans tablier ni parapet. Quelques rondins jetés en travers, font office de passerelle. Ne prêtant pas attention au bouillonnement des eaux glacées qui grondent en dessous, Jean le franchit aisément.

Malgré le détour, il atteint rapidement les Chaleyes. Aucune lumière ne paraît à travers les fentes des volets. Évidemment, à cette heure tout bon chrétien dort au fond de son lit ! Jean se sent parfaitement ridicule. Que fait-il là ? Quel motif invoquer pour réveiller le couple ? Rien n'indique le moindre signe de désagrément survenu à Léone. Il est fortement tenté de rebrousser chemin sans demander son reste. Il expliquera à sa mère que tout allait bien, qu'elle n'avait aucune raison de s'alarmer. Décidément elle vieillit, et son imagination lui joue des tours !

Jean a déjà tourné les talons quand un soupçon l'effleure. Ce calme n'est-il pas trompeur ? Il devrait avoir senti l'odeur du feu de la cheminée ! La maison suinte l'abandon, le vide, la mort !

Et si la mère avait vu juste ?

Revenant sur ses pas, Jean pousse la porte. Elle s'ouvre seule, elle n'est pas cadenassée. Il pénètre dans la pièce obscure et appelle, mais si faiblement, qu'il est effrayé par le son chétif de sa propre voix. Battant le briquet, il éclaire sa lanterne et la relève haut, tournant sur lui-même pour examiner la salle.

Les murs, noircis de suie, luisent d'humidité. La table est nue, le feu éteint depuis longtemps, rien n'indique la vie d'un ménage. Le silence est tel que Jean est assourdi par les battements de son cœur. Son front se mouille d'une sueur froide. Les yeux écarquillés, il fixe le rideau de l'alcôve.

Et si sa sœur était là… morte ?

Il renifle maintenant à plein nez une odeur de pourriture. Il voudrait fuir pour échapper à la vision abominable. La lanterne oscille au gré du tremblement qu'il ne peut maîtriser. Des ombres hallucinantes s'agitent en une danse démoniaque. Lui qui ne craint pas l'adversaire à visage découvert, est épouvanté devant l'insaisissable.

Comme tout être face à la peur, il évoque sa mère, se souvient de la confiance qu'elle lui porte, et cela suffit pour qu'il reprenne courage. Résolu, il va vers l'alcôve, s'apprêtant à tirer le rideau. Un infime gémissement l'arrête. Il abaisse la lanterne et scrute, derrière lui, le recoin d'où cela paraît provenir. Il n'avait pas remarqué auparavant ce tas de hardes au sol.

Se pourrait-il… ?

Méfiant, il s'approche, retenant son souffle, prêt à reculer. Rien ne bouge. Tranquillisé, il pose la lanterne, et s'accroupit pour regarder de plus près. Alors seulement il reconnaît Léone, pauvre oisillon recroquevillé, inerte, ayant renoncé à lutter. Malgré son apparence lamentable, elle est encore vivante, et le faible éclat de son regard donne à espérer. Une joie immense réchauffe Jean. Il est venu à temps, il va la sauver. Avec précaution, il la soulève un peu, l'installe confortablement au creux de son épaule, caresse son visage, arrange ses vêtements. Elle est devenue si menue, qu'elle est comme une enfant. Plein de pitié, il la berce, la réconforte de mots apaisants, promet la fin de ses souffrances.

« Mon tout petit, c'est fini, je suis là, tout ira bien. »

Il ne s'aperçoit pas qu'il pleure, car il se sent fier et fort. Il va ramener sa sœur aux Anglanières.

Saisie d'un spasme, Léone grimace, se tort et se raidit, les yeux révulsés. Jean s'affole. Elle ne va pas mourir maintenant ! Non, cela ne se peut ! Il la secoue, la frictionne, crie son nom. Elle se calme, ébauche un sourire, referme les doigts sur sa main. Rassuré, il la couvre de sa cape de grosse bure, l'enveloppant comme un nourrisson. Elle pèse si peu entre ses bras vigoureux ! Il la porte sans effort.

Il s'éloigne déjà des Chaleyes, lorsque des bêlements désespérés lui signalent la présence de Biquette, enfermée dans l'appentis. Léone aussi a entendu, et elle soupire plaintivement. Retournant à la ferme, Jean libère la chèvre qui bondit de joie et lui emboîte le pas comme un chien fidèle.

Soudain apaisée, Léone s'abandonne, la joue enfoncée au creux de l'épaule de son frère. Tout en marchant, Jean guette sa vie à travers le souffle tiède de sa bouche appuyée contre son cou.

Il avance rapidement mais à pas assurés, veillant à éviter les heurts. À proximité du pont, il se repose un instant, s'asseyant sur un tronc de sapin déraciné.

C'est de là qu'il voit arriver Nicolas.

Le vent ayant chassé les nuages, la lune illumine le paysage neigeux d'une clarté fantasmagorique.

Nicolas, parlant et gesticulant en zigzaguant, n'a pu apercevoir Jean encore sous le couvert des arbres. Celui-ci demeure immobile, redoutant la réaction de l'ivrogne s'ils se rencontrent. Cependant, la colère, lourde et brûlante, monte en lui, l'emplissant de rancune vis-à-vis de cet homme indigne qui a conduit la charmante Léone à cette déchéance. Non, il ne veut pas l'éviter, au contraire, il va le provoquer, lui dire son fait, l'écraser de son mépris, le menacer de représailles !

Serrant fortement Léone contre lui, Jean s'avance, résolu, au-devant de son beau-frère, déjà engagé sur le milieu du pont.

Nicolas s'est arrêté, les jambes écartées pour se maintenir en équilibre. Il garde la tête baissée, plongé dans un état de stupeur. Puis, brusquement, pointant le menton vers le ciel, secoué de soubresauts, il éclate d'un rire gras, relevant ses deux poings fermés comme un lutteur vainqueur.

Tout à coup une vision traverse son esprit embrumé. À l'autre bout du pont, Biquette l'observe de son œil satanique, grattant du sabot, pointant les cornes, prête à foncer sur lui. Derrière la chèvre, Jean, figé comme une statue, porte Léone qui semble le narguer.

Son rire s'étrangle, puis se transforme en un hurlement. Ses poings s'ouvrent, et, malgré la distance, ses mains se dressent pour les repousser. Il recule, en proie à une terreur folle. Il trébuche, tente vainement de se rétablir, bat des bras désespérément, mais, n'ayant rien où se rattraper, culbute, rebondit en bordure de la passerelle, et, toujours hurlant, bascule dans le vide.

Pétrifié d'horreur, Jean demeure sans réaction. Ce n'est qu'en sentant la tête de Léone s'appuyer à nouveau contre son cou, qu'il reprend ses esprits. Son cœur bat la chamade, le sang dilate ses veines. Instinctivement, il serre encore plus fort sa sœur, comme s'il devait l'empêcher de chuter, elle aussi.

Dominant son appréhension, il avance de quelques pas pour scruter la rivière mugissante qui heurte les piles et rebondit en gerbes d'écume contre les rochers.

« Aah, aah, aah ! »

Inhumaine, la plainte s'élève de sous le pont. Terrorisé, les cheveux hérissés, Jean croit entendre une voix d'outre-tombe, un esprit damné. Mais la plainte se répète, pressante, suppliante, et il distingue enfin Nicolas agrippé des deux mains à une pierre en saillie de la pile, mais suspendu au-dessus des eaux tumultueuses. Dégrisé, le malheureux supplie :

« Jean ! Par pitié, à l'aide ! »

Sans hésiter, Jean veut se porter à son secours. Il s'agenouille pour déposer son précieux fardeau à terre. Mais, sortant de sa léthargie, Léone se débat pour libérer ses bras de la cape et elle s'accroche à son cou. Dotée d'une force surnaturelle, elle s'acharne, l'étrangle presque pour le retenir. Elle implore, avec une violence pathétique :

« Non, non, non ! »

Entre-temps, les appels de Nicolas se font de plus en plus faibles, de plus en plus geignards.

Jean saisit les bras de Léone. Il essaye de les dénouer de son cou, mais elle resserre son étreinte, répétant en pleurant :

« Non, non ! Je t'en supplie ! Laisse-le ! »

À travers les rondins espacés de la passerelle, Jean entrevoit Nicolas au moment même où il lâche prise. Il entend son râle atroce juste avant que la rivière ne l'engloutisse. Ballotté par les remous, le malheureux émerge une dernière fois avant de s'enfoncer à jamais sous les eaux sépulcrales.

Toujours agenouillé au-dessus de Léone, Jean, hébété, contemple la Baume, attendant sans espoir de voir resurgir le noyé. Léone, comprenant qu'elle n'a plus à lutter, s'alanguit, questionnant dans un chuchotis :

« Est-ce fini ? Dis-moi que c'est vraiment fini ! »

Jean est trop choqué pour répondre. Ne vient-il pas de participer malgré lui à un assassinat ? Sa culpabilité est évidente ! Il aurait dû le sauver, car il est inconcevable qu'une faible femme ait pu l'en empêcher. Reportant son regard sur sa sœur, il lui confirme, la voix blanche :

« Oui, c'est fini ! »

Un éclair de joie rend leur chatoiement aux turquoises des prunelles. Un tel soulagement se lit sur le visage émacié de Léone, que Jean perçoit enfin la somme de souffrances endurées par la faute de cet homme, et comprend son désir de meurtre. En vérité, ils ne sont ni l'un ni l'autre responsables ! Seul le destin est en cause, qui a mené Nicolas Arlabosc sur le chemin de sa dernière heure.

Et au fait, lui, Nicolas, qu'avait-il à se reprocher pour redouter la présence de Jean au point de préférer fuir plutôt que l'affronter ?

Perplexe, Jean reste silencieux. Il soulève sa sœur, la calant confortablement contre sa poitrine, et reprend sa marche vers les Anglanières.

La lumière coupante du jour succède à celle bleutée de la nuit. Bercée au rythme de ses pas, Léone respire au même souffle régulier que celui de son grand frère. Elle a passé un bras derrière son cou pour se faire encore plus légère. Elle se laisse porter, sans s'abandonner. Elle aurait accepté de mourir dans son obstination à ne pas se parjurer. Maintenant, elle désire vivre. Elle veut rentrer chez elle ! Une surprenante impression de bonheur mêlée de reconnaissance la fait frissonner. Jean, s'inquiète :

« Souffres-tu ? Veux-tu quelque chose ? »

Léone presse la main sur son épaule :

« Tout va bien, continue ! »

Elle n'a pas la force d'expliquer sa hâte d'arriver au château, d'embrasser sa mère et ses sœurs, de se coucher dans son lit de jeune fille, d'écouter les bruits familiers de la maison de son enfance heureuse. Biquette, ayant senti la proximité du domaine, cabriole loin devant eux.

Elle a dû s'assoupir quand Jean, brusquement, s'arrête et s'exclame :

« Mon Dieu ! Qu'est-ce là ? Non ! Ce n'est pas possible ! »

Relevant la tête, Léone voit l'horizon tout entier embrasé d'un flamboiement fantastique.

Au loin, le château des Anglanières est en feu !

*
* *

Jean court comme un fou, sans prendre garde à la malade. Il court aussi vite qu'il le peut comme s'il était capable, en arrivant à temps, d'éteindre l'incendie. Plus il approche, plus son courage insensé augmente. Déjà la brûlure de l'air lui sèche la gorge, la fumée lui pique les yeux, une odeur infecte lui donne la nausée. Éclatements, crépitements lui vrillent les tympans. Mais il ne sent rien, ne voit rien, n'entend rien, tout à sa course contre le malheur.

Il faut que Rolande et Rose se jettent sur lui pour le retenir de se précipiter dans les flammes. Hagard, il se laisse maîtriser, mais ne peut arracher son regard du spectacle hallucinant.

Sous la pulsion de la chaleur, la maison se vrille et le toit s'effondre dans un fracas démentiel. Fusant de milliards d'étincelles, les poutres noires se dressent vers le ciel. Des pans de murs s'abattent, les vitres volent en éclats. Les flammes poussent vers le ciel rouge les remous torrentueux d'une fumée âcre.

Ceux des Anglanières restent là, témoins impuissants de la destruction absolue de l'héritage laissé avec tant d'orgueil par Théophile Desroudhil.

Hypnotisés, ils assistent à la catastrophe sans essayer de se protéger de la pluie de cendres qui volette jusqu'au sol, s'immisçant dans les yeux, le nez, la gorge. Leur émoi à tous est tel, qu'il leur est impossible de l'exprimer. Incapables de réagir, ils restent là, fascinés par cet enfer. C'est comme s'ils se laissaient consumer vifs avec leurs souvenirs, leurs espoirs, leurs ambitions issus de cette demeure.

Seul Odilon pousse des plaintes déchirantes, tournant en tous sens, se griffant le visage, tombant à genoux, mordant la neige.

« Mes bêtes, mes pauvres bêtes… »

Il n'a pu délivrer les animaux enfermés dans les dépendances qui, malgré l'éloignement, sont la proie du feu également. L'insoutenable pestilence de chair brûlée signifie l'hécatombe du cheptel.

Venus du Blaroux et de partout d'où l'incendie est visible, les paroissiens affluent. Ils sont accourus solidaires pour lutter contre l'incendie, mais, toute intervention étant dérisoire, ils restent plantés là, un seau au bout de chaque bras, et ils regardent, stupéfaits, les vestiges incandescents de la gloire des Desroudhil. Devant l'ampleur du désastre, ils n'ont plus de jalousie ni de sarcasmes. Ils sont sincèrement atterrés. Comment ce feu a-t-il pu se déclencher ?

Peu à peu, des suppositions prennent forme. Des certitudes effacent le doute. Un incendie pareil ne s'allume pas tout seul, et en deux endroits différents ! Et pour preuve, voilà un fureteur qui s'amène brandissant des bidons vides de pétrole. Il les a découverts en bordure du chemin. Il s'agit bel et bien d'un crime prémédité ! L'indignation est à son comble, les questions jaillissent. Qui est ou qui sont les incendiaires ?

Quand le garde champêtre se pointe, bon dernier, chacun tient à l'informer de sa version des faits, voire, à mots couverts, de ses soupçons. Seuls les Desroudhil n'ont rien à dire, encore hébétés, incrédules du malheur qui les frappe. Entourée de sa mère et de ses sœurs, Léone est allongée sur un banc de pierre. Sous couvert de compassion, les curieux approchent pour l'examiner. Qui reconnaîtrait la jolie demoiselle un peu trop fière sous les traits décomposés de cette pauvre femme presque mourante ?

Les commentaires vont grand train : pourquoi est-elle dans cet état, et où est donc son mari à cette heure de détresse ? Des regards embarrassants visent Jules Arlabosc qui se tient en retrait, mal à l'aise. Comme beaucoup d'autres, il est au courant de certaines allégations que la police ferait mieux d'ignorer. Ce grand flandrin de Nicolas a la langue bien pendue quand il a bu un coup de trop, et il s'est vanté publiquement d'avoir des relations avec des individus puissants, capables de mettre les Desroudhil à genoux.

Jean s'est accroupi, la tête entre les mains. Il essaye de refuser l'évidence. Tout ceci n'est qu'un cauchemar dont il va heureusement se réveiller ! Mais le Gus et Momo viennent près de lui, et, tremblotants d'émotion, avec leurs mots maladroits, ils racontent ce qu'ils ont vécu.

Après la messe de Noël, ils ont tardé à se remettre en route car madame Rolande, malgré sa hâte, leur a permis de boire un verre de ce vin chaud qui leur faisait tant envie. Il faut dire que mademoiselle Mélanie en a bu également, et l'Étiennette aussi ! Après, ils n'ont pas traîné, mais le malheur était déjà fait. Longtemps avant d'arriver aux Anglanières, ils ont aperçu le feu. D'abord, ils ont cru que ça venait seulement de la réserve de bois, mais ensuite ils ont entendu les hurlements des bêtes, et ils ont compris. Surtout Odilon, qui a couru tant qu'il a pu, mais c'était trop tard ! Les écuries fumaient de toute la paille et le foin bien secs entreposés là. La porte était bloquée. Ils n'ont pas pu approcher pour l'ouvrir, tant ça faisait chaud. Ils ont essayé de tirer des seaux d'eau au puits, mais c'était peine perdue. Les bêtes, elles n'ont pas crié bien longtemps, mais, pour Odilon, c'est comme si elles criaient encore dans sa tête.

Tout de suite après, c'est aux fenêtres du château qu'ils ont vu les flammes apparaître. Ce qui leur a paru étrange, c'est que la porte de derrière, celle qui donne dans la cour, était béante, arrachée de ses gonds. Ils sont entrés, et vite ressortis, toussant et crachant à cause du picotement de la fumée. Le feu était de partout à la fois, dans toutes les pièces, jusqu'au grenier.

Il n'y avait rien à faire !

Et maintenant, que vont-ils devenir ?

Accablés, ils se tiennent près de leur maître, attendant ses instructions. Rappelé par eux à la réalité, Jean comprend sa propre précarité. Hormis les vêtements qui le couvrent, il ne possède plus rien. Ni toit, ni meubles, ni troupeaux, ni réserve de grains, de châtaignes ou de victuailles. Comment pourra-t-il, au jour le jour, assumer le nécessaire de tous ceux qui dépendent de lui ?

Fulgurante, une évidence lui traverse l'esprit : parmi ceux-là, il y a les autres Desroudhil, les mouliniers des Vans, auxquels il s'est engagé à verser une soulte annuelle en compensation de la succession de Théophile. Comment honorer cette dette si ce n'est en vendant les terres, puisqu'il ne reste que ça ! Jean en a la certitude. Ce sont eux les incendiaires ! N'ayant eu l'héritage convoité, ils ont préféré le détruire pour acculer Jean à la faillite. Les silhouettes entrevues au Blaroux cette nuit après la messe de Noël, c'étaient bien eux ! Et le pétrole disparu dans la réserve du cafetier, c'étaient eux, encore eux ! Tout s'explique, et aussi la panique de Nicolas, certainement leur complice !

Jean se redresse de toute sa haute taille. Une colère terrible décuple ses forces. Ses larges mains se crispent. Ah ! S'il les tenait ! Leur compte serait vite réglé ! Mais non, il n'est pas un hors-la-loi : il fera appel à la justice !

Voilà justement le vieux maire qui s'avance vers lui.

« Mon pauvre Jean, avez-vous une idée de qui a pu commettre ce crime ?

– Pas une idée, monsieur le maire, une certitude !

– Taisez-vous malheureux ! D'autres m'en ont déjà parlé. Nous savons tous à qui vous pensez, mais n'affirmez rien sans avancer de preuves. Vous seriez accusé de calomnie. Dès demain, les gendarmes viendront de Largentière pour enquêter. Tâchez de convaincre les témoins de conforter vos accusations ou, sinon, gardez le silence ! C'est un conseil d'ami. Croyez-en mon expérience, le tribunal se méfie plus des victimes que des criminels. »

Outré, Jean se mord les lèvres pour éviter de répliquer. Le docteur Defraysse et le père Mathieu les ont rejoints. Le médecin intervient :

« Ne restez pas là plus longtemps. Vous allez venir chez moi avec votre famille, tout le temps qu'il faudra pour vous sortir d'embarras. Ma maison est suffisamment spacieuse pour que cela ne me cause aucun dérangement. Ne refusez pas, votre sœur Léone a besoin de mes soins de toute urgence !

– Et mes valets, et mon berger ? Je ne peux les abandonner.

– C'est prévu, ils logeront provisoirement à la cure. Monsieur le curé l'a proposé. »

Jean consent à tout. Tant d'émotions ont eu raison de lui. Suivant le docteur Defraysse, il abandonne les Anglanières sans se retourner, uniquement préoccupé de mettre un pied devant l'autre en évitant de tomber.

Rolande a plus de mal à s'éloigner. Se peut-il vraiment que tout ce que Théophile avait construit au cours de sa vie pour affirmer sa réussite soit si facilement anéanti ?

Oui, c'est possible, elle le sait.

Tôt ou tard, de tout ce qui fait notre orgueil, ne subsisteront que cendres froides.

XV

Sur les ruines

MADAME DEFRAYSSE SE PROCLAME haut et fort la plus dévouée des femmes, se vantant de se couper en quatre pour apporter un peu de réconfort à ses hôtes malheureux. Cependant, Rolande ronge son frein, excédée de devoir supporter son envahissante sollicitude. Il lui répugne de se sentir objet de pitié et d'accepter une charité ostentatoire qu'elle n'est pas en mesure de rendre. Mais l'état alarmant de Léone, saisie d'une forte fièvre, l'oblige à accepter avec gratitude son hospitalité.

Cependant, dès le lendemain, elle insiste auprès de Jean pour retourner avec lui aux Anglanières, prétextant qu'elle redoute les pillards, qu'il vaudrait mieux fouiller les décombres avant eux. C'est bien le diable s'ils ne découvrent pas quelque chose d'utile. En réalité, elle sait où est scellé le magot secret, sous une dalle dans le bureau de Théophile. Elle espère naïvement récupérer ce petit trésor pour faire construire une maison modeste sur le domaine.

Devant les ruines encore fumantes, elle demeure un instant accablée. Comment y accéder, dans cet enchevêtrement de bois et de pierres noircis, de pans de murs abattus les uns sur les autres ? Souillant sa robe et ses chaussures, elle escalade les débris, triturant du bout de son bâton, à la recherche d'un élément reconnaissable. De-ci, de-là, un fragment calciné lui rappelle une pièce de mobilier. Elle le saisit, se noircissant les mains, l'examine, puis, refusant de se morfondre en vains regrets, le rejette.

Elle persévère dans ses recherches, essayant, dans ce chaos, de se remémorer l'agencement de la maison. Ici, retenue au vide, s'élève vers le ciel la volée d'escaliers qui menait aux chambres. Alors, la salle commune devait être là où les poutres se dressent appuyées les unes contre les autres comme les croix renversées d'un cimetière oublié. Si c'est ainsi, le bureau doit se trouver en face. Se retournant prudemment, Rolande inspecte attentivement de ce côté, et a un sursaut de joie. Le plafond ne s'est pas effondré complètement, et si on déblaie les monceaux de plâtras qui dissimulent la porte, on pourra pénétrer dans la pièce. Rolande ne redoute pas l'immensité de la tâche, elle n'envisage pas les risques d'éboulements. Galvanisée par l'adversité, elle reprend courage. Elle redevient la femme volontaire, débordante d'énergie et d'esprit d'initiative. Elle est persuadée de rebâtir l'avenir ! Sa seule préoccupation est, comment agir à l'abri des curieux.

Déjà certains villageois sont là avec pics et pelles, désireux de fouiller pour leur compte. Comme des charognards sur l'animal expirant, ils ont l'intention de dépecer ce qui fut le château. Celui-ci a besoin de pierres, celui-là désire récupérer des chevrons ou des lambourdes, et chacun, secrètement, suppute sa chance de découvrir sous les gravats quelque objet de valeur. La présence de dame Desroudhil, sur les lieux avant eux, contrarie leurs projets. Gênés, ils prétendent vouloir se tenir à sa disposition. Rolande n'est pas dupe, mais fait semblant de les croire, et elle les écarte, leur conseillant de se rendre aux écuries où Jean a certainement besoin de leur aide.

Momo et Gus, qui rassemblent les outils accessibles, comprennent qu'il n'y a pas de temps à perdre. Eux, humbles domestiques, sont attachés au domaine des Anglanières comme s'il était le leur, n'ayant jamais eu d'autre toit que celui-là, d'autres joies que celles partagées avec leurs maîtres. Rolande peut compter sur le dévouement de ces pauvres hères.

Avant tout le monde, dès l'aube, Odilon s'est rendu aux communs. La porte à moitié consumée cède sous son coup d'épaule. La pestilence l'oblige d'abord à reculer. Portant un mouchoir à son nez, il pénètre dans le bâtiment entièrement noirci mais relativement préservé. Le foin s'est consumé, intoxiquant mortellement les animaux, mais il n'y a pas eu assez de flammes pour détériorer les voûtes de pierre.

Le carnage est effroyable. Les vaches et les bœufs gisent attachés à leur anneau devant les mangeoires. Les brebis portant l'agneau en leurs flancs rebondis, et les béliers sont amassés tous ensemble. Ils se sont rassemblés comme ils le font sur les hauts pâturages pour affronter l'orage. Chenapan, qui aurait pu s'échapper, est resté là, les veillant à jamais. La mule Lisette, renversée sur le dos, a dû se débattre plus longuement que les autres, entortillant sa chaîne autour de son cou. Le feu les a tous charbonnés, rendant la scène encore plus hideuse. La tête arquée sur l'échine, la gueule béante, les yeux exorbités disent la souffrance de leur ultime suffocation.

Se glissant au ras du sol par l'ouverture béante, le pâle soleil d'hiver éclaire le charnier. Odilon, hors de lui, va d'un animal à l'autre, le reconnaissant, lui parlant, le tirant pour l'encourager à se relever. Des larmes suivent les sillons de ses joues parcheminées, dégoulinent dans sa barbe grise. Il frotte son nez sur le revers de sa manche. Sa voix se fait de plus en plus rauque. Il étouffe de chagrin. Il se laisse tomber à côté du chien, appuyant son visage contre son poil rêche, et gueule entre deux sanglots :

« Assassins ! Pourquoi avoir fait ça à des bêtes innocentes ? »

Jean qui est entré derrière lui, se retourne, la face contre le mur, incapable de soutenir cette vue atroce et encore moins de consoler le vieil homme.

Ils ne sont plus seuls. Les voisins sont là avec leurs mulets ou leurs bœufs pour sortir les cadavres de l'écurie. L'infâme corvée commence. Une à une, les bêtes raidies sont accrochées par les pattes arrière, et traînées jusqu'à une faille qui servira de fosse. Il faut les soulever et les pousser avec des bâtons pour les basculer vers les profondeurs de l'à-pic où elles tombent en tournoyant avant de s'écraser dans un chuintement sourd de ventres éclatés. Les hommes sont en nage malgré le froid piquant. Le visage fermé, ils se hâtent d'en finir avec cette sale besogne. Ces paysans ont un jour ou l'autre connu cette misère de perdre une bête. Mais, toutes à la fois, cela dépasse l'entendement ! C'est à vous rendre fou, en plus de vous ruiner ! Personne n'ose regarder Jean en face, et lui, serrant les dents, participe au balancement de son cheptel dans le précipice, sans laisser paraître sa révolte.

Mais quand c'est au tour de sa brave Lisette, il n'en peut plus de se durcir le cœur. Il ne peut tolérer qu'elle soit malmenée comme une charogne. Il fait signe aux autres de l'épargner : il s'en charge seul. Il lui doit bien ça pour tant de loyaux services et de complicité. S'arc-boutant sur ses jambes repliées, il tente de la soulever pour la rouler en douceur vers l'abîme. Silencieux, immobiles, appuyés sur leur bâton, les voisins font cercle autour de lui. Ils assistent à ses efforts, animés d'une même désespérance. La mule est trop lourde. La tâche est impossible. Les veines gonflées sous le front en sueur, le cou douloureusement tendu, Jean s'acharne, mais ses forces sont insuffisantes. Il va être contraint de renoncer. Alors, spontanément, sans un mot, tous les hommes se joignent à lui et, épaule contre épaule, ils entraînent Lisette, à mains nues, vers son dernier voyage.

« Merci, les gars ! »

Jean s'est relevé brusquement. Il ne peut prononcer un mot de plus.

Toute la journée ils poursuivent leur œuvre macabre sans se plaindre, comme s'ils accomplissaient quelque corvée ordinaire.

Entre-temps Rolande, aidée des valets, poursuit ses investigations sur les lieux du sinistre. Chaque pierre retournée, chaque bout de bois soulevé dévoile un vestige brisé de ce qui fut beau meuble ou bibelot précieux. Parfois, comme en récompense de leurs efforts, un objet miraculeusement préservé apparaît. Tels un vase, la pendulette de la chambre de Léone, une paire de pantoufles, des ustensiles de cuisine, des draps dans une commode enfumée mais intacte.

Rolande qui a connu la misère en sa jeunesse, s'émerveille de récupérer ce peu de chose qui lui permettra de ne pas repartir de rien. Elle ne ressent plus aucun découragement, persuadée, qu'à force de fouiller, elle découvrira plein d'autres trésors, souvenirs de la vie passée, qui deviendront la base de leur existence future. Elle ne pense pas tant à elle qu'à ses enfants, voulant leur transmettre sa foi en la possibilité de se relever quand une catastrophe vous a dépouillé de tout.

Puisqu'une partie des écuries est préservée, le Gus et Momo vont y entreposer tout ce qu'ils peuvent extraire du château, et, dorénavant, ils logeront sur place pour éviter le pillage. Rassurée, Rolande repart seule vers le village, n'ayant plus en tête que de soigner sa pauvre Léone.

Elle n'a pas encore atteint le pont qui délimite la propriété, qu'elle se heurte aux deux gendarmes de Largentière montés sur leurs chevaux poussifs.

Ils la reconnaissent malgré ses vêtements malpropres, sa figure mâchurée. Mettant pied à terre, ils la saluent militairement. Rolande considère avec étonnement les deux gaillards à la moustache impressionnante, sanglés dans leur uniforme, chapeautés du bicorne, un sabre leur battant les mollets.

« Madame Desroudhil, nous étions en route pour venir enquêter sur l'incendie de votre château quand nous avons été arrêtés au pont des Deux-Aigues à cause d'un noyé qui venait d'être repêché là. La victime ayant été formellement reconnue par les habitants du lieu-dit, nous avons la douloureuse mission de vous avertir du décès de votre gendre, Nicolas Arlabosc.

« Faites excuse, madame, pour la mauvaise nouvelle. Ça fait beaucoup pour un même jour dans une même famille ! »

Ayant récité sa tirade sans reprendre souffle, le gendarme s'étrangle et tousse, perdant sa fière apparence. Rolande est tellement interloquée qu'elle ne manifeste aucune émotion. Les sourcils relevés, elle semble attendre d'autres informations comme si un drame allait expliquer l'autre. Embarrassés, les deux pandores se concertent du regard. Sous le choc, cette pauvre dame doit avoir perdu la jugeote ! Inutile de l'accabler d'avantage ! Portant deux doigts au chapeau pour la saluer encore, ils remettent pied à l'étrier et s'éloignent vers les Anglanières.

Rolande continue de son côté, plongée dans ses réflexions, essayant de démêler ce qui a pu se passer la veille. Avec sa perspicacité habituelle, déjà elle suppose, sans comprendre pourquoi, qu'un lien existe entre la mort de Nicolas et l'incendie du château. Il faudra qu'elle en parle à Jean ! Soudain, elle a peur. Jean, trop silencieux depuis hier, n'est-il pas plus averti qu'il ne le laisse paraître ?

Allons, chaque chose en son temps ! D'abord sauver Léone ! Repoussant ses sombres pressentiments, Rolande relève le bas de sa robe pour marcher plus vite.

À peine a-t-elle franchi la porte de la maison du docteur, que sa dame se précipite au-devant d'elle :

« Nous vous attendions ! Vous savez, votre petite n'est pas bien du tout. Mon mari parle de congestion, de commotion, et que sais-je encore. En tout cas, il ne cache pas son inquiétude. Elle délire comme une folle, et personne n'entend rien à ce qu'elle raconte. Peut-être que vous...

– Oui, j'y vais » répond Rolande laconique, se dirigeant vers la chambre qui leur a été attribuée. Curieuse comme une mouche, madame Defraysse la suit sur ses talons, espérant surprendre de scabreux secrets.

L'état de Léone est au pire. Le nez pincé, elle respire par à-coups, dans un sifflement déchirant extrait du fond de sa poitrine. Ses lèvres craquelées s'entrouvrent pour happer l'air. Résistant à Rose et à Étiennette qui la maintiennent sur sa paillasse, elle se contorsionne, essayant d'arracher le cataplasme qui lui brûle la peau. Ruisselante de sueur, elle bafouille des propos incohérents, empreints de terreur. Seuls sont reconnaissables dans son charabia les noms de Jean et de Nicolas. Cela conforte Rolande dans l'idée qu'elle a dû assister à une scène atroce entre ces deux hommes. Ayant reçu une nouvelle dose de laudanum, la malade sombre momentanément dans un sommeil agité. Rolande voudrait en profiter pour changer les draps souillés, ainsi qu'elle l'aurait fait si elle avait été chez elle. Mais comment demander cela à la personne qui vous héberge alors que vous n'avez pas les moyens de lui rendre ses bienfaits ? Comme madame Defraysse ne le propose pas, Rolande se contente d'humecter le front et le cou de sa fille d'un linge mouillé pour la rafraîchir. Elle arrange un peu la chemise tire-bouchonnée autour du corps malingre, déformé par la grossesse. En déboutonnant le col, elle remarque la chaînette où est suspendu l'anneau d'or au fer à cheval. D'un geste inconscient, Léone s'en empare, l'enfermant au creux de sa paume. Un gémissement très doux remplace les cris insensés.

Madame Defraysse s'est penchée par-dessus l'épaule de Rolande pour mieux voir.

« Qu'est-ce donc ? Ce n'est pas une médaille pieuse ! »

Mortifiée, Rolande garde le silence. Non ! Pour se raccrocher à l'espoir, Léone n'invoque pas la Vierge Marie. C'est à une breloque perdue par un aventurier qu'elle confie son âme. Incompréhension et colère gonflent son cœur de mère. Mais pourquoi donc sa fille chérie se fourvoie-t-elle toujours dans des amours ravageuses ? À quels tourments va-t-elle être confrontée si Dieu lui laisse la vie ? Elle voudrait arracher cet objet impie, mais elle sait combien ténu est le fil qui retient Léone ici-bas. Il suffirait de si peu... Peut-être de ces quelques brins de soie tressés ! Elle n'a pas le droit de rompre cet enchaînement que Léone a choisi !

Madame Defraysse qui espérait des explications reste sur sa faim et se retire en grommelant de dépit. En échange de sa généreuse hospitalité, elle comptait au moins sur des confidences ! Mais ces gens-là, au lieu de se confondre en humbles remerciements, ça affiche des grands airs alors que ça n'a même pas un mouchoir de rechange ! Dommage qu'elle ne puisse pas s'en plaindre auprès de son mari ! Celui-là, toujours trop bon, lui reprocherait sa mesquinerie. Évidemment, lui, c'est un saint ! Il donnerait sa chemise. Heureusement qu'elle est là pour mettre le holà, sinon il y a longtemps qu'ils seraient sur la paille !

Sa vertueuse indignation atteint son paroxysme quand une voisine vient lui annoncer que Jean

Desroudhil a été emmené par les gendarmes à Largentière. Ce serait en rapport avec la mort du jeune Arlabosc retrouvé noyé. D'ici qu'il l'ait poussé dans la rivière... !

La présomption devient vite évidence, et les langues courent plus vite que l'eau de la fontaine à travers tout le village surexcité.

Avertie sans ménagement, Rolande ne montre pas de surprise. Dorénavant, elle s'attend à tout. Elle a atteint le fond du malheur, elle a tout perdu, il ne lui reste que sa dignité et sa foi. Elle s'en remet à la miséricorde divine. Le Seigneur qui sonde les reins et les cœurs, reconnaîtra les justes et les honorera.

Assise au chevet de son enfant, elle prie, posant ses mains sur le front moite de la malade. Léone semble s'apaiser, demeurant néanmoins dans un endormissement comateux. Si Rolande, engourdie, recule un tant soit peu, elle s'agite et geint jusqu'à ce que la main maternelle se repose sur sa tête douloureuse.

À bout de lassitude, Rolande finit par s'allonger à côté de sa fille, la prenant dans ses bras, la tenant embrassée comme, il n'y a pas si longtemps, quand elle était sa toute petite fille.

*

* *

Encadré comme un malfaiteur par les deux gendarmes à cheval, Jean fait à pied le trajet jusqu'à Largentière. Pourquoi aussi, a-t-il voulu raconter la vérité sur sa rencontre avec Nicolas ? Il a reconnu être le dernier à l'avoir vu vivant et avoué ne pas lui avoir prêté assistance. De là à l'avoir poussé intentionnellement dans la Baume il n'y a qu'un pas, facile à franchir dans le raisonnement policier. Avant même qu'il n'entame son interrogatoire, la conviction du commissaire est déjà établie.

« Saviez-vous Desroudhil, à ce moment-là sur le vieux pont en ruine, que votre beau-frère avait incendié votre château ?

– Non et non, je vous l'ai déjà dit cent fois !

– Hum ! Difficile à croire ! Tout le village semble être au courant sauf vous. Le cafetier lui-même nous a certifié que Nicolas Arlabosc l'avait dévalisé de toute sa réserve de pétrole. De nombreux témoins affirment l'avoir vu charrier les bidons.

– Mais moi, beaucoup pourront en témoigner, j'étais à la messe de Noël, et ensuite, je suis descendu aux Chaleyes chercher ma sœur. Je n'ai pas vu ni su les agissements de Nicolas pendant ce temps.

– Pour quelle raison êtes-vous allé chercher votre sœur aux Chaleyes en pleine nuit ?

– Parce que ma mère s'inquiétait, avertie par un étrange pressentiment.

– Bien étrange, en effet ! Je ne crois pas à ces sornettes ! Avouez que vous détestiez cet Arlabosc qui traitait fort mal sa femme à ce que l'on dit. Vous avez saisi la première occasion pour vous débarrasser de lui. Ça se comprend ! Ce n'était qu'un vaurien et il vous a causé un énorme préjudice. Vous serez acquitté sans aucun doute.

– Mais je n'ai pas besoin d'être acquitté, n'étant nullement coupable ! S'il est vrai que Nicolas a mis le feu aux Anglanières, demandez-vous plutôt comment il a pu transporter seul tous ces bidons de pétrole ? Cet imbécile avait certainement des complices, autrement plus filous que lui. Au lieu de vous acharner sur moi, vous devriez pousser vos investigations ailleurs.

– Et où, à votre avis, puisque vous m'avez l'air subitement d'en savoir long ? »

Juste à temps, Jean se retient de divulguer les noms qui lui brûlent les lèvres. Pas d'accusations sans preuves ! Il se souvient de l'avertissement du maire. Mais le commissaire ne l'entend pas de cette oreille.

« Si vous savez quoi que ce soit, Desroudhil, vous devez le dévoiler. Vous taire revient à entraver la justice et vous rendre suspect. Vous refusez de parler ? Eh bien, soit ! Je vais vous enfermer dans une cellule. Vous y réfléchirez à votre aise, et nous nous reverrons demain en espérant que vous serez devenu plus coopératif. »

Ravi de sa conclusion qui lui permet de quitter l'hôtel de police, le commissaire se hâte de rentrer chez lui.

Corsetée à la limite de l'étouffement pour s'introduire dans sa plus belle robe de satin, sa bourgeoise l'attend avec une impatience coléreuse. Il n'y a pas de temps à perdre ! Ce soir, ils sont invités chez le sous-préfet qui organise la soirée annuelle de gala en l'honneur des édiles et des notables de Largentière.

*

* *

Dès qu'elle a su l'arrestation de son mari, Rose a voulu se tenir à ses côtés, persuadée qu'elle pourrait convaincre les gendarmes de son innocence. Sans prévenir quiconque, elle est partie sur la route, franchissant les vingt lieues en courant. Mais la nuit est tombée depuis longtemps lorsqu'elle arrive devant l'hôtel de police, et le planton de garde, sans pitié pour ses larmes, lui ordonne de passer son chemin. Désemparée, Rose comprend l'inutilité de sa démarche, sans entrevoir de solution. Si au moins elle avait demandé conseil au docteur Defraysse ! Il aurait pu lui recommander quelqu'un d'influent pour la seconder dans sa démarche. Tandis que maintenant, elle est perdue dans le labyrinthe des ruelles obscures et désertes, ne sachant à quelle porte frapper pour se mettre à l'abri. Elle a entendu dire qu'au couvent, elle trouverait refuge, mais où est-il situé ?

Instinctivement, elle s'approche du seul lieu d'où provient de la lumière et du bruit. C'est un cabaret d'où sortent trois hommes visiblement éméchés. Elle a beau se serrer contre le mur, ils l'aperçoivent et la prennent à partie. Une femme seule le soir ne peut être qu'une fille de joie. Ils l'encerclent, s'amusant à écarter sa mante pour tripoter son corsage, lui pinçant les joues, lui soufflant à la face leur haleine avinée, essayant de l'embrasser. Quand elle se met à hurler, l'un tente de la bâillonner d'une main sur la bouche, tandis que les autres lui retiennent les bras, lui ceinturent la taille.

Mue par l'énergie du désespoir, Rose mord profondément la main qui l'étouffe, lance ses pieds dans les jambes de ses assaillants. Sous le choc d'un coup de genou, le plus virulent s'écroule au sol, se tenant l'entrejambe à deux mains. La colère des brutes est décuplée par la douleur ressentie, et ils s'apprêtent à se venger, levant haut les bras pour la frapper. La jeune femme, vive comme une anguille, se glisse hors de leur portée et se précipite à l'intérieur du cabaret, appelant au secours. À sa vue, le silence s'établit d'emblée. Tous ces hommes, joyeux braillards l'instant d'avant, demeurent ahuris, la bouche ouverte, le verre à la main.

La coiffe arrachée, les cheveux défaits, le corsage déchiré, Rose est lamentable. Cependant, malgré son épouvante, elle a conservé son maintien fier, son allure juvénile et candide. Quand les trois agresseurs surviennent dans son dos, prêts à l'empoigner, tous les autres, désireux de la protéger, s'interposent bruyamment et les repoussent jusque dans la rue.

Tremblante, et honteuse de sa tenue indécente, Rose rabat les pans de sa mante. Les yeux baissés, elle lutte contre les larmes, ne sachant comment se fortifier après tant d'anxiété.

« Madame Jean, me reconnaissez-vous ? »

Elle sursaute, le cœur battant de joie et de soulagement.

Devant elle se tient Bertou le Rouge.

*

* *

Il s'était juré de ne pas retourner aux Anglanières.

Partant du Puy, il a fait route avec une troupe de muletiers, charriant des sacs de lentilles pour un courtier de Pont-Saint-Esprit, en vallée du Rhône. Ensuite, il avait l'intention de suivre le fleuve jusqu'en Arles pour retrouver Louis et sa couble dont il est sans nouvelles depuis leur départ.

Mais comment échapper au destin, imprévisible et malin, embusqué dans la gargote où ils ont pris gîte pour la nuit ?

Au moment où il voit Rose en détresse, il sait que, bon gré, mal gré, son sort est lié à celui de la famille Desroudhil.

Rose joint les mains, autant pour remercier le ciel que Bertou. Elle rit et pleure à la fois. Elle veut tout lui expliquer, mais, dans sa hâte, embrouille les événements, créant une telle confusion que le muletier n'y comprend rien. La prenant par le bras, il l'oblige à s'asseoir et lui fait servir un verre de vin coupé d'eau. Peu à peu, Rose se calme et met de l'ordre dans son récit. À plusieurs reprises, Bertou l'interrompt, demande des précisions, tant les faits lui paraissent incroyables. L'incendie du château et des écuries le met hors de lui, mais les brèves allusions à la mystérieuse maladie de Léone le troublent encore d'avantage. Tout ce qui la concerne touche son cœur d'une douleur exquise. Il ne retient qu'une chose : son mari est mort, elle est libre ! Voyant son émoi, Rose lui confie que Léone l'aime et l'attend. Il veut la croire. Il brûle de courir à son chevet, d'attendre son réveil en lui tenant la main. Il n'envisage pas de plus grand bonheur que de voir les yeux turquoise s'ouvrir et se poser sur lui.

Mais avant tout, il y a Jean. C'est pour lui que Rose a bravé le danger. C'est pour lui qu'elle attend le secours de Bertou !

Bah ! Ce n'est qu'une formalité. Dans la ville de Largentière, où il a séjourné souvent, Bertou a ses petites et grandes entrées. Le commissaire se trouve chez le sous-préfet ? Qu'à cela ne tienne ! Bertou le connaît intimement pour lui avoir fait déguster jusqu'à l'ivresse les meilleurs de ses vins. Rien de tel que ce breuvage sacré pour créer des liens d'amitié indéfectibles.

Il ne peut laisser Rose seule dans cette gargote en l'attendant, et elle est en trop piteux état pour l'accompagner à la sous-préfecture. Sans hésiter, Bertou la conduit chez une des dames de sa connaissance, la belle Pauline qui tient commerce de ses charmes. Comme Rose est la naïveté même, elle ne s'en doute pas un instant et trouve Pauline la plus aimable des personnes. Celle-ci qui aime tendrement Bertou, sans l'importuner de sotte jalousie, console Rose comme une sœur, la cajolant, la réchauffant de tisanes, l'obligeant à revêtir une somptueuse robe de chambre de soie rouge.

Ayant apprêté sa mise, Bertou se rend à la sous-préfecture, demandant à l'huissier récalcitrant de faire appeler le maître de céans. Mais à l'énoncé de son nom, le sous-préfet délaisse immédiatement ses invités pour venir au-devant du muletier.

« Mon cher ami ! Quel bon vent vous amène ? Venez, donnez-vous la peine d'entrer, que je vous présente à quelques notables qui seraient fort aise de vous rencontrer.

– Merci, monsieur le sous-préfet, vous me faites bien de l'honneur ! Mais, ce soir, si je me permets de vous importuner en pleine réception, c'est à cause d'une injustice à réparer en toute urgence. Tandis que les incendiaires courent toujours, votre commissaire de police retient en geôle Jean Meynard, première victime d'une action criminelle. Je me porte garant de la probité de mon ami. Je suis venu vous demander comme une immense faveur (dont je saurai me montrer reconnaissant), de remettre en liberté cet innocent.

– Bien évidemment, cher ami, et sans qu'il soit question de reconnaissance entre nous ! J'ai entendu parler de cette affaire, et suis convaincu de la véracité de vos dires. Attendez un instant, je fais venir notre homme. Entre nous, il n'a pas inventé la poudre ! Néanmoins, il a été “nommé” par la préfecture et je suis tenu de le ménager. Laissez-moi lui parler. »

Si le commissaire de police est contrarié, il n'en laisse rien paraître et obéit aux sollicitations aimables mais pressantes du sous-préfet. Allons, s'il se dépêche, il ne perdra rien du plantureux souper qui va avoir lieu. On lui réserve une place d'honneur, à la droite de madame la sous-préfète. Cela compense largement le désagrément de retourner à l'hôtel de police pour faire relâcher ce type qu'il sait pertinemment non coupable.

La stupéfaction de Jean est égale à son incompréhension. Abasourdi, il se laisse entraîner par Bertou sans poser de questions, sans s'étonner de revoir sa femme, habillée de soie rouge, l'attendant dans une maison au luxe tapageur chez une dame de moralité incertaine.

Bertou trépigne. Il voudrait partir pour le Blaroux sans perdre une minute. Mais la brave Pauline a préparé un appétissant ragoût, sachant que rien ne vaut un bon repas pour se remettre le moral en place. Jean qui n'a rien avalé depuis la veille ne se fait pas prier, et les autres, gagnés par son exemple, tendent également leur assiette. Sous le regard attendri de Pauline, ils raclent le plat et vident les bouteilles, retrouvant la gaieté.

Rose, un peu pompette, somnole appuyée contre l'épaule de son mari. Tous ces tristes événements passés sont effacés par l'instant de bonheur présent. Ils sont deux, réunis à nouveau, et encore plus forts d'avoir traversé tant d'épreuves.

Bertou évite de les regarder. Ça lui fait mal. Sa solitude lui paraît une infirmité honteuse. Ah !

Sentir à ses côtés la tendre présence d'une femme aimante, comme cela lui est devenu indispensable ! Pourtant, elles n'ont pas manqué, toutes ces amoureuses de rencontre qui auraient voulu lier leur vie à la sienne. Mais, ce n'était pas le moment, ce n'était pas celle-là, l'unique, la seule qui a su faire battre son cœur, la seule que son âme cherchait désespérément.

Elle est là, toute proche, et cependant Bertou appréhende de franchir cette faible distance qui les séparent. Il aurait pu courir, mais il est soulagé de ralentir son pas pour l'accorder à celui de Rose.

*

* *

Quand ils atteignent la maison du docteur Defraysse, Bertou n'ose en franchir le seuil. Une angoisse insurmontable l'oblige à repousser ce moment tant attendu. Il va s'asseoir sur le muret qui ceint la place de l'église, demandant à Rose de venir le chercher seulement si elle est certaine qu'il sera bien accueilli. Il a peur d'être éconduit, il a peur de souffrir. Il se sent lâche, lui qui a bravé tous les dangers sans jamais trembler.

Les rayons rasants du soleil hivernal traversent les clochetons sans cloches, et c'est comme un éclaboussement de lumière, un éblouissement d'or vaporeux. Dans la tête du muletier résonne une symphonie de carillons cristallins tintant contre le ciel limpide. Point n'est besoin d'entrer dans l'église pour se sentir près de Dieu, et Bertou s'incline, non pour se soumettre, mais pour se remettre avec espérance à la volonté divine.

Lorsque Rose, les yeux rougis, revient vers lui accompagnée de sa belle-mère, il se relève, chancelant, se retenant au mur derrière lui. L'air grave, Rolande lui tend les mains.

« Je dois vous dire, monsieur, que ma fille est à l'agonie. Le père Mathieu vient de lui donner l'extrême-onction. Elle est inconsciente. Je ne sais pas si nous la sauverons, car on dirait qu'elle n'a plus envie de lutter. Nous ne savons plus que faire. Voulez-vous… ? »

Rolande se tait, incapable de dévoiler le fond de sa pensée. Cet homme, ce muletier, elle lui en a tellement voulu d'avoir perturbé le cœur de sa pauvre fille qu'elle ne peut lui demander à présent de la rappeler à la vie en lui parlant d'amour. Mais Bertou a compris, et, saisissant les mains tendues, il implore :

« Laissez-moi essayer. »

Il y a tant d'espoir et de promesses dans ses yeux, que Rolande voudrait lui faire confiance. Pourtant elle hésite encore. Bertou supportera-t-il toute la vérité ?

« Savez-vous, monsieur… vous a-t-on dit… que Léone attend un enfant ? »

Non, il ne le sait pas !

Ni Louis ni Rose n'ont osé en parler, comme s'il s'agissait d'une tare inavouable. Comment accepter l'enfant d'un autre, d'un rival honni ?

Bertou s'est figé, le regard perdu, et Rolande s'attend à ce qu'il lui lâche les mains et s'en aille. Elle ne lui en voudrait pas, le comprendrait, l'excuserait. Mais le muletier courbe la tête, appuie son front sur leurs mains réunies, et elle sent des larmes mouiller ses doigts.

« Un enfant ! Un petit enfant ! » balbutie Bertou.

Puis, sans cacher son visage bouleversé, il se redresse fièrement.

« Je l'aimerai autant qu'elle, ce petit ! Je lui donnerai toute la tendresse que je n'ai pas eue, moi qui n'ai connu ni père ni mère. Il sera ma revanche sur mon enfance perdue. »

Cette fois, c'est Rolande qui ne peut retenir ses larmes. Se pourrait-il enfin qu'après tant de misères, un peu de bonheur leur soit rendu ?

Le tenant toujours par la main, elle accompagne Bertou au chevet de Léone. Elle fait signe à Mélanie et à Rose de s'éloigner, d'aller se reposer. Elle referme la porte sur Bertou et Léone, enfin réunis. Il n'y a que l'amour pour sauver sa fille, et seul cet homme est capable de lui en donner suffisamment.

Pour ne pas laisser éclater sa peine devant elles, Bertou s'est raidi de toutes ses forces. Mais dès qu'il se sent seul, il se jette à genoux devant le lit, enfonçant sa bouche sur la paillasse pour étouffer les sanglots qu'il ne peut retenir. Trop tard, il est arrivé trop tard ! Il reconnaît la mort, là, tapie, prête à se saisir de sa victime. La Camarde est la plus forte ! Jamais il ne partagera la vie de cette femme qu'il aime à la folie. Ce ne pouvait être, le destin s'y est opposé dès le début ! Il ne lui sera donné que de l'accompagner dans les derniers instants de sa courte existence.

Mais, honte à lui ! Comment peut-il renoncer sans se battre ? La colère chasse l'accablement. Il s'opposera à ce sort injuste. Il luttera tant qu'il restera à Léone un souffle de vie, un souffle d'espoir !

Lui prenant la main, il la baise tendrement. Il lui caresse les joues et le front, enroule ses doigts dans les boucles emmêlées de la chevelure de feu. Penché au-dessus d'elle, il scrute, à la faible lueur du lumignon, les traits si fins de son joli visage. Il refuse de voir l'empreinte de la mort hideuse qui se saisit de sa faible victime : les paupières closes, le nez pincé, le teint jaunâtre, la bouche ouverte sur un râle. Il la revoit belle, de la splendeur de sa jeunesse arrogante quand elle lui lançait des œillades au retour de la foire de Loubaresse. Il entend son rire mutin, il admire le mouvement de ses hanches pour faire virevolter son jupon, il écoute le claquement sec de ses mignons sabots rouges.

Non, elle ne peut être mourante ! Elle n'est qu'endormie, et il va la réveiller sans l'effrayer. Se rapprochant, il s'assied au bord du lit et passe un bras dans le dos de Léone pour la soulever et la blottir au creux de son épaule. Sans réaction, elle se laisse aller, et il la retient, appuyant ses lèvres contre son front. Lentement, doucement, il lui dit tous ces mots d'amour qui emplissent son cœur et qu'il n'a jamais prononcés pour aucune autre. Inlassablement, il répète ses tendres aveux, ses espoirs, ses projets, ses promesses. Délicatement, il l'embrasse, lui effleure les joues, caresse le cou, découvrant la chaînette avec son insigne de muletier. Il ose même poser sa main rude sur ses seins, suivre la courbe du ventre proéminent. Il s'y attarde, guettant à travers sa paume les tressaillements de cet enfant qu'il désire. Toute la nuit, il la garde dans le berceau de ses bras, lui parle, la câline.

Seul le sifflement aigu de sa respiration indique que Léone vit toujours.

Au fond de l'église, Rolande s'est agenouillée dans le coin le plus obscur. La tête dans les mains, elle supplie Dieu comme elle ne s'est jamais autorisée à le faire :

« Seigneur Tout-Puissant, ma petite a payé ses fautes de tellement de souffrances ! Accordez-lui le pardon et permettez qu'elle vive ! »

Dans la nuit, Rolande ne discerne que la flamme de la lampe devant le tabernacle. Elle veille et prie. De temps en temps, Théophile lui apparaît. Elle ne le distingue pas vraiment mais est sûre de sa présence. Elle se recueille pour recevoir la grâce de l'Esprit qui la rendra capable de supporter l'épreuve.

L'aube point déjà quand elle se relève. Un peu ankylosée, elle s'appuie contre l'autel de la Vierge. Certaine d'être entendue, elle la prie encore :

« Mère très aimante, si je dois, comme vous, subir la mort de mon enfant, donnez-moi de l'accepter avec votre foi. Sans votre amour, je n'en serai pas capable. »

Elle a froid maintenant et frissonne, resserrant son châle autour de ses épaules. Il faut affronter ce jour tout gris, plein d'incertitudes, de peurs et de dangers. Qui gagnera ce combat pour la vie ?

Depuis le porche de l'église, au levant, elle remarque le mince filet d'or qui sertit l'horizon. Au-dessus, de vaporeuses nuées de pourpre envahissent l'espace. Elles se fondent et, soudainement, le ciel s'éclaircit d'azur, tandis que le soleil surgit, étendant ses rayons jusqu'aux pieds de Rolande. Tant de magnificences peuvent-elles introduire un jour de malheur ?

Se détournant de cette vision radieuse, Rolande regarde vers la maison du docteur Defraysse, et son sang se fige. Assis sur le banc devant la porte, Bertou, prostré, se tient la tête dans les mains.

Léone, sa petite chérie, a-t-elle quitté ce monde ?

Elle court, aussi vite qu'elle le peut, et se précipite vers lui, haletante.

« Est-ce fini, est-elle… ? »

Relevant la tête, Bertou la dévisage sans paraître la voir.

Lui posant les mains sur les épaules, Rolande le secoue :

« Dites-moi quelque chose ! »

Des larmes voilent le regard du muletier.

« Pardon madame, je l'ai retenue tant que j'ai pu, mais, elle est partie quand arrivait le jour. Tout à coup, je ne l'ai plus entendue respirer et j'ai vu ses beaux yeux bleus, grands ouverts. Cela vient de se passer. Allez auprès d'elle. Elle est si belle ! Moi, je ne peux plus, je n'en peux plus. Je l'aimais tant, et elle ne l'a pas su ! »

Rolande suffoque. Dans sa poitrine une pierre éclate en fragments tranchants qui la blessent de mille éclats. Elle se laisse choir sur le banc à côté de Bertou, lui prenant la main pour mêler sa peine à la sienne, et se consoler mutuellement. Elle ne peut pleurer, tout comme elle ne peut se résigner encore à l'atroce réalité. Elle, si soumise à Dieu, se rebelle de tout son être et hurle dans le silence de son cœur :

« Pas mon enfant, pas mon enfant ! Pitié Seigneur, pas mon enfant ! »

Mais elle n'est pas de celles qui reculent devant la tâche qui reste à accomplir. Rassemblant son courage, elle se lève et se rend auprès de sa Léone. Elle ouvre les volets pour pouvoir la contempler une dernière fois dans la clarté du matin. Malgré son désespoir, Rolande a un sentiment de soulagement : enfin, la pauvre petite ne souffre plus ! L'horrible sifflement de sa respiration douloureuse a disparu. Les bras allongés le long du corps, la tête au milieu de l'oreiller, Léone est enfin paisible. Ses yeux, malgré leur fixité, expriment un étrange émerveillement. Elle est partie vers l'ailleurs avec sérénité, peut-être même avec joie !

Rolande, la vue brouillée, se baisse pour embrasser sa fille. Sa peau est encore douce et tiède. Elle a bien le temps de lui faire sa toilette, de l'habiller, de la faire belle pour la livrer à ceux qui l'enfermeront dans le noir d'un cercueil. Pour le peu de temps qui reste, elle veut demeurer avec elle, tranquillement, lui tenir la main sans rien dire, se remplir l'âme de sa présence.

Filtré par la résille du rideau de dentelle, un rayon de soleil se distille en particules dansantes qui mouchettent la triste chambre de pastilles scintillantes.

Parfois, l'une d'elles, se posant brièvement sur Léone, lui rosit les joues. À force de dévisager sa fille, Rolande croit la voir s'animer. Elle s'imagine que ses yeux ont bougé légèrement, se sont tournés vers elle. Elle hésite, se gourmande, mais ne peut résister. Elle s'approche plus près et murmure :

« Léone… ? »

Elle attend, sans y croire, mais elle n'est pas surprise quand, très faiblement, elle entend :

« Maman… ? »

Est-ce un rêve, une hallucination ? Rolande ne répond pas, se retenant de respirer, suspendue à l'écoute d'autres paroles.

Et le miracle a lieu. Léone soupire, renverse la tête vers sa mère avec un air d'intense étonnement :

« Maman, que faites-vous là ? »

Encore incrédule, Rolande demande :

« D'où venez-vous ma petite chérie ? »

Léone ferme les yeux et sourit. Lentement, avec de longues pauses, elle raconte d'une voix à peine audible :

« J'étais dans un jardin éblouissant de lumière… J'étais légère… Étrangement heureuse… et, soudain… j'ai vu le papa qui venait vers moi… Il était tout de blanc vêtu, et tenait une mule blanche par la bride… Il me l'a donnée en disant : “Retournez là-bas ! Ils vous espèrent.” »

Exténuée, Léone s'est endormie. Un souffle régulier soulève sa poitrine et sa main fermement accrochée au petit fer à cheval.

À genoux, laissant ruisseler ses larmes, Rolande veut remercier Dieu. Mais c'est Théophile qui envahit son esprit, et c'est à lui qu'elle s'adresse :

« Merci, mon cher époux, merci ! »

Après, c'est comme un vent de folie qui souffle sur tous, les rendant insensés, passant du rire aux larmes, de l'incrédulité totale à la foi la plus exaltée. Madame Defraysse, sanglotante, se pend au cou de Rolande qui lui rend son étreinte avec la plus sincère des affections. Chacun va sur la pointe des pieds admirer le sommeil de Léone, et se retire ensuite aussi impressionné que s'il avait vu un ange. Pensez comme elle revient de loin cette petite ! Elle a approché le séjour des morts ! Et tous de répéter, en l'enjolivant de plus en plus, la merveilleuse histoire de maître Desroudhil et de sa mule blanche reconduisant sa fille vers le monde des vivants.

Quand le docteur Defraysse survient, il ne peut que constater le rétablissement de la malade. Les visions de l'au-delà le laissent de marbre. Taratata ! C'est des contes de bonnes femmes ! Qu'on ne lui parle pas de miracle ! La congestion s'est tout naturellement résorbée grâce à son fameux cataplasme à la farine de moutarde et autres sinapismes particulièrement efficaces !

Jetant un coup d'œil à Bertou qui a l'allure d'un taureau assommé, à la fois béat et nigaud, il se dit que celui-là, peut-être, y est aussi pour quelque chose. Il paraît que dans l'inconscience la plus profonde, on reste sensible à l'appel de l'amour. Mais c'est une théorie sans fondement scientifique qui ne convient pas du tout à son esprit cartésien.

Frappant le muletier d'une furieuse tape dans le dos, il bougonne :

« Allez, mon vieux, remettez-vous ! A-t-on jamais vu gaillard comme ça pleurnicher comme une femmelette ? »

Pourtant, lui-même, ne peut s'empêcher de renifler, et il est obligé de retirer ses lunettes pour les essuyer à plusieurs reprises de son grand mouchoir à carreaux.

XVI

En allant vers Arles

LE FOUET EN SAUTOIR en travers de la poitrine, frappant fort le sol de son bâton, Bertou le Rouge, muletier sans couble, avance à grands pas décidés.

De ville en ville, il suit le parcours de P'tit Louis et de son acolyte Philou qui ne sont pas passés inaperçus, suscitant l'admiration pour leur habileté à conduire les vingt et un mulets.

Ainsi il apprend qu'aux Vans, ils ont échangé les piquets d'échalas contre des sacs de châtaignes. Bertou se félicite de leur heureuse initiative qui, à coup sûr, va leur rapporter gros. Les gens du Midi sont gourmands de ces fruits des Cévennes.

Longeant le Chassezac et la Baume, il atteint Ruoms où les deux rivières se rejoignent dans les gorges escarpées creusées par la sauvage Ardèche.

À Pont-Saint-Esprit, en bordure du Rhône majestueux, la voie se fait large pour accueillir maints charrois et équipages en tous genres. Ceux de la batellerie rencontrent ceux de la mulasserie, et, bien que pareillement transporteurs de marchandises, ils ne se considèrent pas comme concurrents, chacun pratiquant un parcours que l'autre ne peut emprunter. Cela ne les empêche pas de rivaliser par l'excellence et la rapidité de leurs services, tout comme par l'élégance de leurs embarcations ou de leurs attelages. Les lourds chevaux de halage, remontant le fleuve, croisent les fringants mulets. Sans pouvoir se comparer, ces bêtes de somme sont de prestance également remarquable. Bertou cependant éprouve une préférence pour les mules, certes moins dociles, mais dont le caractère affirmé se lit dans la vivacité du regard.

Bien qu'il ne conduise aucun équipage, Bertou le Rouge est accueilli à chaque relais, dans chaque auberge, avec la considération due à sa renommée. Le récit de ses mésaventures l'a précédé et l'a auréolé d'une gloire supplémentaire. Les hommes le considèrent avec un respect mêlé d'envie, les filles lui font les yeux doux, demandant à voir sa cicatrice, rêvant d'être caressées par ses mains capables de tuer. Bertou hausse les épaules, élude les questions.

Alors son mutisme déçoit et intrigue. On remarque son extrême maigreur, son air bourru ou, plutôt, mélancolique. Vrai ! Ce n'est plus le même homme ! Le massacre de ses mulets et la gravité de sa blessure ont atteint son moral. À savoir si ce P'tit Louis qui mène sa couble loin devant, ne va pas lui ravir son prestige et le reléguer au rencart ?

Nul ne soupçonne que le vaillant muletier est tout simplement amoureux. Son goût de l'aventure s'est transformé en paisibles projets d'avenir. Une seule femme occupe toutes ses pensées, et il ne conçoit plus la vie sans elle à ses côtés.

Ceux qui l'imaginent au bout du rouleau se trompent lourdement. Il est de cette race d'hommes que l'adversité éperonne. Il ne peut que relever chaque défi lancé sans jamais envisager l'échec. Bertou a établi sa stratégie. Méthodiquement, dans chaque bourg traversé, il rencontre son couratier habituel et lui réclame les sommes restant à percevoir. S'il ne sait pas lire, en revanche, il est imbattable en chiffres, et, dans sa tête, sans contestation possible, les comptes s'inscrivent avec précision. Fort du pécule qui peu à peu gonfle sa poitrine sous le gilet, déjà il se permet de négocier de futures ventes, à son prochain passage. Le connaissant, les marchands n'hésitent pas à lui faire confiance, persuadés que tout démuni qu'il paraît aujourd'hui, florissant sera-t-il demain.

N'étant pas pressé par la conduite d'un convoi de mulets, il en profite pour prendre le bac à traille qui traverse le Rhône à Orange, afin de prospecter les vignobles de la rive gauche. Sur les coteaux,

aux croupes arrondies, les ceps de grenache noir ou de Cinsault émergent d'une mer de galets chauffés à blanc par le soleil. Les vignes produisent un vin capiteux aux notes sucrées de pêches, melons et amandes douces de Provence.

Dans les caves de la bastide du père Jullian, la dernière cuvée s'épanouit entre les flancs des foudres de chêne. Une odeur de soufre et d'acide fruité pique agréablement les narines, dilatant les papilles pour mieux savourer le nectar versé par le vigneron dans la tassiaso d'argent du muletier. Bertou roule la gorgée sous ses joues, s'en gargarise le fond du palais, claque la langue gonflée d'arômes, serre les lèvres pour mieux humer le corps. À la fois fier et inquiet, le viticulteur guette son verdict, et sa bonne face rougeaude s'illumine encore plus à recevoir des compliments mérités. Déjà, lui remplissant la tasse, il lui demande de déguster ses autres crus, des vins de garde qui se bonifieront en vieillissant. Il a compris qu'il a affaire à un connaisseur, et il ne plaint ni son temps ni son bagout pour le convaincre de remplir ses boutes sur son domaine.

L'épouse s'en mêle : il ne va pas repartir comme cela ! Il mangera à leur table, partagera l'omelette généreusement truffée. Le muletier sait apprécier, flattant l'orgueil du père Jullian pour Édouard, le cochon truffier, qui n'a pas son pareil pour reconnaître le parfum suave de ce champignon particulier et le déterrer sous les chênes. Le plus difficile est d'empêcher le porc de croquer sa trouvaille car ces bestiaux-là ont le goût des bonnes choses, autant que les humains.

Plus tard, couché sur la paille craquante dans le fenil au-dessus de l'écurie, Bertou ne parvient pas à s'endormir. Par la lucarne il observe le ciel pigmenté d'étoiles, et il éprouve intensément le bonheur d'être vivant, capable de mener ses affaires, prêt à arpenter les chemins de la montagne, précédant ses braves mules lourdement chargées de bonnes marchandises. Comme toujours, cette vision aboutit à Léone. C'est devant elle qu'il fait défiler sa couble. Elle bat des mains, ravie, lui tendant les bras et il la hisse devant lui sur le dos de Merveille, son cheval de barde. Il la tient contre lui, sans trop la serrer – elle est si menue qu'il a peur de lui faire mal ! Mais elle rit, se moque de ses craintes, et l'embrasse fougueusement, lui mordant la lèvre.

Bertou goûte le sang dans sa bouche et en est étourdi. Se retournant sur le ventre, il rassemble une pleine brassée de paille qu'il étreint en gémissant. Bientôt, aux Rameaux, ils se retrouveront et elle deviendra sa femme. Il la chérira et la protégera jusqu'à ce que la mort les sépare. Mais la mort, qu'ils ont tous deux frôlée de si près, n'a plus de prise sur eux. L'amour seul leur est promis.

Le lendemain, dès l'aube, Bertou reprend la route. Il s'est engagé à revenir pour acquérir au moins dix boutes de ce vin vigoureux qui fouette le sang et enchante l'esprit. Le soleil se lève, auréolant de gloire les prémices de la chaîne des Alpes, dominées par les sommets enneigés du roi Ventoux et sa suite, les Dentelles de Montmirail.

Dès qu'il dépasse l'abri des dépendances qui cernent la cour intérieure de la bastide, le muletier est pris à partie par le mistral glacé qui le bouscule et emporte brusquement son chapeau. Retenant sa cape qui se gonfle et se dresse comme la voile d'un navire, Bertou poursuit son couvre-chef. Chaque fois qu'il croit le tenir et se baisse pour le cueillir, le vent malicieux, d'une chiquenaude le soulève et le roule plus loin. Heureusement une haie de cyprès arrête sa course folle. Méfiant et à bout de souffle, Bertou enfonce son pied dessus, préférant l'aplatir que le perdre à jamais.

Craquant, couinant, les hauts cyprès s'inclinent puis se redressent, sifflant de colère, fouettant le ciel de leur plumet sombre.

Ce vent est le diable ! Il souffle jusqu'à démantibuler les campaniles. Las de les reconstruire, les bons chrétiens d'ici ont emprisonné les cloches dans des cages en ferronnerie que le mistral dépité traverse sans rencontrer de résistance !

Seuls les moulins se réjouissent, battant des ailes dans un froufroutement effréné.

Ainsi courant à travers vignes, Bertou parcourt une si grande distance qu'il se retrouve au bord du Rhône dont il n'a qu'à suivre le rivage pour atteindre la cité d'Avignon, grouillante d'activité. Rendez-vous du commerce, rassemblement de la batellerie, ville ouverte, cet ancien haut lieu de la chrétienté, abrite autant d'estaminets que d'églises. Mariniers, marchands, canailles en tous genres, souteneurs et filles perdues, se croisent et s'acoquinent dans les bouges en bordure des remparts. C'est ici que les nigauds se font détrousser, sans avoir le temps de s'en apercevoir. Rien de tel n'arrivera à ce vieux renard de Bertou le Rouge qui n'est pas né de la dernière pluie. Il a tôt fait de reconnaître quelques collègues de la mulasserie auxquels il préfère se joindre. Il faut rester entre gens de la même corporation pour se protéger, voire se défendre, quand on vaque loin de son pays d'origine.

Muletiers et charretiers tiennent leurs quartiers à Saint-Lazarre, non loin de l'hôpital. De vastes écuries accueillent les coubles revenant ou partant de Camargue où s'achète le sel marin, denrée indispensable pour la conservation des viandes.

À l'auberge de la Carretterie, questionnant ses compagnons, le Rouge apprend ce qui est arrivé à son associé. Il paraît que, renonçant à la conduite des mulets, il s'entraîne à dompter des chevaux sauvages !

Quelle est donc cette nouvelle folie ? Abasourdi, le muletier éprouve les plus vives inquiétudes. Que le jeune Louis fasse l'imbécile, soit ! Mais qu'est-il advenu de sa couble ? Il est capable, à court d'argent comme d'habitude, de l'avoir vendue à un de ces truands de maquignons espagnols toujours à la recherche des fameux mulets du Vivarais. Bertou en a le cœur chaviré. Il imagine le pire. Oh ! Son Finaud, et Joli, et Têtu, et tous les autres si vaillants, si fidèles, sans parler de Merveille, sa préférée. Et ses braves chiens, Castor et Pollux, qui se feraient tuer pour défendre la couble ? Se pourrait-il qu'il ne les revoie jamais ? Qu'ils soient maltraités par des étrangers sans scrupule ?

Débordant de colère, Bertou s'exclame :

« Mais qui me dira où je peux retrouver ce voyou de Louis Desroudhil ! »

Du fond de la salle, une voix juvénile s'élève :

« Moi, maître ! Je sais où il est, l'ayant quitté avant-hier.

– Approche, mon garçon, et dis-moi qui tu es et ce que tu sais.

– Vous ne me remettez pas maître Bertou mais moi je vous connais bien. Je suis Philou, le fils de l'aubergiste du Bez, et c'est moi qui ai accompagné P'tit Louis de la croix de Beauzon jusqu'en Arles.

– Ah ! c'est toi mon garçon ! Content de te voir ! Assieds-toi là. On va se boire une pinte et tu me raconteras ce qui s'est passé. »

Radouci, Bertou regarde le jeune homme avec bienveillance. Il a entendu parler des prouesses de ces apprentis muletiers menant une couble de vingt et une bêtes, dont certaines très fougueuses. Ils ont eu du mérite ces enfants, et Bertou se sent déjà beaucoup plus indulgent. Ayant avalé son verre d'un seul trait pour prouver qu'il est un homme, Philou entame son récit.

« Vous pouvez croire, maître Bertou, que nous en avons bavé pour conduire la couble, mais nous sommes arrivés en Arles sains et saufs avec toute la marchandise en bon état. Cela me met d'autant plus en rogne maintenant quand je pense à la tournure que cela prit ensuite ! »

N'y tenant plus, Bertou l'interrompt :

« Les bêtes ? Qu'avez-vous fait de mes bêtes ?

– Patience, maître Bertou, j'y viens ! Mais ne vous tracassez pas pour elles. Elles sont en bon état. Ne me coupez pas, sinon, je vais perdre le fil. »

Grognant d'énervement, le muletier lui fait signe de continuer.

« Eh bien voilà ! Nous avons déballé la camelote sur la place du Marché-Neuf, devant l'hôtel-Dieu. C'était le dernier dimanche de l'avent. À la sortie de la messe, en la cathédrale de Saint-Trophime, toutes ces dames du ban et de l'arrière-ban se sont précipitées sur nos dentelles et colifichets comme les sauterelles sur l'herbe tendre du Tanargue au printemps. Alors là ! Je vous prie de croire que, le P'tit Louis, il est sacrement dégourdi ! Il fallait le voir aux prises avec ces drôlesses, la voix enjôleuse, l'œil caressant pour les embobiner sans rabattre du moindre petit sou. Jamais je n'aurais eu le culot d'annoncer de tels prix pour ces fanfreluches, mais lui, il était à son affaire. À chaque bout de ruban vendu, il séduisait le cœur d'une belle. Elles étaient comme des abeilles autour de lui, jeunes et vieilles, à vibrionner des cils, à roucouler, à sautiller pour se faire remarquer. Moi je me suis contenté de vendre les châtaignes (dix fois ce que nous les avions payées aux Vans) et je n'en ai pas eu pour les derniers.

– D'accord, mon gars, c'est très bien tout ça, mais, après… ?

– Attendez, maître, il faut expliquer dans l'ordre, sinon, ça n'a pas de sens !

– Continue, sacrebleu, tu me fais suer !

– Eh bien voilà ! C'était trop beau pour durer. Il est arrivé une demoiselle accompagnée de son père. Si vous l'aviez vue ! Une beauté pareille, je ne savais pas que ça existait ! Elle portait la tenue des dames de là-bas. Sous la cape de mérinos, elle laissait entrevoir la robe de soie bleue et le châle de dentelle. De sa main gantée, elle relevait gracieusement sa traîne. Au-dessus de ses cheveux noirs, relevés en bandeaux, elle était coiffée d'un ruban de velours, plus magnifique qu'une couronne de reine. À son cou, une croix d'or et de pierreries, aux oreilles de longs pendants assortis. Ah ! vrai, maître Bertou, l'apparition de la Vierge Marie ne m'aurait pas fait autant d'effet ! Et avec ça, un air de réserve et de modestie ! Les yeux baissés, le sourire timide, le bras appuyé sur celui de son père. C'est lui qui a voulu acheter une laize complète de dentelle pour sa fille. Et là, ce roublard de Louis est devenu béjaune, la bouche bée, n'osant annoncer son prix. Il le lui aurait donné pour rien, tant il était envoûté ! Le vieux a froncé les sourcils, l'air contrarié, et lui a remis d'office une pièce de dix francs dans la main. À partir de ce moment, tout a été de travers.

– Mais pourquoi donc ? Il n'y a pas de raison !

– Vous ne comprenez pas ? Louis est tombé amoureux… à en perdre la raison justement !

– Oh, là, là ! Cela ne m'étonne pas de lui ! Mais, bon sang de bon sang, ne voyait-il pas que cette demoiselle est trop au-dessus de sa condition ? Pauvre couillon, il va pâtir !

– Vous ne croyez pas si bien dire, maître Bertou, car, je vous le répète, c'est là que tous nos ennuis ont commencé.

– Je devine, mais parles-moi d'abord de mes mules et de mes chiens. Je transis d'attendre !

– J'y viens, ne me pressez pas ou je ne saurai plus où j'en suis ! »

Tempérant son exaspération, le muletier fait signe à l'aubergiste d'apporter une fiole de vin. Du coup, celui-ci, d'un naturel très curieux et affable, voyant qu'il a affaire à des étrangers, entame la conversation, posant mille questions et jacassant sans écouter la réponse. Pour parvenir à s'en défaire, Bertou doit lui commander un repas substantiel ce qui l'oblige, à regret, de retourner aux cuisines.

S'étant longuement régalé du bon vin, Philou reprend son récit, la voix quelque peu pâteuse.

Dès que la belle Arlésienne et son père eurent le dos tourné, P'tit Louis revenant de sa stupeur, s'enquit de leurs nom et adresse. Tout le monde les connaissait et les saluait de bien loin. Monsieur Léonard Roustan d'Oricet, dit le baron, élevait sur ses terres de fameux taureaux et non moins fameux chevaux. Sa manade, au cœur de la Camargue, non loin de la ville des Saintes-Maries, avait acquis une réputation enviée et cependant méritée. Quel stratagème inventa notre Louis pour s'introduire dans la place ? S'embaucher comme simple bouvier au mas d'Oricet !

Bertou bondit.

« Quoi ? Devenir valet d'étable ! Ce petit est fou à lier. S'il s'imagine que c'est ainsi qu'il va séduire la précieuse, il a perdu tout entendement.

– Mais non, maître, cela n'a rien à voir avec un bouseux de nos montagnes. Là-bas, les bouviers, qu'on nomme gardians, montent de superbes chevaux, galopent sur d'immenses étendues, plates et marécageuses, pour rassembler les troupeaux de centaines de bovins sauvages. Des bêtes noires comme jais, magnifiques, entières, tout en muscles, qui défendent chèrement leur liberté.

Sautant du cheval, on se jette sur les taurillons pour les maîtriser à mains nues, les coucher à terre afin de les marquer au fer rouge du sceau de l'Oricet. Pour avoir suivi Louis dans cette aventure, je connais l'ivresse de parcourir les grands espaces, suspendu entre ciel et terre, à l'allure folle de ces coursiers blancs. On fonce à travers des champs de roseaux, on s'éclabousse de l'eau des marais, on fait se lever des nuages d'échassiers roses. Le soleil et le sel vous brûlent la peau, on sent la sueur du cheval. Le vent vous gonfle les poumons pour mieux hurler des cris de rassemblement qui sont un chant d'hommes, répondant à celui des oiseaux.

– Ma parole, toi aussi tu es envoûté !

– Oui, maître, je l'avoue, j'ai été ensorcelé un moment. Mais pour Louis, ce n'était qu'un moyen d'atteindre sa belle Anaïs. Il l'a attendue et, un jour, elle est venue assister au marquage, toujours en compagnie de son père qui l'adore et la surveille comme la prunelle de ses yeux. Profitant de ce que le baron discutait avec ses gardians, Louis a osé s'approcher et lui donner furtivement la jolie croix qu'il avait achetée au Puy-en-Velay. Pas effarouchée, elle l'a bel et bien acceptée, sans rien dire, mais en évitant d'attirer l'attention de son père. Juste un regard coquin, un sourire esquissé, et elle a fait faire demi-tour à sa jument, reprenant son air pincé de jeune fille comme il faut.

– Aïe, aïe, aïe ! Dans quoi s'est-il embarqué, cet étourneau ?

– Comme vous dites, maître ! À partir de là, la vie est devenue impossible ou, plutôt, Louis est devenu impossible, n'ayant d'autre préoccupation que de guetter le passage de la demoiselle Anaïs pour la saluer de loin avec insolence. Comme toutes les filles, celle-ci n'a sans doute pas été insensible au charme de l'effronté rouquin. Elle ne l'a pas réellement encouragé, mais d'une œillade par-ci, d'une risette par-là, elle a entretenu sa flamme jusqu'à le réduire en cendres.

– Comment ? Lui est-il arrivé malheur ?

– Pas encore, maître, mais cela ne saurait tarder au train où il dépérit. J'ai essayé de lui faire la morale. Il s'est fâché tout rouge et, un mot entraînant un autre, nous nous sommes dit de fort méchantes choses. Il s'est mis en tête de demander la main de la jeune fille à son père. Vous imaginez ce qui s'est passé ? Fort dignement, le baron lui a rendu la jolie croix du Puy, et, ensuite, il a fait appel à ses valets pour le foutre à la porte, fort vulgairement, à coups de pied au cul... et moi aussi par la même occasion. Voilà pourquoi je retourne seul chez moi, à la montagne de Beauzon me résignant à devenir aubergiste.

– Mais, et mes mules dans tout ça, et mes chiens ? Qu'en avez-vous fait ?

– Elles sont heureuses, *peuchère*[1] ! Elles courent en liberté, se mêlant aux chevaux comme aux taureaux. Elles broutent à satiété et profitent de l'air marin. Castor et Pollux continuent à les garder, tout en chassant le ragondin qui pullule par ici.

– Tu te moques de moi !

– Mais non, maître, je vous le jure ! Je n'oserais... ! Je vous assure que vos braves bêtes se régalent de salacelles[2], de salicornes[3], de pousses de bambou et de toutes sortes d'herbes de Camargue au goût salé qui les rendent aussi fringantes et piaffantes que les chevaux blancs auxquels elles se sont jointes.

– Mon Dieu, mon Dieu ! Espèces d'insensés ! Comment vais-je les récupérer ? Elles n'auront plus un crin de docile. Tout leur dressage sera à refaire. »

Une grosse vague de fureur monte en Bertou, le gagne et le submerge. Il se relève, prêt à empoigner

---

1. *Peuchère : expression provençale exprimant tendresse et commisération.*

2. *Salacelle : fleur bleue, typique de Camargue.*

3. *Salicorne : plante des terrains marécageux.*

Philou pour le secouer vivement lorsque le gargotier revient, la face réjouie, portant comme le saint sacrement un caquelon fumant, embaumant le civet.

« Ah, vous vous impatientiez mon bon monsieur ! Reprenez-vous et venez me déguster ce miracle culinaire concocté par mes soins. Reniflez-moi ça ! C'est toute la Provence ! Un lièvre grassouillet, nourri de thym et de romarin, barbotant dans le plus corsé de nos vins. »

Se découvrant subitement affamé, Bertou retombe assis. Philou en fait de même, poussant un soupir de soulagement. Oubliant tout ce qui les a opposés, les deux hommes mâchent en silence. Rassasiés, ils se sentent pleins de sympathie l'un pour l'autre et se sourient benoîtement. Repliant son couteau et le rangeant dans la poche de son gilet, Bertou décide :

« Demain, à la première heure, nous reprenons la route ensemble. Il faut que tu me guides jusqu'en Camargue. »

Sans l'ombre d'une hésitation, Philou, la bouche encore pleine, opine du bonnet. Tout n'est pas perdu. Il ne sera peut-être pas obligé de retourner faire l'aubergiste chez son père !

XVII

Entre-temps

BIEN QU'ELLE NE RESSENTE PLUS aucun agacement vis-à-vis de madame Defraysse, Rolande n'a pas voulu abuser de son hospitalité. Tandis que Jean, aidé de ses valets, aménage un logement provisoire au-dessus des écuries des Anglanières, les femmes résident aux Chaleyes. Léone, presque rétablie, ne tient pas en place, confondant dans un même désir impatient la naissance de son enfant et le retour de l'homme qu'elle aime. La voyant si vive, alors qu'elle l'a cru morte, Rolande rend grâce sans pouvoir se départir d'une sourde angoisse. On n'est jamais à l'abri du malheur. Même si on a été durement éprouvé, on n'en est pas, pour autant, débarrassé. Rolande n'avoue pas sa peur, mais elle couve sa fille au risque de l'agacer par trop de sollicitude. Cependant, Léone, inconsciente de ce que les autres peuvent endurer, ne se préoccupe que d'elle-même, exigeant l'attention de tous pour satisfaire ses moindres désirs.

Depuis peu, elle s'intéresse à Étiennette, lui demandant conseil comme à une amie de son âge l'ayant précédée dans la maternité. Elle prétend chérir Célestine, lui passant tous ses caprices pour gagner son affection, la rendant insupportable, prenant sa défense quand sa mère veut la gronder. Rose, pourtant si douce, finit par en être agacée. La vie était plus facile et chacun œuvrait pour le mieux lorsque Léone n'était pas là pour mettre la zizanie entre tous.

Une après-midi, assises de part et d'autre de la cheminée, Léone et Rose trient ensemble les fruits véreux d'un lot de châtaignes ramassées tardivement. Léone, d'humeur maussade, récrimine et ne cesse de se lamenter sur leur précarité. À la fin, Rose, énervée, ne peut maîtriser son indignation :

« Comment oses-tu te plaindre ma sœur, sans penser à la peine que prend Jean pour améliorer notre situation ?

– Ah ! vraiment ? Il n'en prend guère de peine si j'en juge par notre existence misérable.

– Tu n'as rien à dire, toi qui fus richement dotée par notre père, alors qu'à nous, ne restent que les ruines et les dettes !

– Ah ! La belle affaire ! En quoi ai-je profité de cette dot ? Mon beau-père l'a dilapidée et moi je n'ai bénéficié que d'un mari brutal et stupide !

– Tu l'avais bien voulu, au début, si je ne m'abuse ?

– Ah ! C'est mal de ta part de me le rappeler. Je croyais que tu m'aimais. Tu n'es que méchante et jalouse parce que moi, je vais avoir un enfant et que toi, tu n'en auras jamais ! »

Suffoquée, Rose blêmit sous l'accusation, puis, plongeant la figure dans son tablier, éclate en sanglots. Oui, c'est vrai qu'elle est jalouse, et elle en a honte. Comment a-t-elle pu se montrer si acrimonieuse ? Léone a tant souffert, on ne peut lui reprocher de vouloir oublier ce passé. Sans relever la tête, Rose tend la main :

« Pardonnes-moi sœurette, je suis vilaine, je regrette ce que j'ai dit ! »

Mais Léone ne la voit ni ne l'entend, étant sortie de la maison sans refermer la porte. Elle ne ressent que sa propre vexation. Arpentant le bois à grands pas, elle cingle d'une branchette arrachée tout ce qui est à sa portée, gesticulant avec fureur. Les arbres demeurant impassibles, plus rien n'alimente son emportement. Sa colère retombe, et elle doit s'appuyer contre un tronc, à bout de forces, tremblant de tous ses membres. Les larmes lui montent aux yeux sans qu'elle n'essaye de les retenir. Très vite, la voilà sanglotante, pleine de pitié pour elle-même. Mais personne n'est là pour la prendre dans ses bras, pour l'embrasser et la consoler. Alors, peu à peu, ses pleurs tarissent. Elle se mouche dans son jupon, et se met à réfléchir.

C'est vrai que Jean l'a sauvée en la ramenant au sein de sa famille. Elle ne l'a pas seulement remercié ! Ensuite, pas un instant elle ne s'est souciée des difficultés auxquelles les siens devaient faire face. Elle a cru qu'ils n'avaient d'autre souci que son bonheur à elle, et, qu'à présent, la voyant heureuse, ils étaient comblés. Comment a-t-elle pu être aussi méchante avec Rose qui lui a rendu l'espoir en la vie quand elle était sur le point d'y renoncer ? Mais aussi, pourquoi Rose l'a-t-elle poussée à bout avec ses insinuations outrageantes ! Pourquoi a-t-elle laissé entendre que sa dot les privait de quelque chose ? Cette dot, ils ne peuvent pas prétendre qu'elle en a profité : le père Arlabosc a tout gardé pour lui et on peut parier qu'il a tout croqué !

Du coup le courroux de Léone se détourne sur son beau-père. Le misérable ! Il s'est moqué de Théophile Desroudhil, et n'a pas tenu son engagement d'établir le jeune ménage. Une évidence s'impose à son esprit. Tout à son soulagement d'être débarrassée de Nicolas, elle a oublié ses droits. Le mari étant mort, la veuve émancipée peut gérer elle-même ses biens. Ah, mais ! Elle va y mettre bon ordre, et d'abord demander le conseil du notaire pour agir en toute légalité !

Enchantée de sa décision, Léone retourne en courant à la maison et s'étonne de trouver Rose pleurant encore sur les châtaignes.

« Allons ma sœur, sèche tes yeux et ne nous querellons plus. J'ai besoin de savoir. Je veux que tu m'expliques comment une famille aussi prospère que la nôtre peut se sentir en péril. »

Ahurie par ce revirement d'humeur, Rose demeure d'abord sans voix. Mais comme Léone la tracasse avec son impatience d'enfant habituée à obtenir ce qu'elle exige, Rose entreprend de lui narrer leur désastre pécuniaire. Comment, à cause des dispositions testamentaires du père, Jean est obligé de dédommager les enfants Desroudhil de premier lit, alors que le château des Anglanières, son cheptel et toutes ses réserves sont détruits.

« Et le pire, ma sœur, c'est que ce sont certainement Fernand et André qui y ont mis le feu par dépit de ne point en hériter. Tout le monde les soupçonne mais il n'y a pas de preuve. Alors ils courent libres et osent clamer qu'ils feront vendre le domaine si leur soulte n'est pas payée à échéance ! C'est à désespérer ! C'est là que Jean est admirable ! Il aurait pu tout leur abandonner, et s'établir sans plus aucun souci sur la ferme de Justin Meynard, son défunt père. Mais son honneur lui interdit de se détacher des Anglanières, et son sens de la famille l'oblige à sauvegarder les intérêts de sa mère, de son épouse, de vous les jumeaux, et de la pauvre Mélanie. Tu devrais, ma chère sœur, éprouver pour lui estime et gratitude ! »

Songeuse, Léone semble ne pas avoir entendu la réflexion de Rose. Elle suit sa petite idée et s'informe :

« Mais auparavant, d'où le père tirait-il les revenus qui nous permettaient tant d'aisance ?

– Des bêtes, pour l'essentiel. Les agneaux et les veaux vendus à Pâques procuraient la plus grosse part des entrées d'argent. Avec le lait des vaches et des chèvres nous avions le beurre et les fromages. Les cochons engraissés nous assuraient une réserve de viande au-delà du nécessaire. Les récoltes de blé, de seigle, de chanvre, sans oublier les pommes de terre et les châtaignes complétaient nos ressources avantageusement. De tout ça, qui constituait le bénéfice de l'exploitation et la possibilité de vivre en autarcie d'une année sur l'autre, ne restent que des cendres ! Nous n'avons pas seulement de quoi ensemencer nos champs ! Comprends-tu sœurette, nous ne possédons plus rien hormis notre vaillance ? La mère a bien pu récupérer sous les ruines un petit pécule caché, mais il avait été largement entamé pour permettre à Louis de s'associer avec ton beau muletier. Dieu sait ce que ton frère en aura fait ! Probablement rien de bon ! Il ne nous reste qu'à tirer le diable par la queue et à nous priver de tout en espérant que la divine providence nous apportera des jours meilleurs.

– Il n'y a qu'à racheter un troupeau !

– Hé, oui ! Et avec quel argent ma belle ? Sais-tu seulement combien coûte une brebis ? Et dire que nous en possédions près de deux cents !

– J'ai mon idée ! En attendant nous avons déjà Biquette qui nous fera bientôt le chevreau. Il faut un début à tout. »

Éclatant de rire, Léone se penche pour embrasser sa sœur, coupant court à son irritation. Ensuite, elle n'en parle plus mais se montre si enjouée tout en épluchant les châtaignes, que Rose se prend à rêver d'un avenir moins sombre.

*

* *

Dans le fumier jusqu'aux genoux, Jules Arlabosc cure son étable lorsque l'huissier Beaumel lui apporte le papier timbré. Il devine d'avance que c'est de mauvais augure. Bien que l'huissier lui en fasse la lecture, Jules ne comprend rien à ce discours d'avoué. Incapable de lire, il ne sait pas de quoi il s'agit réellement mais ce tampon du tribunal indique à coup sûr que cela va lui coûter cher. N'étant pas homme à laisser paraître son embarras, Jules fourre le document au fond de sa poche.

« Ne le prenez pas à la légère. Payez, ou votre belle-fille fera saisir tous vos biens », menace cet oiseau de malheur sans donner plus d'explications, pressé de quitter ce lieu malodorant.

À peine a-t-il passé la porte, que Jules ressort la signification, la tournant et la retournant sans y découvrir de sens. S'il est illettré, il n'est pas sot, et se souvient des propos du notaire, maître Chicanaux, lors de la succession de Théophile Desroudhil. Il y a gros à parier que la dot de Léone est en cause.

Pensif, Arlabosc regarde sa vache dans le blanc des yeux. Ce n'est évidemment pas elle qui va lui dire quoi faire. Pour se calmer les nerfs, il lui envoie un furieux coup de pied, auquel elle répond par un meuglement déchirant. Il prend conscience qu'il pourrait se trouver bientôt à la place de l'animal et recevoir lui aussi une raclée mémorable. Découragé, il jette sa fourche, se laisse choir sur un ballot de paille, et se prend la tête dans les mains pour réfléchir.

À qui demander conseil sans que tout le monde soit au courant de ses déboires, et ne s'en gausse ? Qui est suffisamment instruit, en dehors du notaire ou du curé, pour lui indiquer la conduite à tenir ?

Très vite, il s'arrête à la fratrie Desroudhil des Vans. Compte tenu de leur ressentiment envers le reste de la famille, nul doute qu'ils prendront à cœur ses intérêts ! Se félicitant de sa bonne idée,

Jules décide de se mettre aussitôt en route afin d'arriver dans l'après-midi à la bourgade. Néanmoins, prudent et méfiant comme le sont les filous, il se détourne pour enjoindre à ses fils, Antoine et Victorin, de le suivre à quelque distance sans se faire remarquer.

Une pluie fine transperce ses hardes. La terre molle se colle à ses sabots. Jules Arlabosc est plus crotté qu'un chien de chasse quand il atteint enfin la grosse bâtisse attenante au moulin à huile de Chambonas près des Vans. Sans se soucier de son apparence lamentable, il agite la cloche à l'entrée du porche.

En ouvrant la porte, quand elle découvre l'homme tout boueux et débraillé, dégoulinant sur son perron, Ursula ne peut retenir une grimace. Sans écouter ses explications embrouillées, elle refuse de le laisser pénétrer dans sa maison bien proprette. Lui commandant d'attendre sous l'auvent, elle lui ferme la porte au nez et s'en va avertir ses frères.

« Venez voir, il y a là-dehors un individu dégoûtant et puant la vache à plein nez, qui prétend vous connaître et demande à être reçu. Je vous préviens d'avance, je ne veux pas qu'il mette un pied sur mes tapis ! »

Intrigués, André et Fernand s'approchent de la fenêtre, écartant juste un peu le rideau.

Reconnaissant le métayer, ils ont un mouvement de recul. C'est trop tard ! Jules les a vus et, tenant son chapeau à la main, il leur fait mille courbettes obséquieuses.

Les deux frères se concertent brièvement. Si on ne le laisse pas entrer, ce gavot est capable d'ameuter toute la population. Ce n'est pas le moment d'attirer l'attention ! D'un geste du doigt, André fait signe à Jules de passer par-derrière dans le jardinet où donne la porte de l'office.

S'il est impressionné par le confort de cette grande cuisine aux murs recouverts de faïence, Jules n'en laisse rien paraître, pas plus qu'il ne se trouble devant le regard courroucé d'Ursula. Les bras croisés sur sa poitrine aplatie, elle le jauge avec dédain et, surtout, lui barre ostensiblement le passage menant aux autres pièces. Affichant un air bonhomme, les frères l'invitent à s'asseoir au bout de la grande table recouverte d'une toile cirée. Eux se tiennent le dos à la chaleur de la cuisinière en fonte émaillée, les pouces coincés dans les emmanchures du gilet.

« Alors, mon brave, quel bon vent vous amène ? »

Si le ton est affable, Jules y entend cependant une note d'inquiétude qui n'est pas pour lui déplaire. Tiens donc ! Les Desroudhil ne sont pas aussi affranchis qu'ils veulent le paraître ! Et cette teigne d'Ursula, qui semble prête à le piquer, trahit sa propre peur. Jouant à l'imbécile, Jules brandit l'exploit d'huissier.

« Lisez ceci mes bons messieurs, vous qui êtes savants. À ce que m'a laissé entendre ce corbeau de Beaumel, ma belle-fille me cherche des noises. Je n'ai confiance qu'en vous, car, après les affaires que vous savez, je suis sûr que vous aurez à cœur de me sortir d'embarras. »

Un grand silence suit son coup d'esbroufe, et Jules sent qu'il a misé juste. Il observe néanmoins un air niais pour détourner leur méfiance, mais, intérieurement il triomphe. Cela crève les yeux : les gros Desroudhil sont verts de trouille, et sur le point de chier dans leurs brailles. À lui de les faire danser en mesure !

Plus rapide à reprendre son sang-froid, André ajuste ses bésicles et saisit le papier.

« Mon ami, effectivement, vous êtes dans de sales draps. Dame Léone exige le remboursement de sa dot, soit deux mille francs, plus deux cents francs en dédommagement de clauses non respectées, sans parler de tous les frais de tribunal qui seront à votre charge.

– Aah ! Malheur de malheur ! Où voulez-vous que je trouve une pareille somme ? Je ne suis qu'un misérable métayer.

– Mais cette dot, vous l'avez bien reçue ? Qu'en avez-vous fait ?

– Qu'est-ce que j'en sais, moi ? Ah, oui ! J'ai dû la donner à mon fils, mon pauvre fils qui est mort dans d'étranges circonstances. À mon avis, ce benêt a tiré les marrons du feu pour que d'autres se régalent ! Vous devez en savoir quelque chose, non ? »

Faisant mine de ne pas entendre, André poursuit :

« Devant un tribunal, vous êtes cuit. On fera saisie de tous vos biens qui seront vendus au profit de la jeune veuve. Quels biens possédez-vous donc en propre ?

– Aucun, pauvre de moi ! Ma vache, mon cochon et les nippes que je porte sur le dos. Il me reste de mon père une petite pièce de terre cultivable et quelques bois, mais c'est si peu de chose !

– Eh bien, on vous les prendra, et pour le reste, on vous enverra croupir en prison ! »

André, narquois, enfonce son triple menton dans les plis de sa cravate, et Fernand retient à deux mains son gros ventre qui tressaute sous les assauts d'un rire rentré.

Serrant les mâchoires, Jules Arlabosc les dévisage froidement.

« Ne ferez-vous rien pour me sortir de là, messieurs ?

– Si vous vous êtes mis dans ce mauvais cas, mon brave, nous n'en sommes pas la cause que je sache ?

– Si je suis venu à vous, c'est parce que je crois que nos intérêts sont, secrètement, mais solidement liés. Ne me prenez pas pour un couillon comme mon pauvre fils ! Dieu ait son âme ! Les désagréments que je pourrais supporter risquent de vous gêner. Je ne sais pas lire, mais, en revanche, je parle facilement. Si je tombe, je vous garantis que je ne tomberai pas seul. »

Fulminant de rage, Fernand attrape Jules par les revers de sa veste :

« Que signifie ? Pas de chantage avec nous ou…

– Ou quoi ? Moi je n'ai pas grand-chose à perdre, mais vous qui êtes riches… Vous feriez mieux d'y songer. Ne tardez pas trop ! »

Le repoussant, Jules rajuste sa veste, remet son chapeau, claque ses sabots pour en faire tomber la boue séchée.

« Je n'ose espérer que vous m'offriez l'hospitalité, je coucherai donc à l'auberge de Peyzac. Allez, salut la compagnie ! »

Tenant encore la poignée de la porte ouverte, il se retourne, le sourire sardonique, et soulève son chapeau à l'adresse d'Ursula :

« Mademoiselle, j'ai bien l'honneur. »

Le claquement brutal de la porte fait sursauter les trois Desroudhil, pétrifiés d'effroi. La première, Ursula recouvre ses esprits, et, se précipitant sur la fenêtre, l'ouvre à deux battants.

« Ah ! Quelle puanteur ! Mes frères, dans quel épouvantable cloaque nous avez-vous fourrés ? »

Les deux frères, hébétés, se tournent l'un vers l'autre.

« Comment peut-il savoir ?

– Le Nicolas aura vendu la mèche, pardi ! Je savais qu'il ne fallait pas s'y fier !

– Croyez-vous vraiment que le vieux bougre va parler ?

– Cela ne fait aucun doute ! Nous n'avons pas d'autre choix que… payer… ou le trucider vite fait.

– Ah, non ! les interrompt Ursula, vous n'avez pas le choix. Il n'est pas question de gaspiller notre bel argent pour sauver ce rustre ! D'autant que si vous cédez cette fois, il vous tiendra pour toujours à sa merci. Il faut aller jusqu'au bout. Un dernier effort, et le domaine des Anglanières est à nous. Qu'attendez-vous ? Il faut le suivre et guetter le moment propice pour vous en débarrasser. Vous m'avez comprise ? Il ne s'agit pas de faiblir maintenant que nous touchons au but ! »

Fernand hésite.

« Mais il va faire nuit, et il pleut.

– Et alors ? Préférez-vous agir en plein jour et au soleil pour être vus de tous ? »

Déjà André, résolu, a sorti de l'armoire la paire de pistolets, et il les charge méticuleusement. Ursula apporte les longs manteaux de moleskine à capuchon, et prépare la lanterne sourde.

« Cet imbécile vous a indiqué sa destination. Allez donc l'attendre au passage sur le Chassezac. La rivière est grosse de la fonte des neiges. Elle l'emportera, lui et vos tracas, dans le même remous. »

En joueur invétéré, Jules Arlabosc éprouve le frisson d'excitation qui précède le moment d'abattre ses atouts. Il va gagner ! Il n'a aucun doute sur les intentions de ces beaux messieurs. Ils sont trop âpres au gain pour accepter de lâcher leurs sous, et ce n'est pas cette sangsue d'Ursula qui les y encouragera. Il se félicite de sa roublardise, persuadé que, tout malins qu'ils se prétendent, les frères Desroudhil vont se jeter tête baissée dans son traquenard.

Un sifflement convenu le rassure pleinement. À la sortie de Chambonas, Antoine et Victorin sont bien là. En quelques mots, il les prévient de son plan. Tandis que lui-même fera le gibier, se laissant poursuivre par André et Fernand, les garçons se tapiront derrière eux, assez proche pour les surprendre et les maîtriser à l'instant où ils tenteront de l'estourbir.

« Si vous êtes maladroits, je risque ma peau, mes gaillards. Mais si vous m'écoutez, notre fortune est faite, car nous les tiendrons et ils seront obligés de cracher au bassinet. Tant que l'eau du Chassezac passera sous le moulin, les meules *esquicheront*[1] les olives, et la bonne huile coulera pour nous ! »

Jules Arlabosc a oublié que, chaque fois qu'il a misé gros, il a perdu.

Son imagination lui a fait défaut. Il n'a pas envisagé les pistolets, s'attendant seulement à des coups de gourdin.

Avant d'entendre la détonation, il s'écroule, la jambe transpercée par la balle.

*

* *

« Je l'ai eu, je l'ai eu ! » s'écrie André, n'en revenant pas de son adresse. Il faut dire qu'il s'était approché à le tirer presque à bout portant, sans s'étonner de la facilité avec laquelle Jules s'était laissé rattraper.

Soulevant la lanterne, il examine l'homme à terre qui se tortille en gueulant comme un putois.

« Achevez-le ! » ordonne-t-il à Fernand pour sceller leur complicité dans le crime.

Sortant la langue pour ajuster avec plus de précision, Fernand tend le canon de son arme vers la tête de sa victime. Il prend son temps, il s'applique, jubilant à l'avance de son exploit.

---

1. Esquicher : presser le jus.

Quand la masse s'abat sur ses épaules, le renversant et l'étouffant, il croit que le monstre du Gévaudan est revenu, s'apprêtant à le lacérer de ses griffes et de ses crocs pour le dévorer. La figure enfoncée dans la terre gluante, il ne peut hurler. Sous le choc, il s'est sectionné le bout de la langue. Le sang gicle dans sa gorge. Je suis mort, pense-t-il, et la terreur le submerge. Il ira droit en enfer, ne s'étant plus confessé depuis fort longtemps !

Terrassé à son tour, emberlificoté dans son lourd manteau, André ne remue pas d'un poil. Ses pensées tournent en tous sens, cherchant une issue à sa situation désespérée. Comment a-t-il pu commettre la bêtise de sous-estimer ce paysan, le jaugeant de la même trempe que son fils, Nicolas ? Malgré le froid, la sueur colle sa chemise à sa peau. Un coup de pied dans les reins lui arrache un cri.

« Ça va, celui-là n'est pas mort ! » constate Antoine.

D'un autre coup de pied, il retourne Fernand qui crache un flot de sang, s'étrangle, tousse et débite d'une voix rendue incompréhensible, un « Je vous salue Marie ».

« Et celui-là non plus ! »

S'adressant au père qui serre sa jambe à deux mains, Victorin demande :

« Qu'est-ce qu'on en fait ? On les balance à la rivière ? »

Oubliant sa souffrance, Jules se redresse, furieux.

« Espèces d'abrutis ! Qu'avez-vous dans la tête ? Un petit pois ? Vous êtes aussi engourdis à comprendre qu'à agir. Vous avez tant traîné que je suis presque mort. Et maintenant, vous voulez noyer la poule aux œufs d'or ! Qu'ai-je fait au bon Dieu pour mériter des incapables pareils ? D'abord, vite, faites-moi un garrot ou je me saigne. Ce salaud ne m'a pas manqué. L'os est broyé, je ne peux marcher. Écoutez-moi et suivez mes instructions point par point. Sans les lâcher d'un pouce, vous allez forcer ces deux lascars à confectionner un brancard et à me transporter jusqu'aux Vans, où il y a un chirurgien. Ensuite, ne les laissez pas s'échapper ! Vous les conduirez, solidement ligotés, à l'officier de police en les accusant, car vous êtes les témoins, de tentative de meurtre. Je ne suis pas en état de traiter nos affaires en secret. Qu'à cela ne tienne, je vais divulguer devant la justice, les crapuleries de ces messieurs. »

Une soudaine faiblesse le fait retomber en arrière. Se pourrait-il qu'il puisse crever avant d'avoir vu ces coquins emprisonnés ? Le désir de vengeance est un formidable appel à survivre. Bien qu'au bord de l'évanouissement, Jules parvient à ricaner.

*
* *

Quand elle n'est pas à fureter chez les uns ou les autres, Alphonsine Devaize, cachée derrière sa fenêtre, épie les allées et venues de ceux qui passent sur le chemin devant sa maison. Comme elle habite à proximité du moulin d'huile, elle sait, à la livre près, combien d'olives chacun apporte à presser, et de là, combien exactement tombera dans l'escarcelle des cousins Desroudhil. Cela lui donne des aigreurs d'estomac mais flatte également sa vanité quand elle met en avant ses relations familiales. Il faut la voir arrondir les lèvres en cul-de-poule pour prononcer « mes » cousins. Du coup, les Desroudhil la traitent bien, quoique avec la condescendance due à la parente pauvre. Cela lui vaut d'être invitée de temps en temps à la grande maison où elle s'empiffre à en éclater, ceci étant sa façon de prendre part aux bénéfices.

Ursula, qui ne sort presque jamais de chez elle, apprécie sa visite pour être informée de toutes les calomnies rapportées sur les habitants de la commune, et même du canton. Au nom de leur vertu desséchée, les deux vierges fielleuses, l'une maigre comme un bâton d'épine, l'autre rondouillarde comme un potiron, se gobergent et se pourlèchent de médisances. Cependant, leur véritable entente réside dans leur ressentiment envers l'autre branche des Desroudhil.

Aussi, ce jour-là, quand Alphonsine voit Jules Arlabosc pénétrer dans la grande maison, elle suppute qu'un événement d'importance va se produire. Embusquée derrière son rideau, elle guette, fébrile d'excitation. Les deux fils, tapis dans l'ombre, n'échappent pas non plus à son attention. Lorsque Jules repasse devant chez elle, tenant un peu plus loin conciliabule avec ses garçons, elle décide de courir s'informer chez ses cousins. Mais, à l'instant où elle entrebâille sa porte, elle aperçoit André et Fernand se dirigeant à la poursuite du métayer. Fine mouche, elle se garde de montrer le bout de son nez pointu, mais se poste au vasistas pour mieux lorgner. Et c'est là qu'elle surprend le manège des fils Arlabosc qui emboîtent le pas aux cousins, à distance respectable.

Alphonsine, qui lit beaucoup de romans et ne manque pas d'imagination, envisage tout de suite le guet-apens. Son cœur ne fait qu'un bond. Elle va venir en aide à ses cousins qui lui en vaudront une reconnaissance éternelle... ce qui ne manquera pas d'améliorer son ordinaire. Sa prévenance n'est pas désintéressée !

Pas question néanmoins qu'elle ne prenne de risques ! La maréchaussée est là pour ça ! Bien content qu'elle se déplace, par un tel mauvais temps, jusqu'à la maisonnette du garde champêtre pour l'avertir qu'un crime va être commis. Celui-là, pas plus courageux que nécessaire, s'en va aux Vans, chercher le renfort de ses collègues.

Ceci explique pourquoi les gardiens de l'ordre se retrouvent, plusieurs heures plus tard, face à l'étrange convoi qui revient vers le bourg. Sous la houlette menaçante des deux jeunes Arlabosc, les respectables frères Desroudhil, soufflant et trébuchant, charrient sur un brancard de branchages le malheureux Jules inconscient.

La logique simpliste des gendarmes les incite à croire qu'il faut libérer les notables et appréhender les culs-terreux. Mais l'attitude inconcevable de Fernand les laisse pantois. Celui-ci, pleurant et brayant comme un âne, ne cesse d'implorer pardon. Livide, André s'enferme dans un mutisme de mauvais aloi. Quant aux deux gamins, ils répètent comme des forcenés :

« Ils ont assassiné notre père ! »

Il est vrai que le blessé n'est pas loin de sentir le cadavre. Les pistolets exhibés, gravés de leur nom sur la crosse, ne plaident pas en faveur de leurs propriétaires. Tout ça est bien compliqué pour de braves gendarmes de campagne. Complètement dépassés par les événements, ils décident de transférer tout ce beau monde aux autorités supérieures, à Largentière.

En attendant leur retour, Alphonsine Devaize, fière de son action d'éclat, a ameuté Ursula et tous les voisins.

Sortis sur le pas de leur porte, ils s'agitent, prêts à accueillir triomphalement les frères Desroudhil. Quelle n'est pas leur stupeur de voir les puissants mouliniers se faire enfermer sans égard dans le fourgon grillagé qui les emporte au trot martial des mules de la gendarmerie.

« Tenez-vous à notre disposition, a lancé le brigadier à la bavarde d'un ton menaçant. Vous serez convoquée comme témoin ! »

Effondrée, Alphonsine se griffe les joues. Mon Dieu, mon Dieu, mais qu'a-t-elle donc fait, de quoi s'est-elle mêlée ? Au lieu d'aider ses cousins, elle les a fourrés dans un sacré pétrin.

Sans grand espoir, Jules est conduit à l'hôpital. Mieux eût valu pour André et Fernand qu'il trépasse pour de bon et se taise à jamais. Manque de chance, il y a aux Vans le fameux professeur Ollier, précurseur de la chirurgie osseuse. L'horrible fracture ouverte représente un formidable champ d'expérimentation qui lui permet d'améliorer sa technique. Peu lui importe l'état de fortune de ses patients. Généreusement, il opère gratuitement les misérables. Ceux-ci sont plus durs à la souffrance et n'osent pas se plaindre du résultat s'il est médiocre.

Il met tout son talent à rafistoler la jambe de Jules, et le sauve d'une mort certaine !

XVIII

La mule blanche

Bertou le Rouge n'a pas un regard pour les belles villes de Tarascon, Beaucaire, Saint-Gilles, l'abbaye de Montmajour ou Arles. Vestiges antiques ou sanctuaires chrétiens n'ont pour lui aucun intérêt. Il marche à grandes enjambées sur les routes empierrées, et des étincelles crépitent sous l'embout ferré de son bâton. Malgré les jérémiades de Philou qui s'essouffle derrière lui, il refuse de faire halte ni pour boire ni pour manger.

Fouettés par le mistral, les nuages, rassemblés en hordes sauvages, galopent si bas qu'ils frôlent les joncs frémissants. L'eau glauque des canaux et des étangs se plisse de vaguelettes aux crêtes argentées. De temps en temps, le soleil écarte violemment les nuées, éclaboussant de lumière les marais qui se teintent d'émeraude. Tout en ruminant, les taureaux placides relèvent la tête pour observer les deux voyageurs. Intrigués, quelques chevaux blancs s'approchent d'un pas dansant, dérangeant les pique-bœufs perchés sur leur dos. Les oiseaux s'envolent en caquetant, très mécontents. Leur curiosité satisfaite, les chevaux secouent leur crinière, et détalent, envoyant les pattes en arrière dans une brève ruade. Un peu plus loin, ils reprennent leur lente mastication, et les pique-bœufs, rassurés, reviennent se lisser les plumes sur leur croupe. Avançant à pas cérémonieux, des centaines de flamants, d'aigrettes, de hérons, plongent le bec dans l'eau à fleur de terre, puis relèvent vivement leur long cou pour avaler leur prise. Parfois, effrayés d'un rien, ils battent des ailes dans un claquement de drap mouillé, et s'élèvent tous ensemble en criaillant, couvrant les étangs de leur ombre rose. Sempiternel, le chant des grenouilles, les cris des mouettes entretiennent une mélopée lancinante qui s'accorde à la mélancolie du pays plat.

« Maître, nous y sommes presque. L'Oricet, c'est par là ! »

Enfin Bertou s'arrête, le cœur battant. Là-bas, appuyé contre l'horizon empourpré de soleil couchant, le grand mas se tasse sous ses toits.

« C'est bien mon garçon, mais, d'abord mes bêtes ! Où sont-elles ? »

Dans un geste d'ignorance, Philou hausse les épaules. Comment savoir où les trouver en ces vastes étendues sans clôtures ?

« Allons jusqu'à la cabane là-bas, au milieu des pâturages. Nous y rencontrerons les gardians qui surveillent les taureaux. Eux pourront peut-être nous renseigner. Sinon, nous allons encore marcher pendant des heures, et en vain peut-être. C'est si vaste ici, et on s'y perd car tout se ressemble ! »

Surmontée d'une croix grossière, arrondie au levant comme l'abside d'une chapelle, la cabane aux murs de pisé, au toit de roseaux, est un abri rudimentaire dont se satisfont ces hommes habitués à peu. Méfiants, ils froncent les sourcils en reconnaissant Philou. Le baron Roustan l'a chassé, ils ne vont pas prendre le risque de lui déplaire en l'accueillant. Néanmoins, ils ont un devoir de civilité envers l'étranger qu'est le muletier. Cet homme-là est des leurs puisqu'il conduit, lui aussi, des bêtes. Évidemment, mules et mulets ne sont pas comparables aux pur-sang élevés sur la manade, et les gardians, par leurs sourires ironiques, expriment clairement le mépris qu'ils vouent à ces hybrides.

« Monsieur le baron sera sûrement enchanté d'être débarrassé de vos carnes. Il vous attendait, rouspétant de vous voir tant tarder. Son honneur lui interdit de disposer de ce qui ne lui appartient pas, mais cela le démangeait de les céder à un boucher pour en faire du saucisson d'Arles. »

Et tous de s'esclaffer en se tapant sur les cuisses.

Ulcéré, Bertou les toise de haut :

« Je ne donnerais pas mes "carnes", comme vous dites, contre l'ensemble des chevaux du baron. Ils valent peut-être cher, mais, hormis vos cavalcades à la poursuite de vachettes, ils ne servent qu'à parader, flattant fol orgueil ou sotte vanité de leurs cavaliers. Mes bonnes mules à moi supportent courageusement des charges de plus de trois cents livres pour apporter aux hommes de contrées lointaines les marchandises et les denrées indispensables à leur bien-être. »

Sentant le muletier proche de la colère, le *bayle*[1] des gardians intervient :

« Ne vous fâchez pas, l'ami ! Suivez plutôt la direction du ponant. Il m'est avis que vous y rencontrerez sans tarder ce que vous cherchez. »

Remerciant à peine le vieil homme, Bertou repart, fou d'impatience, forçant encore plus l'allure. Le soleil s'est enfoncé vers l'autre versant de la terre, cerclant l'horizon d'un anneau d'or qui irise encore l'eau des étangs du Vaccarès.

---

1. Bayle : contremaître.

« Maître, nous allons nous perdre, pleurniche Philou.

– Tais-toi, poltron, et dresse l'oreille », lui intime Bertou.

Mettant deux doigts dans sa bouche, le muletier siffle à plusieurs reprises, puis écoute le silence qui s'écoule sur la plaine. Seul résonne le monotone coassement qui rythme la respiration de la terre. À nouveau, Bertou siffle longuement. Cette fois, un aboiement lui répond, bref comme une interrogation.

Sa poitrine se gonfle d'espoir. Il appelle encore : « Castor ! Pollux ! »

Et ils sont là, les deux chiens fidèles, gémissant de bonheur, se dressant contre leur maître pour lécher ses mains, se roulant à ses pieds, offrant le ventre à ses caresses. S'agenouillant au sol, Bertou les embrasse, pleurant et riant à la fois. Les chiens enfoncent leur truffe contre son cou, frottent de leur langue ses joues râpeuses. Par des jappements dolents, ils expriment doucement tout ce qu'ils ressentent dans leur cœur de bêtes qui se sont cru abandonnées et n'en peuvent plus de joie en retrouvant leur maître adoré.

« Jésus, Marie et tous les saints du paradis ! Mon Dieu, le Rouge ! Regardez, regardez donc ! »

Pétrifié comme s'il voyait des revenants dans leur linceul, Philou pointe du doigt la couble qui vient vers eux, traversant au petit trot un rayon de lune.

Il est là le premier, Finaud le viégi, qui incline sa grosse tête pour saluer le muletier, toujours à genoux. Et Bertou tend les bras pour se relever en s'accrochant à son garrot. Il le serre, le flatte, l'embrasse comme un ami très cher qu'il n'espérait plus revoir. Le mulet le heurte doucement, cherchant ses mains pour y enfoncer ses naseaux.

« Mon beau Finaud, mon bon, mon brave viégi ! Comme tu m'as manqué ! »

Et la bête sensible, le comprenant sûrement, retrousse les lèvres sur ses longues dents jaunes pour lui sourire, avant d'entonner un braiment tonitruant qui fait s'envoler les hérons assoupis et plonger au fond de leur mare les grenouilles affolées.

Mais les autres sont là également, l'entourant, le bousculant, mâchouillant ses vêtements, quémandant leur part de caresses. Un à un, Bertou les reconnaît, leur parle, les étreint passionnément. Il y a Joli, Têtu, Merlin, Cadet, Brossette, Pinot, Boulet, Muscade, qui se poussent et se trémoussent pour l'approcher au plus près.

Bertou rit, Bertou clame son allégresse, le visage renversé vers un ciel plein d'étoiles. Et puis, tout à coup, la joie le quitte, sa gorge se serre. Il vient de ressentir une insupportable absence. Où est

Merveille, sa mule de barde ? Se peut-il qu'elle seule ait disparu ?

Non, elle est là, à l'écart, mais si fière, si exclusive, si jalouse, qu'elle ne saurait partager avec les autres l'émotion des retrouvailles. Immobile, elle regarde ailleurs. Elle veut paraître indifférente, mais elle tremble et, comme une amante délaissée, elle attend désespérément qu'il vienne vers elle. Ce n'est que lorsqu'elle sent, contre son encolure, la chaleur de sa respiration, qu'elle se retourne brusquement et le fixe d'un regard éperdu d'amour. Alors seulement, poussant un soupir, elle pose sa tête sur son épaule. Bouleversé, Bertou demeure silencieux. Il enfonce sa figure contre sa crinière, la mouillant de larmes de bonheur.

« Maître, maître, les poulains noirs n'y sont plus ! »

Ramené à la réalité par les hurlements de Philou, Bertou éclate de rire. Qu'importent les poulains noirs ? Il s'en moque ! Il les donne volontiers pour prix de la grâce qui lui a été accordée de retrouver ses bêtes à lui, ses bons et loyaux compagnons.

Répondant à son rire, deux chouettes se donnent la réplique, et les grenouilles, rassurées, vocalisent à gorge déployée.

Étendant sa cape au sol, Bertou indique au jeune garçon d'en faire autant.

« Toi qui voulais tant te reposer, c'est le moment !

– Ne chercherons-nous pas une auberge ?

– En connais-tu de meilleure ? Une paillasse d'herbes odorantes, un ciel de lit de velours étoilé, des courtines de brise. Castor et Pollux dressent la garde. Mes vaillants mulets se serrent près de nous pour nous tenir chaud. C'est le paradis ! »

S'enroulant dans sa cape, Bertou ferme les yeux sans attendre la réponse de Philou. Celui-ci sait qu'il est inutile de discuter, et il se résigne à se coucher par terre, trouvant le sol humide, le vent glacial et l'air empestant le crottin. Encore heureux que ce ne soit pas la saison des moustiques ! Ne parlons pas de la faim qui le tenaille, n'ayant rien avalé depuis le matin. Il reste un bout de saucisson au fond de sa besace mais, à présent qu'il sait qu'il est fabriqué ici avec de la chair d'âne ou de mulet, il refuse d'en manger. La fatigue de la marche a raison de sa mauvaise humeur. Il sombre à son tour dans un sommeil si profond que le jour le surprend avant qu'il n'ait eu le temps de souffrir de l'inconfort de sa chambre agreste.

*

* *

Se dressant sur son séant, Philou s'effraie d'être seul. Plus de mulets, plus de chiens, plus de Bertou ! Sautant sur ses pieds, il court en tous sens, appelant son maître.

« Par ici, mon gars ! », entend-il enfin de derrière la digue qui le sépare du petit Rhône. S'étant mis nu, Bertou a entraîné les mules dans le cours d'eau peu profond en cet endroit, et il les bouchonne avec une étoupe de joncs.

« J'essaye de les rendre présentables. Elles me faisaient honte ! Elles sont crottées comme des cochons qui se sont roulés dans la souille. Autant pour nous, mon gaillard. Un sérieux récurage s'impose. Nous allons rendre visite au baron : il s'agit de lui donner une bonne impression des montagnards que nous sommes. »

Philou n'a pas besoin de tâter l'eau du bout de l'orteil pour savoir qu'elle est beaucoup trop froide à son goût. Mais, d'un simple haussement de sourcils, Bertou lui coupe toute idée de récrimination. À regret, il se dépouille de ses hardes, les pliant méticuleusement pour retarder l'épreuve. Au contraire de lui, ces sacrées mules trépignent de contentement, s'éclaboussant à plaisir. Sans redouter la froidure, Bertou s'immerge complètement. Quand il reparaît, il se sent régénéré, débarrassé de toute incertitude, à nouveau assuré de sa force. Rejetant ses cheveux en arrière, il bombe le torse et s'étire pour offrir son corps vigoureux aux rayons du soleil.

Sautillant d'un pied sur l'autre, serrant sa maigre poitrine entre ses deux bras, Philou se retourne, espérant une divine intervention qui le sauverait du supplice. Et là, sur la digue qui les surplombe, que ne voit-il pas ?

Une jeune mule, toute blanche, qui les épie, attirée sans doute par la présence de ses congénères.

Philou en est tellement saisi que, voulant avertir Bertou, il vire sur lui-même, perd l'équilibre et tombe à l'eau où il coule comme une pierre. Alerté par le bruit, Bertou s'empresse de le repêcher, lui envoyant de rudes tapes dans le dos pour le faire cracher. Dès qu'il a repris son souffle, Philou cherche des yeux son apparition. En vain, la mule a disparu !

« Hé ! Sacripant, que t'arrive-t-il ? Tu roules des yeux comme si tu avais vu le diable.

– Non, maître, la mule blanche. J'ai vu la mule blanche. Elle était là, sur la digue, elle nous regardait.

– Tu as des visions maintenant ?

– Je vous le jure ! Elle était là, aussi vrai que je vais mourir de froid si je ne me rhabille pas tout de suite. »

C'est vrai qu'il est chétif et maigrelet le gamin. Il claque des dents, et sa peau vire au bleu.

Compatissant, Bertou le ramène sur la berge, puis, intrigué monte sur la digue.

Juste à ce moment, la mule qui s'était enfuie revient, poussée par la curiosité. L'homme et la bête, aussi surpris l'un que l'autre, se découvrent, proches à se toucher. Tous deux demeurent immobiles, s'observant, se jaugeant. Bertou sait que le moindre geste susciterait la panique de l'animal, alors il se contente de lui parler, d'une voix grave et chantante.

« Viens, ma fille, n'aie pas peur, je ne te ferai aucun mal. D'où sors-tu ? Mais non, je le sais ! C'est maître Théophile qui t'envoie ! Sans y croire vraiment, je t'attendais ! Tu es celle qui portera ma Léone, celle qui la guidera sur les chemins de notre vie. Approche ma jolie, viens sentir ma main. Elle te sera douce, je te le promets. »

Le voyant avancer la main, la mule écarte son cou, mais sans reculer, sans cesser de braquer sur l'homme un œil écarquillé. Le vent soulève d'un même mouvement la crinière blanche et la tignasse rousse. Malgré sa nudité, Bertou a chaud. Il se tait, ne bouge pas plus qu'un arbre. Toute sa volonté est tendue vers la conquête de l'animal dont il retient l'attention par la fascination de son regard. Et le charme opère. Très lentement, sans remuer une patte, la mule allonge le cou pour humer la paume offerte, et Bertou effleure la peau de velours sous la lèvre rose.

« Ah, ça ! Vous voyez bien, maître, que je n'ai pas eu la berlue ! »

L'exclamation de Philou, survenant si mal à propos, provoque la fuite éperdue de la mule. Furieux, Bertou lève la main :

« Crétin ! Si je ne me retenais pas, je t'en flanquerais une pour t'apprendre à te taire.

– Oh, maître ! Ne vous tracassez pas, elle reviendra. Cela fait longtemps qu'elle suit vos mules de pas trop loin, car les chevaux de la manade de l'Oricet la repoussent. Ils comprennent qu'elle n'est pas des leurs. Si elle vous plaît tant que ça, vous n'avez qu'à la demander au baron. À ce propos, n'oubliez-vous pas que nous devons lui rendre visite ? Il faudrait peut-être vous vêtir plus décemment ? »

La gifle se transforme en bourrade affectueuse.

« C'est vrai mon gars ! Tu vas voir comment un maître muletier s'adresse à un seigneur de Camargue ! »

S'étant rasé soigneusement, Bertou peigne et noue ses longs cheveux sur la nuque. Vidant son sac, il en sort une chemise propre, sa cravate, son gilet et sa ceinture rouge à triple tour, sa veste de cadis blanc aux boutons de cuivre. Par-dessus ses brodequins, il ajuste ses guêtres blanches, retenues à la culotte de cuir par des jarretières rouges. Du revers de sa manche, il lustre son chapeau, puis il l'ajuste sur sa tête, légèrement en arrière pour montrer son visage à découvert.

Bertou le Rouge est revenu, superbe et arrogant.

*
*   *

Léonard Roustan d'Oricet fronce les sourcils. Quels sont ces importuns ? Il s'apprête à monter Zénon, son cheval favori, pour un galop matinal, quand il les aperçoit, engagés sur l'allée de platanes qui conduit au mas. Le valet qui tient l'étalon par le licol, reconnaît le jeune Philou.

« Monsieur le baron, c'est ce garçon, compagnon de celui qui tracassait mademoiselle Anaïs, et que vous avez fait chasser l'autre jour. Dois-je lui ordonner de déguerpir ?

– Et le grand, qui est-ce ?

– Ma foi, je ne sais ! Sauf qu'il est bien mis et paraît fort décidé !

– Voyons ce qu'ils veulent. La meilleure façon de se débarrasser des gêneurs, c'est d'abord de les écouter. »

Désirant cependant marquer son déplaisir et indiquer qu'il n'a pas de temps à perdre, Léonard Roustan enfourche déjà sa monture. Le cheval nerveux s'agite, et le baron, agacé, tire d'un coup sec sur les rênes. Zénon n'apprécie pas le cisaillement du mors dans sa bouche sensible. Tordant la ganache, il vire sur lui-même, se trouvant soudain nez à nez avec le muletier.

Est-ce la haute stature de l'homme ou le rouge flamboyant de ses atours ? Toujours est-il que Zénon éprouve une peur irraisonnée et se cabre, désarçonnant son cavalier.

Jurant comme un païen, le manadier chute lourdement sur son séant. Le velours de sa veste est gris de poussière, son chapeau a volé au loin. Philou se camoufle derrière son maître, ne pouvant résister à un fou rire. Poursuivi par le valet, l'étalon ombrageux s'échappe, retournant tout droit aux écuries. Courbatu et, plus encore, mortifié, Léonard Roustan se voit contraint d'accepter la main tendue de Bertou pour se relever. Ce dernier, connaissant la susceptibilité des orgueilleux, ménage son amour-propre en se gardant de toute allusion à l'incident. Comme d'égal à égal, sans enlever son chapeau, il se présente :

« Bertou le Rouge, muletier du Vivarais ! »

Ne laissant pas au baron le temps de réagir, il poursuit :

« Monsieur Roustan d'Oricet, vous avez certainement entendu parler de moi comme j'ai entendu parler de vous. Évitons les préambules et venons-en aux faits. Vous savez que mes mulets séjournent sur vos terres. Je sais quels désagréments vous a causé Louis Desroudhil, mon jeune associé. Il faut que nous mettions cela au clair, vous et moi, en toute sincérité. »

Se faisant violence pour ne pas frotter sa hanche douloureuse, le baron remet rageusement son chapeau que Philou, encore hilare, vient de lui apporter, et répond, haussant le ton :

« Ah ! vous voilà, vous ! Je n'étais pas fier de voir se mêler des mulets à ma manade. Mais ceci n'est que broutille face à la conduite inqualifiable de cet hypocrite que j'avais eu la faiblesse d'engager, le croyant sérieux alors qu'il n'était qu'un fourbe et un voleur, attentant à l'honneur d'une jeune fille !

– Holà ! Je vous arrête, baron. Il ne faut pas exagérer ! Louis est amoureux de votre fille, ce qui n'est pas un crime pour un jeune homme normalement constitué. Ses intentions étaient honnêtes puisqu'il vous l'a demandée en mariage.

– En mariage ! Vous moquez-vous, monsieur ? Pouvez-vous concevoir que je donnerais ma princesse à une espèce de saltimbanque, toujours par monts et par vaux, à traîner de foires en marchés par tous les temps pour écouler ses marchandises ? Avant de savoir marcher, Anaïs a monté mes chevaux les plus racés. Il faut la voir, si gracieuse, en tenue d'amazone, la traîne de sa jupe de satin ondulant sur la croupe de sa jument. L'imaginez-vous, juchée sur une mule entre deux sacs de lentilles ? Sans vouloir vous offenser, admettez, monsieur, nous ne sommes pas du même monde ! Nous, les Camarguais, sommes de souche noble, et nous nous marions entre nous pour préserver notre patrimoine. Éleveurs d'une race de chevaux hors pair, nous sommes aussi défenseurs des traditions tauromachiques, fiers de notre culture, et poètes à nos heures. Nos femmes sont des reines de beauté, d'élégance et de grâce. Anaïs est ma seule héritière. Elle, qui possédera le plus grand domaine du delta du Rhône, peut prétendre aux plus beaux partis !

– Certes, baron, mais sera-t-elle heureuse ?

– Fadaises ! Elle élèvera ses enfants dans la morale chrétienne et tiendra haut son rang dans notre société. Cela suffira à combler sa vie.

– En effet, baron, dans ces conditions, je ne vois rien à ajouter. Je vais vous débarrasser de ce jeune fat et de mes mulets indésirables. Il va de soi que je vous propose dédommagement ! À combien estimez-vous le préjudice subit ?

– Il n'en est pas question ! Je ne m'abaisserai pas à ça ! J'apprécie votre démarche. Vous êtes certainement un homme honorable. Dans d'autres circonstances, j'aurais été enchanté de vous rencontrer.

– Nous ne choisissons pas les circonstances. Elles nous surprennent pour nous éprouver et, parfois, nous dérouter. Baron Roustan, je vous souhaite de toujours garder la certitude de maîtriser votre destin et celui de mademoiselle votre fille. Une dernière chose avant de nous quitter définitivement : accepteriez-vous de me vendre cette étonnante mule blanche qui semble s'attacher à ma couble ?

– Grands dieux ! La mule blanche ! Elle existe encore ? J'avais ordonné à mes gardians de l'éliminer. Elle est la honte de ma manade. Pensez donc, une de mes plus belles juments prise par un âne de cette tribu de *boumians*[1] qui campent près des Saintes-Maries-de-la-Mer. Délivrez-moi de cette engeance, vous me rendrez service ! »

Tendant la main, Bertou frappe celle du baron.

« *Patcho* faite ! »

Et jamais marché tant convoité ne fut si aisément conclu.

Sur le point de s'en aller, Bertou hésite, puis revient à la charge :

« À propos, baron, pour me faire gagner du temps, auriez-vous connaissance du lieu où je pourrais retrouver mon acolyte et… les harnachements de mes bêtes ?

– Pour ce qui est de vos équipements, je vous félicite, j'en ai rarement vu d'aussi beaux. Vous les

1. *Boumian : gitan, bohémien.*

récupérerez dans ma remise au bout du domaine. Un de mes hommes vous les restituera. Vous pouvez me faire confiance, il ne manque pas un clou ! Quant à ce maudit effronté, je ne veux pas savoir où il se cache pour ne pas avoir la tentation de l'étriper. Mais personne ne passe inaperçu par ici, et n'importe qui d'autre vous renseignera. Adieu muletier, et bon vent ! »

Coupant court, Léonard Roustan s'éloigne, boitillant légèrement. Du plus loin, il invective son valet qui l'attend, tout déconfit, retenant Zénon qui broute tranquillement l'herbe du fossé.

Bertou le suit des yeux, partagé entre irritation et admiration. Pour qui se prennent-ils, ces seigneurs de Camargue ? Se croyant au-dessus des lois réservées aux communs, ils appliquent leur propre code de conduite, à la fois d'honneur et d'outrecuidance. Cependant lui, Bertou le Rouge, n'agit-il pas de même quand c'est son cœur qui commande ?

*
* *

Les gardians savent déjà qu'ils doivent seconder le muletier. Ce sont eux qui rassemblent la couble, s'étonnant d'avoir tant de fil à retordre avec ces bêtes qu'ils qualifiaient de stupides. Reprendre le harnais, supporter le bât, leur déplaît après avoir profité si longtemps de la liberté de leurs mouvements. Seul Bertou parvient à leur faire accepter le mors, à force de douceur et de mots câlins. La mule blanche, prise au lasso, se débat au risque de s'étrangler. Elle a en elle le sang fougueux des chevaux sauvages et la roublardise de l'âne espagnol. Elle ne se laissera dompter que par celui qu'elle aimera passionnément. Renversée à terre, les pattes entravées par les gardians qui rient de ses vains efforts pour se relever, elle rauque plaintivement, les yeux exorbités de terreur, tordant la tête en tous sens.

« Laissez-la, éloignez-vous ! » ordonne Bertou, plein de pitié.

Il s'accroupit auprès d'elle pour ne pas l'effrayer davantage en la dominant. Tout en lui parlant, il la flatte, caressant son flanc où les côtes saillent sous la peau marquée de vilaines morsures. Peu à peu l'animal se calme, repose la tête au sol, ferme les paupières, se laisse gratter le chanfrein, les joues, les oreilles.

« Écoute-moi, Alba, car c'est ainsi que tu t'appelleras, fais-moi confiance, ne crains rien. Tu es un cadeau du ciel et jamais plus tu ne subiras de violences. Seule ma bien-aimée montera sur ton échine, mais elle est si menue qu'elle ne te pèsera guère. Je ferai de toi mon emblème et tu rendras ma couble la plus célèbre du Vivarais à l'Auvergne. Tu verras la belle vie que je vais te faire. Jamais tu ne regretteras ce pays où tu as souffert, car je t'emmène sur les chemins de la liberté, tels que je les ai choisis pour moi. »

La mule a rouvert les yeux et elle contemple cet homme étrange qui ne crie pas. Quand il détache les cordes, elle se remet sur ses pattes, mais, subjuguée, ne pense pas à s'échapper. Retenue par une simple longe, elle trotte à côté de Bertou qui chevauche Merveille. La couble leur emboîte le pas, et les trintrins carillonnants imposent le silence à tous les échassiers, les mouettes et les grenouilles médusés.

*

* *

Les gardians leur ont indiqué le refuge de Louis, là-bas en bordure de l'étang du Vaccarès. Ce n'est même pas une cabane. Seulement un affût, fait de roseaux, où les chasseurs guettent les canards à la passée du soir. C'est là qu'il s'est réfugié le fier Desroudhil, comme une bête blessée qui se cache pour mourir.

Entendant les clochettes, la fille est sortie de l'abri. Avec ses longs cheveux noirs qui tombent jusqu'au bas des reins, elle est belle sous sa robe multicolore qui dévoile ses bras et ses jambes. Hargneuse, elle leur fait signe de rebrousser chemin, mais Philou va vers elle :

« Ho ! Myriam ! Ne me reconnais-tu pas ? C'est toi qui nous as dit la bonne aventure à mon compagnon et à moi, le jour où nous t'avons surprise à dérober les œufs dans le poulailler du mas d'Oricet ? Tu n'avais pas été farouche avec nous, cette fois-là, pour nous convaincre de nous taire ! »

La *caraque*[1] se souvient et elle court vers Philou, le prenant par la main pour l'entraîner vers la hutte.

Gisant à même le sol, P'tit Louis semble inconscient. Ses vêtements déchirés et poisseux de sang, son nez cassé, son visage tuméfié, révèlent qu'il a été rossé sévèrement. Cependant, quand Bertou se penche sur lui, l'appelant par son nom, il gémit. Des larmes sourdent sous ses paupières si gonflées qu'il peut à peine les soulever. Ses lèvres éclatées s'entrouvrent pour murmurer :

« Sauvez-moi ! »

Saisi de compassion comme de colère, Bertou s'emporte :

« Qui t'a fait ça ? Dis-le-moi, que j'aille lui régler son compte ! Est-ce le baron ? »

Louis est incapable de répondre, mais la fille s'interpose :

« Laissez-le tranquille. Je vais vous expliquer. Ce garçon, il est fou ! Fou d'amour pour la demoiselle Anaïs qui se moque bien de lui. Et moi, pauvre de

---

1. Caraque : gitane.

moi, je suis aussi folle que lui d'avoir cru qu'il pourrait l'oublier et avoir un regard tendre pour moi, toute bohémienne que je suis. Il s'est servi de moi quand il a voulu vendre ses jeunes mulets, sachant que ceux de ma tribu sont de fameux maquignons. Il m'a fait les yeux doux, m'a promis qu'il se consolerait avec moi, me ferait partager sa vie de muletier, m'emmènerait au pays des volcans. Je l'ai introduit dans mon clan et il a fait affaire avec mes cousins catalans. Le fourbe ! Il m'avait menti : cet argent devait servir à enlever mademoiselle Anaïs que son père a enfermée au pensionnat des bonnes sœurs, en Avignon. Je l'ai su, et, malade de jalousie, je l'ai dénoncé à mes frères, l'accusant de m'avoir violentée. Ils auraient pu le tuer si je ne les avais pas retenus. Mais, par sainte Sarah, patronne des gitans, je l'aime trop ! Je ne peux vouloir sa mort, même s'il préfère une autre que moi ! Je l'ai soigné, il va mieux déjà. Je vais tant faire qu'il finira par m'aimer ! »

Se jetant à genoux près du jeune homme, Myriam baise son front, caresse ses joues :

« *Querido mío, te pedo, dispense me. Soy malissima, pero, te amo tan mucho ! Y tú, que me dices, mi amor ?*[1] »

---

1. Mon chéri, pardonne-moi. Je suis une méchante fille, mais je l'aime tant ! Et toi, que dis-tu mon amour ?

Mais Louis détourne la tête, s'agrippe à la veste du muletier et répète, d'une voix plaintive :

« Sauvez-moi, ramenez-moi à la maison ! »

Bertou ne peut s'empêcher de sourire.

« Eh ! mon garçon ! Tu m'as l'air d'avoir compris pas mal de choses quant aux femmes ! Ne t'en fais pas, je vais te sortir de là. Te sens-tu capable de te jucher sur Joli ? »

Louis est prêt à endurer les pires souffrances pour partir au plus vite. Grimaçant, geignant, il se relève, soutenu par Philou. Il doit avoir quelques côtes cassées en plus des nombreuses ecchymoses et balafres qui endolorissent ses membres. Peu importe, rien ne le retiendra ici, et surtout pas les pleurs ni les supplications de Myriam qui tente de le prendre dans ses bras. Serrant les dents, il s'accroche au bât et prend appui du pied sur les mains croisées de Philou pour se hisser sur le dos de Joli. L'effort lui donne les trois sueurs. Le ciel bascule dans l'étang du Vaccarès, les criaillements des flamants roses percent ses tempes. Il s'affale sur l'encolure du mulet. Mais Bertou veille et l'empêche de glisser en bas de sa monture. Une bonne gifle le remettrait d'aplomb, mais le pauvre gosse est assez esquinté sans qu'on en rajoute. Une goutte du cordial réservé aux bêtes suffit à le requinquer.

« Ça ira mon garçon ?

– Oui, maître. Je ferai aller ! »

Alors seulement Bertou s'aperçoit que Louis est plus dépouillé qu'un gueux. Il ne possède que les vêtements en loques qu'il porte sur lui. Ni besace, ni cape, ni chapeau. Son oreille ensanglantée indique que la fameuse boucle d'oreille, à laquelle il tenait tant, a été arrachée en déchirant le lobe. Tout lui a été dérobé, y compris évidemment l'argent de la vente des muletons. Ont disparu avec eux les belles lunes de cuivre ciselées des prétentieuses initiales L. D. et les trintrins achetés à crédit.

Bertou empoigne la gitane qui poursuit ses jérémiades amoureuses :

« Dis donc, la fille ! Cesse tes simagrées et dis-moi où est passé le magot de Louis. Tu dois bien le savoir !

– Holà ! Lâchez-moi ! Vous me faites mal ! S'il renonce à vous suivre, s'il reste avec moi, s'il tient ses promesses, mes frères lui rendront tout. Sinon, que le diable l'emporte et le jette au feu de ces volcans que je ne verrai jamais. Allez me dénoncer, portez plainte si vous l'osez ! Mais je vous jetterai un sort, et la malédiction s'abattra sur vous et votre descendance jusqu'à la septième génération. Nous autres, gens de nulle part, nous ne craignons personne, nous nous moquons de vos lois, et même les gendarmes ont peur de nous. De toute façon, vous ne nous retrouverez pas. Comme le vent et comme l'eau entre les doigts, nous sommes insaisissables ! »

Se libérant d'une secousse, Myriam fixe le muletier d'un regard provocant, et, sans reculer, crache à ses pieds pour marquer son dédain. Détournant la tête, Louis supplie tout bas :

« Partons, maître, cela ne sert à rien. Tout est de ma faute. Je n'étais pas de taille. J'ai perdu. »

Bertou soupire. Il est vrai que tout se paye d'une façon ou d'une autre. Mais vraiment, cet enfant acquiert son expérience à un prix exorbitant. Voilà un associé qui rapporte plus d'ennuis que de profits. Pour apaiser son amertume il s'efforce de penser à Léone. Après tout, il n'y a rien à regretter puisque c'est grâce à cet inconséquent qu'il a rencontré sa bien-aimée. Il ne perdra pas son temps à poursuivre des voleurs, puisqu'elle l'attend. Pourtant, piqué au vif, il lui aurait plu de prouver à cette tribu de gitans que Bertou le Rouge, autrement plus retors que la maréchaussée, ne se laisse pas impressionner par des jeteurs de sorts. C'est bien la première fois qu'il se laisse ridiculiser sans prendre une solide revanche. L'amour suggère parfois la sagesse et, à regret, le muletier fait faire demi-tour à sa mule.

« Hue ! Dia ! »

Claquant haut son fouet, Bertou le Rouge fait avancer la couble.

Tinrelintintin, dri'ngueli'ngueli'ng, les clochettes battent la mesure, les mulets lèvent les pieds en cadence. Fièrement, Finaud le viégi, porte sur son front le haut plumet rouge comme un glorieux étendard. Il n'est pas un oiseau qui, en passant, ne lui jette un regard jaloux.

Relevant son chapeau pour saluer les gardians montés sur leurs chevaux et les taureaux noirs qui les regardent passer, Philou entonne une chanson improvisée.

Adieu, gardians et bêtes de Camargue,
Adieu filles d'ici qui méchamment nous narguent !
Nous retournons chez nous, au pays des montagnes,
Nous retournons chez nous, au pays de Cocagne !

Sur l'échine des mules, la lourde charge bringuebale
Mais à leurs jolis trintrins les sonnailles déjà signalent
Les hardis muletiers charriant du Vivarais au Velay
Les boutes pleines du bon vin donnant force et gaieté.

Vive les vaillants mulets de la couble à Bertou !
Vive les muletiers et vive l'amour qui rend fou !

Oubliant ses meurtrissures, tant dans son corps que dans son cœur, Louis reprend le refrain à tue-tête. Bertou ne résiste pas longtemps et entonne à son tour la ritournelle. Tout en chantant, il jette un regard discret à la mule blanche. Elle trotte à hauteur de Merveille sans s'écarter, sans tirer sur sa longe, les oreilles pointées vers l'avant pour mieux écouter.

Attendri, Bertou se penche pour lui tapoter la croupe :

« Alba, ma belle, cela te plaît-il ? »

Alba s'incline vers lui, montrant un œil étonné. Puis elle secoue vivement la tête, faisant voleter sa longue crinière, ce qui est assurément sa façon de répondre oui.

XIX

Les Rameaux

IL SUFFIT DE DEUX JOURS DE MARCHE pour, qu'en atteignant la bastide Jullian, Alba soit la plus docile des mules, et que Louis, ragaillardi, ait oublié ses déboires amoureux.

Ayant entendu le son de la cayrade, le père, la mère et les trois fils Jullian s'avancent à leur rencontre, manifestant leur contentement avec l'exubérance des Provençaux, prompts à se réjouir. Ils caressent les animaux et surtout admirent leur harnachement. En bonne ménagère, la mère constate l'état rutilant des clochettes, tandis que le père, en habile commerçant, détaille la couble et compte les boutes sèches empilées sur le bât de Muscade. Bertou suit son regard et devine sa préoccupation.

« Il est vrai, père Jullian, que je ne ramène pas autant de mulets que prévu, mais ceux-ci porteront tous deux ouïres pleines de votre bon vin. Les muletons dont je vous avais parlé, m'ont échappé avant que j'aie pu leur donner un nom !

– Pas besoin d'explications, mon brave, et hâtez-vous plutôt de remiser vos bêtes qui doivent languir de se reposer ! La patronne va monter à sa cuisine et se mettre au fourneau. Nous allons descendre à la cave et, avec mes gaillards, vider un tonneau de vin dans le *rajadou*, ce bassin où nous *embuguerons*[1] vos boutes pour leur rendre leur souplesse. Les voisins viendront nous donner la main. Pendant que les hommes s'activeront aux cuveaux, les femmes aideront la mienne à plumer, à farcir et à cuire les volailles. Et, ensuite, tous ensemble, nous allons prendre du bon temps à manger, à boire et à chanter. »

Tout événement est l'occasion de faire bombance chez ces vignerons du Midi, durs au travail mais ardents à la fête. Après le repas (à s'en péter la panse malgré qu'on soit en carême), les jeunes gens du pays montrent aux Ardéchois comment danser la farandole au son du fifre et du tambourin. Cela les change un peu de la bourrée mais, très vite, le rythme est pris, le pas est suivi, surtout quand une charmante vous tient par la main. Déjà Louis est captivé par une certaine Magali, petite espiègle, qui lui tire sa queue-de-cheval, cherchant à se faire attraper tout en faisant semblant de l'éviter. Taquinerie de fille qui aguiche mais

1. *Embuguer : tremper pour humidifier.*

qu'il ne faut pas toucher car le papa et la maman surveillent de près malgré leur apparence débonnaire. Du coup, les garçons de Provence reluquent d'un œil moins amène ces montagnards du Vivarais qui impressionnent les jouvencelles d'ici par leur hardiesse.

Le vin aidant, les esprits commencent à s'échauffer. Les réflexions aigres-douces se chargent de sous-entendus, le ton monte. Heureusement, le père Jullian sait comment détourner leur belliqueuse ardeur ! Il entreprend d'enseigner à ses hôtes quelques ballades provençales. Bertou le Rouge, jamais en reste, réplique en occitan. Peu ou prou, tout le monde se comprend et reprend en chœur, frappant des mains, tapant des pieds pour battre la mesure. Une chansonnette en appelle une autre. Le répertoire est sans limites. Cela crée une ambiance si follement endiablée, que l'on a mauvais gré à se séparer pour aller se coucher. Magali et Louis sont tout retournés, déjà énamourés. Si cette maudite gitane ne lui avait pas dérobé sa croix du Puy, c'est sûr que le jeune muletier l'aurait offerte à sa nouvelle conquête. Il doit se contenter d'abonder en serments d'amour et promesses de retour.

Au matin clair, lorsque les boutes clapotantes sont arrimées par paires sur l'échine des mulets, Bertou tire à part le vigneron pour lui régler son dû comme convenu, et lui demander une faveur :

« Père Jullian, serait-ce abuser que de vous démunir de quelques tiges de ce laurier qui monte au coin de votre porcherie. J'atteindrai le Puy-en-Velay à l'époque des *Rampands* (les Rameaux comme vous dites ici), et j'aimerais en apporter à la cathédrale de Notre-Dame.

– Pardi, mon ami ! Tenez, voici ma serpette. N'hésitez pas à tailler sévèrement, vous m'ôterez une corvée. Ce laurier pousse comme du chiendent, c'est une vraie calamité ! »

Sans se le faire dire deux fois, Bertou élague l'arbre et fixe les branches feuillues sur le dos des bêtes jusqu'à ce que la couble ressemble à une forêt en marche. La famille Jullian en est ébahie et Bertou doit leur expliquer :

« Chez nous, là-haut, le laurier ne supporte pas le climat trop rigoureux. Cependant, c'est lui que les gens du plateau veulent faire bénir à la fin du carême. Les paysans le conservent pieusement pour le brûler en priant Dieu, la Vierge noire ou je ne sais quel saint en cas de danger menaçant ceux de la maison. Ne vous y trompez pas, je vais vendre ces rameaux à bon prix, et je n'en aurai pas pour les derniers ! Mais à mon prochain passage, pour vous remercier, je vous apporterai quelques jolis cadeaux, tels qu'on n'en trouve que dans la bonne ville du Puy ! Des épingles à tête colorée pour les dames, des tabatières pour les messieurs. »

La caravane s'ébranle, et les rameaux verts ondulent d'avant en arrière suivant la foulée des paturons.

Tant que les muletiers sont en vue, les Jullian et leurs voisins restent plantés là, sur la colline, agitant leur mouchoir en signe d'au revoir. Trompant la vigilance de sa mère, la petite Magali s'échappe et, empruntant un chemin de traverse, rejoint la couble au moment où elle atteint le Rhône. Se pendant au cou de Louis, elle supplie :

« Emmenez-moi avec vous ! Je ne veux plus jamais vous quitter ! »

Avant que le jeune Desroudhil n'ait pu ouvrir la bouche, Bertou le Rouge gronde, la voix gonflée de colère :

« Il n'en est pas question ! Ma patience a des limites ! Retournez de ce pas chez vos parents, jeune fille. Vous méritez quelques coups de martinet pour vous remettre les idées en place ! »

Lui-même agite son fouet, et on sent qu'il brûle d'envie d'émouchiller légèrement la donzelle. D'abord fâché, Louis saisit vite son intérêt, et il console la pauvre Magali d'un gros poutoun sur la joue.

« Ne soyez pas triste ma mie, la séparation sera courte car je reviendrai après Pâques. Bien vrai, vous pouvez me faire confiance et… je vous apporterai une jolie croix du Puy, en gage de mon amour. »

Aveuglée de larmes, la petite ne voit pas la grimace sceptique de Bertou levant les yeux au ciel. Magali reste sur le ponton, regardant l'embarquement des mules sur le bac à traille qui traverse le fleuve. Captivée d'amour, elle n'entend rien des grognements de Bertou qui s'exaspère tout seul contre la jeunesse dissipée, les filles volages et les mules rétives.

Il faut avouer que ces dernières n'y vont pas de bon cœur sur le plancher du radeau qui tangue. Les chiens ont beau les harceler en leur mordillant les pattes, elles regimbent. Ces grimpeuses de sentiers escarpés n'ont pas le pied marin ! Les trois hommes doivent hausser le ton et les chatouiller du fouet pour les convaincre d'abandonner la terre ferme.

« Ho ! Hisse ! – Ho ! Hisse ! »

Scandant leurs efforts, les bateliers font coulisser les câbles, et le bac glisse au fil de l'eau dans un doux chuintement. Tête baissée, serrées les unes contre les autres, les mules résignées oublient leur peur pour écouter Philou qui improvise encore une chanson à la gloire de ces monts des Cévennes qui se dessinent sur le ciel de l'autre rive. Depuis les chemins de halage, les passants, saisis de ravissement, s'arrêtent et se retournent pour admirer cette île verdoyante de rameaux qui franchit le Rhône, entraînée par la mélodie des intrépides muletiers du Vivarais.

Bertou oublie sa fureur, Louis oublie son amoureuse. Tous ne pensent qu'à leur cher pays de montagnes qu'ils vont enfin regagner.

Cette fois parfaitement à l'aise, mules et mulets quittent l'embarcation d'un pas léger, piaffant de plaisir en retrouvant la terre ferme, prêts à franchir des lieues et des lieues d'un voyage toujours aventureux.

*
* *

Qui ne connaît l'impatience, mêlée d'anxiété, de celui qui revient après une longue absence ? On espère et on redoute, on se hâte, et parfois on se détourne pour retarder ce moment tant attendu des retrouvailles.

Les trois hommes cheminent en silence, chacun perdu dans ses songes. Malgré tout ce que lui en a raconté le Rouge, comment Louis peut-il imaginer la destruction du château des Anglanières, la ruine de sa famille ? Quel accueil lui réserve sa mère, sachant qu'il n'a rien accompli dont elle puisse être fière ?

Malgré l'amour qui lui a fait vaincre la mort, comment Bertou peut-il être certain que Léone l'attend ? Est-elle seulement délivrée de l'enfant qu'il a promis d'aimer ?

Quant à Philou, il n'est pas plus gai, suspectant la fureur de son père resté si longtemps sans nouvelles, présageant qu'il lui imposera de rester comme valet à l'auberge du Bez.

Seuls les mulets, sans état d'âme, trottent allègrement, menant un tel train qu'en deux jours ils atteignent le hameau des Deux-Aigues, au confluent de la Baume et de la Drobie. Ils ne sont qu'à une demi-journée de marche du Blaroux, mais, au lieu de se précipiter, Bertou commande la halte. Soudain, le repos lui paraît indispensable. Il prétend les bêtes épuisées, boiteuses, écorchées sous la charge. Lui-même se sent si fatigué qu'il craint avoir contracté un mauvais mal. Sa gorge se gonfle à l'étouffer, la nausée tord son estomac, ses entrailles le brûlent. Tandis que les jeunes gens débâtent les mules sous la mauvaise remise du café du Gua, il s'éloigne et va s'asseoir au bord de la rivière, saisi d'une grande faiblesse. Prostré, il contemple sans le voir le miroitement du soleil sur l'eau claire, et même le passage d'une truite se faufilant entre les galets n'éveille pas son attention. Plus loin, maussade, Louis fait ricocher des cailloux sur l'onde.

Seul Philou ne tient pas en place. Il s'attriste tant à l'idée de renoncer au métier de muletier, qu'il confie son désespoir aux mulets tout en les caressant, les grattouillant sur le chanfrein. Les braves bêtes tendent les oreilles mais n'apportent point de réponse. Pour tromper son ennui, il entreprend de les étriller, tirant les brosses du sac à rambail. Si les habitués se laissent faire avec complaisance, Alba, la mule blanche, redoute tout ce qui lui est inconnu. Un geste un peu vif la fait se cabrer, et si elle n'était pas entravée, elle prendrait le galop. La mettre en confiance est un art qui exige beaucoup de patience et d'amour. Mais Philou aime les gageures, et se fait fort de séduire la réticente.

La sortant de la remise, il attache sa longe à un arbrisseau face à la Baume. L'eau est un élément familier pour un animal de Camargue, et Alba laisse errer un regard nostalgique sur la rivière. Devine-t-elle que celle-ci ira de l'Ardèche au Rhône s'étaler dans l'étang du Vaccarès ? Tout en chantonnant pour la distraire, Philou passe la brosse sur son dos, sa croupe, mais doucement, sans lui faire sentir la morsure du fer. Peu à peu, il accentue son geste, tente de carder la queue et la crinière. Alba se raidit, et Philou redouble de câlineries pour la rassurer. Elle se détend, et il peut reprendre son lent travail, démêlant les crins un à un. Débarrassée de sa bourre, la soie du poil réapparaît. Ondoyant sur l'encolure, la crinière se soulève et volette au moindre souffle. D'habitude, par commodité, elle doit être rasée, mais ce serait sacrilège, autant que de couper sa chevelure à une jolie femme. Alors Philou, la partage en mèches, qu'il noue en une douzaine de petites tresses, retombant bien alignées de chaque côté du cou. Hésitant à peine, il resserre chaque bout par une ganse de cette laine rouge dont il voulait rapporter un écheveau à sa mère. La queue, si longue qu'elle touche les chevilles, est devenue un panache que Alba, très consciente de sa beauté, agite comme plumes au vent. Qui oserait prétendre qu'une mule n'a aucune grâce ?

Pas Bertou, assurément, tiré de sa morosité, qui revient tout rieur de contentement devant la métamorphose de la sauvageonne.

« Dois-je lui tresser également les crins de sa queue ? interroge Philou.

– Non, ce serait dommage ! Je sais cependant un ornement supplémentaire qui lui siérait à ravir ! Des jambières aussi rouges que tes nœuds. »

Se défaisant de sa ceinture de flanelle rouge, Bertou en déchire quatre bandes qu'il enroule méticuleusement autour des jarrets de la mule. Effectivement, c'est du plus bel effet ! Louis renonce à ses ricochets pour admirer de plus près. Flattée de leur intérêt, Alba soulève un sabot après l'autre pour un pas de danse, et encense comme un cheval de cirque.

« Maître, constate Philou, cette coquine va se trouver trop belle pour porter la charge !

– Tu n'as pas tort, mon bon Philou. C'est la vanité des parents qui rend les enfants prétentieux et bons à rien. Je n'aurais que faire d'une capricieuse. Il est temps de commencer l'éducation de cette demoiselle. »

D'une des bennes d'osier, Bertou sort un harnachement léger. Le tenant caché, il s'approche d'Alba, gratte son front, ses oreilles, laisse sa main descendre le long des joues et des naseaux, puis des lèvres. Sans méfiance, la mule ferme les yeux de plaisir et ne sent pas le moment où le mors prend place dans sa bouche. La flattant toujours, lui susurrant des mots doux, Bertou, d'un geste lent, accroche les fines lanières du bridel autour de ses oreilles et sous sa ganache. La mule ne s'est aperçue de rien ! Lorsque, redressant la tête, elle éprouve la contrainte inconnue, elle se rebelle, se cabre, rue, brait de fureur. Frottant sa bouche contre ses antérieurs, elle essaye de se débarrasser du fer qui la gêne. Mais le maître la domine, retenant la bride. Inutile de résister. Cependant la main de l'homme la caresse encore, la voix grave de l'homme l'appelle au calme. L'affolement de la bête cède à la tristesse. Les grands yeux clairs s'ombrent de résignation. Alba baisse la tête, renonce à sa liberté, accepte de se soumettre à cet homme-là, parce qu'elle l'aime.

Un attroupement s'est formé de ceux qui étaient attablés au café et de ceux qui arrivent aux Deux-Aigues, de retour du marché. Ils ont suivi l'épreuve de domptage en silence, mais à présent les langues se délient, tous parlent à la fois sans écouter les autres. Bien qu'ils admettent l'adresse de Bertou, ils veulent expliquer « leur » façon, prétendant pratiquer une meilleure manière. Les anecdotes foisonnent, toujours précédées d'un « Moi, je… » péremptoire.

Quelques-uns, moins bavards, observent Louis du coin de l'œil.

« Dis, tu ne serais pas, par hasard, le jeune Desroudhil, celui qui est parti muletier ? »

Louis hésite, ne sachant s'il doit s'en glorifier ou s'en cacher. Tant d'événements funestes ont dû entamer le respect craintif de ceux qui soulevaient leur chapeau devant maître Théophile. Trop de malheurs ont accablé sa famille, et les braves gens d'ici pourraient éprouver davantage de mépris que de pitié pour les Desroudhil déchus.

Avant que Louis n'ait pu se décider, un jeune homme sort de la foule et s'écrie :

« Hé oui ! C'est bien Louis, le besson de la Léone ! »

Avec une certaine appréhension, Louis reconnaît Victorin Arlabosc, le frère de Nicolas.

« Ainsi, vous voilà enfin de retour au pays ! Cela fait bien longtemps, et, sans doute, ignorez-vous que les criminels qui ont mis le feu au château ont été reconnus et condamnés ? Savez-vous qui a fait le coup ? C'est à peine croyable ! Ces incendiaires, ce sont vos demi-frères, André et Fernand

Desroudhil, les mouliniers de Chambonas des Vans. Tel que vous me voyez, je reviens du tribunal de Largentière. J'ai témoigné pour mon pauvre père que ces gredins ont manqué tuer, et rendu tout estropié. Je peux vous dire qu'ils ne causeront plus jamais de tort à personne ! Au bagne qu'ils iront, ces beaux messieurs ! Tous leurs biens seront saisis pour dédommager leurs victimes. Le juge a été trop bon pour eux. Pardi, ils sont du même monde des nantis ! Moi, c'est sur l'échafaud que je les aurais fait monter ! »

Joignant le geste à la parole, Victorin passe la tranche de sa main sur son cou : « Couic ! »

Ayant entendu, Bertou se rapproche du jeune Arlabosc :

« Ho ! l'ami ! Contez-nous ce qui s'est passé. »

Se désintéressant de la mule, les flâneurs entourent Victorin et les muletiers. Gonflé d'importance, Victorin explique en détail le déroulement du procès. Il se garde néanmoins de rappeler que toute l'affaire s'est enclenchée lorsque Léone a fait saisir les maigres possessions du père Arlabosc pour récupérer sa dot. Personne n'a besoin de savoir que le père n'est qu'un joueur, toujours perdant. Au contraire, Jules est dépeint par son fils comme un héros qui, au péril de sa vie, a défendu les intérêts de ceux des Anglanières. Victorin insiste et en rajoute, des fois que Louis ait l'idée de quelque juste récompense, et incite sa sœur à suspendre ses poursuites.

Oubliant sa méfiance première, Louis se redresse, bombe le torse, affiche un air suffisant.

« Ainsi donc, justice nous est rendue ? C'est normal ! Il ne pouvait en être autrement vu notre notoriété. »

Victorin perd sa jovialité. Il avait oublié l'arrogance de P'tit Louis, et s'en veut de l'avoir accueilli avec amitié. Sans s'attendre à des remerciements, il espérait au moins un mot de compassion pour son père. Ces gens-là se moquent de la souffrance du petit peuple. Ils ne pensent qu'à eux !

Bertou se tait, alors qu'il brûle de demander des nouvelles de Léone. Venant de sa part, ce serait impertinent et risquerait de la compromettre. Il darde sur Louis un regard intense. Ne va-t-il pas s'enquérir de la santé des siens ? Mais non ! Supputant déjà les bénéfices de la saisie des moulins et des olivettes de ses beaux-frères, Louis ne songe qu'à la façon dont il va extorquer à sa mère assez de fonds pour racheter une couble. N'y tenant plus, Bertou prend les devants :

« Que sont devenus madame Desroudhil et ses enfants ?

– Si vous patientez un peu, vous allez les voir arriver par le raccourci qui aboutit aux Deux-Aigues. Madame Rolande, ses enfants, ses serviteurs, et même le docteur, le maire et le curé, ils étaient tous au tribunal de Largentière, cités à témoigner tout comme moi. À propos, savez-vous que la Léone a mis au monde un petit gars ? Mon père a dit que, toute sa vie, il lui rappellera mon malheureux frère Nicolas qui a péri de si étrange façon. Même si cela ne lui fait pas plaisir à la Léone, c'est comme ça ! Ce petit est du sang des Arlabosc, il porte leur nom ! »

Plissant les yeux, pinçant la bouche, Victorin guette la réaction de Louis. Voilà qui va lui rabattre le caquet à ce prétentieux ! Qu'il le veuille ou non, il ne pourra jamais plus attenter aux Arlabosc sans toucher sa propre race.

Pris au dépourvu, Louis ne sait que répondre. Haussant les épaules, il siffle avec dédain :

« Oh, moi ! Cela ne me concerne pas ! »

En vérité, il est mortifié et aurait une furieuse envie d'envoyer son poing dans la figure de l'insolent. Bertou n'est pas loin d'éprouver les mêmes sentiments, et il se retient à grand-peine. Les paroles fielleuses éveillent en lui une jalousie qu'il ne connaissait pas, et il ressent malgré lui une aversion pour l'enfant qu'il voulait chérir. Il lui est impossible de supporter l'idée que Léone va apparaître d'un moment à l'autre au bout de ce chemin. Il est incapable d'aller vers elle, de la recevoir contre son cœur. Il a trop mal de cette méchanceté qui salit son bel amour. Il n'a qu'une hâte, partir, et surtout éviter la rencontre devant tant de curieux ! Il bouscule les badauds, houspille Louis et Philou :

« Vite, ne perdons pas notre temps, chargeons les bêtes, et plus vite que ça ! »

Indécis, Louis tourne les yeux vers le chemin :

« Mais, le Rouge, n'attendrons-nous pas ma mère, ma sœur ? Je languis de les revoir. Elles ne vont pas tarder ! »

Sans répondre, Bertou empoigne la première barde et la hisse sur le dos du viégi. Philou s'empresse de boucler toutes les courroies sous le ventre et au poitrail. Les forces décuplées par une injustifiable colère, Bertou soulève comme fétus les bâts alourdis de boutes, et les lance sur l'échine des mulets qui accusent le coup en fléchissant des genoux. Louis est contraint de participer au travail. Il a beau traîner et soupirer à fendre l'âme, toutes les bêtes sont chargées et sanglées avant que n'apparaisse âme qui vive au bout du chemin. Quand la couble s'ébranle, provoquant l'agitation de tous les rameaux, Bertou lance à la cantonade :

« Faites excuse ! Vous comprenez, si je ne veux pas que les rampands parviennent tout flétris au sanctuaire de la Vierge noire du Puy, j'ai intérêt à forcer l'allure. »

Lambinant en queue du cortège, Louis se dévisse la tête, espérant, jusqu'au dernier moment, voir survenir celles qu'il attend. Il enrage, ne comprenant rien à la hâte de son maître, et s'exaspère tout autant de la lenteur de Rolande. Mais il n'ose désobéir aux ordres, et il reste à sa place derrière la couble, ruminant de subversives pensées. Philou, plus perspicace, a compris la détresse de Bertou et il garde le silence, sachant qu'aucune chanson ne conviendrait en cette heure où le doute taraude le muletier. Sur le sentier escarpé et pierreux, seul le tinrelintintin saccadé des clochettes réplique au roulement des caillasses carcaillant sous les sabots des mulets.

Laissant à Merveille le soin de se diriger, Bertou médite, tête baissée sous les bords rabattus de son chapeau. Finalement, il prend sa décision. Juste avant le Blaroux, à la croisée de la pierre plantée, il prendra le chemin qui monte directement au Tanargue pour rejoindre le col de Beauzon. Il se refuse à passer par les Anglanières. Non, ce n'est pas possible, il ne sait plus où il en est de ses sentiments. Il s'était promis tant de joie, et, à présent il est si tourmenté qu'il sent son cœur se racornir comme un vieux morceau de cuir séché. Il passe la main sous sa chemise et frotte sa poitrine pour apaiser cette douleur qui le tenaille. Il a besoin de réfléchir, de retarder l'échéance. Il reviendra, plus tard, après Pâques. Ce sera mieux ainsi !

Rasséréné par ses propres résolutions, Bertou relève le nez. L'immense pierre plantée est là, au loin, mais déjà bien en vue. Une femme est assise sur le talus, juste à côté. Elle devait les guetter car, voyant la couble, elle se relève, agite un bras pour les saluer, et avance vivement à leur rencontre.

Bertou en est assommé. Son sang bouillonne, son cœur bat la chamade. C'est elle ! C'est Léone ! Il ne pense plus un instant à l'éviter, un élan de folie l'envahit tout entier. Il se jette en bas de sa mule, et court au-devant d'elle. Très vite, il remarque qu'elle porte un bébé dans ses bras, et, bientôt, il reconnaît Rose. Se moquant de sa méprise, il ralentit sa course, mais sans déception car maintenant il est confiant, certain que son amour est intact !

Avec un grand rire heureux, il tend les mains pour accueillir Rose et l'enfant. La jeune femme lui explique dans un sourire :

« Je ne m'attendais pas à vous voir en ce jour mais, vous ne pouvez savoir combien je suis contente de votre retour ! »

Et, aussitôt, tout émue, d'un geste délicat, elle dégage la couverture qui protège le petiot.

« Voyez, mon cher Bertou, n'est-il pas le plus joli du monde ? »

Un frisson le glace. Il ne peut surseoir. Il doit accepter cette souffrance qui voile son bonheur, regarder en face cet enfançon qu'il aurait voulu sien, mais qui fut engendré par un autre. Pourtant, au premier regard, ses réticences s'effacent. Victorin a menti ! Ce petit être est l'œuvre exclusive de

Léone ! A-t-on jamais vu pareil petit rouquin ? De plus, comme pour mieux le séduire, le poupon ouvre les yeux dévoilant le bleu précieux de ses iris. Cette fois, Bertou ne peut résister. Il dirige son doigt vers la minuscule menotte qui s'en saisit, le serre et le porte à sa bouche. La vue embuée, Bertou se penche et baise le front du bébé, tout doucement, du bout des lèvres, tant il craint de piquer sa peau diaphane avec ses joues mal rasées.

Louis et Philou sont là, eux aussi, intimidés et maladroits, confus de leurs grosses voix, de leurs gestes lourds qui pourraient effrayer le marmot. Mais celui-ci, élevé au lait de l'intrépide chèvre Biquette, ignore la peur et, tout en suçant le doigt de Bertou, il observe avec curiosité les nouveaux venus.

Rose, si réservée d'habitude, raconte et questionne tout à la fois, à en perdre haleine. Pour repousser dans l'oubli tant de malheurs, elle s'enivre d'espérance. Oui, la vie va reprendre, belle comme avant ! Ils resteront tous réunis aux Anglanières ! Il faut voir comme Jean a bien restauré les dépendances ! Ils peuvent déjà y habiter à l'aise en attendant la reconstruction du château.

Elle embrasse Louis :

« Béni sois-tu, et béni soit le jour de ton retour, mon frère ! Comme notre mère sera heureuse de te revoir ! Elle a tant langui, et si souvent pleuré en cachette. Vous aussi, Bertou le Rouge, soyez béni !

Dieu est bon, qui a permis de nous faire rencontrer pour unir nos destinées. Sans vous, qui sait… »

Rose se mord les lèvres, ferme les yeux. Elle secoue la tête ! Non, elle n'évoquera plus ces images de désespoir et de mort. C'est fini tout ça ! Elle a chaud d'une certitude de bonheur. Ce fils qu'elle tient contre son sein est un peu le sien, et l'amour qu'elle lui porte a permis de guérir son ventre meurtri. Bientôt elle annoncera à Jean la promesse d'une autre naissance.

Rieuse, elle les pousse :

« Partez maintenant, rejoignez les Anglanières, mettez les bêtes à l'écurie, et attendez-nous. Je vais rester ici jusqu'à ce qu'ils arrivent tous, et nous reviendrons ensemble. Mais, je ne leur dirai rien ! Ce sera une si merveilleuse surprise ! »

Bertou a complètement oublié sa détermination d'éviter les Anglanières. Rose, humble messagère, en quelques mots et un sourire, l'a remis sur le chemin de son cœur. Il se hâte, et s'impatiente contre les mulets qui rechignent à accélérer l'allure. Alors, pour les titiller, il inspire une bonne goulée d'air et entonne à pleine voix un chant de grâces.

Là-haut, sur la montagne belle,
Ma bien-aimée m'attend.

C'est une femme fidèle,
Je suis son fier amant.

Le temps qui passe, jamais n'efface notre amour
Telle une étoile dans le ciel, il brille pour toujours.

Hardis mulets si courageux,
De mon amoureuse, ne soyez pas jaloux.
Car sur les sentiers dangereux
Vous protégeant, je serai toujours avec vous.

Le temps qui passe, jamais n'efface notre amour.
Telle une étoile dans le ciel, il brille pour toujours.

Dressant les oreilles, la couble s'élance aussitôt au petit trot, et les trintrins tintinnabulants accompagnent de leur franche gaieté le chant d'amour du muletier.

XX

Ainsi finit une belle histoire

Au Gua, les chalands ne se sont pas encore dispersés tant le passage des muletiers suscite de commentaires. Aussi, quand Rolande et ses enfants atteignent le café, ils sont immédiatement avertis du retour de Bertou et de Louis.

Léone ressent une telle émotion qu'elle pâlit et chancelle, au bord du malaise. Mais, lorsque sa mère s'inquiète, elle la repousse d'un geste vif et, sans écouter les conseils de sagesse, refusant de se reposer un instant, elle s'élance sur le sentier. Une intuition lui souffle que Bertou pourrait passer son chemin et disparaître. Ce n'est pas possible que, la sachant si proche, il ne soit pas venu à sa rencontre ! Que redoute-t-il ?

Pas un instant Léone n'imagine qu'il puisse ne plus l'aimer. Mais elle a appris la puissance de la calomnie, de la médisance, et soupçonne quelque sournoiserie de la part de ces jaseurs qui traînaient à l'auberge. Il y avait là Victorin qui ne la porte pas dans son cœur, et qui est capable du pire comme tous ces maudits Arlabosc.

Alors Léone court, le cœur battant, le souffle haletant. Elle ne sent plus ses pieds blessés par la longue marche, ni la faim, ni la soif. Elle ne se souvient plus de son émoi au tribunal, de son angoisse en attendant le verdict, pas davantage de sa jubilation devant les sanctions. Plus rien n'a d'intérêt, ni la réhabilitation de leur famille, ni les dédommagements pour les sévices subis. Pas même la crise de rage d'Ursula et de la cousine Devaize, qui l'avait tant amusée ! Seul importe de rejoindre cet homme qu'elle aime, avant qu'il ne soit trop tard, et de le convaincre de partager sa vie. Elle n'a plus d'orgueil et le suppliera, à genoux s'il le faut !

Quand elle aperçoit Rose venant à sa rencontre, elle a une faiblesse. Trempée de sueur, elle tremble et doit s'appuyer contre un rocher. C'est évident, Rose doit avoir croisé le muletier, Rose doit savoir ce qu'il en est.

Comment Rose, qui ne sait mentir, pourrait-elle cacher sa joie ?

Malgré son engagement de garder le secret, rouge de plaisir, elle révèle immédiatement la vérité ! Bertou est monté aux Anglanières, Bertou l'aime et l'attend.

Léone presse ses deux mains sur sa gorge pour repousser le sanglot qui l'oppresse. À voix basse elle demande encore :

« Et mon petit, l'a-t-il regardé ?

– Il l'a même embrassé ! »

Léone vacille, et se retient à Rose.

« Mon Dieu, merci ! »

Sentant rouler les larmes sur ses joues, elle les essuie en riant.

« Ma Rosette chérie, je m'en vais vers lui. Quand maman et les autres paraîtront, retiens-les ! Surtout, qu'ils ne se pressent pas ! Laissez-nous du temps pour nous deux tout seuls. »

À présent elle monte plus lentement. Elle s'arrête même pour vérifier sa mise, regrettant de porter ces vilains vêtements de deuil. Mais elle délace légèrement son corsage et dégage son cou, dévoilant la dentelle qui orne sa chemise. Elle lisse les plis de sa jupe, rectifie le drapé de son châle. Sans hésitation, elle enlève son bonnet et dénoue ses cheveux. De ses doigts écartés, elle les soulève et les peigne. Cela suffit pour que la chevelure fauve se gonfle et bouffe, retombant en boucles chatoyantes sur ses épaules. Elle voudrait tant qu'il la trouve jolie ! Qu'il ne remarque pas sa maigreur, sa pâleur, son air de mélancolie ! Tant de bouleversements ont changé le cours de sa vie depuis ce jour à la foire de Loubaresse où elle a su qu'elle n'aimerait que lui, ce Bertou le Rouge, rude et séduisant muletier. Elle a cru l'avoir perdu, et cependant le voilà qui revient vers elle, fidèle à sa promesse ! Mais hélas, ne sera-t-il pas déçu en la revoyant ? Sera-t-il encore amoureux de la femme qu'elle est devenue, si différente de la jeune fille espiègle qui l'avait aguiché ? Et elle, saura-t-elle le retenir, le garder ?

Léone ralentit sa marche. Aveuglée de larmes, elle trébuche sur chaque caillou, ne distingue plus le bout de ses pieds. Comme si elle égrenait son chapelet, elle répète inlassablement :

« Mon amour, mon amour, mon amour... »

Elle atteint la riviérette qui délimite le domaine des Anglanières. Les sorbiers qui ombragent le chemin, se parent déjà d'un friselis de tendre feuillage. Au milieu du pont, la croix de pierre, argentée de lichen, scintille sous la lumière vespérale. Léone ne peut avancer d'un pas de plus ! Ses jambes ne la soutiennent plus et elle s'assied sur le parapet, les bras ballants, la tête penchée sur la poitrine.

Entend-elle le gazouillis des oiseaux qui se perchent pour la couchée sur les arbres où ils préparent leur nid ? Entend-elle le frémissement du vent printanier qui réveille la terre ? Entend-elle le clapotement du ruisseau qui contourne les arches du pont pour se jeter dans les béalières ?

Non, elle n'entend que les battements de son cœur, toc et toc, mais si lents, si faibles qu'ils semblent sur le point de s'arrêter. Elle n'ose plus prier, et cependant, joignant les mains, elle veille !

Petit à petit, toc et toc, un rythme nouveau entraîne sa vie. Toc et toc, de plus en plus fort, de plus en plus vite. Toc et toc, plein d'allant et de gaieté ! Léone est chatouillée d'une envie de rire. Et soudain, elle s'émerveille, découvrant que ce toc et toc vigoureux qui pulse son sang, ressemble curieusement à un dri'ng et li'ng… dri'ng et li'ng et ling !

Et tous les oiseaux s'égosillent, et l'eau cascatelle, et le vent sifflote pour accompagner à cœur joie ce chant carillonnant.

Surprise, Léone bondit sur ses pieds. Venant vers elle, sur le chemin rayé des ombres vertes des sorbiers, la mule blanche caracole, levant haut ses pattes aux guêtres rouges. Les lunes dorées de ses œillères renvoient le dernier éclat du soleil couchant. À chacun de ses mouvements, les sonnailles cuivrées de son collier envoient un clair dri'ng et li'ng qui s'accorde au toc et toc du cœur de Léone.

Conduisant Alba par la longe, voici Bertou le Rouge, si grand, si beau, si fier, et pourtant intimidé devant la jeune femme. Sa fragilité l'émeut autant que sa beauté. Comment a-t-il pu douter ? Il l'aime comme un fou, il l'aime plus que sa vie ou, plutôt, il ne conçoit pas sa vie sans elle. Quand il remarque la brillance des larmes dans le regard encore anxieux de Léone, il s'en croit responsable et voudrait tomber à genoux pour lui demander pardon. Mais, c'est elle qui se jette contre lui, pleurant et reniflant comme une petite fille.

Dans leur exaltation, comment pourraient-ils exprimer leur amour ? Les âmes ne communient que dans le silence. Se tenant embrassés, battant d'un même cœur, respirant d'une même haleine, ils partagent la révélation du bonheur. C'est un moment de grâce divine qui efface toutes les désespérances, et les fait renaître, purifiées, à l'aube lumineuse d'une vie à partager.

Le soleil s'en est allé. Le soir étale ses voiles de brume, estompant de douceur les arbres, les prés et les ruisseaux. Les oiseaux se sont tus. Seule la mule apparaît encore nettement dans sa blancheur immaculée, et les clochettes de son trintrin tintent comme un soupir d'aise quand elle se déplace pour brouter une herbe fraîche.

Cependant, de plus en plus proches, des bruits de voix montent vers les Anglanières, troublant la quiétude du soir.

Enfin les amants reviennent à la réalité. Ils s'écartent l'un de l'autre pour mieux se regarder, éblouis. Ils se tiennent par les mains et leurs doigts s'enlacent et se serrent dans une étreinte qui dit merci, encore et encore, merci !

Alba, désœuvrée, revient vers eux, heurtant des naseaux le dos de son maître. Bertou rit :

« Ah ! tu es vexée ! Tu veux que je te présente ! »

Entourant de son bras les épaules de Léone, il s'adresse d'abord à la jeune femme :

« Voici, ma mie, mon cadeau de noces. Ce n'est pas un animal ordinaire, c'est une fée qui vous portera chance. »

Puis, à la mule :

« Alba, voici ma compagne adorée, à qui tu accorderas ta confiance car elle sera ta maîtresse, comme elle est la mienne ! Ses désirs seront les nôtres ! »

Frappant le sol de son sabot, Alba souffle bruyamment pour saluer, et secoue les tresses enrubannées de sa crinière. Émue, Léone la caresse, passe les bras autour de son cou, appuie sa joue contre celle si veloutée de la mule qui s'immobilise, frémissant de plaisir, conquise à son tour.

La petite troupe est là. Un brouhaha emplit l'espace. Louis et Philou, n'en pouvant plus d'attendre, sont descendus des Anglanières. Et ce sont mille embrassades avec des larmes de joie. Bertou s'incline devant Rolande. Elle est vieillie, un peu voûtée, comme rapetissée dans ses vêtements noirs, mais elle rayonne de gratitude, se haussant sur la pointe des pieds pour lui donner un baiser :

« Mon cher Bertou, je rends grâce à Dieu de vous avoir permis de revenir parmi nous. Nous vous espérions avec tant d'impatience ! »

Ayant salué le muletier, Jean, Mélanie, et les valets, mais aussi l'aubergiste du Blaroux, le docteur, le maire et le curé qui les ont accompagnés pour témoigner au procès, tous entourent la mule blanche, s'extasiant sur sa robe, sa belle apparence, sa docilité.

Soulevant Léone par la taille, Bertou l'assied sur le dos d'Alba qui ne bronche pas et, au contraire, consciente de l'honneur, redresse la tête.

Quelle jolie scène se déroule ce soir-là ! Les étoiles resplendissent d'un éclat surnaturel, illuminant le cortège de ces gens heureux qui cheminent vers l'ancien château des Anglanières. Il n'y a pas la moindre brise, et cependant, écoutez... !

Depuis le bois des noirs sapins ou de la chênaie ou de la châtaigneraie ou des vergers en fleurs, de tous ces arbres plantés jadis par Théophile, s'élève un long bruissement, comme un murmure d'admiration.

C'est assurément pour les saluer, leur souhaiter bonne chance !

Tant d'années plus tard, ils s'en souviennent encore, ces vieux arbres qui sont restés là, enracinés, alors que ces gens heureux ont disparu, comme s'envolent les pétales blancs des fleurs du cerisier pour faire place aux beaux fruits rouges !

Alba mène le train. Elle porte la reine Léone. Bertou marche à ses côtés, relevant le bras pour tenir la main de sa bien-aimée. Jean et Rose tenant l'enfant, les suivent. Rolande s'appuie tendrement sur le bras de son grand fils. Étiennette et Mélanie font danser la petite Célestine qui pousse des cris de joie. Philou raconte leur équipée à Odilon, Momo et le Gus éberlués. Le docteur, le curé, le maire et l'aubergiste devisent de tous les événements de cette journée extraordinaire. Castor et Pollux courent en d'incessants va-et-vient, soucieux d'assumer leur rôle de chiens et de maintenir de l'ordre dans cette couble humaine.

*

* *

La vie reprit son cours aux Anglanières. Longtemps encore, on vit passer la couble prestigieuse de Bertou le Rouge. Les plus anciens, les yeux rêveurs, évoquent l'intrépide cavalière, montée sur sa mule blanche, qui gravissait en tête les passages les plus abrupts. Ensuite, pendant quelque temps, il y eut un petit gars bien dégourdi qui les accompagnait. Il fallait le voir dans son costume de muletier, le chapeau, la veste de cadis aux boutons dorés, le gilet rouge, les guêtres, et tout comme il faut à sa taille ! Il était mignon à croquer, et, dans chaque village traversé par le convoi, on voyait les gamins sortir des fermes ou des champs pour courir après eux, suppliant qu'on les emmène, désirant tous devenir muletier avec un pareil petit habit rouge !

Et puis un jour, c'en fut fini des hardis muletiers, et des mulets aux trintrins carillonnants. Le train, crachant sa fumée nauséabonde, les remplaça. Les marchandises furent transportées sur des rails enjambant les monts des Cévennes, du Gévaudan et du Pays vellave à pas de géant. Le rectiligne chemin de fer, plus rapide, fut préféré aux tortueux chemins de muletiers.

Cependant quelques randonneurs poètes, amoureux de ce pays, découvrent parfois les anciennes pistes rocailleuses, cachées sous les bruyères et les genêts, serpentant à flanc de montagne jusqu'aux plus beaux sommets survolés par les aigles. De là-haut, le regard s'illumine devant la perspective grandiose du Vivarais et du Velay, fiers pays où les hommes ont l'âme aussi généreuse que batailleuse. Se faufilant à travers les goulets, le vent nostalgique se souvient aussi, et il chante encore, aux oreilles du voyageur étonné, la ballade de ces hommes libres du temps jadis.

Hardis muletiers, aux cheveux longs, au cœur vaillant,
Menant de ville en ville mules et mulets fringants,
Par tous les temps, ils courent les chemins
Pour apporter aux hommes le bon vin.

Sonnent les sonnailles, dri'ng et li'ng et li'ng
Tinte le trintrin, tin-re-lin, tin-re-lin, tin-tin.

Plus d'une fille, effrontée, leur fait les yeux doux,
Elle les embobine, les ensorcelle, les rend fous.
Mais jamais longtemps l'amour ne dure
Quand, au loin, les appelle l'aventure.

Sonnent les sonnailles, dri'ng et li'ng et li'ng
Tinte le trintrin, tin-re-lin, tin-re-lin, tin-tin.

De la cime des montagnes, au fond de la vallée
Sautillent les p'tits grelots, pleins d'entrain et de gaieté.
Les muletiers viennent du Vivarais,
Les muletiers vont jusqu'au Velay.

Sonnent les sonnailles, dri'ng et li'ng et li'ng
Tinte le trintrin, tin-re-lin, tin-re-lin, tin-tin.

Ils chantent à pleine voix, pour faire partager leur foi
En ce métier d'hommes libres, qui les comble de joie
Car ils trouvent que la vie est belle
Même si elle file à tire-d'aile.

Sonnent les sonnailles, dri'ng et li'ng et li'ng
Tinte le trintrin, tin-re-lin, tin-re-lin, tin-tin.

Agitez vos pompons rouges, mules et mulets fringants !
Relevez fièrement la tête, muletiers vaillants
De tous, Bertou est bien le roi,
Qui dit : Liberté est mon choix !

Sonnent les sonnailles, dri'ng et li'ng et li'ng
Tinte le trintrin, tin-re-lin, tin-re-lin, tin-tin.

Merci à Gérard Tisserand,

Fameux randonneur équestre, qui me conta si bien ses aventures sur les chemins muletiers, qu'il m'inspira la meilleure partie de ce roman.

Bibliographie

Albin Mazon, *Les muletiers du Vivarais*, Éditions La Bouquinerie.

Albin Mazon, *Voyage autour de Valgorge*, Éditions La Bouquinerie.

Pierre-Albert Clément, *Foires et marchés d'Occitanie*, Éditions Presses du Languedoc.

Pierre-Albert Clément, *Les Chemins à travers les âges*, Éditions Presses du Languedoc.

Si ces ouvrages m'ont été fort utiles, j'ai encore plus appris sur les us et coutumes de cette époque par la remarquable collection du musée Crosatier au Puy-en-Velay, où les outils et objets de l'art populaire côtoient de rarissimes plaques muletières et autres pièces de l'harnachement de ces bêtes de somme.

Table des matières

Dans la même collection

Les textes de la collection Terre de poche nourrissent la mémoire collective à travers des histoires fortes, des récits de voyage, des documents historiques ou des chroniques intimes.

ALIA Josette
Le Pensionnat

ANGLADE Jean
Le Pain de Lamirand
Les Mains au dos
L'Ivraie et le Bon Grain
Le Pays oublié

BATUT Maryse
Les Monvalan

BICHELBERGER Roger
Les Années buissonnières

BORDES Gilbert
Le Chat derrière la vitre

BOUCHET Maurice
Les Souliers ferrés

BOUDOU Josette
Le Printemps d'Antonia
Les Grillons du fournil

BOURGEADE Justin
Tintinou, paysan

BOUSSUGE Micheline
Adieu lou païs
La Maison d'Anaïs

BOUTET Gérard
La Belle Ouvrage
Les Forestiers
Nos grands-mères aux fourneaux
Mémoires de femmes
Métiers insolites
Saisons paysannes

BRIAND Charles
La Batteuse

CABROL Laurent
L'Enfant de la Montagne noire
Les Disparues de la Saint-Jean
Le Crime de la Noël

CALLEROT Geneviève
Les Cinq Filles du Grand-Barrail

CAPPEAU Marie Nicole
Le blé germe en hiver
La Mule blanche

CASTELAIN Anne-Marie
Le Loup des marais

CHALEIL Léonce
Léonce, la mémoire du village

CHAMOUX Simone
La Passe-Vogue

CHANTELAUZE Jean-Louis
Clémentine

CHAUSSIDIÈRE Patrick
Pauvre Bougre

CHAUVIGNÉ Jean
Le Secret de Marie

CLÉMENT-MAINARD Michelle
La Fourche à loup

COATMEUR Jean-François
Des croix sur la mer

COMBE Rose
Le Mile des Garret

CORNAILLE Didier
Les Gens du pays

DECK Olivier
La Neige éternelle
L'Auberge des Charmilles

DIMITRIADIS Dicta
Le Nid de la hulotte

DODANE Michel
Les Enfants de la Vouivre
Les Herbes noires

DOURIAUX Hugues
La Saison des vendanges

DUFOUR Hortense
Le Bois des abeilles

DURAND-TULLOU Adrienne
Le Pays des asphodèles

DUTRONC Robert
La Maison des Chailloux

ÉVRARD René
et VIELZEUF Aimé
Comme le scorpion sous la lauze

EXBRAYAT Charles
Rachel et ses amours

FABRE François
et RICHARD Jean
La Bête du Gévaudan

FABRE Jean-Luc
L'Été des Fontanilles

FEUILLERAT André
La Clef des champs

FOURNIER LA TOURAILLE
Jean-Pierre
Le Troisième Prétendant

FRONTENAC Yvette
L'Étoile rousse
La Soupe des autres

GARDI François
L'Atelier du vannier

GÉRAUD Roger
Le Pré derrière la grange

GIMBERT Yveline
L'Ombre des chênes

GLEIZE Georges-Patrick
La Vie en plus
Le Forgeron de la liberté
Un brin d'espérance
Le Sentier des pastelliers

GOURGAUD Joseph
La Vallée des forges

GREMBERT Francis
Le Dernier Regain

GRIFFON Robert
Le Dernier Forgeron
Le Bedeau de la République

HEURTÉ Yves
Le Pas du loup

JEURY Michel
La Classe du brevet

JUDENNE Roger
La Maison d'en face

JULIEN Henri
La Bâtisse aux amandiers

LABORIE Christian
Le Chemin des larmes
Le Brouillard de l'aube

LARDREAU Suzanne
Orgueilleuse

LAURENT Jean-Paul
La Ferme aux loups
L'Autre Montagne

LAVAL Henri
Le Chemin des souvenirs

LE ROY Eugène
Jacquou le Croquant

LIMOUZIN René
Les Cèpes de la colère

LOUTY Pierre
Léonard, le dernier coupeur de ronces
Les Fiancés de la Briance

MALAVAL Jean-Paul
Les Encriers de porcelaine
La Rosée blanche

MALROUX Antonin
La Dernière Estive
Le Soleil de Monédière

MAMÈRE Noël
Les Forçats de la mer

MARCON Christian
Le Refus

MAURY Martial
Le Secret des Restiac

MAXIMY (DE) René
Le Puits aux corbeaux

MAXIMY (DE) Hubert
Le Bâtard du bois noir

MAZEAU Jacques
Mensonges
La Ferme d'en bas
La Rumeur du soir
La Dénonciation
Le Retour de Jean

MOUCHEL Jean
La Robe bleue d'Hélène
Le Fils d'Hélène

NÉDELLEC Gérard
L'École de monsieur Paul

NIGREMONT Georges
Jeantou le maçon creusois

NIQUET Gilberte-Louise
Le Destin des Vanbergh
Les Enfants du beffroi

PALET (DE) Marie
Le Sentier aride
La Tondue
L'Enfant oublié
Retour à la terre

PERRÈVE Paul
Les Galoches rouges
La Burle

PEYRAMAURE Michel
Le Bonheur des Charmettes
Le Château de la chimère
Les Flammes du paradis

POURRAT Henri
et L'OLAGNE Jean
Sur la colline ronde

PRORIOL René
Antoinette

PUIJALON Bernadette
Le Moulin des retrouvailles

RABUTEAU Pascal
Les Faveurs de Sophie

REY Georges
Le Bal des sabots
La Montagne aux sabots

RIBES Georges
Les Gens de la vallée

ROSSET Jean
Les Porteurs de terre

ROUANET Marie
Nous les filles
Quatre Temps du silence

ROUANET Marie
et JURQUET Henri
Apollonie

ROUIL Jacques
Les Rustres

ROUQUET Jean
L'Enfant de la Borie

SAND George
La Mare au Diable

SELO Joël
Les Vieux Démons

SORDELLI Jean-Claude
Le mal rôde

SOYEZ Jean-Marc
La Tuile à loups
Au café de l'Église

STEVENSON Robert Louis
Voyages avec un âne dans les Cévennes

TISSERAND Pierre
L'Arbre au pendu

TOUPET Armand
La Bouzoute

VALETTE Paule
La Meule éclatée
Les Jours derrière la montagne

VAN DER MEERSCH Maxence
L'Empreinte du dieu

VENTRE Julien
Julien, berger des collines
Julien des collines

VERDIER Henri
Les Lentilles vertes

VERRIER Michel
Là où les chèvres sont pires que les loups
La Taille de la Saint-Vincent
Les Vignes du bout du monde
La Ferme des Pitaval

VIGOULETTE Daniel
Les Ombres du Léman

VINCENT Claude
Les Roses de l'hiver

VITTÉ Louis-Olivier
La Servante
L'Enfant de la rivière
La Vallée des illusions